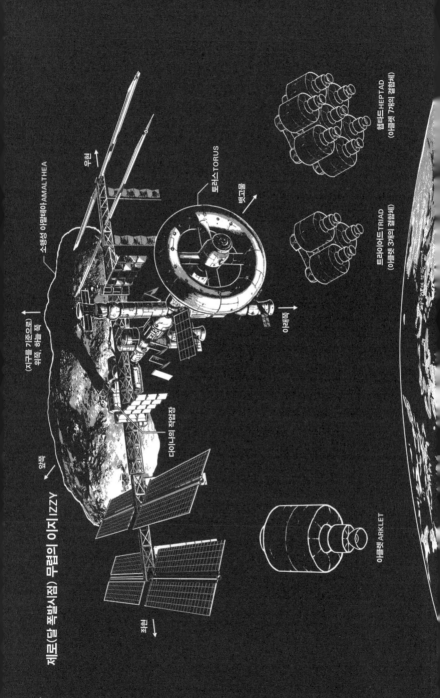

제로(닻 쪽 박사점) 무럽의 이지 IZZY

(지구를 기준으로) 위쪽, 하늘 쪽

소행성 아말테이 AMALTHEA

우현

앞쪽

다이나의 자엄장

좌현

토러스 TORUS

뱃그물

아래쪽

아클릿 ARKLET

트라이어드 TRIAD
(아클릿 3개의 결합체)

헵타드 HEPTAD
(아클릿 7개의 결합체)

세븐이브스

세븐이브스 5천 년 후 3

SEVENEVES

닐 스티븐슨 송경아 옮김

북레시피

3부   **5천 년 후**

5천 년 후

담주색 빛이 마구 흔들리며 머리 위에 팽팽하게 쳐진 천을 얼룩덜룩 수놓았다. 캐스 2는 깜짝 놀라 깨어났다. 옛 지구의 사바나 초원에서 생겨난 아주 오래된 본능은 그것을 위험 신호라고 느꼈다. 텐트 주위를 돌고 있는 포식자들의 그림자가 스쳐 지나가는 것이리라. 하드레인이 내리던 5천 년 동안, 그 본능은 쓸모없이 잠들어 있었다. 그러나 위협적일 만큼 영리하고 커다란 동물들이 생겨나기 시작한 새 지구 표면에 오자 다시 깨어난 본능이 잠을 어지럽혔다. 어깨가 움찔거렸다. 반쯤 깬 상태에서 비몽사몽 헤맬 때 가끔 그랬다. 캐스 2는 베개 아래 손을 넣어 무기를 찾아야겠다고 생각했다. 하지만 완전히 정신이 들자, 실제로는 팔을 전혀 움직이지 못하고 어깨만 움찔거렸다는 것을 깨달았다. 머리맡에 깔린 얇은 패딩 아래 딱딱한 캐터펄트[1]의 윤곽이 여전히 느껴졌다.

---

1 캐터펄트katapult: 작품 안 가상의 발사 무기.

이제 보니 텐트 위에서 움직이던 빛은 커다란 포식동물의 그림자가 아니었다. 얼룩덜룩한 빛의 움직임은 너무 변덕스러웠다. 새도 그렇게 날 수는 없었다. 언뜻언뜻 현기증을 일으키며 신비롭게 움직이는 빛의 색채를 살펴보니 새벽 첫 햇살이었다. 새벽바람을 놓칠 수도 있는 시간까지 늦잠을 자버렸다. 그 바람을 타고 하늘로 올라가야 했다.

캐스 2는 비틀거리며 작은 텐트 밖으로 나왔다. 전날 장거리를 걷는 바람에 다리 근육이 아팠다. 놀랄 일이었다. 잘 훈련받았다고 스스로 믿고 있었는데. 그러나 제일 큰 우주 거주지에서도 그렇게 오래 비탈을 내려올 수는 없었다. 진짜 행성 위에서는 며칠에 걸쳐 고도를 낮춰야 했다. 게다가 그렇게 오래 달려 내려오는 바람에 나중에는 다리가 마비되는 것 같았다. 전날은 언덕 지대에서 파란색의, 물이 가득 찬 지름 30킬로미터짜리 크레이터까지 2천 미터 정도 거리를 내려왔다. 그녀는 크레이터 가장자리에서 몇 킬로미터 떨어진 곳에 멈추었다. 그곳부터 호숫가까지 내리막으로 긴 풀밭이 있었다. 느끼기 힘들 정도로 완만한 경사면이었지만, 무릎이 고동치는 것을 보니 여기는 분명 비탈이었다. 캐스 2는 큰 걸음으로 십여 걸음 내려가면서 물집 잡힌 발바닥으로 비탈의 각도를 쟀다. 입술과 머리카락, 손바닥으로는 공기의 흐름을 느껴보았다. 그다음 돌아서서 터덜터덜 꼭대기로 다시 올라왔다. 낮게 깔리는 저녁 햇살이 땅에 선명하게 명암 경계선을 그으며 풀밭을 비추지 않았다면 꼭대기가 아예 보이지도 않았을 것이다.

구부러진 땅 위로 바람이 흐르면서 길게 이어졌다. 전날 밤 바람이 잠잠해질 때는 이어지는 기류를 별로 느낄 수 없었지만, 아침에 해가 뜨면서 온기가 돌고 공기가 흐르면 분명히 느낄 수 있으리라. 그래서 캐스 2는 가방을 내려놓고 야영지를 세웠다.

이제 보니 얼룩덜룩한 빛은 아래쪽 호수에서 반짝이는 윤슬이었다. 백 미터 정도 비탈을 내려간 곳에 우거진 나뭇가지 사이로 호수에 반사된 빛이 일렁이며 올라왔다. 나뭇가지들은 아침 잔바람에 잠든 애인의 숨결처럼 부드러운 소리를 내며 살랑거리고 있었다.

캐스 2는 허리를 굽혀, 베개로 쓰던 세탁물 배낭 아래에서 캐터펄트를 꺼냈다. 캐터펄트는 톡톡 울리면서 지문을 인식했다. 실제로 캐터펄트를 쓰고 싶지는 않았기 때문에, 조금 더 걸어가 조심스레 주위를 둘러본 다음 가까이 있는 제일 큰 공터에 쭈그리고 앉아 오줌을 누었다. 지난 몇십 년 만에 이곳의 생태계는 테리폼[2] — 캐스 2를 고용한 곳 — 이 포식자의 씨를 뿌릴 수 있을 정도로 성숙했다. 그것은 늘 어느 정도 운에 달린 문제였다. 역사에 따르면 옛 지구의 성숙한 생태계에서 포식자와 희생자는 어느 정도 평형 상태를 이루었다고 한다. 그러나 새 지구에 재건된 생태계의 사정은 어떨지 알 수 없었다. 이 근방 포식자들의 먹이가 충분하다고 추측할 근거도 없고, 설령 먹이가 충분하다고 해도 포식자들은 캐스 2를 구미가 당기는 새로운 먹이로 볼 수 있었다.

---

2 테리폼TeReForm: 폐허가 된 지구를 재생시키는 가상의 기구.

캐스 2는 '조사부Survey'였다. 조사부이기 때문에 그녀가 군인 같은 성격을 갖게 된 것인지 아닌지는 신학에 버금갈 만큼 복잡한 주제이리라. 그러나 조사부를 그때그때 상황에 따라 군대와 연락을 취하는 순수한 과학의 첨병으로 간주하건, 스네이크 이터[3]들과 긴밀히 협조하는 우수한 정찰 부대로 보건 간에, 조사부의 공적인 임무는 새 지구의 생태계 성장을 관찰하고 보고하는 것이었다. 인류가 만들어 그곳에 들여온 동물들을 죽이지 못하도록. 지구 표면에서 2주 동안 활동하며 그녀는 캐터필트에 익숙해졌고, 무기 휴대를 아무렇지도 않게 여기게 되었다. 그러나 오늘 고향에 돌아간다고 생각하자 이 모든 환경을 세련된 도시인의 눈으로 보게 되었다. 내일이면 함께 지내게 될 거주지 고리 주민들은 조금 전까지만 해도 바로 그곳에 캐스 2가 있었다는 사실을 절대로 믿지 못할 것이다. 손에 무기가 없으면 야외로 나갈 엄두도 내지 못하고, 주도면밀하게 주위를 둘러보고서야 오줌을 눌 수 있는 장소가 존재한다는 사실을.

잠에서 깨어난 지 얼마 지나지 않아 반짝이던 빛이 따뜻한 자황색으로 변했다. 그 장면 전체가 엄청나게 복잡하고 예측 불가능한 현상 하나하나의 조합이었다. 호수의 잔물결, 나뭇가지가 한 세기 정도 자라며 그려낸 모습. 한 세기쯤 전에 팟 여러 개가 외계에서 돌진해 들어와 이 땅에 씨를 뿌렸다. 하드레인 동안 무수한 유성들이 충돌하며 무질서하게 분출한 물질 위에 주사위처럼 굴러 떨어져, 바위를 먹어치우는 미생물들이 만

---

3 스네이크 이터Snake Eater: 극한상황에서 생존하는 훈련을 받은 병사.

든 균열 사이에서 안착할 곳을 찾았다. 나뭇가지와 나뭇잎들은 바람의 흐름에 따라 흔들렸지만, 그 흐름은 인간이 도저히 계산할 수 없을 정도로 무작위적으로 마구 변했다. 인간이나 커다란 동물들의 두뇌가 이런 환경에서 살도록 진화했고, 이렇게 복잡한 자극을 영양분으로 삼았구나 하고 캐스 2는 생각했다. 5천 년 동안 인류는 그런 영양분 없이 살아오고 있었다. 인류는 그런 자극을 컴퓨터로 시뮬레이트하려 했고, 호수나 숲이 들어갈 만큼 커다란 거주지를 지었다. 그러나 시뮬레이트된 자연은 자연스럽지 않았다. 그동안 인간의 두뇌는 변했을까, 이제는 새 지구에 자신들이 시동을 건 변화를 맞을 준비가 되었을까 하는 생각이 들었다.

그녀는 모이라인이었기 때문에, 자기가 늦잠을 자서 이런 생각을 하는 것이 아닐까 의문을 품었다. 예전에 맡은 조사 임무들은 겨우 며칠 지속되는 단기 투입 임무였고, 보통은 저개발 생물계로의 파견이었다. 비교적 최근 들어 땅에 씨를 뿌린 터라 눈, 코, 귀를 습격하는 복합적 자극이 덜한 테리폼 과정의 주변부였다. 그러나 이번 임무는 스스로의 변화를 느낄 수 있을 정도로 길었다.

이브 모이라는 자연계에 매료되었지만 도시에도 매혹을 느낀 런던의 아이였다. 그래서, 캐스 2는 대도시의 밝은 면을 보기로 했다. 여기서는 하늘을 쳐다보겠다는 뜻이었다.

전날은 흐렸고, 공기도 잠잠했다. 고향으로 돌아갈 에너지를 얻어 준비하려면 애를 먹었을 것이다. 그러나 밤사이 날씨가 바뀌었다. 공기가 움직이고 있었다. 아직 강한 바람은 아니었지만 얼굴에 닿는 느낌으로 알 수 있었고, 나무꼭대기에 붙은 이 파리들을 휘저으며 높이 자란 풀의 묵직한 머리를 흔들 정도 였다. 위쪽에서는 공기가 더 세차게 움직이고 있을 것이다. 어 제 하늘을 덮었던 구름장들이 몇 뭉치로 갈라져 있고, 얇은 종 잇장 같은 곳도 군데군데 있는 것을 보면. 구름 바닥은 담자색, 동쪽 면은 담주색으로 물들어 있었다. 그러나 그 사이로 보이 는 하늘은 아주 맑고 여전히 어두워서, 밝은 별과 행성 몇 개가 보였다. 남쪽으로는 — 캐스 2는 북반구에 있었다 — 밝은 점들 이 질서 있게 고리를 이루어 동쪽 지평선에서 솟아올랐다. 그 고리는 하늘을 아치형으로 가로질러 어둠에 잠긴 서쪽으로 떨 어져 내렸다. 이곳에서는 거주지 고리 안에 있는 5천 개 가까운 거주지들이 보였다. 동쪽 멀리 지평선 바로 위쪽에는 특별히 커다란 광점光點이 목걸이의 걸쇠처럼 걸려 있었다. 지금 대서 양 위에 머물고 있는 그 빛은 거대한 구조물인 '아이Eye'일 것 이다.

이제 그곳으로 가야 했다.

캐스 2의 작은 은신처는 언덕 꼭대기로부터 어느 정도 물러 난 곳, 평평한 마름모꼴의 부드러운 풀밭 위에 있었다. 곧 바람 이 언덕을 넘어 불어올 것이다. 그녀는 마지막 짐을 지고 야영 지를 떠나, 어제 보았던 비탈의 틈까지 얼마 되지 않는 거리를 걸어간 다음 힙 벨트의 걸쇠를 끌러 벨트를 땅에 떨어뜨렸다.

공기가 빠진 날개와 꼬리 부분을 펼치는 것은 쉬운 일이었 다. 양쪽을 한 번씩 재빨리 발로 차주기만 하면 된다. 작은 짐들 — 발로 작동하는 펌프와 캐스 2의 머리보다 조금 더 큰 단단한 구체 — 은 날개와 꼬리 사이에 채워 넣었다.

몇 분 동안 발로 펌프를 세게 밟자 주름이 사라지면서 천이 빠르게 펼쳐졌다. 그러자 그 물건은 글라이더처럼 보이기 시작했다.

해가 뜨면서 크레이터의 맞은편 가장자리가 또렷해졌다. 날개 윗면은 에너지를 모아 붙박이식 공기 펌프로 공급하기 시작했다. 곧 펌프가 사람의 근육 힘으로 낼 수 있는 것보다 더 큰 압력을 날개와 꼬리 튜브에 전할 것이다.

그녀는 다시 옷을 입었다. 막 옷을 벗자 추웠기 때문에 땀 흘리며 열심히 펌프를 작동시켰던 것이 오히려 다행이라는 생각이 들었다.

단단한 구체는 유리 풍선이었는데, 바닥에는 캐스 2의 머리가 들어갈 정도 크기의 구멍이 있었다. 하지만 지금은 그 안에 회색 천 두루마리가 가득 들어 있었다. 천을 빼서 땅으로 차버리자 그녀의 키만큼 길어졌다. 구체 안에 들어 있던 것은 가장자리에 여러 개의 끈이 달린 반경식半硬式 깔때기였다. 깔때기 안에는 두 개의 통이 있었는데, 그 하나에는 하루 동안 내장을 움직이지 못하게 해줄 알약이 들어 있었다. 그녀는 그것을 삼켰다. 또 하나는 손을 대면 아플 만큼 차갑고 무거운 겔 주머니였다. 캐스 2는 주머니 한쪽 끝을 물어 뜯어낸 다음 겔을 몸에 마구 발랐다. 차가운 겔이 묻은 손이 닿을 때마다 몸이 움찔거렸다. 그 겔은 매우 복잡하게 만들어졌다는 피부 연화제였고, 공식 이름도 붙어 있었다. 하지만 모두가 그 물건을 '우주 윤활유Space Grease'라고 불렀다. 화장품으로는 절대 팔리지 않을 물건이었다. 텁텁하게 피부에 묻을 때마다 모공이 막히는 느낌이 들었다.

깔때기와 끈이 달린 장치는 소변을 모으기 위한 것이었다. 캐스 2는 그 안에 다리를 집어넣고 치구 위로 장치를 끌어올린 다음 골반 위쪽 높이 끈을 잡아맸다. 그곳에 달린 짧은 튜브가 안쪽 허벅지를 간지럽혔다.

다음에는 회색 천으로 된 물건을 집어 들었다. 목 부분에만 입구가 있는, 몸 전체를 감싸는 바디 슈트였다. 그것은 현미경으로나 보일 크기의 내트들 — 옆에 있는 내트와 손을 잡는 것 정도의 일밖에 할 줄 모르는 다리 세 개짜리 단순한 로봇들 — 이 이룬 그물망으로 되어 있었다. 서로 단순한 언어로 소통하는 내트들이 공유 프로그램에 따라 연결 지점을 팽창하거나 수축하기 때문에 사람이 입을 수 있는 옷이었다. 캐스 2는 목 부분 구멍 속에 양손을 집어넣고 서로 반대 방향으로 당겼다. 그 몸짓이 무슨 뜻인지 알아챈 내트들이 긴장을 풀자 발 하나씩 차례로 집어넣을 수 있을 정도로 입구가 넓어졌다. 그러려면 균형 감각이 필요했지만 다행히 캐스 2의 균형 감각은 나쁘지 않았다. 그녀는 땅 위로 펼쳐둔 수건 위에 서 있었다. 대부분의 사람들이 잘못하여 균형을 잃고 한 발을 흙에 딛거나, 더 심한 경우 바닥으로 넘어지기 마련이었다. 그러면 흙과 돌멩이와 잔가지가 우주 윤활유에 들러붙게 된다. 하지만 캐스 2는 무사히 슈트에 발을 집어넣었다. 다리 구멍을 찾은 다음 발가락 구멍을 찾아 발가락을 하나하나 넣는 동작은 여느 때와 마찬가지로 슬랩스틱 코미디 같았다. 일단 엉덩이 위까지 슈트를 끌어올린 다음에는 앉아서 한 번에 한 발가락씩 넣을 수 있었다. 그러고 나서 아직 헐렁한 허벅지 안으로 손을 뻗어 오른쪽 허벅지 안쪽에 붙어 있는 부품에 소변 튜브를 연결했다. 이를 알아차리고 천이 팽팽해지는 바람에 손이 다리통 안에 끼어버릴 뻔했다. 팽팽하게 당겨지는 기운이 발끝에서 무릎으로, 허벅지로, 엉덩이로 물결치며 올라오다가 허리까지 오자 일단 멈추었다. 그녀는 어깨를 움츠려 슈트의 위쪽 부분을 어깨에 걸치고 팔 끝에 붙은 장갑 속에도 손가락을 넣었다. 슈트는 착용자가 무엇을 하려는지 감지하고, 목 부분만 빼고 더 단단히 조였다.

이번에는 헬멧 구멍으로부터 한쪽에 고리가 달리고 또 다른 쪽에 걸쇠가 달린 뻣뻣한 목걸이를 떼어냈다. 그것을 목 주위에 찰칵 두른 다음 슈트의 느슨한 부분을 그 위로 잡아당겨 자리를 잡았다. 그러자 슈트가 움츠러들면서 목걸이와 단단히 연결되었다.

이제 캐스 2는 딱딱한 목걸이부터 발가락까지 회색 물질을 뒤집어쓰고 있었다. 어찌나 딱 맞는지 손등 힘줄이나 이른 아침의 한기에 반응하는 젖꼭지, 손톱 아래 틈까지 보였다.

그녀는 얼굴에 헬멧을 쓰려다가 머뭇거렸다. 당분간 새 지구의 신선한 공기를 들이마실 기회는 없을 것이다. 그녀의 과학자로서의 본분은 때때로 '자연' 세계에서 아름다움과 존재 이유를 느끼고 싶은 인류 공통의 심층 의식과 싸웠다. 닥이, 아니면 다른 아이비인이 자기 마음을 읽을 수 있다면 무슨 말을 할지 뻔했다. 아래쪽 호수의 물은 죽은 지구가 축축해질 때까지 혜성의 핵으로 폭격했기 때문에 존재하는 것이고, 지금 숨 쉬는 공기는 유전공학으로 만들어낸 유기체가 대량생산한 것이다. 그들은 그 유기체를 뿌려 축축한 행성 전체를 뒤덮었다가, 유기체가 임무를 다하자 없애버렸다. 그리고 캐스 2가 아주 좋아하는 상쾌한 향기는 초목에서 나오고 있지만, 그 초목은 오랫동안 이브 모이라의 목에 걸린 줄에 달려 있던 썸드라이브에 이진수 형태로 저장되어 존재했을 뿐이다.

아무리 그렇다 해도 캐스 2가 자연을 좋아한다는 사실은 변함이 없었다. 잔잔하던 바람이 점점 강해지면서 글라이더를 들썩들썩 밀었다. 글라이더는 최소한의 양력만 내도록 만들어졌고 어디로 가버릴 것 같지는 않았지만, 갑자기 돌풍이 불면 날아가버릴 수도 있었다.

갑작스런 기체의 움직임에 불안해진 캐스 2는 팔을 뻗어 오른쪽 날개 윗면을 후려쳤다. 날개 끝에서 팔 길이 정도 떨어진 부분이었다.

캐스 2는 손끝에 와 닿는 감촉을 느꼈다. 오른쪽 팔뚝 뒤, 손목에서 손가락 하나 정도 위로 올라온 곳의 슈트가 줄어들면서 아래쪽 피부가 전율했다. 겨우 지문 하나 크기의 잔주름이 잡혔다. 그러나 주름은 분명히 작은 손 모양이었다. 모이라의 손. 캐스 2의 피부와 글라이더 표면이 슈트의 스마트 직물을 매개체로 해서 감각 기관을 공유하게 되었다.

이 과정은 아무리 되풀이해도 질리지 않았다. 날개 끝 쪽으로 미끄러지듯 손을 쓸어내리자 슈트에 잡힌 손 모양의 구김살이 손목 쪽으로 이동했다. 그녀는 살짝 미소 지으며 그 모습을 지켜보다가 날개에서 손을 떼었다. 그러자 잔주름이 사라졌다.

그녀는 머리 위에서부터 목걸이까지 헬멧을 눌러 썼다. 머리 무게를 지탱하기 위해 패드를 댄 머리끈과 드문드문 최단거리로 늘어선 초소형 스피커들을 빼면 헬멧은 그냥 투명한 거품방울 같았다. 고맙게도, 눈에 부착하는 디스플레이나 다른 잡동사니 같은 것은 없었다.

날개와 이어진 기체에는 간신히 그녀가 들어갈 만한 공간이 있었다. 캐스 2는 다리를 벌리고 글라이더 선수에 걸터앉은 다음 한쪽 무릎을 들어 패드가 깔리고 절연처리가 된 홈통 속에 편안히 넣었다. 그 홈통이 다리와 턱을 받쳐줄 것이다. 다른 한쪽 다리는 슈트에 넣었다. 이제 조종석 안에 무릎을 꿇은 자세가 되었다. 앞에 있는 복부용 패드에는 납작한 배낭 모양으로 접힌 낙하산이 느슨하게 놓여 있었다. 그녀는 그것을 집어 등에 멘 뒤 허리와 허벅지 주위에 줄을 매고 조였다. 앞으로 몸을 기울여 팔에 몸무게를 실은 후, 배를 아래로 향하며 리버스 푸시업[4] 자세를 취했다.

그다음에는 오줌 튜브를 배출 시스템에 연결했다. 식수는 목걸이에 달려 있었다. 대기권을 드나들면서 그 튜브가 필요했던 적은 아직 없었지만, 하여간 튜브와 동력 케이블까지 연결해두었다.

이제 뒤로 손을 뻗어 발목까지 내리고 지퍼 손잡이를 찾아냈다. 거기에 왜 그런 이름이 붙었는지는 알 수 없었다. 그것은

---

4 리버스 푸시업reverse push-up: 일반적인 푸시업 자세를 취했다가 온몸을 뒤로 미는 동작.

더 멍청하고 전문화된 내트들로 이루어진 직선형 잠금 장치로, 주름진 절연재 여러 겹으로 몸을 꼭 감싸 기체 안에 밀폐해주었다. 지퍼를 끌어올리자 글라이더의 상부 조임이 신축성 있게 수축하며 엉덩이 주위와 척추를 조이고 올라와 슈트 목걸이 주위에서 잠겼다. 이제 머리에 쓴 거품방울만 노출되어 있었다. 그것은 글라이더의 노즈콘[5]이 되었다.

그러고서 날개를 펴는 새처럼 팔을 옆으로 펼쳐 절연재 터널 속으로 끼워 넣었다. 터널은 부풀어 올라 팔을 편안히 받쳐주었다. 작은 돌멩이가 기체에 들어와 팔 아래 끼어버린 것이 아닌가 잠시 생각했지만, 그 돌멩이 같은 물체가 약간 움직이자 그것도 슈트라는 사실을 깨달았다. 슈트가 날개 아랫면에 닿는 바위의 압력을 느끼고 그 힘을 전달한 것이다.

절연재는 소리도 막아주었기 때문에, 이제 바깥에서 나는 소리는 거의 들리지 않았다.

아무 소리도 안 들린다는 뜻은 아니었다. 바람 소리는 들렸다. 하지만 그것은 줄지어 늘어선 초소형 스피커들이 만들어내는 사운드스케이프를 제대로 반영하지 못하는 표현이었다. '개과 동물이 숲의 냄새를 맡았다'와 '사람이 숲의 냄새를 맡았다'가 완전히 다른 문장이 되는 건 단어의 의미가 다르기 때문이 아니라, 들개의 후각기관이 인간보다 대단히 뛰어나기 때문이었다. 비유해 말하자면, 글라이더에 탑재된 시스템이 그려내고 헬멧의 스피커가 내보내는 바람의 실시간 3차원 음향 데이터

---

5 노즈콘nose cone: 선체의 원추형 앞부분.

가 보조 장치 없는 귀로 감지할 수 있는 소리를 훨씬 뛰어넘는다는 얘기다. 개과 동물이 맡는 냄새가 인간이 맡는 냄새를 능가하듯이. 글라이더에는 사방을 겨냥한 라이더[6]들이 달려 있었기 때문이다. 라이더는 공중 수백 미터 범위를 감시하며 공기의 무수한 흐름과 단절과 소용돌이를 지켜보았다. 바람 소리에 실려 있는 정보들을 모두 전달받을 수는 없었지만, 걸러져 들려오는 것만으로도 캐스 2는 어느 방향으로 가야 할지, 즉 에너지가 어디 있는지 알 수 있었다. 바로 지금 들려오는 신호음과 쉭쉭, 치직, 바스락거리는 소리들이 서로 섞여 교향곡처럼 울리면서 어젯밤 느꼈던 직감이 대체로 옳다고 말해주었다. 바람은 호수에서 비탈을 타고 거의 연속적인 면을 이루며 올라왔지만, 언덕 꼭대기를 넘을 때 바깥쪽을 흐르는 높은 바람은 지면에 깔린 바람 층을 따라잡기 위해 더 빨리 불어야 했다. 높은 곳의 바람과 지면의 바람 사이에는 속도 차이가 있었다. 그것을 이용하면 될 것 같았다.

비탈과 나란히 날고 있는 한 쌍의 새를 좇느라 눈도 바빴다. 새들은 바람 속의 단층 안팎을 넘나들며 힘을 얻고 있었다. 훨씬 위쪽의 구름을 보면 몇 분 후 어떤 상황이 닥칠지 알 수 있었지만, 지금 관심사는 그것이 아니었다.

바람이 몰아쳤다. 팔 아래쪽에 받는 압력이 커지는 동시에 기체 전체가 떠오르는 것을 느낄 수 있었다. 슈트가 글라이더

---

6 라이더lidar: 레이저 레이더. 레이저 광선의 성질이 전파와 비슷한 것을 이용해 만든 레이더.

의 조종익면[7]을 인식하고 전송할 수 있도록 그녀는 손발을 움직였다. 거의 동시에 상승 설정이 되었다. 언덕 위에서 불어오는 바람에 갑자기 기체가 달려들며 공중으로 튀어올랐고, 땅에서 날개가 분리되며 매듭처럼 기체를 묶고 있던 압력이 사라졌다. 다음 순간부터 팔의 살갗에는 위로 흘러가는 기류를 읽는 날개의 감각만 느껴졌다. 캐스 2는 오차 한계가 어느 정도 생길 만큼 높이 떠오른 다음 선수船首를 낮추고 언덕 아래로 미끄러져 내려갔다. 속도를 얻기 위해 고도를 낮춘 기동이었다. 그날 남은 시간 동안 할 일은 대기권에서 에너지를 빼앗아 축적해두는 것이었다. 마지막에는 그 에너지와 높이를 교환해 대기권이 닿지 않는 곳까지 나선형으로 올라가야 했다.

호숫가로 더 가까이 가자 땅은 초원에서 숲으로 바뀌었다. 이곳은 새 지구에서 성숙한 숲 축에 들었다. '제1조약First Treaty'이 맺어지고 겨우 몇 년 후, 그러니까 백 년쯤 전에 씨를 뿌린 곳이었다. 그녀는 선수를 치켜세워 우듬지들을 대충 살핀 다음 다시 고도를 떨어뜨려 파란 호수 위로 활강했다. 혜성의 핵이 녹아 만들어진 호수는 인공적으로 뿌린 조류와 물고기로 여전히 활기를 띠고 있었다. 음성 명령을 내리자 글라이더에서 손가락만 한 굵기의 튜브가 몇 미터 아래 스쳐 지나가는 물속에 떨어졌다. 처음 호수를 가로지르면서 20킬로그램의 물을 채집했기 때문에 글라이더의 속도가 조금 느려졌다. 캐스 2는 맞은편의 상승 온난 기류를 타고 몇백 미터 날아가다가 다른 기

---

7 조종익면control surface: 항공기의 방향조정에 쓰이는 방향타, 승강타, 보조날개 등을 통틀어 말함.

류로 내려가 다시 한 번 길게 물을 빨아올렸다. 이런 작업은 이번 여행에서 가장 어려운 부분이었기에, 아직 기운이 넘치는 초반에 하게 된 것이 다행이었다. 글라이더는 등에 지고 다닐 수 있을 정도로 가벼웠기 때문에 많은 운동 에너지를 저장할 수 없었다. 글라이더의 운동량 부족으로 인해 캐스 2가 높은 대기권에서 수행할 수 있는 기동력은 제한되었다. 공기의 흐름이 조금만 뒤틀려도 글라이더는 깃털처럼 날아가버릴 것이다. 기체는 보다 더 무거워져야 했고, 그러기 위해 지금 하는 것처럼 호수에서 물을 떠야 했다. 그러나 이 모든 것은 고도와 속도가 낮은 상태에서, 실수할 확률이 적을 때 실행해야 했다. 처음 몇 번 호수를 지나갈 때는 글라이더에 무게가 거의 없었기 때문에 작업은 매우 까다로웠다. 그래서 호수 양편에서 시간을 들여 적당한 상승 기류를 찾아 힘을 거둬들여야 했다. 그러나 한 시간 정도 지나면서부터 그녀는 배와 날개에 수백 킬로그램의 바닥짐을 싣고, 엄청난 힘을 조종하며 크레이터를 가로질러 급강하하기 시작했다. 아침 시간이 지나면서 거대한 크레이터의 8부 능선쯤에 자리 잡은 넓은 초원으로부터 점점 더 세게 올라오는 온난 기류를 어느 지점에서 낚아채야 하는지 알 수 있게 되었다.

마지막으로, 막 물을 떠서 급격히 가까워지는 호숫가 나무 우듬지를 스쳐 지나가려는 순간 사람이 보였다.

그 사람은 호숫가에 나와 있는 것이 아니라 저만치 물러선 채로 나무의 맨 앞줄 가운데서 캐스 2를 지켜보고 있는 것 같았다. 거리가 너무 멀어서 남자인지 여자인지 알아볼 수 없었고,

주변에 잘 녹아드는 옷을 입고 있었다. 조사부의 밝은 작업복이 아니었다. 그렇지만 군복으로 보이지도 않았다. 발견되었음을 의식한 듯, 그 사람은 즉시 뒤로 물러나서 유령림幼齡林 속으로 들어갔다. 동시에 캐스 2는 나무와 충돌하지 않기 위해 글라이더 선수를 당겨 올려야 했다. 너무나 놀라서 나무와 부딪칠듯 아슬아슬하게 올라가는 바람에 가는 나뭇가지 몇 줄기가 기체의 배를 후려치는 것이 느껴졌다. 그렇게 그녀는 호수를 벗어났다.

바로 앞에는 넓은 초원이 태양 쪽을 바라보고 비스듬하게 펼쳐져 있었다. 그곳은 동력을 얻을 수 있는 훌륭한 원천이었다. 라이더를 통해 공기의 흐름을 읽고 눈으로도 직접 새들의 움직임을 알아볼 수 있을 만큼 가까이 다가가자 그녀는 온난 기류 속으로 비스듬히 날아 들어갔다. 처음에는 소리 정보만 듣고 서툴게 접근했지만, 기류 속으로 들어가 공기의 가는 결을 팔과 손가락 끝으로 느끼고는 새들처럼 그 흐름을 이용할 수 있었다.

반시간쯤 올라가자 호수는 먼 아래쪽으로 파란 원반이 되었고, 동남쪽으로는 탁 트인 공간이 보였다. 그곳을 나타내는 결정적인 증거로, 하늘에 버섯모자 구름들이 듬성듬성 흩어져 있었다. 고도와 거리를 바꿔 직선에 가깝게 활강하면서 온난 기류를 타고 에너지 저장소를 재충전했다. 그녀는 몇백 킬로미터 떨어진 곳에 솟은 산맥을 점찍어놓고, 태평양 동쪽 해안 위로 올라갔다. 위에는 구름이 길게 줄지어 산맥 꼭대기를 따라 늘어서 있었다.

날개의 광전지에 동력이 충분히 저장되었기 때문에 이제는 데이터를 우주로 쏘아 올릴 수 있었다. 몇 초 후 돌아온 패킷을 보자 그녀는 행어들이 그녀가 계획한 길을 따라 언제 어디로 나타날지 예측할 수 있었다. 계획을 확실히 정해서 실행하기에는 너무 일렀지만, 큰 그림을 그려놓으면 쓸모가 있었다. 그리고 자기가 어디 있으며 언제 나타날지 알려두는 것은 좋은 습관이었다.

다른 조사원 스무 명 정도가 대략 같은 지대에서 작업하고 있는 것 같았다. 놀랄 정도로 많은 수라는 생각이 들어 재점검해보았다. 확인 통신이 돌아오기를 기다리면서 그녀는 주위 하늘을 스캔하다가 조사원 두 명을 포착했다.

생각에 잠겨 있다가, 그녀는 닥에게 음성 메시지를 보냈다.

"돌아가서 말씀드릴 것이 있습니다. 급한 건 아니지만 중요합니다."

그러고는 마음에서 잡생각을 몰아내고 당면한 문제에 주의를 쏟았다. 그 문제란 그녀가 타야 할 산악파[8]까지 갈 수 있는 온난 기류들을 연결하는 것이었다. 일단 글라이더에 에너지 ― 대부분 높이 에너지로 ― 를 충분히 저장하고 나면 온난 기류를 타는 부분은 거의 자동적으로 이루어져서, 한 번에 20분씩 잠을 잘 수도 있었다.

사실, 이번 비행에서 로봇이 맡지 못할 부분은 없었다. 지금 이 순간에도 로봇 글라이더들은 새 지구의 모든 곳에서 작동하

---

8 산악파mountain wave: 기류가 산을 넘을 때 생기는 공기의 파동.

고 있었다. 그러나 캐스 2는 자기 힘을 기계에 맡겨 축소시키는 것이 석연찮았기 때문에 최소한 얼마간의 시간이라도 글라이더로 나는 쪽을 택했다. 알고리즘은 제대로 작동했지만, 인간이 정원 가꾸듯이 돌보지 않는다면 더 좋아지지는 않을 것이다. 그렇게 알고리즘을 발전시키기 위해서는 직접 날아야 했다.

가속도가 갑자기 밀어닥치는 바람에 이른 오후 낮잠에서 깨어났다. 아래를 내려다보자 천 미터쯤 아래쪽에 눈으로 덮인 산봉우리들이 보였다. 그녀는 산악파를 금방 찾아냈다. 북쪽에서 남쪽으로 흐르며 올라가는 공기의 꼭대기에 있었다. 이 안정된 대기권의 동력 앞에서는 온난 기류에서 얻을 수 있는 에너지가 전부 왜소해 보였다. 여기서 북쪽으로 방향을 돌리면 그 파동을 타고 극 소용돌이[9]까지 쭉 간 다음 대기권보다 높은 곳까지 올라갈 수 있을 것이다. 그러나 날개를 타고 갈 수 있는 곳보다 더 멀리 가야 했기에, 남쪽으로 비스듬히 날아 글라이더가 그 파동을 타고 옆으로 미끄러지도록 조심스레 조종했다. 산악파에서 글라이더는 남쪽으로 시속 300킬로미터 속도로 굉음과 함께 전진하면서도 높이 올라갈 수 있는 힘을 얻어냈다. 그녀는 허리케인에 올라탄 파리 신세였다.

소리가 짜내는 태피스트리에 귀를 기울이면 위와 아래, 오른쪽 왼쪽에 있는 다른 단단한 물체들을 파악할 수 있었다. 기우는 해가 진자주색 하늘을 배경으로 그 비행기들의 기체와 날개 끝을 환히 비춰주어 맨눈으로도 보였다.

---

9 극 소용돌이polar vortex: 극지방의 대류권 상층부터 성층권까지 형성되는 강한 소용돌이.

더 큰 구조물들은 훨씬 더 높이 ─ 까마득히 높지만 그래도 '낮은' 지구 궤도 ─ 에서 거대한 시계의 분침처럼 더 천천히 움직였다. 양 끝에 더 크고 밝은 빛이 있는 직선으로 된 별자리 같았다. 그 불빛 중 하나는 정남쪽 하늘을 가로지르고 있었다. 그것을 잡기에는 이미 늦었다. 그러나 눈을 돌려 서쪽을 보자 다른 불빛이 다가왔다. 거대한 두 다리가 하늘을 성큼성큼 가로질러 오는 것만 같았다. 발이 아래쪽을 향해 흔들리고 있었지만 아직 내려오지는 않았다. 매개변수를 볼 필요도 없이, 자기가 쓸 행어였다. 그래도 그녀는 계산을 해보았다. 한편으로는 자기 추측을 확인해보고 싶었고, 한편으로는 이 붐비는 공간에서 같은 곳을 노리고 있을지도 모르는 다른 항공기에 대한 예의를 다하고 싶었다.

그곳까지 닿기 전에 날이 어두워졌다. 그 행어hanger ─ 옛 지구 비행에서 쓰던 용어인데, '행어(hangar: 격납고)'의 말장난이었다 ─ 는 밧줄 한쪽 끝에 매달린 커다랗고 텅 빈 팟이었다. 그 밧줄은 지금 위로 우주까지 뻗어 있었다. 수천 킬로미터 아래 밧줄의 반대편 끝에는 똑같은 행어가 또 하나 매달려 평형추 역할을 했다. 두 행어는 볼로가 되어 서로 주변을 회전하며 그 사이에서 밧줄을 팽팽하게 유지했다. 볼로는 다른 인공위성들과 마찬가지로 지구 궤도를 돌았다. 인공위성과 다른 부분은 궤도의 높이와 밧줄의 길이였는데, 그것은 회전할 때마다 ─ 캐스 2의 시점에서는 천궁을 가로지르는 거인의 큰 걸음 한 발짝마다 ─ 아래쪽 행어가 대기권 맨 위로 휭 날아가 일 분 정도 멈추어 있는 듯이 보이도록 조정되어 있었다. 달리기 주자가 뜰 때 아무리 빨리 움직여도 한 걸음 내디딜 때마다 발이 한순간 움직이지 않고 땅에 닿아 있는 것과 조금 비슷했다. 어쨌든 행어는 충분히 낮고 느리게 움직였기 때문에, 산악파의 동력을 얻어 엄청난 속도로 솟구쳐서 대기권 높이 올라간 글라이더는 그것을 따라잡을 수 있었다.

캐스 2의 눈과 귀는 다른 비행기들도 같은 목표를 노리고 모여들고 있다고 알려주었다. 랑데부 몇 분 전에는 옛날 프로그램인 퍼앰뷸레이터에게 기체 조종을 맡겨야만 했다. 그래야 마지막 진입을 할 수 있었다. 캐스 2가 아무 도움 없이 혼자 해야 한다면 착륙 과정에서 막힐 수도 있었다. 그러나 진입할 때 다른 비행기와 위치를 조정하는 것은 5천 년 된 알고리즘이 가장 잘할 수 있는 일이었다.

조종권을 양도했을 때에도 행어는 여전히 닿지 못할 것처럼 멀어 보였다. 그러나 다음 몇 분 동안 행어는 여기저기 붉은 야간 항해등이 박힌 운석이 슬로모션으로 움직이는 것처럼 하늘에서 다가왔다. 그것은 럭비공 모양으로 앞부분과 뒷부분이 유선형이었고, 몸체에 달린 뭉툭하고 작은 날개들이 희박한 공기속에서 정지 마찰력을 얻으려 애쓰며 비행을 안정시키기 위해 돌격 궤도를 조정하고 있었다. 캐스 2와 다른 비행기들은 뒤에서 그쪽으로 모여들다가, 행어가 느려져 거의 멈추려고 할 때 재빠르게 추월했다.

행어의 선미 끝은 넓은 조리개가 거의 다 차지하고 있었다. 지금은 조리개의 홍채 부분이 열려 밝게 조명된 널찍한 갑판을 드러낸 모습이 마치 하늘에 마법 출입구가 열린 것 같았다. 앞에서 다른 비행기 불빛들이 대기 줄로 서서히 들어가는 광경이 보였다.

차가운 태양이 하늘에서 떨어져 내리는 것처럼 행어의 밝은 구멍이 커졌다. 비행기는 하나하나 그 속으로 들어가 튀어올랐다가 갑판 위에 미끄러지듯 멈추었다. 멀리서는 평평해 보이지만 사실은 위로 약간 기울어져 있었기 때문에, 비행기들은 안으로 들어가면서 완만한 경사로를 올라갔다. 초과속도를 줄이는 데 그것이 오히려 효과적이었다. 캐스 2의 글라이더는 두 번 튀어오른 다음 경사로에 무게를 실었다. 다음 순간 살찐 손이 등을 누르는 듯한 느낌의 중력 ― 진짜 중력과 모의 중력 ― 이 내려왔다. 글라이더가 급격히 느려지면서 피가 머리로 쏠리는 느낌이 들었다.

겉으로 보면 이제 그녀가 움직이지 않는 것 같았다. 그러나 사실 그녀는 회전하는 물체 속, 다시 말해 4천 킬로미터 길이의 볼로 한쪽 끝에 들어 있었다. 멀리서 보면 대단히 육중해 보이는 회전이지만, 그 볼로의 회전 속도는 모의 중력 2G를 생성해낼 만큼 빨랐다. 거기에다 새 지구에서 받는 실제 중력 1G를 더하면 엄청난 양의 다운포스가 글라이더의 배 부분을 이루는, 물이 가득 찬 밸러스트 주머니 속으로 그녀를 내리누르고 있었다.

그런 무게를 느끼지 못하는 인간 크기의 그랩이 글라이더를 옆으로 끌어내, 그 뒤에 다른 비행기가 착륙할 자리를 만들었다. 행어는 이번에 통과할 때 여덟 대의 비행기를 싣는다고들 했다. 캐스 2의 글라이더 외에도 인간이 조종하는 기체가 두 대 있었다. 설계 방식은 서로 달랐지만 둘 다 동력형이었다. 다른 다섯 기는 로봇 글라이더였다. 캐스 2의 글라이더와 비슷해 보였지만 공기 주입식이 아니라 고체였다. 마지막 기체가 수납되자마자 행어의 뒷문이 오므라들면서 닫혔다. 가상의 거인이 성큼 한 발짝을 딛자 행어는 '뒤꿈치' 부분이 먼저 높아지며 뒤로 날아 도로 우주로 올라갔다.

가압하기에는 기체 부피가 너무 컸다. 대기권에 잠깐 들어가 있는 동안 얻었던 얼마 안 되는 공기가 빠르게 새어나왔기 때문에, 캐스 2는 외계에 있는 것이나 마찬가지였다. 이것을 감지한 슈트의 천은 이제 대기권에서 얻을 수 없는 배압[10]을 가하기 위해 피부 위에서 수축했다. 투과성 천이었기 때문에 실제로 피부와 진공 사이에 있는 것은 우주 윤활유뿐이었다. 윤활유와 내트 그물망의 결합 효과는 인간이 살아가도록 태어난 방식대로 피부와 근육이 두툼한 공기층에 덮여 있다고 착각하게 만들었다. 구식 우주복처럼 옷에서 압력을 받는 부분은 헬멧뿐이었다.

행어의 착륙용 갑판 한가운데 위쪽에는 각각 크기와 설계가 다른 플리버 네 척이 매달려 있었다. 하드레인이 시작되기 전부터 존재했던 우주선의 최신형이었다. 비행기들이 착륙하는 동안 플리버는 계속 위쪽에 고정되어 착륙에 방해가 되지 않았다. 그러나 행어 문이 닫히자마자, 4인승 중형 모델 한 대가 윈치로 경사로에 내려졌다. 그것은 10미터쯤 떨어진 곳에 놓였

---

10 배압back pressure: 기체를 배출할 때 받는 압력.

다. 우주 비행기에는 어울리지 않게, 바퀴가 달려 있는 것 같았다. 사실은 경사로를 위아래로 굴러다닐 수 있도록 설계된, 낮은 바퀴가 달린 썰매 위에 놓여 있었다.

플리버의 에어로크 문 옆에 켜진 녹색 불을 보니 그 맞은편은 모두 정상인 것 같았다. 캐스 2가 그곳에 닿을 때까지 10분 정도 남았다. 기절만 하지 않는다면 시간은 충분했다. 그녀는 글라이더 기체에 공기를 내보내고 수축하라고 명령했다. 공기와 물이 빠져나가는 소리는 들린다기보다 오히려 느껴졌다. 기체의 부드러운 윗면이 어깨, 등, 엉덩이, 허벅지 위에서 갈라졌다. 한편 그녀는 한 쌍의 날개처럼 펼쳐져 있던 절연 소매에서 팔을 움직여 빼내려고 애썼다. 기체가 보통 때 무게의 세 배라는 점을 고려하면 꽤나 운동이 될 법했다.

그 일을 다 마치자 글라이더는 주름진 천 십자가가 되어 갑판 위에 납작하게 놓였다. 캐스 2는 공기 세정기와 소변 채집기 연결을 끊은 후 목걸이에서 동력과 데이터 플러그를 뺐다. 팔을 몸 아래 두고 플리버를 향해 배밀이를 시작했다. 한쪽 무릎을 미끄러뜨린 다음 갑판 바닥을 따라 다른 쪽 무릎을 앞으로 내밀며 도마뱀처럼 기었다. 커다란 시위가 나선형을 그리며 나와 필요할 때 여분의 공기나 다른 도움을 줄 준비를 갖추고 보조를 맞추며 생체 신호를 따라 이동했다. 그러나 캐스 2는 제대로 전진했다. 다른 인간 조종사들과 다를 바 없이 손과 무릎으로 기어갈 수도 있었겠지만, 그녀는 그럴 필요를 느끼지 않았다.

이상한 것이 눈길을 끄는 바람에 그녀는 실체를 확인하려고 애써 머리를 약간 돌렸다. 세 번째 조종사가 똑바로 서서 걷고 있었다. 그는 몸의 균형과 관절에 주는 부담을 주의해서 가늠하며 신중하게 잔걸음으로 터벅터벅 걷고 있었다. 그러면서도 의식을 유지할 정도의 피가 머리에 도는 모양이었다.

캐스 2는 3G 아래에서 걷기는커녕 일어설 수도 없었다. 그녀의 종족들도 대부분 그랬다. 그러나 이 사람은 테클라인이었다. 몸 크기뿐만 아니라 헬멧 틈으로 보이는 피부색과 머리 모양으로도 분명했고, 근육계와 입고 있는 슈트의 스타일로도 알 수 있었다. 그의 슈트는 더 무거웠고, 부분적으로 강화되어 있었으며, 여러 가지 짐을 고정시킬 끈이 붙어 있었다. 칼집과 총집, 탄띠는 비어 있었다. 하지만 이런 단서가 전혀 없다고 하더라도, 기어가는 것이 더 안전하고 쉬운데 걸어가는 힘든 길을 선택했다는 사실만으로 그의 종족을 추측할 수 있었다.

모이라인과 테클라인을 연결하는 종족적 유대가 없었다면 캐스 2는 눈을 굴리며 '테클라인은 앞으로 터벅터벅 계속 걷기만 하면 되니까 두뇌에 피가 돌 필요가 없지.' 같은 농담을 중얼거렸을지도 모른다. 그러나 그런 고정관념은 자신에게도 마찬가지로 돌아올 수 있었다. 그 테클라인이 자기 비행기를 조종해 작동 중인 행어에 들어왔다. 비행기에는 엔진이 있었다. 엔진 제작법을 아는 문명권에 있는데 엔진을 사용하지 않을 이유가 무엇이겠는가? 한편 캐스 2는 무동력 글라이더를 타고 대기권에서 에너지를 끌어오는 기술과 지혜를 이용해 같은 목적지에 도달했다. 원한다면 언제든지 알고리즘에 조종 임무를 맡길 수 있었지만, 대신 대부분 자기 방식대로 직접 하는 쪽을 선택했다. 이것도 무의미한 허세로 보이기는 테클라인 조종사가 지금 하는 행동과 마찬가지일 것이다. 하지만 캐스 2는 자신에게 중요한 기술들을 시험하며 연마하고 있었다. 필요한 부분이 다르기는 했지만, 이 테클라인도 같은 일을 하고 있었다.

캐스 2는 여유 있게 에어로크에 도착했다. 에어로크 바닥에는 패드가 깔려 있었다. 캐스 2처럼 온몸의 뼈를 바닥에 대고 있는 사람들에 대한 배려였다. 그녀는 무거운 몸을 굴려 등을 대고 눕다가 손과 무릎으로 기어온 조종사와 살짝 부딪쳤다. 공기 튜브를 에어로크 벽에 있는 소켓에 연결하자 헬멧 가득 새 공기가 흘러들었다. 테클라인이 들어와서 벤치 위에 쓰러지듯 앉았다. 외부 출입문이 닫히고 잠겼다. 기압이 올라가면서 내트 그물망이 맹렬하게 몸을 쥐어짜던 힘이 줄어들었다. 압력이 1표준 거주지 대기압과 비슷해지자 육상용 저지 셔츠 정도의 탄력만 느껴졌다. 옛 지구 사람들이 콜로라도 주 아스펜 같은 곳에서 숨 쉬던 공기와 비슷한 희박한 기체 혼합물이었다.

안쪽 출입구가 열렸다. 이제 캐스 2는 손과 무릎으로 바닥을 짚고 기어 다른 사람들을 따라 중앙 선실로 들어갔다. 그곳에서는 가속 카우치 네 개가 탑승객을 기다리고 있었다. 그들은 그중 세 자리에 기어 올라가 벨트로 자세를 고정하고 편안하게 기댔다. 그들은 이제 바닥에 등을 대고 다리를 높인 자세로 누워 있었다. 어느 시점에선가 슈트 시스템이 플리버의 음성 네트워크와 접속하는 방법을 찾아냈다. 다른 두 명이 자신과 마찬가지로 힘들게 숨 쉬고 있는 소리가 들렸기 때문에 그녀는 그러한 사실을 알았다. 그러나 어느 누구도 한마디 하지 않았다. 몇 분 지나면 말하기가 훨씬 수월해질 것이다. 예상했던 대로 테클라인은 조절 호흡으로 숨을 내쉬며 우람한 팔을 들어올려 헬멧을 움켜쥐고 벗었다. 그는 헬멧을 배 위에 놓은 다음 카우치에 팔을 도로 털썩 얹었다. 캐스 2는 곁눈질로 백금발 머리와 광대뼈를 슬쩍 보았다. 그도 그 눈길을 의식하고 있었을 것이다. 그러나 그녀는 고개를 돌려가면서까지 쳐다보고 싶지는 않았다. 대신 얼굴에 얹힌 디스플레이 화면을 최대한 집중해서 보았다. 중력으로 안구가 눌리는 바람에 쉽지는 않았지만.

그들은 시속 백 킬로미터의 수평 비행으로 행어에 들어왔다. 그로부터 몇 분 후, 그녀가 도마뱀처럼 바닥을 기도록 내리눌렀던 구심력이 이번에는 탑승객들을 위와 앞쪽으로 몰아치며 가속했다. 탑승객뿐만 아니라 선실의 모든 것에 운동 에너지를 펌프질하듯 꾸준히 밀어 넣으며, 일반적으로 우주여행을 할 때 겪는 엄청난 속도가 날 때까지 회오리바람처럼 휘몰아갔다. 선조들은 같은 목적으로 바로크 양식의 불을 뿜는 시스템을 사용했지만, 그들은 그런 것을 사용하지 않았다. 볼로는 물리적으로 볼 때 다윗이 골리앗을 죽일 때 썼던 투석기와 마찬가지였다. 플리버는 투석기 주머니 부분에 자리 잡은 돌이었다.

볼로가 이미 4분의 1 정도를 회전했기 때문에, 그들은 이제 곧장 지구 표면에서 멀어져 날아가고 있었다. 그들과 30억 명의 인류가 고향이라고 부르는, 머나먼 거주지의 고리를 향해.

위쪽 디스플레이의 비디오 윈도우로 보면, 행어의 뒷문이 열려 검은 하늘이 둥근 원반처럼 나타나는 모습이 보였다. 쾅쾅 두들기는 것 같은 금속성 소리가 났다. 썰매의 브레이크가 풀린 것이다. 썰매는 구심력 때문에 경사로에서 내려가 계속 속도를 내며 행어 갑판 끄트머리까지 가서 딱 멈추었다. 썰매의 충격 흡수 장치에서 재채기 같은 소리가 났다. 플리버는 썰매와 순식간에 분리되었다. 그곳에 있는 사람들이 보기에는 갑판 가장자리에서 우주로 떨어지는 것 같았다. 도중에 갑자기 떨어지기는 했지만, 추력기를 재빨리 가동해 상쇄되었다.

이제 무중력 상태가 되었다. 캐스 2는 헬멧을 벗었지만 내이內耳가 적응할 때까지 카우치에 머리를 잠시 편하게 고이고 있었다. 그동안 손으로는 팔걸이 칸 안에서 바프varp를 찾았다. 바프는 보통 사람들이 앱을 사용할 때 평판 디스플레이 대신 쓰는 장치였다. 아주 오래된 말이었기 때문에 그것이 시야 증대역 프로젝터Vision Augmentation Retro-Projector의 앞문자를 따서 만든 준말이라는 것을 아는 사람은 거의 없었다. 유행은 바뀌었지만 기본 모델은 테가 두꺼운 안경과 비슷했다. 안경테 위에는 착용자의 손이 움직이는 방식을 볼 수 있는 카메라, 말을 들을 수 있는 마이크로폰, 시선을 따라갈 수 있는 다른 카메라들이 달려 있었다. 그것을 쓰자 주변 시야에 빛나는 허구의 점들이 아주 많이 생겼다. 손을 내밀어 그것들을 활성화시키면 퍼앰뷸레이터를 가동할 수 있었다. 이것은 우주에서 플리버가 처해 있는 상황의 큰 윤곽을 파악하게 해주었다. 중심에 있는 파란 원반은 새 지구를, 그 위를 덮은 회색 필름은 대기권을 나타냈다. 바깥쪽으로 상당히 벗어난 곳에 볼로의 중심이 가는 궤도 흔적과 그 주위에 뱀처럼 감겨 있는 행어 두 대의 쌍둥이 궤도가 보였다. 그들이 방금 뒤에 남긴 자취였다. 깜박이는 녹색 점은 새 궤도에서 그들이 현재 있는 위치를 보여주었다. 새로운 궤도는 뚱뚱한 타원 모양이었는데, 그 타원의 원지점은 행성 위에 떠 있는 거주지들의 원과 일치했다. 이후 열두 시간 동안 그들은 그 높이까지 관성으로 올라간 다음 다시 카우치 벨트를 매고 그들이 가려고 하는 거주지와 동기화시키는 데 필요한 델타 비에 영향을 줄 만한 다른 수단을 쓸 것이다.

'위에서' (북극 위 높은 곳에서 전체 모습을 '내려다보며') 묘사하듯, 지름이 84,000킬로미터인, 머리카락처럼 얇은 고리가 30억 명의 인구 전부가 사는 세계였다. 그 중심에 있는 희고 푸른 행성의 지름과 비교하면 대략 일곱 배였다. 그 고리를 이루는 물체들은 그 안에 살고 있는 사람에게는 커 보이겠지만, 고리의 전체 규모에 비교하면 더없이 작은 입자였다. 최대한 가느다란 보석 목걸이, 여인의 목에 걸린 보일까말까 한 백금의 실을 상상해보라. 그런 목걸이를 지름 10미터짜리 완벽한 원으로 만든 다음 그 전체 크기에 비교하면 실이 얼마나 얇을지 그려보라. 캐스 2의 바프에 나오는 것 같은 인공 모형 쪽이 더 보기 쉬웠다. 그 모형에서는 고리를 만드는 점들, 즉 거주지들은 비현실적으로 크고 서로 다른 색깔로 부호화되어 그려졌다.

그런 식으로 보면, 원은 대략 크기가 같은 여덟 개의 호로 나뉘었고, 호 하나하나는 약 45도 각도에 대응했다. 롱 줌으로 보면 그 호들은 빛을 뿜으며 반짝이는 무지갯빛이었고, 그 사이사이를 연결하는 훨씬 짧은 회색 호 — 본야드(boneyard: 묘지, 폐차장)라고 불렀다 — 가 있었다.

더 가까이 당겨서 보자, 이미지의 세부적인 특징이 뚜렷해지면서 시스템이 편리하게도 이름표와 숫자가 붙은 자오선들을 겹쳐놓기 시작했다. 여덟 부분에 흩어져 있는 활성 거주지는 9천 개가 넘는다. 본야드에도 수백 개의 거주지가 있었지만, 대부분 쓸모없어져서 재활용을 위해 파쇄되는 것들이었다. 본야드에는 사용하지 않은 달의 파편들과 어쩌다 잡힌 소행성들도 있어서, 그런 것들은 신규 건설을 할 때 원자재로 사용된다.

아직 완성되지 않았기 때문이건, 버려졌기 때문이건, 그냥 바위이건 간에 사람들이 살지 않는 물체는 전부 회색 점으로 표시된다. 그래서 여덟 본야드의 생김새가 그렇게 칙칙한 것이다.

본야드 사이사이에는 훨씬 더 긴 여덟 개의 호가 순색[11]으로 반짝이고 있었다. 멀리서 보면 호 하나하나의 색깔이 뚜렷했다. 건물들의 역사와 지난 천 년 — '고리 밀레니엄'이라 불리는 제5밀레니엄 — 동안 흐른 인류의 역사가 그 색채들에 담겨 있었다. 그전, 하드레인이 시작된 후 처음 4천 년 동안 우주 공간은 너무 더러웠기 때문에 인류는 클레프트 같은 거대한 니켈-철 천체를 은신처 삼아 웅크리고 있어야 했다. 한때 달의 핵이었던 클레프트의 궤도는 당연히 달의 궤도와 비슷했다. 즉, 지금 거주지 고리보다 지구에서 아홉 배나 더 멀었다. 뒤부아 해리스가 예측했던 바와 같이, 예전 달의 궤도는 지구에 지옥불이 비처럼 내리고 있는 동안 문명을 재건하기에 좋은 — 사실 유일한 — 장소였다. 그러나 인류 전체의 계획이라고 할 만한 것이 있다면, 결국 지구로 돌아가는 것이었다. 하드레인은 약해졌

---

11 순색pure color: 하나의 색상 중에서 가장 채도가 높은 색.

다. 처음에는 점진적으로 약해졌고, 제4밀레니엄 중에 훨씬 더 빠르게 약해졌다. 제4밀레니엄 동안 로봇 함대가 니켈-철 요새에서 동굴의 박쥐처럼 쏟아져 나와 하늘을 깨끗하게 청소하고, 잡석 구름을 감시하고, 작은 입자와 자갈들을 함께 모은 다음 지구 정지 고도에 있는 잘 통제된 궤도 속에 나선형으로 내려보냈기 때문이다, 그 일은 대부분 태양 광선의 압력을 이용해 이루어졌다. 추진력이 약했기 때문에 효과를 내는 데 수백 년이 걸렸다.

약 천 년 전 제5밀레니엄의 여명기에는 지구 정지 궤도에 최초의 새 거주지가 건설되었다. 옛 지구의 본초 자오선 위에 자리 잡았기 때문에 그리니치라고 불렀다. 처음에는 돌무더기와 닳아서 못 쓰게 된 로봇들밖에 이웃이라고 할 만한 것이 없었다. 그러나 그리니치가 완성되자마자 그곳을 중심으로 더 많은 거주지들이 바깥으로 퍼져 나가며 건설되었다. 인류와 인류의 로봇들은 도화선에 불이 붙듯 원재료의 고리를 소모하며 양쪽으로 맹렬하게 번져 나갔다.

그리니치는 일곱 인간 종족 전체의 연합 프로젝트였다. 첫 이웃들인 볼타, 동쪽으로는 바누 카심, 서쪽으로는 아틀라스와 롤랜드, 나중에 양쪽으로 더 많이 생긴 거주지들도 마찬가지였다. 그래서 캐스 2의 바프 디스플레이에 이것들은 전부 흰색으로 나타났다.

그리니치는 고리 위에 등거리로 표시된 여덟 개의 점 중 하나였다. 다른 일곱 개는 서쪽 방향으로 볼 때 리우, 멤피스, 피트케언, 토코마루, 교토, 다카, 바그다드라는 이름을 얻었다. 적당한 때에 거주지마다 새 거주지와 더 많은 물건을 대량생산할 생산설비의 씨앗이 뿌려졌다. 몇 세기가 지나면서 그곳의 거주자들도 마찬가지로 동쪽/서쪽 면에 있는 원재료 고리를 소모하며 인구 성장에 맞는 속도로 새 거주지를 만들어나갔다.

그 과정이 오래 지속되면 거주지들이 그리니치부터 서쪽으로 그리는 호는 리우에서 동쪽으로 자라나는 호와 맞닿을 것이 당연했다. 호와 호 사이 사용되지 않은 원재료와 재활용 쓰레기들이 모인 띠는 점점 짧아지며 본야드가 되었다. 초창기에는 원재료 창고 역할, 나중에는 정치적 완충 지대이자 경계 지역이라는 유용성, 그런 이점이 없었다면 다 사라져버렸을지도 모를 일이다. 그곳은 변경 지대처럼 우주 거주지의 답답한 생활이 맞지 않는다고 느낀 사람들이 도망칠 수 있는 장소가 되었다. 그리니치와 리우 중간에 있는 본야드의 이름은 카보바르데였다. 카보바르데부터 시작해서 서쪽으로 티티카카, 그랜드캐니언, 하와이, 캄차카, 광저우, 인더스 본야드가 생겼다. 원을 완성하는, 바그다드와 그리니치 사이의 본야드 이름은 발칸이었다. 어떤 본야드는 다른 것보다 더 컸다. 반대로 예전에 아이단 부분과 카마이트 부분을 가르던 광저우는 양쪽 인구가 늘어나면서 전부 소진되어버렸다.

'저주'를 선언할 때 이브 아이다는 그것이 사실이라고 여러 번 말했다. '세븐이브스 협의회' 후 처음 몇 세대 만에, 일곱 종족이 영원히 존재하게 되었다는 것이 분명해졌다. 인간이라는 그림 속에 발톱이나 비장처럼 영구히 새겨졌다. 거기에 따르는 공식적 정책이 선언된 적은 없었지만, 사람들은 이동 방향으로 의사 표시를 했다. 리우는 대부분 아이비인이 사는 지역이 되었다. 모이라인은 멤피스에 모였다. 테클라인은 그 방향의 다음 거주지인 피트케언으로 갔다.

그리니치의 맞은편 첫 거주지 바그다드에는 다이나인들이 자리 잡았다. 바그다드에서 동쪽으로 가면 나오는 다카에는 카밀라인들이 가득했다. 아이다인과 줄리아인은 교토와 토코마루라는 상호대척의 거주지를 각각 택하는 방식으로, 다른 종족들에게서 영원히 소외되었다는 감정을 표현했다. 이렇게 고리가 완결되면서, 동쪽 끝의 줄리아인들은 서쪽 끝의 테클라인들과 겨우 하와이 본야드 하나만 사이에 두고 분리되었다. 하와이 본야드는 상대적으로 컸지만, 어디까지나 줄리안 종족이 그곳의 자원을 엄청나게 사용하며 전진할 정도로 많지 않기 때문이었다.

종족적 순수성의 기준도 달라졌다. 그리니치는 모두 함께 건설한 곳이기 때문에, 거주지 고리에서 가장 다양성이 있는 부분으로 언제까지나 존재할 것이다. 그 양옆을 받치고 있는 바그다드와 리우에도 각각 다이나인이나 아이비인이 아닌 거주자들이 많았다. 따라서 그 세 부분이 이루는 호는 상당히 세계주의적이었다. 다른 종족들은 대체로 남의 일에 관심이 없었기 때문에, 그들이 사는 부분은 그렇게 잘 섞이지 않았다. 이례적인 소도시들이 고리에 흩어져 있기도 했다. 예를 들어, 줄리아인 5천 명이 사는 거주지가 다이나인 지역의 한가운데 뚝 떨어져 있기도 했다.

이브 모이라는 모든 종족이 태어난 실험실 샘플들을 파악하기 위해 색으로 샘플을 부호화했었다. 순전히 그녀가 여러 가지 색깔의 시험관 스티커와 펠트펜 같은 사무실 비품들을 되는 대로 사용했기 때문에 나타난 결과였다. 그렇지만 그것은 이후 보편적인 관례가 되었다.

파랑: 다이나
노랑: 카밀라
빨강: 아이다
오렌지색: 줄리아
청록색: 테클라
자주색: 모이라 자신
녹색: 아이비
흰색: 불특정 종족

거주지 고리를 이루는 점을 표현할 때도 같은 색 부호가 사용되었다. 그래서 대부분의 다이나인이 사는 거주지는 파란색으로 표시되었다. 나머지도 마찬가지 방식이었다. 그와 같은 거주지들은 아주 작고 너무 많아서, 그런 점들은 전부 화면 위에서 무지갯빛으로 반짝이는 호 모양으로 뭉쳤다. 하지만 그 그림으로 전체적인 추세는 볼 수 있었다. 이브 모이라가 일부러 한 선택이든 아니든, 색채표에서 차가운 색들 — 파랑, 녹색, 자주색, 청록색 — 은 그녀와 개인적으로 가까웠던 네 명의 이브에게 연결되었고, 다른 이들에게는 따뜻한 색 — 빨강, 노랑, 오렌지색 — 이 부여되었다.

이런 방식으로 고리 전체에 점을 찍은 다음 12시 방향을 그리니치, 6시 방향을 토코마루로 두고 전체적으로 그려보면, 약 10시 방향인 인더스 본야드의 서쪽 끝에서 차가운 색이 커다란 호를 그리기 시작해 하와이 본야드의 동쪽 끝인 5시 방향까지 빙글 돌아가는 모습이 보였다. 따뜻한 색의 호는 더 짧아서, 6시 방향 조금 전부터 시작해 9시 방향 조금 지난 부분까지 이어졌다. 그리니치를 중심으로 한 고리의 가장 '높은' 부분은 서리처럼 희었다. 극지방의 만년설 옆에 자줏빛 산, 녹색 언덕, 파란 물이 자리 잡은 모습 같았다. 그러나 고리의 왼쪽 바닥 부분은 소형 토치로 가열된 듯이 카마이트, 아이단, 줄리안 인구들을 보여주는 따뜻한 색으로 빛났다.

그림에서 그 부분은 고리를 가로지르는 두 개의 붉은 선으로 표시되었다. 하나는 정확히 서경 166도 30분, 예전의 태평양 키리바티 섬 위에 있었다. 줄리안 부분의 동쪽 끝 근처였다. 다른 하나는 정확히 동경 90도에서 카마이트 호 정중앙에 있는 다카 거주지를 통과했다. 그 두 선은 국경이었다. 상상의 경계가 아니라 유료 고속도로처럼 고리를 가로질러 건설된 문자 그대로의 장벽이었다. 따뜻한 색 거주지의 호는 그 사이를 차지했다. 줄리안 호의 대부분과 아이단 호 전부, 그리고 카마이트 호의 절반은 캐스 2와 이 플리버의 다른 승객들에게는 다른 나라나 마찬가지였다. 그곳과 그들이 사는, 더 크고 차가운 색을 띤 호 사이의 관계를 서술할 수 있는 방법은 많았다. 그중 가장 간결한 것은 전쟁이었다.

테클라인은 캐스 2가 누운 자리에서 머리를 들어 올리고 플리버의 임시 사교계에 참여하는 것을 보더니 그녀 쪽으로 돌아섰다. 그는 오른쪽 팔꿈치를 옆구리 쪽으로 내밀고 손날을 세운 후 손바닥을 아래로 해서 엄지손톱이 턱 끝에 닿을 정도로 휙 올렸다. 그러고 한순간 가만히 있다가 손을 앞이마까지 높였다. "벨레드 토모프입니다." 그가 말했다. 그러나 캐스 2는 이미 그의 이름을 알고 있었다. 그의 슈트 바깥쪽에 스텐실로 찍혀 있었기 때문이다.

캐스 2도 비슷한 동작을 했지만, 자기 종족 스타일로 왼손을 사용했다. 그녀는 손바닥을 자기 쪽으로 두고 손가락을 구부려 느슨한 주먹 모양을 만들었다. "캐스 아말토바 2입니다."

이제 둘 다 다이나인 쪽을 바라보았다. 조금 전까지 그는 시선을 옆으로 돌리고 있었는데, 우주복의 소변 채집 시스템에 오줌을 누고 있어서 프라이버시를 갖고 싶다는 뜻을 모든 사람에게 알리는 태도였다. 그러나 이제 그는 고개를 들고 마찬가지로 왼팔로 인사 동작을 했다. 손을 움직이는 방식은 약간 달랐는데, 손바닥을 자기 쪽으로 두었다가 뒤집어 바깥쪽을 향하게 하면서 이마에 댔다. "리스 알라스코프입니다."

이 인사 방식은 일찍이 클라우드아크 시절과, 일곱 이브가 클레프트에서 낳은 첫 세대들의 방식과 비슷했다. 그때 사람들은 외부를 내다보는 바이저가 장착된 우주복을 입고 지내는 시간이 많았다. 바이저는 햇빛을 보충하기 위해 위아래로 젖힐 수 있었다. 바이저를 내리면 금속을 입힌 반사 스크린이 착용자의 얼굴을 감추었고, 올리면 얼굴이 보였다. 사람이 붐비던 그 시대 환경에서, 손을 위로 움직이는 동작은 "안녕하세요, 저는 사회적 상호작용을 할 여유가 있습니다."라는 신호가 되었다. 그 반대는 "잘 가요."나 "지금은 프라이버시를 갖고 싶습니다."를 뜻하게 되었다. 인간들이 원할 때면 언제나 프라이버시를 가질 수 있는 거주지로 퍼져 나가면서 이런 동작의 실용성은 점차 사라졌다. 그러나 그 동작은 거수경례의 형태로 계속 남았다. 벨레드 토모프는 오른손을 쓰는 군대 스타일을 선택했는데, 거기 담긴 뜻은 "숨겨둔 무기로 당신을 죽이지 않겠습니다."였다. 중력 상태에서라면 다음 동작이 아마 손을 뻗어 악수를 하는 것이었으리라. 그러나 무중력 상태에서 그런 동작은 실용성이 없어서 거의 사용되지 않았다. 왼손으로 동작을 하면 군대 외의 직업을 암시했다. 경례하는 사람의 오른손이 쓸모 있는 일을 하느라 바쁘다는 뜻이었다. 손 위치는 종족마다 달랐고 그 동작의 기원은 민속학적 연구 주제였다. 그러나 원거리에서, 아니면 우주복 때문에 알아보기 힘들 때 그 사람이 어떤 종족인지 알리는 쓸모가 있다는 데는 전부 동의했다. 종족을 구분하는 데 쓰이는 몸의 크기나 모습, 자세, 태도라는 단서들은 알아보기 힘들 수도 있었다. 특히 얼굴 모습과 머리카락 색깔이 보이지 않을 때라면 더욱 그러했다. 리스 알라스코프는 전형적인 다이나인의 꿀색 머리와 주근깨가 박힌 피부를 가졌다. 테클라인도 피부가 희었다. 그러나 리스가 개방적이면서 매력적인 얼굴과 사람을 끄는 태도를 가진 반면, 벨레드의 얼굴은 광대뼈와 턱뼈밖에 보이지 않는 데다 날렵하면서도 앙상했고, 눈은 너무나 파래서 흰색으로 보일 정도였으며, 두피에 닿을 듯 바짝 깎은 머리카락은 광섬유 유리 같았다. 그의 태도는 그 모습과 잘 어울렸다. 캐스 2는 짙은 갈색 피부에 눈은 녹색이고, 숱이 많고 검은 머리카락을 갖고 있었다. 다른 말로 하면, 이브 모이라의 모습과 가까웠다. 따라서 플리버에 탄 세 사람 중에서 가장 대조를 이루는 인물은 캐스 2와 벨레드였다. 하지만 5천 년에 걸친 문화적 적응은 그들이 상호작용하는 방식을 규정지었다. 어떤 위기가 일어난다면, 캐스 2와 벨레드는 아마 자기도 모르게 서로 등을 맞대고 본능적으로 상대의 특성에 의지할 것이다. 그리고 위기가 없다면 마주보며 부지불식간에 서로 끌릴 것이다. 다이난과 아이빈 사이에도 그 비슷한 상호보완 관계가 있었다. 그러나 리스 알라스코프에게는 지금 이 순간 그런 파트너가 없었다. 네 번째 카우치는 비어 있었다.

일 초도 안 되는 짧은 시간 동안 이런 여러 가지 일들이 잠재의식 속에 스쳐 지나갔다. 리스는 슬쩍 몸을 밀어 디스플레이들이 둥지처럼 모인 곳으로 유영해 갔다. 그곳은 플리버의 조종판 역할을 하고 있었다. 물론 바프로 같은 일을 할 수도 있었지만, 보통 선실의 모든 사람에게 배의 상태를 분명히 보이는 것이 바람직하다고 여겨졌기 때문에 그런 정보는 큰 화면에 올리곤 했다.

리스는 어디든 원지점에 있는 거주지에 통신을 연결하려고 했다. 어떤 사람이든 '전화를 받으면' 이야기를 나누면서 통신 장애를 제거할 것이다. 천천히 선실을 가로질러 유영해 오며 그가 말했다. "두 분 다 조사 임무는 잘 하셨습니까?"

"수박 겉핥기지요." 벨레드가 말했다.

캐스 2도 같은 맥락의 말을 하려던 참이었다. 그러나 누군지 모르는 인디전[12]이 호수 옆 숲속 은신처에서 글라이더를 지켜보던 것이 기억났다. 순식간에 받은 인상이었다. 상상이었을까? 그녀는 상상이 아니라고 확신했지만, 기억은 묘한 재주를 부릴 수도 있었다.

"제가 한 조사는 대단했어요." 캐스 2가 그 미끼를 물지 않자 리스가 말했다.

"무슨 이상현상이라도 있었나요?" 벨레드가 묻는 순간 캐스 2도 동시에 "무엇이 그렇게 흥미로웠나요?" 하고 묻고 있었다.

자신에게 꽂히는 벨레드의 시선을 느끼고 그를 바라보다가, 캐스 2는 그의 질문이 리스와 자신을 동시에 겨냥했다는 것을 알아차렸다.

그러나 자기만 그 질문을 받았다고 생각하는 것이 다이나인인 리스의 천성이었다. 그의 눈은 캐스 2와 벨레드 사이를 왔다 갔다 했다. 자기가 겉돌고 있다는 것을 깨닫자 그는 웃으며 대답했다. 그 웃음은 당연히 매력적이었다. "양쪽 질문에 동시에 대답할 수 있을 것 같군요." 그는 조종실 한가운데 있는 의자에 손을 내밀었다. "개과 동물들이 대대적으로 후생에 들어갔습니다.[13] 거의 알아볼 수 없을 정도로 변했어요." 그가 손가락을 몇 번 놀려 제어판을 켜자 주위의 화면에 불이 들어왔다.

개과 동물이란 개, 늑대, 코요테 같은 것이었다. 종 하나하나

---

12 인디전Indigen: 우주에 사는 일곱 종족이 아닌, 새 지구에 살고 있는 토착민.
13 후생에 들어가다(go epi): 생물의 몸과 성격이 바뀌는 변태 시기를 겪는 경험이다. 모이라인들도 후생에 들어간다.

를 다시 살려내려고 하기보다, 닥 — 닥터 후 노아 — 은 제로 직전 옛 지구의 과학 학술지에 나온 연구에서 새로운 영감을 얻었다. 그 연구는 종이라고 널리 알려진 범주 사이의 경계가 매우 혼란스러워서 의미가 없을 수도 있다고 시사했다. 그들은 모두 서로 짝짓기를 할 수 있었고, 그렇게 짝짓기를 해서 잡종 자손을 낳았다. 여러 가지 이유로 이 동물들은 크기와 모습대로 무리를 짓는 경향이 있었는데, 인간 관찰자들은 그 무리를 서로 구분되는 종으로 볼 것이다. 그러나 인간이 관찰하지 않거나 환경이 변할 때면 코요테-개, 코요테-늑대, 늑대-개와 같은 여러 가지 혼종이 나타났다. 코요테는 늑대처럼 무리지어 사냥하기 시작하고, 늑대들은 코요테처럼 홀몸으로 쏘다녔다. 인간을 피했거나 인간을 먹은 동물들이 그들과 어울렸다. 집에서 기르던 애완동물들이 들짐승으로 변했다.

후 노아는 120살이었다. 젊었을 때 그는 수백 년 동안 복음으로 통하던 테리폼 사상의 전통에 반기를 든 많은 과학자 중 한 명이었다. 부분적으로는 그 개혁파들의 선전전 덕분에, 이 오랜 접근법은 TOT 즉 '천천히 하자(Take Our Time)' 학파라는 보수적이고 틀에 박힌 모습으로 받아들여졌다. TOT의 전제는 생태계가 옛 지구에서는 수백만 년에 걸쳐 진화했기 때문에, 수공업적인 과정을 통해 천천히 재구축해야 한다는 것이었다. 그래도 괜찮았다. 어쨌든 행성의 예측할 수 없는 표면에 사는 것보다 거주지에서 사는 쪽이 더 안전하고 안락했으니까. 옛 지구와 비슷한 생태계가 아래쪽에서 천천히 재창조되는 동안 인간 종족들은 수천 년 동안 위험 없고 안전한 거주지 생활을 즐길 수 있었다. 행성은 생태학적 보존 지구가 될 것이다. 하드레인으로 모습이 매우 달라졌지만 여전히 윤곽은 흐릿하게 남아 있는 아프리카에는, 이브 모이라의 목에 둘러 있던 썸드라이브까지 시간을 거슬러 올라가는, 이진법에서 나온 기린과 사자들이 생길 것이다. 유성에 두들겨 맞고 다시 만들어진 다른 대륙들도 그렇게 될 것이다.

닥은 'TOT 파'라는 이름을 붙이고 이들을 비난한 개혁파 중에서 가장 오래 살아남은 사람이었다. 그들은 GID, 즉 '끝내자(Get It Done)' 파였다. 그 학파의 대표는 루크 마코프였는데, 닥의 선생이 되었을 때 그 자신도 백 살이 넘은 나이였다. 이브 다이나의 남자친구 마쿠스의 성을 딴 것을 보면 분명히 루크는 다이나인이었다. 그러나 닥과 그의 추종자들은 대부분 아이비인이었다. 그렇기 때문에 그들은 진지하고 신뢰성 있는 학자로 받아들여졌고, 그 사실은 그들이 자신들의 이론을 역설할 때 도움이 되었다. 그들은 TOT 파의 전제에 의구심을 갖게 된 모이라인 철학자들 대부분과 동반 관계를 맺었다. 모이라인 철학자들은 TOT 파가 터무니없이 긴 시간을 상정할 뿐 아니라, 옛 지구의 생물군계를 복제해 재창조하자는 그들의 계획은 자연에 대한 감상적인 사고방식을 반영한다고 지적했다. 그것은 하드레인 때부터 인류 종족이 짊어지고 온 외상후 스트레스 증후군이 표출되는 방식이었다. 그러나 이제는 그 짐을 버려야 했다. 옛날 생태계는 결코 돌아오지 않을 것이다. 다시 불러올 수 있다고 해도 너무 오래 걸려서 그럴 가치가 없을 것이다. 어쨌든 자연 선택이라는 힘은 예측도 통제도 할 수 없기 때문에 그 계획은 실패할 것이다. 닥의 이런 주장은 TOT 학파에게 사형 선고를 내렸다.

그러나 GID 학파의 무기고에서 가장 강력한 무기는 철학이 아니었다. 초조함이었다. 정도의 차이는 있어도 모든 종족은 초조함이라는 결점을 공통적으로 갖고 있었다. 그에 버금가는 GID의 무기는 경쟁심이었다. 카밀라인을 제외한 다른 여섯 종족은 이 경쟁심을 갖고 있었다. 그런 동기에 마음이 움직이는 사람이라면 누구든지 '끝내자' 쪽을 원했다. 몇천 년이 아니라 몇백 년 만에 테리폼을 끝내고 싶어 했다.

그러나 그들의 힘이 강해지자 상상도 하지 못했던 정치적 결과가 나타났다. 인류 종족들에게 경쟁할 목표 즉, 새 지구의 표면이 생긴 것이다.

4820년대 초반, 루크 마코프는 5050년쯤이면 새 지구의 표면이 영구적인 인간 거주지가 될 수 있을 거라고 추정하는 논문을 냈다. '천천히 하자' 학파의 기준으로는 놀랄 정도로 빠른 것이었지만, 보통 사람에게는 먼 미래로 느껴졌다. 그래서 테리폼을 계획하는 일을 맡은 과학자 위원회는 그것을 예정에 넣어도 아무 문제가 없다고 생각했고, 나중에는 심지어 5005년의 클레프트 착륙 기념일로 일정을 앞당겼다. 그러나 사고의 변화가 일자 오랫동안 억눌렸던 정치적 세력들이 풀려났고, 4830년 두 개의 다른 나라가 형성되기에 이르렀다. 그중 한쪽을 지배하는 아이다인들은 많은 카말라인과 줄리아인들을 장악하고, 4855년 키리바시와 다카에 턴파이크를 지어 고리를 쪼갰다. 마침내 그들이 자기 나라의 정식 이름을 짓자 고리의 나머지 부분도 이름을 지을 수밖에 없었다. 그러나 사람들은 모두 그들을 그냥 레드와 블루라고 불렀다.

하여간 테리폼은 계속되었다. 레드/블루 경계에 걸쳐 있는 연구소와 과학자들이 그때그때 협력한 덕분이었다. 그러나 23년 후, 새 지구의 대기권이 인공 보조기가 없어도 숨 쉴 만하게 되자마자 '바위 위 전쟁'이 시작되었다. 일부 우주에서 진행되었지만 대체로 아직 헐벗은 새 지구 표면에서 벌어졌던 이 전쟁은 4895년 이제 '제1조약'으로 불리는 조약이 체결되면서 끝났다. 그 조약은 무엇보다도 그 후 테리폼 활동이 어떻게 진행되어야 하는지 규정했다. 따라서 '대파종Great Seeding'으로 가는 길이 다져졌다. 캐스 2가 오늘 아침 스쳐 지난 나무들은 그렇게 생겨난 것이다. 그 뒤 몇십 년 동안, 생태계의 전반적 활성화에 주력하는 계획의 일환으로 지구 표면에 점점 더 큰 동물들이 방사되었다.

그 가운데는 개과 동물도 있었다. 캐스 2도 오늘 아침 바로 그 동물들에 대해 염려했었다. 그들이 '후생에 들어갔다'는 리스의 말은 그들이 후생적厚生的 변화를 겪고 있다는 뜻이었다.

에이전트가 20년 정도 일찍 달을 날려버렸다면 이브 모이라는 후생유전학[14]에 대해 알지도 못했을 것이다. 이브 모이라가 클라우드아크에 파견되었을 당시 그것은 여전히 새로운 과학 분야였다. 우주에서 첫 해를 보내는 동안 그녀는 가져온 장비와 함께 이지와 인듀어런스 호에서 가장 보호받는 구역에 틀어

---

[14] 후생유전학epigenetics은 유전자의 염기서열이 바뀌지 않아도 염색질 구조가 변화했을 때 발현되는 양상이 유전되는 현상에 대한 학문이다.

박혀 있었다. 그 주제를 파고들어 연구할 시간이 넉넉했다. 그 시대의 아이들이 대부분 그랬듯이, 그녀는 게놈—몸의 모든 세포핵 속 염색체에 표시된 염기쌍의 배열—이 유기체의 유전적 운명을 전부 말해준다고 배웠다. 나머지 부분은 아무 일도 하지 않는 것 같았기 때문에 '정크 DNA'라고 일축되었다. 그러나 21세기 전반기에 더 복잡한 분석을 통해, 이른바 '정크'의 많은 부분이 사실은 유전자의 표출을 조절하여 세포의 기능에서 중요한 역할을 하고 있다는 사실이 드러나며 그런 도식은 바뀌었다. 단순한 유기체에도 그런 메커니즘으로 인해 억압되거나 완전히 침묵하게 된 유전자가 많다는 것이 밝혀졌다. 표현형(생물학자의 눈에 보이는 실제 생물과, 그 생물에게서 관찰되는 모든 특성과 행동)은 유전자형(DNA 염기순서)뿐만 아니라 유기체의 세포 안에서 어떤 유전자를 표현하고 어떤 것을 묶어놓을지 결정하는 규제 메커니즘이 순간순간 내리는 무수한 미세결정의 기능이라는 것이 분명해지자, 게놈학의 핵심이었던 '유기체의 게놈을 알면 과학으로 그 유기체를 파악할 수 있다'는 약속은 깨져버렸다. 규제 메커니즘은 몇 가지 유형으로 나뉘었지만, 엄청나게 복잡한 것이 많았다.

에이전트가 갑자기 개입하지 않았다면, 옛 지구의 생물학자들은 이런 메커니즘을 목록으로 만들고 그것의 효과를 이해하는 데 최소한 몇십 년을 바쳤을 것이다. 그 분야가 '후생유전학'이라는, 그때로서는 새로운 과학이었다. 그러나 후생유전학은 클레프트에서 이브 모이라와 그녀가 키워낸 여러 세대 생물학자들의 손에 쥐어진 도구가 되었다. 그들은 사용할 수 있는 모든 도구가 필요했고, 인간 종족의 생존을 보장하기 위해 그 도구를 가차 없을 만큼 실용적으로 휘둘렀다. 모이라는 다른 여섯 이브의 아이들을 창조할 때 후생유전학 기술을 사용하지 않았다. 그러나 자기 게놈에 몇 가지 실험을 하는 것은 괜찮다고 생각했다. 초반에는 실험이 매번 실패해서 그녀는 처음 여덟 번 임신했다가 유산했다. 그러나 마지막 시도에서 살아남은 아이는 잘 자라났다. 모이라의 하나밖에 없는 딸이었다. 모이라는 캠브리지 대학의 이름을 따서 아이에게 캔터브리지아라는 이름을 붙여주었고, 캔터브리지아는 캐스 2의 종족을 만들었다.

수천 년 후 인류가 대파종을 준비할 때는 후생유전학을 충분히 이해하고 있었기 때문에, 새 지구 표면에 풀어주게 될 새로운 종 일부의 DNA에 후생유전학이 프로그램되었다. 그리고 '끝내자' 파의 주된 강령에는 사용할 가치가 있는 모든 종에 후생유전학을 사용하자는 조항도 들어 있었다. 그래서 TOT 학파라면 사용했을 방법대로 염색체 배열 순서를 밝혀 특정한 환경에서 코요테 신종을 번식시키는 대신, GID식 접근법은 개의 종족을 생산해냈다. 그 종족은 불과 몇 세대 후 코요테나 늑대나 개가 될 것이고, 아니면 기존의 범주 어디에도 맞지 않는 생물이 될 것이다. 어떤 것이 가장 효과가 있을지에 달린 일이다. 시작할 때의 유전자 암호는 전부 비슷하지만, 다른 부분들은 결국 주위 환경에 맞추어 표현되거나 억압될 것이다.

인간은 그 결과물을 선택하거나 계획하기 위해 노력하지 않을 것이다. 그들은 새 지구에 파종을 한 후 무슨 일이 일어날지 지켜볼 것이다. 생태계가 특정한 지역에서 이를 받아들이지 못한다면, 다른 시도를 해보면 되는 일이니까.

그런 종들이 수십 년 동안 새 지구에 파종되면서, 이런 식으로 내내 진행되었다. 후생유전학적 변화는 걷잡을 수 없이 많이 일어났지만, 표면에 조사부가 드물었기 때문에 인간은 그 현상을 거의 관찰하지 못했다. 그렇지만 결국 인간이 이 놀라운 현상을 목격한 다음에는 '후생에 들어간다'는 표현으로 알려졌다. 그 문구는 비과학적이기 때문에 사용이 장려되지 않았지만, 리스 알라스코프는 교묘히 거기서 빠져나가는 법을 잘 알고 있었다.

리스는 거주지 고리의 모형을 불러내 꼭대기의 희끄무레한 부분을 확대했다. 그들의 예정 경로는 그 위에 선명한 녹색 호로 그려져 있었다. 그리니치 바로 동쪽, 상대적으로 작은 거주지들이 연이어 있는 곳 근처의 원지점을 지나 굽어지는 경로였다. 그리니치, 리우, 등등의 씨앗이라고 볼 수 있는, 각 부분에 처음 건설된 거주지들은 거주지 건설이 본궤도에 오르면 자연히 나중에 생겨난 거주지보다 작아지곤 했다. 일반적으로 거주지는 본야드에 가까울수록 더 컸다. 리스가 여기저기 패닝과 주밍을 하자 거주지 이름이 화면에 왔다 갔다 했다. 한니발, 브뤼셀, 오요, 오베르뉴, 베르킨게토릭스, 스티브 레이크. 마지막 이름을 보자 잠시 흥미가 일었다. 캐스 1의 오래된 친구가 그곳에 살고 있었다. 그러나 이제 캐스 2로 변했기 때문에 그 우정은 계속되지 못할 것 같았다.

캐스 2는 같은 화면을 바프에 불러내 축소했다. 현재 '아이

Eye'의 위치를 다시 확인하기 위해서였다.

거주지 고리가 전체적으로 시계 눈금판 같다면, 아이는 분침이었다. 아이에 달린 안쪽 밧줄은 지구 쪽을 가리키고 바깥쪽 밧줄은 거주지 고리 밖으로 뻗어 있었다.

아이에 대해 묘사할 때는 반드시 그것이 지금까지 만들어진 물건 중에서 가장 크다는 것을 언급하며 시작해야 했다. 아이의 재료는 대부분 클레프트에서 나왔다. 어떤 면에서는 클레프트가 궁극적으로 모습을 바꾼 물체였다. 아이의 맨 안쪽 부분은 지름이 엄청나게 큰—50킬로미터 정도—고리 모양의 회전하는 도시였다. 지름 크기가 충분했기 때문에 제일 큰 우주 거주지도 공간을 넉넉히 남기며 중심을 통과할 수 있었다. 그래서 아이는 만 개의 거주지 하나하나를 아우르는 고리 전체를 둘러볼 수 있었다.

적어도 원래 계획은 그랬다. 실제로는 고리의 블루 부분만 훑어볼 수 있었다. 다카에서 시작해 서쪽으로 고리의 3분의 2 정도 전진해 줄리안 부분의 경계까지 아우른 부분이었다. 양쪽 장벽—니켈-철의 긴 조각들로 고리를 곧장 가로지르도록 만들어진 장벽은 문자 그대로 유료 고속도로turnpike였다—은 전부 레드가 만들었다. 아이의 움직임이 '그들의' 부분에 들어오는 것을 물리적으로 막기 위한 조처였다. 그래서 아이는 시계의 분침처럼 고리를 전부 도는 대신 블루 거주지만 돌아다니며 턴파이크에서 이쪽저쪽으로 튕겨 나왔다. 그다음 한 세기 반 동안 레드는 '안티 아이'처럼 보이는 거대한 물건을 만들고 있었다. 그것도 아마 비슷한 방식으로 레드 부분 이쪽저쪽을 휩쓸며 다닐 터였다. 그러나 그것은 마카사르 해협 위 정지 궤도에서 꼼짝하지 않았기 때문에, 사실 블루의 그 누구도 그것이 언제쯤 작동할지 알지 못했다.

그레이트체인이라는 이름의 그 회전 도시는 아이 한가운데 홍채 같은 원형 입구를 그렸다. 도시 양쪽으로 가면 아이는 점점 가늘어져 점이 되었다. 한쪽 점은 언제나 지구 중심을 노렸고 다른 점은 반대쪽을 겨냥하고 있었다. 양쪽 점에서 케이블이 하나씩 뻗어 있었다. 아니면 오히려 불필요한 자기 치유 네트워크라고 해야 할까. 안쪽 케이블은 지구 표면까지 닿을 정도로 늘어졌는데, 그 끝에는 크레이들이라는 것이 매달려 있었다. 바깥쪽 케이블은 거주지 고리 너머까지 멀리 뻗어 평형추 역할을 하는 빅 락에서 끝났다. 빅 락으로 가는 케이블 길이를 조절하면 구조물 전체의 무게 중심을 지구에 더 가깝거나 지구에서 더 멀리 움직일 수 있었다. 그러면 아이는 고리의 거주지들과 연관이 있는 궤도에서 속도를 내거나 느려졌다. 그래서 아이는 시계 분침처럼 고리를 돌면서 가는 길에 있는 거주지를 지나치거나 필요한 시간만큼 거주지에 멈출 수 있었다. 어떤 거주지를 둘러싸고 있을 때 플리버나 화물 셔틀, 내트 무리, 촉수처럼 뻗을 수 있는 기계 장치 등을 이용해 사람과 물건을 쉽게 주고받을 수도 있었다.

제로 전 방식으로 말하면, 아이가 근처에 있을 때 거주지에 있는 기분은 마치, 대초원의 작은 마을에 있는데 움직이는 맨해튼이 갑자기 지평선에서 굴러와 사람을 둘러싸고 수백 가지 방법으로 교류하다가 가버리는 것과 비슷했다. 아주 크고 국제

적인 거주지라도 마찬가지였다. 아이에는 여러 가지 기능이 있지만 가장 중요한 것은 여객선 역할이었다. 거주지 사이를 움직이는 가장 간단한 방법이었다. 아이가 그 순간 어디 있고 어느 방향으로 움직이는지 캐스 2가 확인하려고 했던 것도 그런 이유에서였다.

아이는 그들의 예정 원지점으로부터 서쪽으로 20도 정도 벗어난 곳에서 아쿠레이리라는 커다란 새 거주지를 둘러싸고 있었고, 전체적으로는 그리니치 부분과 리우 부분 사이에 있는 카보베르데 본야드 쪽을 향하고 있었다. 곧 고리에서 주로 아이비인이 사는 부분으로 들어간다는 뜻이었다.

"높이 휘둘러서 아이를 잡을까요?" 캐스 2가 물었다.

이 말은 플리버를 더 높은 궤도로 발사하기 위해 그들 스스로가 일종의 거대한 알루미늄 채찍 — 거주지 고리에서 매우 흔한 장치 — 역할을 하겠냐는 제안이었다. 그들이 원지점을 지나 천천히 고리 너머로 곡선을 그릴 때, 아래쪽에 있는 것들 — 아이를 포함해 거주지 고리에 있는 모든 것 — 은 안쪽 선로에서 속도를 내어 그들을 지나칠 것이다. 그러므로 그들이 아이에 원을 그리며 돌아올 때에는 아이가 그들을 따라잡을 것이다. 그들은 아이에 있는 빈 항구 수백 군데 중 아무 데나 플리버를 댈 수 있을 테고, 그러면 '검역부Quarantine'를 상대적으로 편하게 통과해 아이를 여객선 삼아 각자 갈 길을 갈 수 있었다. 아이는 원하는 곳 어디든, 또는 어떤 다른 장소에 보다 직행으로 이동하도록 여객 플리버나 여객선으로 바꿔 탈 수 있는 환승 허브로 데려다줄 것이다. 아니면 크레이들까지 내려가는 엘리베이터를 탈 수도 있고, 그냥 아이 위에 남아 있을 수도 있었다. 아이도 본질적으로는 거주지였다. 많은 사람들이 그 위에서 평생을 살았다. 할 수만 있다면 '아이 잡기'는 마구잡이로 어느 거주지에 닿아 며칠, 어쩌면 몇 주를 머물다가 환승해서 계속 가는 것보다 늘 더 나았다. 그래서 이런 제안은 별로 논란을 일으킬 만한 것이 아니었다.

"저야 좋습니다." 리스가 즉각 말했다.

벨레드 쪽으로 고개를 슬쩍 돌리자 그와 눈이 마주쳤다. 캐스 2는 그 테클라인이 자신을 살펴보고 있었다는 것을 알았다. 수천 년 동안 우주의 사회문화적 환경에 맞는 문화 변용과 종족의 아종화가 이루어졌어도 변하지 않는 방식으로.

그녀는 그를 향해 가볍게 한쪽 눈썹을 치켜올렸다.

"당연하죠." 벨레드가 말했다.

"만장일치네요. 제가 입력해 넣겠습니다." 리스는 인터페이스 조종판을 조작하러 갔다.

캐스 2는 다리 사이가 살짝 얼얼한 것을 느끼고 조금 당혹스러웠다. 얼굴도 살짝 열기가 올라오면서 빨개졌다. 벨레드도 어느 정도 비슷한 반응을 하고 있을 거라고 생각했지만, 테클라인들은 감정을 보이지 않도록 훈련을 받는다. 아마 그 기원이 고대 스파르타인들까지 거슬러 올라가는 신념, 다시 말해서 공포 같은 감정은 눈에 띄게 표현하면 생겨나는 것이고 그 반대는 성립하지 않는다는 신념 때문일 것이다.

리스는 캐스 2와 벨레드 사이에 무슨 일이 일어나고 있는지 느낀 듯 좀 더 열심히 자기 일에 몰입했다. 늘 그렇듯이 가장 복잡한 부분은 여전히 '영공'이라고 불리는 거주지 주위 공간에 침입하지 않고 그 경계를 준수하는 것이었다. 사실 그 안에는 공기가 하나도 없어 '우주 공간'이라고 부르는 편이 더 적당했지만 말이다. 캐스 2는 리스와 퍼앰블레이터 사이에 오가는 짧고 사무적인 대화를 계속 건성으로 지켜보았다. 그녀가 보기에는 '쳐서 넣는'다고 할 만한 것이 전혀 없었지만, 다이나인들은 그렇게 표현하기를 좋아했다. 그들은 생텍쥐페리와 누톨먼이라는 거주지들 사이에 있는 20킬로미터 넓이의 틈을 빠져나가게 될 것 같았다. 그 사이에 휩 스테이션이 있었다. 규모가 좀 있는 거주지라면 거의 모두 휩 스테이션 시설을 양쪽에 괄호처럼 달고 있었다. 휩 스테이션은 작은 거주지들로, 대여섯 사람이 크루 역할을 하고, 지루해서 미쳐버리지 않도록 몇 달마다 교대로 근무했다. 그들이 하는 일은 수천 대의 플링크를 살펴보는 것이었다. 플링크는 이지에 탔던 리스 에잇켄의 작품까지 닿는 로봇 혈통의 최신 세대였다. 리스 에잇켄은 손톱 크기의 내트들을 조작했었다. 휩 스테이션의 내트는 그것과 기능이 같았지만 훨씬 더 컸다. 그들이 만드는 사슬은 제로 전 화물 기차만 한 덩치와 운동량을 갖고 있었다. 그러면서 채찍처럼 파도 모양을 만들어 철썩 후려치거나 낚싯줄 끝에 달린 미끼처럼 먼 목표물에도 가 닿을 수 있었다. 어느 정도 마모되기도 했다. 다른 로봇들이 플링크를 조사해서 수리할 수 있었지만, 인간이 그 고리 안에 있는 편이 좋다는 블루의 전반적인 문화적 편견 때문에 결국 피와 살로 이루어진 크루들이 많은 일을 하게 되었다. 하여간 인간 크루들이 임무를 충실히 수행해 플링크들을 지금 당장 사용할 수 있는 상태이고, 다른 우주여행자가 휩 스테이션의 타임 슬롯을 예약해놓지 않았다면, 열두 시간 후 캐스 2와 리스, 벨레드가 탄 플리버는 알루미늄 채찍 끝에 닿을 것이다. 그러면 그 채찍을 타고 거주지 고리보다 약간 더 높은 곳에 있는 원형 궤도까지 갈 수 있었다. 몇 시간 후면 아이 바깥 날개의 검역소 안 65번 항구에 도킹할 것이다.

아이는 언제든 간에 바로 아래 있는 지구 지방의 지역 시간을 관측했다. 현재 그곳은 아침 8시 정도였다. 심한 시차를 느낄 수도 있었다. '시차'도 문자 그대로의 의미는 진부해졌지만 언어 속에 박제된 제로 전 시대의 용어였다. 관습에 따라 그들은 이제 적응하기 위해 '아이 시간'을 켜야 했다. 그러나 그들 모두 새 지구에서 오래 지냈고, 지금이 아침인 척하는 가식을 유지하기에는 너무 지쳐 있었다. 적응할 시간은 검역부에서 충분히 생길 것이다. 캐스 2는 65번 항구에 모이란식의 침실과 식사를 예약한 다음 곯아떨어졌다.

아이의 홍채는 너무 커서 단단한 물체 하나로 만들 수 없었다. 그것은 900년쯤 전에 고리들을 연결해 사슬을 만들면서 지어지기 시작했다. 그다음 사슬 양끝을 이어 고리 모양을 만들었다. 리스 에잇켄이 이 방식을 보았다면 매우 낯익다고 여겼을 것이다. 그도 이지의 T3 토러스를 만들 때 비슷한 방식을 썼기 때문이다. 리스 에잇켄이나 옛 지구 기술사에 조예가 깊은 사람이라면, 720개의 거대한 차량이 달린 길이 157킬로미터의 기차가 있는데 그 기관차 앞머리와 승무원실 꼬리를 연결해 지름 50킬로미터의 원형 건조물을 만들었다고 설명해도 쉽게 이해할 것이다.

끝없이 원을 그리며 날아가야 한다는 목적을 생각하면, 롤러코스터가 훨씬 더 나은 비유일지도 모른다.

그 '기차'의 '선로'는 아이의 강철 틀 속에 있는 원형 홈이었다. 감지기와 전기역학적 서스펜션을 주기 위해 필요한 자석들이 줄줄이 달려 있었기 때문에 그것은 아이의 고정 틀을 건드리지 않고 회전할 수 있었다. 그레이트체인이 초속 500미터의 속도로 움직일 때 그곳에 사는 주민들에게 지구의 정상 중력을 공급하기 위해 꼭 필요한 설계상의 요구 조건이었다.

연결고리 하나하나는 옛 지구의 맨해튼 시가 차지하는 공간만 했다. 그리고 총 720개라는 숫자는 맨해튼의 격자식 지역의 블록 수와 대충 맞아떨어졌다. 물론 그 지역은 경계를 어디에 그리느냐에 따라 달라진다. 미드타운보다는 크지만 맨해튼 전체보다는 작았다. 그레이트체인의 주민들도 그 비유를 알고 있었고, 다른 거주지 주민들에게 '맨해튼 콤플렉스'를 갖고 있다고 놀림받을 정도로 의식했다. 그들은 그 시절 길거리와 아파트 생활이 어떻게 돌아갔는지 단서를 찾기 위해 옛 지구 영화의 정지화면을 계속 보거나 제로 전 뉴욕의 가상현실 시뮬레이션을 확대해 둘러보았다. 그들은 클레프트의 여덟 번째 생존자이지만 자기 종족을 만들어내기에는 너무 나이가 많았던 맨해튼 출신의 루이사를 수호성자로 삼았다. 그레이트체인 — GC, 체인타운, 체인하탄 — 은 사람들이 고향 거주지나 자기 종족의 사회 환경에서 벗어나고 싶을 때 이사 갈 수 있는 장소라는 암시였다.

맨해튼에서 그랬듯이, 사람들이 우주에 흩어지자 거주지의 개발 역사는 각자 다른 모습으로 나타났고, 사슬 고리 하나하나마다 ― 도시 블록마다 ― 독특한 스카이라인과 정체성이 생겼다. 연달아 무리지어 있는 블록들은 합쳐져서 지역으로 발전한 지 오래였다. 각 블록은 사실상 완전히 독립된 우주 비행체였고 자체적으로 공기가 흘러나가지 않도록 막는 시스템을 가지고 있었다. 그러나 블록들은 각각 기초 슬랩으로 이어진 전송 통로로 양쪽 이웃 블록에 연결되어 있었기 때문에, 옛 지구의 런던 사람이 지하 통로 ― 런던식 표현으로는 '지하철' ― 를 사용한 것처럼, 붐비는 교차로 아래를 가로질러 한 역에서 다음 역으로 쉽게 갈 수 있었다. 어떤 지하철은 인간 보행자가 다닐 만한 크기였다. 그런 통로 네 개가 모여 차량을 날랐는데 지역선과 급행선이 그레이트체인의 전 순환로를 돌면서 양쪽으로 달렸다. 화물 운송용으로 프로그램되어 로봇 차량 전용으로 쓰이는 다른 통로들도 있었다. 그 너머에서는 공기와 물, 동력과 정보를 나르는 더 작은 전달자들이 넓은 범위를 차지했다. 그것들이 전부 지하철이라는 이름으로 통용되었다. 옛 런던식과 뉴욕식 의미가 섞인 말이었다. 블록마다 양쪽 끝에 에어로크 시스템이 달려 있었는데, 블록이 감압될 경우 폐쇄하기 위한 장치였다. 그곳을 통과하는 마라톤도 있었다. 체인 전체를 도는 순환로 하나면 마라톤을 연속으로 네 번 할 수 있었다.

체인의 다섯 번째 연결고리들은 모두 공유재산이었다. 문화 시설로 사용되는 곳도 있었지만, 대부분 공원이 되었다. 그래서 사람들은 녹색 공간, 적어도 탁 트인 공간에서 고리 두 개 이상 멀어지는 법이 없었다. 다른 576개 고리는 사유지이고, 제로 전 재계 거물이라면 누구든지 쉽게 알아볼 수 있는 상업과 주거용 부동산 시장을 형성했다. 그레이트체인은 고대 보드게임 모노폴리와 비슷한 부분이 많았다. 고리에서 어떤 부분은 더 비싸고 다른 곳은 더 쌌다. 특별 연결고리나 짧게 연결된 고리 몇 개가 여러 군데 끼어들었다. 그런 곳은 수송 시스템을 작동시키는 것처럼 공업용이거나 공공 용도로 쓰이는 곳이었다.

그중 하나가 '경사로 링크'였는데, 5분마다 진입 차선과 진출 차선을 연결하기 위한 고리였다. 그레이트체인은 아이의 회전하지 않는 틀을 따라 초속 500미터 정도의 속도로 움직이고 있었기 때문에 아이에서 그레이트체인으로 가고 싶은 사람은 거의 마하 1.5에 달하는 엄청난 속도까지 가속해야 경사로나 다른 연결고리에 발을 들여놓을 수 있었다. 그리고, 말하자면 사슬에서 떨어져 나오고 싶은 사람도 같은 양의 감속을 해야 했다. 아이의 홍채 가장자리 한 곳에 빌트인 식으로 만들어진 기계들이 가속과 감속을 조정했다. 본성을 숨기기 위해 어느 정도 애를 쓰기는 했지만, 그 기계들은 사실 인간을 쏘아 올리기 위한 총에 지나지 않았다. 편안하게 가압된 총알에 들어가 안전벨트에 묶여 발사되더라도 원리는 마찬가지였다.

그레이트체인 밖, 아이의 나머지 부분에는 인간이 적고, 로봇이 득시글거렸다. 아이의 기계 장치 ― 그레이트체인과 밧줄과 나머지 전부 ― 가 지구 정지 궤도에 있었기 때문에 자유낙하했다. 그래서 아이는 대체로 마이크로 중력 상태에 놓여 있었다. 아이의 중심 부분에서 밧줄이 나타나는 아이의 양쪽 끝으로 움직이면 아주 약한 중력과 비슷한 인력, 즉 기조력을 느끼게 된다. 이런 힘들은 아이가 거주지 고리를 따라 돌기 위해 궤도를 조정할 때마다 변하기 때문에, 거기서 오래 지낸 사람들은 아이가 움직이고 있을 때면, 옛 지구 사람들이 무릎의 통증으로 날씨를 미리 알았던 것처럼, 뼈로 그것을 느낄 수 있었다.

아이의 뼈대는 아말테아 스타일로 만들어진 단순한 입체 골조였다. 그 말은 이것이 이미 존재하는 물질(클레프트)을 깎아내고 모양을 잡아 만들었다는 뜻이다. 미학적으로 말하면 그 커다란 구조가 우주에 시달린 채 대충 만들어진 모습이고, 아직도 옹이와 나무껍질이 다 보이는 통나무집 같은 느낌이었다. 큰 뼈대들 사이의 빈 공간에는 거대한 기계들이 들어찼다. 가장 눈에 띄는 것은 몇 대의 거대한 회전체들이었는데, 아이 전체가 회전할 때 안정시키기 위한 장치였다. 기계들 사이의 공간은 인간이 돌아다닐 수 있도록 다 가압되어 있었다. 어떤 기계는 회전해서 가상 중력을 만들어냈다. 그 기계들은 토러스 모양의 작은 우주 콜로니가 더 큰 구조물에 고정되어 있는 것 같았다. 도킹 항구들은 그 근처에 몰려 있는 경우가 많았다.

눈을 감고 잠들 때 캐스 2는 무지갯빛 불꽃들이 보통 때처럼 이루고 있는 고리 모양을 바라보고 있었다. 아주 빽빽하게 몰려 있어서 바프로 보면 서로 섞인 것 같았다. 아이는 12시와 1시 방향 사이에 있는 약간 더 큰 하얀 점으로, 밧줄 시스템을 나타내는 길고 흰 선이 없었다면 찾기 힘들었을 것이다. 그 밧줄은 지구 표면 바로 위에서 희고 큰 점을 쭉 지나쳐 빅 락 너머까지 이어졌다.

그들의 플리버 궤도인 선명한 녹색 타원은 지금 있는 곳(지구 근처)부터 튀어나와 고리 약간 위쪽까지 바깥으로 쭉 뻗다가 도로 구부러져 들어오면서 아이와 만났다.

눈꺼풀 사이로 흐릿한 패턴이 보이자 오늘 아침 맨 처음 보았던, 텐트 벽 위에서 흔들리던 빛이 생각났다. 그러나 그때 바프는 그녀가 눈을 감았다고 판단하고 디스플레이를 껐다.

그녀가 눈을 뜨자 바프는 그것을 감지하고 도로 활성화되어 다시 디스플레이를 켰다. 전체적으로는 똑같이 보였지만, 아이는 약간 움직였고 플리버를 나타내는 점은 거주지 고리까지 떨어져 있던 거리를 대부분 다 건너왔다. 확대해서 보자 그들이 지나가야 하는 거주지 두 개가 보였고, 그 사이에 휩 스테이션이 훨씬 더 작게 표시되어 있었다. 휩 스테이션은 그들이 도착하기를 기다리며 머리카락처럼 가늘고 긴 편모를 움직였다. 열 시간쯤 잔 것 같았다. 모이라인들은 잠으로 악명이 높았다. 캐스 2는 아까 벨레드와 나눈 눈짓을 떠올리고, 여행 시간을 대부분 쿨쿨 자면서 보내버렸다는 사실에 살짝 당황하다가 마음의 동요를 억눌렀다.

그녀는 끈을 풀고 플리버 선실 끝에 있는 무중력 화장실로 유영해 갔다. 몇 분 후 거기서 나오자 리스가 조종판 앞에 몸을 느슨하게 묶은 채 자고 있는 모습이 보였다. 벨레드는 여전히 가속 카우치 속에 있었다. 그도 바프를 쓰고 있었는데, 손과 손가락을 움직이는 방식을 보니 빈둥대지 않고 일을 하고 있는 것 같았다. 자기 조사 보고서를 열심히 쓰는 듯했다. 캐스 2야말로 그러고 있어야 했다.

그들은 제4밀레니엄 동안 에이전트가 일으킨 피해를 복구한 문명의 대표였다. 그 문명은 지구 주위 궤도에서 수백만 개의 바위를 찾아내고, 그것을 목록화하고, 직접 바위까지 가서 바위들을 한 방향으로 몰아간 다음 숫자를 줄여나갔다. 한편으로는 카이퍼 벨트까지 가서 물과 메탄과 암모니아가 얼어붙은 덩어리를 손에 넣고 고향으로 가져와 폐허가 된 행성에 충돌시켰다. 본질적으로 이 모든 일은 로봇이 해냈다. 로봇을 만드는 데 금속을 너무 많이 소모한 탓에 이제 수백만의 인간들은 로봇의 시체들을 녹이고 재주조해 만든 강철 껍질로 된 우주 거주지에 살고 있었다. 새 지구의 표면을 로봇으로 덮어버리고 인간을 한 명도 내려보내지 않은 채 쉽사리 조사를 실시할 수도 있었다. 하지만 그렇게 하면 데이터는 잔뜩 얻을지 몰라도 판단이 포함되는 조사는 할 수 없었다. 그런 세계에 있다면 캐스2와 다른 사람들은 거주지 안에서 바프를 들여다보며 일하고 데이터를 채굴하면서 평생을 보냈을 것이다. 그런 접근 방법이 지금보다 더 좋은지 나쁜지 온갖 흥미로운 철학적 주장이 나왔을 수도 있다. 그러나 사실 철학과 연관된 일은 아니었다. 부분적으로는 정치, 또 부분적으로는 사회적 풍습 때문에 이런 방식으로 조사한다는 결정이 내려졌다.

정치적 전선에서 그것은 18년 전 제2차 레드-블루 전쟁을 끝내며 맺은 '제2조약'의 조항으로 압축되었다. 제2차 레드-블루 전쟁은 그 전의 '바위 위 전쟁'과 구분하기 위해 '숲속 전쟁'이라고 부르기도 했다. '제2조약'은 어느 한쪽이 표면에 내려보낼 수 있는 로봇과 인간의 수를 엄격히 제한했다. 그러나 그런 한계가 생기는 바람에 새 지구의 상황에 대해 로봇이 고리로 쏘아 올리는 데이터보다 인간 조사자들이 얻는 정보가 더 쓸모 있다는 결과가 나왔다.

사회적 전선에서는 '문화적 선택법Amistics'의 문제가 되었다. 그것은 오래전 어떤 모이라인 인류학자가 만들어낸 용어로, 서로 다른 문화권이 어떤 기술을 생활에 도입하거나 도입하지 않는 선택을 내릴 때 사용했다. 그 용어는 제로 전 미국의 아미쉬 족에서 기원을 찾을 수 있었는데, 아미쉬 족은 현대적 기술 중에 롤러스케이트 같은 것은 사용하면서 내연기관 같은 다른 기술은 사용하지 않기로 선택했다. 모든 문화는 이런 선택을 했고, 집합적 선택을 내린다는 사실을 의식하지 못한 채 하는 경우도 많았다.

블루 문화에서는 기술의 도움에 대해 양가감정을 갖고 있었다. 그런 심리 상태는 '모든 강화는 절단이다'라는 경구로 압축할 수 있었다. 이것은 분명한 사상이나 철학이라기보다는 잠재의식적 수준에서 작동하는 편견이었다. 그 근원은 '에픽Epic'에 나오는 이야기까지 거슬러 올라갔다. 태비스톡 프라우스가 많은 부분에서 큰 역할을 했다. 그는 스웜에 운명을 맡기면서 실제로 몇 번이나 절단되고 음식으로 소비되었다는 점에서, 그 경구를 문자 그대로 체현하는 것 같았다. 블루는 자기들이 인듀어런스의 전통을 계승한 자들이라고 보았다. 적어도 문화평론가들의 말에 따르면, 그들은 스스로를 그렇게 정의했다. 그렇다면 소거법에 따라 스웜의 문화는 레드였다. 1세기 반 전, 레드는 물리적 장벽과 암호의 장벽 양쪽 뒤에 스스로 틀어박혀버렸다. 그래서 레드의 문화에 대해서는 많이 알려져 있지 않지만, 여러 정황 증거를 볼 때 레드는 블루와 다른 문화적 선택법을 갖고 있었다. 특히, 레드는 사적이고 기술적인 강화에 열광했다.

그 결과 이 플리버의 선실에서 캐스 2, 벨레드, 리스가 방금 마친 임무는 보고서로 제출될 때까지 아무 가치가 없었다. 아니, 아예 일어나지조차 않은 일이었다. 그리고 그 보고서를 단순히 데이터 무더기와 사진들만 모아 만들 수는 없었다. 조사자들은 실제로 글을 써야 했고, 그 글에 더 많은 통찰과 판단이 압축되어 있을수록 닥에게 — 이제는 상급 제자들이 평가하는 일이 점점 더 많아졌다 — 더 높이 평가받았다.

그것을 알고 있었기 때문에 캐스 2는 2주 전 넓은 풀밭 위에 글라이더를 착륙시키기 전부터 보고서를 쓰고 있었다. 남은 것은 편집과 요약 작업뿐이었다. 이 일은 쉽게 끝낼 수 있었다. 그러나 반시간 후 바프에 서류를 다 올렸을 때, 캐스 2는 제대로 집중하지 못한 채 멍하니 그것을 바라보고만 있었다.

"벨레드." 마침내 그녀가 말했다. 그에게는 충분히 명확하게 들릴 만하지만, 리스를 깨우지는 않을 정도로 작은 목소리였다.

"보고서 쓰고 있습니까?" 그가 물었다.

바프에서 반투명한 빛이 비쳤기 때문에 그는 그녀와 나머지 선실 부분을 다 볼 수 있었다. 그녀의 손이 움직이는 것을 보고 문자 입력을 하고 있다고 추측했을 수도 있다. 어쨌든 그 질문은 약간 껄끄러웠다. 몇 시간 전 벨레드는 캐스 2의 얼굴에서 뭔가 불확실한 표정을 보았다. 바프에 의해 가려진 눈으로 얼마나 오래 그녀를 관찰하고 있었는지 알 수 없었다.

"인디전을 본 적 있어요?" 그녀가 물었다.

그는 손을 위로 뻗어 머리 위로 바프를 올렸다. 예의를 지키는 행동이었다.

"저는 RIZ를 피하는 경로로 갈 계획을 짰습니다." 그가 말했다. 인디전 등록 지역Registered Indigen Zone이란 수너들Sooners — 테리폼 일정보다 앞서 불법적으로 표면에 온 사람들 — 이 '인디전'이라는 점잖고 애매한 말로 규정 예외 적용을 받고 어느 정도 제약 아래서 살 수 있도록 허가받은 장소들로, '조약'에 이름이 열거되어 있었다. "멀리서는 봤지요. 그들은 날 보지 못했습니다."

"물론 그랬겠지요." 캐스 2가 미소를 참으며 말했다.

"질문에 대한 답이 되었을까요?" 벨레드가 그렇지 않다는 것을 알면서 물었다.

"나는 RIZ가 아닌 곳에서 한 명 본 것 같아요." 캐스 2가 말했다.

이 말이 벨레드의 주의를 끌었다. "정착지를 세우는 중이거나……"

"아닙니다." 캐스 2가 단호히 말했다. "그랬다면 내가 먼저 말했겠지요. 그 사람은 범위 내 활동을 하고 있었던 것 같습니다." '제2조약'의 범위 내에서 수렵이나 채집 같은 활동을 한다는 뜻이었다. "낚시를 하고 있었던 것 같습니다. 하지만 제일 가까운 RIZ에서 적어도 200킬로는 떨어져 있었어요."

"죽은 물고기를 가져가기엔 길이 멀군요." 벨레드가 말했다.

"그렇습니다." 캐스 2는 약간 얼굴이 뜨거워지는 느낌이 들었다. 벨레드의 지적을 받고 보니 뻔한 일이었던 것 같은데, 그녀는 그 사소한 사실을 놓쳤다.

"더 조사했습니까?" 벨레드가 물었다.

"그럴 수 없었습니다." 캐스 2가 말했다. "나오는 중에 글라이더를 탄 채로 그 사람을 보았으니까요."

"보고서에 전부 다 설명할 필요는 없습니다." 벨레드가 콕 집어 말했다. "그런 상황이었다면 일을 완결하지 못했다고 해도 괜찮습니다. 다른 조사자들이 맡을 도전적이고 환영할 만한 일거리가 생기는 거지요."

캐스 2에게 한 가지 생각이 떠올랐다. "우리가 그걸 맡고 있는 거라면요?"

"설명해보십시오."

"그 지역에 조사 활동이 유별나게 집중되어 있는 것 같지 않습니까?"

"유별나지요." 벨레드는 잠시 생각해본 후 동의했다. "전례가 없지는 않습니다."

"예전에 어느 조사자가 내가 본 것을 보았기 때문에 이 지역에 임무가 집중된 게 아닌지 궁금한 거지요." 캐스 2가 말했다.

"그랬다면 조사부에서 무엇을 찾아야 하는지 우리를 파견한 목표를 알려주었겠지요." 벨레드가 그 점을 지적해 말했다.

매우 합리적인 말이기도 했고, 벨레드 역시 어떤 확신을 가지고 그런 말을 했기 때문에 캐스 2는 고개를 끄덕이고서 그 문제는 더 이상 파고들지 않기로 했다. 하지만 속으로는 '우리에게 알리고 싶지 않은 무엇인가가 있을 수도 있지.' 하고 생각했다.

벨레드와 나눈 대화는 그녀가 앞으로 어떻게 처신해야 할지 보여주었다는 점에서 쓸모가 있었다. 그녀는 인디전 목격에 대해 사실만 기술한 보고서를 올려, 보고서를 읽는 사람이 판단할 일로 미루어놓아야겠다는 생각을 하고 그 방식에 맞추어 보고서를 썼다. 마음속으로 그 찰나를 명확히 되새기면서, 그 순간 이루어졌던 객관적 관찰과 나중에 덧붙이게 된 판단과 추측을 구별하려고 애썼다. 그러나 원래는 판단과 추측도 그녀가할 일이었기 때문에 꽤 까다로웠다.

얼마 후 리스가 맞춰두었던 손목 자명종 소리에 깨어났다. 그는 아직 잠이 덜 깬 모습을 하고 화장실로 날아갔다 돌아와서는 지금 하고 있는 일을 놓고 자기와 대화하자는 외향적인 사람의 전형적 태도로 그녀를 바라보았다. 그러나 벨레드와 몇 마디 나누더니 리스는 자기 보고서 쓰는 일에 몰두했고, 선실은 잠시 동안 조용해졌다. 나중에 두 남자는 배급식량을 꺼내 간식을 먹으며 이런저런 이야기를 나누었다.

그들의 어조가 조금 바뀌는 바람에 캐스 2는 일 생각에서 퍼뜩 깨어났다. 지금 그들은 중요한 이야기를 하고 있었다. 긴급하거나 불안한 태도는 아니었다. 화면을 훑어보고 왜 그런지 알 수 있었다. 그들은 고리에 가까워지고 있었다. 두 우주 서식지 사이 너비 20킬로미터의 틈을 곧 통과한다는 뜻이었다. 별로 문제될 것은 없었지만, 주의를 집중하고 목소리가 뚜렷이 변할 만한 사건이기는 했다.

그녀는 손을 위로 올려 바프 위 레버를 찾아서 렌즈 너머 불투명 스크린을 활성화시켰다. 본질적으로는 눈가리개였다. 이제 선실을 볼 시야는 막혔다. 바프가 눈에 투영시켜주는 것밖에 볼 수 없었다. 동시에 우주에 떠 있는 것처럼 플리버의 주변 환경을 볼 수 있는 응용프로그램을 작동시켰다. 플리버 선체 위에 달린 유리 거품으로 같은 서비스를 제공받을 수 있지만, 이만큼 좋지는 못할 것이다. 사용자의 머리가 우주선宇宙線에 노출되고, 빛의 명암이 심해서 어떤 것들은 잘 보이지 않는다. 반대로 바프는 빛의 동적 영역을 속여 밝은 것은 덜 밝게 하고 어둑한 것들은 보일 정도로 밝게 만들어줄 것이다. 실제로는 존재하지 않는 따뜻한 빛이 비치는 것처럼 모든 것이 보이도록 만들었기 때문에 직접 세계를 보는 것보다 훨씬 나았다. 그래서 우주복 중에는 투명성을 완전히 피하고 안에 바프가 달린 복사선 방어 돔으로 착용자의 머리만 둘러싸는 것들이 많았다.

이제 캐스 2는 현재 위치에서 보정된 우주 전망을 보고 있었다. 현재 그들은 거주지 고리 바로 안쪽에 있었지만 이제 고리로 빠르게 접근했다.

고리는 그들을 지나 돌고 있었다. 말이 달린 고리가 도는 회전목마를 벨트 안쪽에서 바라보는 모습과 비슷했다. 그러나 이것은 말 대신 지름 30킬로미터의 우주 거주지들이었고, 초속 3천 미터의 속도로 움직이고 있었다.

그들의 과제는 충돌하지 않고 두 거주지 사이를 쏜살같이 지나가는 것이었다. 궤도역학 기준으로는 대단한 업적이 아니었지만 놀랄 만큼 위험해 보였고, 그런 만큼 지켜보는 재미도 엄청났다. 앞을 똑바로 바라보자 거주지들이 회전톱의 톱니처럼 윙윙대며 그들이 갈 길을 가로질러 움직이는 것 같았다. 그러나 플리버는 기적같이 두 거주지 사이의 틈을 찾아냈다.

"3분 후 휩에 도킹합니다." 합성 음성이 알리자 캐스 2는 의자에 몸을 묶고 있는 벨트를 확인하느라 손을 분주히 놀렸다.

거대한 가죽 채찍이 그들을 향해 다가오며 빠르게 커졌다. 길이는 옛 지구 화물열차 중에서 유난히 긴 것 정도였지만 그것은 화차 대신 머리와 꼬리가 맞물려 사슬이 된 플링크들로 만들어져 있었다.

리스가 아까 계획에 따라 준비를 진행했다면 — 계획과 달라졌다면 캐스 2에게도 말했을 것이다 — 몇 시간 전 이 휩 스테이션에 있는 플링크 수백 개가 모여 사슬을 형성했을 것이다. 예정 길이에 도달하자 — 사슬이 수행해야 하는 정해진 임무에 따른 기능이었다 — 그 사슬은 스스로 시작과 끝을 이어 무한 반복 고리를 만들고 휩 스테이션의 단순한 직선형 모터의 동력을 받아 움직이기 시작했다. 그것은 에잇켄 루프라는 길게 늘어진 타원형을 형성한 후, 어느 정도 시간을 들여 타원형의 모양을 늘리고 정확한 속도로 돌렸다. 플링크는 대부분 정해진 모양으로 만들어진 고체 알루미늄 구조물의 단순한 물건이었다. 플링크 하나하나마다 중앙부에 마디 같은 것이 있어, 양쪽으로 자유롭게 구부러질 수 있었다. 기계공학 용어로는 대형 만능 이음쇠일 뿐이었다. 앞뒤로는 다른 플링크와 강하고 단단하게 연결할 수 있는 연결기들이 있었다. 그 구조물을 스마트하게 만드는 실리콘 몇 그램과, 사슬 길이를 따라 동력과 정보를 운반하는 전선들도 있었다.

조금 전 플링크 하나에 그 뒤 플링크와 분리되어야 한다는 명령이 전해졌다. 플링크가 휩 스테이션에서 나오자마자 그 일은 시작되었다. 나오는 순간 연결기의 연결이 끊어졌고, 시스템은 이제 에잇켄 루프가 아니라 거대한 가죽 채찍이 되었다. 닉 슈트 — 고리의 꼭대기 부분에 있는 U 자형 굽이를 가리키는 '크닉슈텔Knickstelle'의 틀린 발음으로, 아주 오래된 말이다 — 가 휩 스테이션에서 퍼져 나오며 그 뒤에 채찍의 빈 끝 쪽이 끌려왔다. 채찍은 점점 가속되면서 초속 수천 미터까지 속도가 빠르게 올라갔다. 캐스 2가 VR에서 본 장면은 바로, 채찍의 L 자 부분이 그들에게 곧장 다가오는 장면이었다. 비어 있는 끝은 그 뒤에 숨어 있었지만, 몇 초 지나면 마지막으로 엄청나게 가속되며 주위를 후려치듯 다가올 것이다.

채찍 '손잡이' 부분의 스테이션에서 모든 것을 모니터하며 지루해할 크루들의 시점으로부터 보면, 모든 에너지는 '뒤쪽'에 쏠렸다. 채찍은 플리버보다 훨씬 더 빠르게 움직이고 있었다. 접근하는 우주선과 물리적으로 연결하려면 '뒤로' 채찍을 뻗어야 했다. 그리고 '뻗는다'는 말은 사실 딱 알맞은 말은 아니었다. 훨씬 느린 플리버의 속도와 맞추려면 갑자기 폭발하듯 뒤로 '일격을 가해야' 했다. 채찍이라는 게 원래 그러라고 만들어진 거니까.

그래도 마지막 플링크 몇 개가 휙 다가올 때는 움찔할 수밖에 없었다. VR에서 보이는 장면은 속이 울렁거릴 정도였다. 채찍 전체로 보면 그들에게서 아주 빠르게 멀어지고 있었지만,

풀려나오는 채찍 끝은 곧장 다가오고 있다는 사실 때문에 착시 현상이 일어났다. 계산상 조금이라도 착오가 있으면 채찍은 멀리 날아가고 그들은 외롭게 남아 표류할 것이다. 아니면 에픽에 나오는 불덩이 유성이 부딪치는 것처럼 극초음속 접근 속도로 다가와 그들을 확실히 박살내고 파괴했을 것이다.

그러나 양쪽의 속도는 완벽하게 맞아떨어졌다. 사슬의 마지막 플링크는 아까 도킹했던 행어처럼 잠시 그들의 바로 앞에 머물러 있었다.

"연결합니다." 합성 음성은 들을 필요도 없었다. 금속성 연결이 이루어지는 소리가 들린 다음 채찍의 운동량에 힘입어 앞으로 휙 나아가는 가속이 느껴졌기 때문이다. "안정화하는 동안 대비해주십시오." 채찍 안의 상황이 방금 채찍질의 여파로 약간 혼란스럽다는 것을 점잖게 말하는 방식이었다. 전체적으로 그들은 이제 엄청난 힘으로 앞으로 끌려가 휩 스테이션과 거주지 고리에 있는 다른 모든 물건들과 맞먹는 속도를 냈다. 그러나 채찍의 물리학 때문에 급등했던 가속이 소멸하면서 수평으로 진동했다. 그런 가속은 플링크 미세 조정으로 기세를 가라앉힐 수는 있어도 없앨 수는 없었다. "헤벨이 바뀌었습니다." 음성이 확인했다. '헤벨'은 크닉슈텔처럼 독일어에서 나온 용어로, 휩 스테이션에 고정되어 이쪽저쪽으로 자유롭게 휘두를 수 있게 하는, 손잡이 부분의 지렛대였다. 사실상 손잡이를 잡고 채찍을 후려치는 팔이었다. 성공적인 도킹으로 끝난 첫 번째 채찍질이 완료되자 그것은 스테이션의 반대편을 세차게 휘감으며 두 번째 채찍질에 착수했다. 채찍과 헤벨이 연결된 장소에 새 닉슈트가 형성되고, 닉슈트는 '앞으로' 속도를 내면서 나머지 임무를 수행하기 위해 필요한 만큼 플리버를 가속했다.

그 과정이 3분 정도 지속되었다. 헤드셋의 시각 신호가 시간의 맥락을 알려주었다. 소용돌이치며 그들이 있는 곳을 지나간 둥근 톱이 느려지는 것 같아 보였기 때문이다. 물론 그 톱은 여전히 같은 속도로 움직이고 있었고, 사실 플리버도 비슷한 속력을 내고 있었다. 그러나 그녀의 시점에서 거주지 고리는 무아경에 빠진 수도승처럼 빙빙 돌던 모습에서 흩어진 물체들이 연속된 모습으로 변하기 시작했다. 여전히 그들을 지나쳐 달려가고 있었지만 점점 더 느려졌다가 고리 전체가 멈추는 것처럼 보였다. 그 순간 엄청나게 큰 것이 둥둥 떠 오는 모습이 시야에 들어왔다. 아이가 그들의 길에 버티고 있었다.

"분리합니다." 음성이 알렸다. 가속이 점점 견디기 어려워지고 있었기 때문에, 너무 빠르다는 느낌은 조금도 들지 않았다. 채찍 끝과 연결된 부분을 끊어내지 않았다면 그들은 관성력 때문에 의식을 잃은 다음 죽고, 플리버는 갈기갈기 찢겼을 것이다. 플링크는 인간이나 평범한 우주비행선이 견딜 수 없는 힘에서도 살아남도록 만들어져 있었다. 그러나 닉슈트의 기하학적 구조와 타이밍은 희망 속도까지 우주선을 끌고 갔다가 옛 지구의 채찍이라면 음속의 폭음이 날카롭게 폭발하는 신호를 보내는 위기가 오기 직전 새 궤도에 놓아주도록 프로그램되어 있었다. 플리버의 추력기가 미는 약한 힘을 제외하면 무중력 상태가 돌아왔다. 시야가 맑아지자 캐스 2는 속을 가라앉히려고 몇 번 침을 삼켰다.

재밌는 것은 캐스 2가 행어에 글라이더를 착륙시키는 것부터, 볼로에서 풀려나오고, 방금 채찍과 상호작용을 끝내는 과정까지 모든 상황이 멀리서 보면 우아하고 점잖아 보였으리라는 것이다. 가속과 밀어내는 힘의 엄청난 강도는 겪어보지 않으면 알지 못한다.

울렁거리는 배 속 때문에 다른 데로 생각을 돌리려고 애쓰면서, 그녀는 아이를 자세히 보았다.

이제 그것은 아쿠레이리를 둘러싸고 있었다. 아쿠레이리는 커다랗고(인구 백십만) 아직 새로운(48년 되었다) 거주지였다. 비공식적으로는 '쌍연발총', 역사적으로는 '오닐 아일랜드 제3형'으로 알려진 스타일로 건설되었다. 두 개의 커다란 원통이 서로 나란히 붙어 반대 방향으로 회전했다. 각 원통은 거울과 다른 공공시설 복합 단지에 둘러싸여 있었다. 거울들은 태양 쪽을 향하고 있었는데 태양 빛이 원통 벽에 있는 긴 창으로 들어와 그 안의 풍경을 비추도록 하는 설계였다. 그러나 지역 시간으로 저녁 6시경이었기 때문에 거울들은 점차 접히면서 황혼을 시뮬레이트했다. 바프를 사용해 줌인하면 창 안을 들여다볼 수 있었다. 아쿠레이리 안의 농장, 숲, 수로, 거주지가 보일 것이다. 그러나 그녀는 그런 풍경이 대체로 어떤 모습일지 알고 있었다. 그래서 지금은 줌아웃 상태로 남아 있었다.

아이를 보려면 그래야만 했다. 아쿠레이리는 컸지만, 그곳을 둘러싼 건조물에 비하면 작아 보였다. 이중에서 가장 눈길을 끄는 부분은 '롤러코스터 위의 맨해튼' 같은 그레이트체인의 멋진 모습이었다. 그것은 엄청난 속도로 주위를 돌면서 5분마다 순환을 완료했다.

그러나 그들이 가는 곳은 그곳이 아니었다. 시야에서 아이가 점점 더 커지다가 아이의 소용돌이치는 홍채가 한쪽으로 서서히 이동했다. 그러자 플리버의 집합적인 소규모 연소가 거대하고 움푹 팬 강철 틀 속에 있는 거주 부분으로 향했다는 것이 확실해졌다. 80개의 도킹 항구들이 이룬 고리가 커다랗고 은은하게 빛나는 노란 글자 Q에 둘러싸여 있었다. 그 Q는 우주적으로 '검역Quarantine'의 상징이자 배지로 통했다.

한눈에 보아도 Q 안의 항구 중 3분의 2는 이미 다른 배들의 차지였다. 대부분 여러 종류의 플리버들이었고, 여객선도 두어 종 있었다. 항구에는 각각 빛나는 번호가 달려 있었고, 고리 전체에 통용되는 라틴어와 키릴 문자가 섞인 글자로 항구의 목적에 따른 설명이 붙어 있었다.

환승
출입국심사
군용
조사부
특수구역

비어 있는 65번 항구를 둘러싼 녹색 불빛 고리가 번쩍이기 시작했다. 플리버를 조종하는 시스템은 이미 갈 곳을 알고 있었기 때문에, 이것은 오로지 인간을 위한 표시였다. 우주선을 수동 조종해야 하는 드문 경우에 사용될 대안이기도 했다.

캐스 2는 전에도 도킹을 충분히 보았기 때문에, 그다음 유도를 받고 플리버가 덜컹거리는 동안 바프를 벗어 무릎 위에 놓았다. 유도 과정은 에어로크 문이 열리면서 전부 끝났다.

노란색 줄무늬 튜브가 검역소 안의 한 장소로 뻗어 있었다. 그들처럼 지구 표면에서 돌아오는 사람을 위해 따로 준비된 곳이었다. 몇 미터 지나자 한 번에 한 사람만 지나갈 수 있는 일방통행문이 나왔다. 가까운 선반에는 조사원용이라는 컬러 코드와 기계판독용 새김문자가 들어 있는 단단한 팔찌들이 수없이 걸려 있었다. 캐스 2는 팔찌 한 개를 골라 손목에 걸었다. 잠시 후 팔찌 뒤쪽에서 붉은 다이오드가 깜박이면서 시간을 세는 숫자가 나왔다. 팔찌를 문 쪽으로 흔들자 문이 저절로 열렸다. 그녀는 문 너머의 튜브로 들어갔다.

Q의 이 장소는 원래 배관 시설이었다. 사람 크기의 파이프들이 으르릉 소리를 내며 입항하는 배에서 사람들을 빼내 심사를 통과할 때까지 각각 다른 저수지에 모아두었다. 캐스 2, 리스, 벨레드는 침입종이나 병원균이 있는지 시각적인 검사를 받을 것이고, 옷과 장비는 소독될 것이다. 의무적으로 샤워를 하고 때를 밀어야 했다. 대변과 혈액 샘플도 채취해 검사했다. 그러나 그들은 조사원이기 때문에 과거사나 정치적 성향, 정서적 안정성, 동기에 대해서는 관심을 보이지 않을 것이다. 조사원은 이미 그런 검사를 받았기 때문이다. 실험실이 얼마나 바쁜가에 달렸지만, 그 절차는 6시간부터 24시간까지도 걸릴 수 있었다.

캐스 2는 억류된 것이 아닌가 하는 의심이 서서히 들었고, 곧

이어 의심이 확신으로 변했다. 몇 시간 후 그녀는 Q의 무인 지대 일반 구역을 자유롭게 돌아다닐 수 있는 허가를 받았다. 그곳은 토러스 주위에 매달린 채 가상 중력 0.5G 정도를 유지하는 음식점, 상점, 라운지, 레크리에이션 시설들이었다. 생물학적 검사는 모두 통과했다는 뜻이었다. 그러나 팔찌는 계속 붉은색으로 깜박였다. 숫자는 하루까지 올라갔다가 하루 반이 되었다. 그녀는 수면 일정을 아이 시간에 맞추고 시차증을 견디기 시작했다.

Q는 매우 붐볐다. 그것도 지체의 원인이었던 것 같다. 아이는 지난 2주간, 그리니치 호의 가장 오래되고 가장 인구밀도가 높은 지역을 지나 서쪽으로 전진해서 카보베르데 본야드와 리우 호 너머로 향하고 있었다. 본야드 가까이, 더 크고 새로운 거주지들이 있는 곳에서 Q는 '환승' 승객들을 엄청나게 많이 만나게 될 것이다. 더 오래되고 인구도 더 많은 장소에서 아쿠레이리 같은 새롭고 큰 거주지로 오는 이민자들이었다. 그런 거주지 한 군데에 완전히 인구가 들어차려면 수십 년이 걸렸다. 새로 주택이 건설되고 생명 유지 생태계가 가꾸어지고 정비되면서 그런 거주지의 인구는 점차 증가했다. 잠시 후 아이가 카보베르데 본야드에 닿으면 이곳의 인구는 0에 가까워질 것이다. 새 거주지에 취업하러 온 노동자들 몇 명과 참을성 있는 장거리 여행자들만 남을 것이다. 그러나 지금은 무인 지대의 시설이 전면 가동되었고, 음식을 먹기 위해 사람들이 줄을 섰다. 특히 가족용 식사 장소에는 줄이 많았다. 어린아이들이 뛰어놀 수 있는 깨끗한 새 장소로 옮기면 좋을 거라 생각하고, 자녀가

있는 사람들이 이민을 오는 경우가 많았기 때문이다.

그래서 캐스 2는 순전히 관료주의 때문에 지체가 되었고, 이민자들이 너무 많은데 Q 직원이 충분하지 않아서 늦어진 것이라고 잠시 속으로 생각했다. 그러나 두 번째 날 레크리에이션 센터에서 벨레드를 발견했다. 그는 저항 훈련 기구를 젊은 남성 테클란만 쓸 수 있는 엄청난 파워 레벨에 맞춰 조정하고 있었다. 나중에 그가 샤워를 끝낸 후 캐스 2는 바에서 그를 따라잡았다. 그는 리스가 녹색으로 번쩍이는 팔찌를 차고 출구로 가는 모습을 보았다고 말했다.

"그게 언제였어요?" 그녀가 물었다.

"어제, 도킹하고 8시간 20분 지난 다음입니다." 벨레드가 말했다.

몇 시간 후 캐스 2와 벨레드는 자기들이 쓰던 1인실을 비우고 조금 더 큰 2인실로 옮겼다. 그들은 섹스하지 않고 함께 자기 시작했다. 서로 잘 모르는 모이란/테클란 커플들에게는 아주 흔한 행동 패턴이었다. 벨레드는 매우 자주 발기했는데, 그럴 때마다 방에 딸린 작은 화장실에 가서 자위를 했다. 이런 해소 방식은 아주 일반적이었기 때문에 그가 다른 방식으로 행동했다면 오히려 눈길을 끌었을 것이다. 그녀는 그가 흠잡을 데 없는 규율을 보여줄 것이라 믿었고, 그 역시 그녀가 그렇게 예상하고 있다는 것을 알았다. 그래서 둘 중 하나가 관계를 변화시키자는 신호를 보내지 않으면 그런 상태는 무한정 지속될 수 있었다.

벨레드만큼 자위에 능숙하지 않은 건 아니었지만, 잠을 이룰 수 없었던 캐스 2는 그의 육중한 팔을 자기 가슴에서 들어 떼어놓았다. 의식이 없는 열 살짜리 소년을 침대 반대편으로 끌고 가는 것과도 같았다. 그녀는 슬쩍 빠져나와 졸음이 올 때까지 시간 보낼 장소를 찾았다.

카페테리아 안 초콜릿 대기 줄에서 기다리다 보니 캐스 2는 얼결에 작고 유연한 60대 줄리아인 여성 옆에 서게 되었다. 그 여자는 책을 읽고 있거나, 읽는 척하고 있었다. 기다리는 시간이 길어지자 흥미를 잃었는지 책을 덮고 하품을 참았다. 그러더니 캐스 2에게 시선을 고정시켰다. "표면에서 돌아왔어요?"

캐스 2의 팔찌 색깔을 보면 뻔히 알 수 있었다. 그러나 캐스 2는 그 여자가 대화를 시작하려는 것뿐이라고 생각했다. "네."

"당신 집인가요?" 그녀는 아이를 가리키며 묻고 있었다.

"당분간은 집과 집 사이에 있다고 할까요. 조사 임무를 맡으면 한군데 자리 잡기 힘들어요."

"아, 그레이트체인에서 부업을 하시나 보구나. 좋은 일이에요."

캐스 2는 이 여자가 검역부 비밀 요원이라는 것을 잘 알았다.

Q는 이런 식으로 돌아갔다. 창 없는 방에서 심문하지 않고 일상적인 대화를 시작하는 것. 이 공유 지역의 목적은 다양한 만남의 장소와 기회를 제공하는 것이었다.

뭔가를 감추고 있다고 보이지 않아야 했기에 캐스 2는 말했다. "부업을 좀 할 수 있으면 좋겠는데요. 하지만 사실은 스트롬니스로 가고 있어요."

"아, 대학에 있는 친구를 만나러 가나요?"

닥을 친구라고 말하는 게 진실일까? "멘토에 더 가깝지요.

선생님이요." 그녀가 말했다.

"그래요. 스트롬니스는 아름답다더군요. 가본 적은 없지만."

이런 식으로 조사당한 사람들은 대부분 자기가 검역부 비밀 요원과 이야기하고 있다는 사실을 깨닫지도 못할 것이다. 그래서 사람들이 검역소의 심문을 거쳐 가는 일은 거의 없거나 아예 없었다. 그리고 심문을 거칠 때는 이런 대화가 느긋한 잡담으로 쉽게 받아들여질 수 있는 무대에서 여행자 대열에 뒤섞이곤 했다.

캐스 2는 경험 많은 여행자였기 때문에, 무슨 일이 진행되고 있는지 뻔히 알았다. 상대 여자도 그녀가 눈치채고 있다는 걸 알고 있었다. 그래도 그들은 그런 위장을 계속할 것이다. 캐스 2는 그 줄리아인에게 그녀가 어디 출신이며 어디로 가느냐고 물음으로써 말썽을 일으키고 싶다는 유혹을 억눌렀다. 그 여자에게는 그럴싸한 이야기가 이미 있을 테고, 신호만 주면 튀어나올 것이다. 그 이야기를 줄줄 늘어놓게 만드는 것은 시간 낭비일 뿐이다.

줄이 조금씩 앞으로 전진하자 카운터 너머의 디스플레이 패널이 보였다. 에픽의 한 장면을 틀고 있었다. 모퉁이에 나온 시간 표시는 A+3.139였으므로 '빅라이드' 시작 후 일 년 반 정도 지난 셈이다. 화면은 인듀어런스가 아니라 아클렛에서 찍은 것이니, 스웜에서 온 영상일 것이다. 모의 중력이 있는 것을 보면 볼로를 이룬 아클렛이었다. 처음에는 사람들을 하나도 알아보지 못했다. 물론 그들은 모두 토박이들이었다. 현재의 일곱 인류 종족 중 어떤 종족에도 속하지 않는다는 것을 한눈에 알아볼 수 있었지만, 그들이 무엇을 느끼는지 알 수 있을 정도로는 가까운 존재들이었다. 그들은 에픽에 나오는 다른 사람들처럼 5천 년 전 고대 억양으로 말했다.

이브들은 현재 화면에 보이지 않았다. 물론 스웜에 있는 이브는 줄리아와 아이다뿐이었다. 그럼 이것은 아마 사람들이 외전이라고 부르는 부분인 모양이었다. 즉 이브들의 행동이나 말은 담겨 있지 않지만 정전正傳이나 이런 카페 같은 장소의 상영 목록에 들어갈 정도로 중요하게 여겨지는 에픽 비디오라는 뜻이다. 캐스 2는 전에 이 장면을 본 듯한 느낌이 들었다. 오래전, 아마 학교에서 보았을 것이다. 지금 날짜와 시간대가 어떤지는 잊어버렸지만, 오늘이 줄스데이라는 건 확실했다. 따라서 이런 곳에서 상영되는 에픽 장면은 전부 이브 줄리아의 말이나 행동을 기념하는 것이리라. "해피 이브 데이." 그녀는 옆에 선 줄리아인에게 반사적으로 예의를 지켜 말했다.

"좋은 하루 보내세요." 그 여자도 대답했다. 오늘이 정말 줄스데이라는 것을 확인해주는 말이었다.

캐스 2는 내용을 파악할 만큼 오랫동안 화면을 지켜보았다. 여기 나오는 사람들과 그들이 처한 상황이 기억난다고 점점 더 확신하게 되었다. '일곱 뚱뚱이'와 '일곱 홀쭉이'는 헵타드 두 개로 이루어진 볼로였다. 그중 하나는 한 아클렛에서 시작해 결국 다른 여섯 아클렛까지 퍼진 전염성 병충해로 인해 식량 생산에 실패했다. 그 결과 먹을 것이 풍족한 일곱 아클렛과 굶어 죽어가는 사람들이 가득 찬 일곱 아클렛 사이에 긴 케이블이 다리처럼 놓였다. 그들은 각각 케이블로 서로 손을 마주잡을 수 있는 중심점까지 우주 유영자들을 올려보내는 시스템을 고안해냈다. 그곳에서 '일곱 뚱뚱이'의 식량 꾸러미들을 '일곱 홀쭉이'에서 온 우주 유영자들에게 건넬 수 있었고, 그들은 다시 고통받는 헵타드로 내려가 그 음식을 배급했다. 그러나 일곱 아클렛으로 열네 대의 아클렛이 먹을 식량을 전부 생산할 수는 없었다. 모두 굶주리게 되었고, '일곱 홀쭉이'의 사람들은 죽어가기 시작했다. 이 볼로는 스웜 본대에서 분리되었다는 사실 때문에 사태는 더 악화되었다.

지금 방영되는 장면은 '일곱 홀쭉이'의 영양실조 걸린 사람들과 '일곱 뚱뚱이'의 겨우 조금 더 잘 먹고 있는 주민들이 참여하는 화상 회의였다. 그 케이블 때문에 가족들과 오래된 친구들이 분리되어 있다는 사실에 더욱 비통해지는 장면이었다. 이제 그 장면이 확실히 기억났다. 몇 분 후 그들은 화이트아클 렛에 무선 연락을 취해 이브 줄리아와 함께 어떻게 해야 할지 대화를 나눌 것이다. 이야기는 '일곱 홀쭉이'가 스스로 볼로에서 떨어져 나가면서 끝난다. 그들은 '일곱 뚱뚱이'가 스웜 본대 쪽으로 회전하고 '일곱 홀쭉이'가 반대 방향으로 돌진할 때를 노렸다. 그러면 적어도 '일곱 뚱뚱이'는 당분간 살아남으리라고 보장할 수 있었다. 불운한 사람들이 다른 쪽을 구하기 위한 추진체가 되었다. 이야기는 캐스 2가 오래 보고 있으면 많은 영향을 받을 것 같은 세부 사항을 덧붙여 더 복잡하고 가슴 아프게 만들어졌다. '일곱 홀쭉이' 헵타드는 인류 유전자 보관소의 표본을 갖고 있는 헵타드 중 하나였기 때문에, 그 희생은 앞으로도 계속될 것 같지만 결국 '세븐이브스 협의회'와 새로운 인류 창조로 이어지는 불행의 일부가 된다. 그리고 그들이 자신을 희생하기로 한 결정은 만장일치로 이루어지지 않았다. 그전에 반란이 일어나고, 한 아클렛에서 다음 아클렛으로 백병전이 벌어졌다. 굶어 죽어가는 사람들 몇 명이 목숨을 구하려고 우주복을 입은 채 케이블에 올라갔을 때, 주변과 싸우고 조종판까지 도달해 볼로를 잘라내는 버튼을 누른 사람은 줄리우스 음왕기였다. 케냐에 있는 그의 고향 위 동경 38도 0분에 그의 이름을 딴 거주지가 있었다. '0분' 부분이 중요했다. 자오선 위에 있는 거주지들은 전통적으로 에픽에 나오는 영웅들을 따서 이름을 짓기 때문이다.

카페 노동자들이 커피를 만드는 동안 그런 사실이 캐스 2의 마음속에 전부 다시 떠올랐다. 자기가 조사받고 있다는 사실을 깨닫고 카페인이 더 강한 음료를 마시는 게 좋겠다는 생각에 초콜릿에서 커피로 주문을 바꾸었기 때문이다. "이건 제가 낼게요." 그녀가 검역부 요원에게 말했다. 이방인들의 '이브 데이'에는 그들에게 작은 호의를 베푸는 관습이 있었다. 오늘이 모이어스데이였다면, 다른 사람이 그녀의 커피 값을 내줄 수도 있었다.

"오, 아니에요. 받을 수 없어요." 그 여자가 말했다. 아마 문자 그대로 사실일 것이다. 자기가 조사하는 사람에게서 호의를 받을 수는 없으니까. "하지만 같이 앉아도 된다면……."

"물론이죠." 캐스 2는 그렇게 말하고 그 여자 커피가 나올 때까지 기다렸다. 카운터 위 화면은 에픽의 다른 장면으로 넘어갔다. 최종 연소 직전 인듀어런스 호 내부에서 대화가 오갈 때였다. 다이나와 아이비가 서로 이야기하던 중 줄리아가 그렇게 나쁘지는 않았다고 믿게 되는 부분이 나왔다. 캐스 2는 언제나 이 부분이 좀 질린다고 느꼈다. 사람들은 늘 이곳의 대사를 인용했다. 그것은 줄리아인과 다른 종족 사이에 더 강한 동맹을 맺으려는 정치운동과 정당의 근거 역할을 했다. 참 운 좋은 타이밍이었다. 캐스 2가 줄리안식 사고방식을 갖고 있었다면, 이것이 다 연출된 상황이 아닌지, 검역부의 배후 인물이 상영 타이밍을 조작해서 이 여자와 커피를 마시려고 앉기 바로 직전에 보도록 한 것이 아닐까 하고 의심했을 것이다. 그것이 곧 줄리안식이었기 때문이다. '세븐이브스 협의회'에서 이브 줄리아가 한 선택이었다. 거주지 고리에서 상대적으로 고립된 부분에 살면서, '캐리커처화Caricaturization'라는 이름이 붙은 선택적 변식 절차 동안 그녀가 느낀 긴장은 그 선택을 더욱 심화시켰다. 줄리아인들은 캐리커처화의 결과 큰 눈과 날렵한 귀, 작은 입을 갖게 되었다. 그래서 줄리아인은 멀리서 딱 보아도 가장 쉽게 정체성을 알아볼 수 있는 종족이었다.

그 여자는 앉기 전에 경례를 했다. 줄리아인들은 왼손으로 경례하는데, 손을 얼굴 옆선에서 떨어뜨려 절대로 시선 방향에서 빠져나가지 않도록 했다. "아리안이에요." 그녀가 말했다. 쿠루에서 발사된 로켓들에서 유래한, 흔한 줄리안식 이름이었다. 이브 줄리아는 베네수엘라인들에게 핵폭격을 불사하며 그 로켓들을 지켰다. "아리안 카사블란코바예요." '하얀 집'에서 이름을 딴 카사블랑카라는 여자의 딸이었다.

캐스 2는 마주 경례했다. "캐스 아말토바 2입니다." 캐스 2의 어머니는 빅라이드 동안 모이라와 모이라의 실험실을 지켜준 소행성의 이름을 땄다.

아리안은 캐스 2의 맞은편에 앉아 커다란 눈을 하고서 그녀의 얼굴에 냉랭한 시선을 고정시켰다.

"저기요. 전 이런 거 잘 못해요. 저는 어느 쿠폴에 속해 있지도 않고 거기 들어가고 싶지도 않습니다. 그냥 속에 있는 말을 그대로 물어보세요." 캐스 2가 말했다.

"표면에서 흥미로운 게 있었는지 궁금한 것뿐이에요."

"제가 표면에 가는 목적이 흥미로운 것을 보기 위해서인데요. 흥미롭지 않은 건 거의 없었어요."

아리안은 기대감에 차서 앉아 있을 뿐이었다.

"보고서는 제출했어요." 캐스 2가 말했다.

"그리고 벨레드 토모프와 보고서 내용을 이야기했지요?"

"네."

"하지만 리스 알라스코프한테는 하지 않았고요."

"벨레드와 이야기하고 있을 때 리스는 자고 있었거든요."

"당신도 꽤 잘 잤지요. 플리버에서 열 시간이나 잤으니." 아리안이 말했다.

"하루 종일 글라이더를 타고 날았으니까요."

"낮잠도 자주 잤고."

"모이라인이 조금씩 잔다고 늘 후생에 들어가는 건 아닙니다. 그냥 지쳐서 그럴 때도 있어요. 그것뿐입니다."

"시간이 지나면 알겠죠. 이제는 멘토와 직접 대화를 하러 여행하는군요. 최소한 당신은 그렇게 생각하죠." 아리안이 말했다.

"무슨 말이죠?"

"닥터 후는 스트롬니스에 없어요. 그와 약속을 했다면 알고 있었겠죠. 하지만 약속 같은 건 없었어요. 대신 순간적으로 결심하고 친한 지인이 있는 장소로 여행하겠다는 충동적인 계획을 세웠죠. 당신은 무엇 때문인지 곤란해하고 있어요. 자기가 후생에 들어갈지도 모른다는 걸 알고 있고. 자기가 안전하다고 느끼는 장소에서 직접 만나기 전에는 닥에게 이야기하지도 않겠죠. 표면에서 뭔가 관찰한 게 틀림없어요. 예상치 못했던 것을 말이죠."

아리안 카사블란코바에게 캐스 2의 보고서를 읽어보라고 말해도 소용이 없을 것이다. 이미 몇 번씩 보았을 테니까. 그녀는 그 이야기를 생생하게 듣고 싶어 했다.

"인간을 본 것 같기도 해요." 캐스 2가 말했다.

"본 것 같기도 하다고요?"

"스치듯이 본 거였어요. 멀리서."

"다른 조사원은 아니겠죠. 그랬다면 별로 주목할 점이 없었을 테니까."

"조사원들은 눈에 띄기 위해 밝은 옷을 입죠."

"벨레드는 안 그랬죠."

"RIZ 주위를 지나갈 때는 안 그러죠. 당연한 일이에요. 일반적인 경우를 이야기하는 겁니다."

"계속해요."

"이 사람은 그 반대로 입고 있었어요. 그러니까……."

"그러니까?"

"사냥꾼들이 나오는 제로 전 비디오 보신 적 있어요? 그들은 눈에 덜 띄는 옷을 입었잖아요."

"위장복 말이죠." 아리안이 말했다.

"맞아요. 이 사람은 위장을 하고 있었던 것 같아요."

"그럼 조사원은 아니군요."

"그러면…… 아마 군인이겠죠?" 캐스 2가 물었다. "하지만 군대의 목적이라면 다른 군대와 싸우는 것밖에 없잖아요. 아래쪽에 다른 군대가 없는 건 확실해요. 조약 위반이 저질러진 게 아니라면요. 하지만 조약이 위반되었다면 제가 강하하기 전에 경고를 받았겠지요. 웬걸요, 나를 찾아 토르를 보냈을걸요."

"그때 '막' 저지른 위반이라는 생각은 안 해봤나요? 당신이 처음으로 목격한 거고?"

그 질문은 조금 껄끄러웠다. 아리안이 무엇을 암시하는지는 분명했다. 캐스 2가 그런 종류의 일을 목격했다면, 열 시간 동안 잔 다음 닥이 있지도 않은 곳에서 닥을 찾으려고 무모한 노력을 할 게 아니라 즉시 보고해야 하지 않았느냐 하는 거였다.

"아뇨, 이 경우엔 아니었어요." 캐스 2가 말했다.

"그걸 어떻게 알죠?"

"호수 위를 오랫동안 날아다니고 있었거든요. 저는 분명히 눈에 띄었을 겁니다. 별 이유 없이 그곳에 있던 사람이었다면 제가 갈 때까지 숲속에 숨어 있기만 하면 됐었죠. 그런데 그 사람은 그러지 않았어요. 내가 하는 일을 훤히 볼 수 있는 호숫가 근처에 있었지요. 마치……."

"마치?"

"넋을 놓고 구경하는 것처럼요."

한참 침묵하더니 아리안은 그 말을 되풀이했다. "구경이라."

"네." 모이라인인 캐스 2는 아리안의 시선을 느끼는 것이 지금껏 계속 불편했다. 그러나 이제 그녀는 줄리아인의 꿰뚫는 듯한 눈을 한동안 똑바로 들여다보았다.

"그 사람이 움직일 때 자세나 걸음걸이의 느낌은 어떻던가요?" 아리안이 말했다.

"네오앤더[15] 같지는 않았어요." 캐스 2가 고개를 저으며 말했다. "그러면 제가 보고했을 겁니다."

아리안은 눈을 깜박이며 말했다. "물론 제일 간단한 설명은……."

"인디전이죠. 벨레드와 이야기했던 가능성은 그거였어요." 그녀는 이제 약간 방어적인 태도를 취하게 되었다. "하지만 인디전이 거기서 뭘 하고 있었겠어요? 제일 가까운 RIZ에서도 그렇게 먼 곳인데."

"미스터리로군요."

"맞아요."

"당신이 프로파일을 깬 이유가 설명이 되는군요." 아리안이 고개를 끄덕이며 말했다.

"당신 종족의 '프로파일을 깬다'는 말이 무슨 뜻인지도 모르는데요."

"감시받거나 미행당한다는 느낌이 든 적 있나요?"

---

15 네오앤더Neoander: 네안데르탈인의 특징을 갖도록 창조된 아이다인 아종亞種.

아리안 카사블랑코바는 정곡을 찌르는 질문을 하는 지긋지긋한 습성이 있었다.

"아래 있게 되면 그럴 거라고 추측해야죠. 그러니까……."

"그러니까 그 지역 거대 동물들에게 들키지 않을 수는 없다? 물론이죠."

"오랜 시간 혼자 도보여행을 하면서 그걸 의식하면, 말하자면 일종의……." 줄리아인 옆에서 '편집증'이란 말을 쓰고 싶지는 않았다. 인종차별적 의미를 띤 단어이기 때문이다. 아리안은 그 망설임을 느끼고 아주 조금 재미있어졌다. 그녀는 몸을 앞으로 약간 기울이고, 캐스 2가 불편한 지점을 피해가도록 도우려고 했다.

"당신은 경계를 강화했겠죠. 안전을 위해 황무지에서 나는 소리를 해석하고……."

"네, 하지만 최대한 보수적인 방식으로 했습니다. 떠나는 날 아침 텐트 위 여기저기를 비치는 햇빛 얼룩 때문에 깨어난 것처럼요. 그 얼룩은 커다란 동물이 나타나 저와 태양 사이를 지나가며 움직이는 그림자일 거라고 잠깐 동안 생각했어요. 그런 뒤 텐트에서 나오니 그건 상상일 뿐이었어요. 빛이 바람에 움직이는 나뭇가지 사이를 뚫고 비춘 거였지요."

"흥미롭군요! 오랫동안 사물을 그렇게 예민하게 감지한다면 모이라인에게 후생적 변화를 일으킬 수 있는 자극이 될 것 같은데요."

"그 생각도 해봤죠."

"보고서에는 언급하지 않았는데요."

처음으로 아리안이 보고서를 읽었다는 걸 드러내고 인정했기 때문에, 캐스 2는 말을 멈출 수밖에 없었다.

녹색 팔찌를 손목에 차고 카페로 들어오는 커다란 테클라인 때문에 정신이 흐트러졌다. 그러나 벨레드가 아니었다. 최근에 도착한 다른 조사원이었다. 아마 같은 수사망에 들어 있을 것이다.

벨레드는 캐스 2와 플리버에서 나눈 대화까지 들어간 완벽한 리포트를 제출한 게 분명했다. 다른 종족 사람이 그랬다면 짜증나고 무분별한 행동이라고 생각했을지도 모르지만, 테클라인이 그러는 것은 당연했다.

"그걸 보고서에 언급하지 않은 이유는, 그냥 저의 상상이었다고 판단했기 때문이에요. 조사부에 보고할 만한 진짜 사건이 아니라." 캐스 2가 말했다.

"미안하지만 내가 함부로 넘겨짚는 게 아니라면……." 이것은 줄리안식 인식법에 대한 자조적 표현이었다.

"말씀하세요."

"당신 첫인상이 옳았을 겁니다. 그건 텐트와 해 사이를 지나간 거대한 동물, 즉 인간이 만들어낸 그림자였을 겁니다. 몰래 당신을 지켜보고 있던 사람이 실수를 저지른 거죠. 당신 텐트에 비친 자기 그림자를 보고 곧 실수했다는 걸 깨달았을 겁니다. 그래서 그 비탈에서 내려와 숲속으로 물러나, 거기서 당신을 지켜본 겁니다."

"충분히 그럴 수 있죠." 캐스 2가 말했다. 줄리아인의 머릿속에서나 나올 법한 일이라고 덧붙이고 싶었지만 예의상 참았다.

"그 이후 수면은 어땠나요?"

"간헐적으로 잤고, 시차에 시달렸어요. 그래서 이곳에 온 거예요. 마지막 날 내가 후생에 들어가기 시작한 걸지도 몰라요. 하지만 이제 문명으로 돌아오자 신진대사가 혼란을 겪으면서 변화가 중단되었어요." 여기서 모이라인 친구와 테이블에 마주앉아 있었다면, 캐스 2는 손을 올려 얼굴을 더듬어보았을 것이다. '내가 달라진 것처럼 보이니?' 하지만 아리안은 그 대답을 알 리 없었다.

캐스 2가 덧붙였다. "벨레드와 함께 잡니다. 회복하는 데 도움이 될 것 같아요."

"좋아요. 캐스 아말토바 3이 되든 안 되든, 순조롭게 적응하시기 바랍니다."

"이제 떠나도 되나요?"

"그건 제가 판단할 일이 아닙니다. 당신은 계속 미결 상태예요."

"내가 허튼 소리를 할까봐 걱정인가요?"

"그런 걱정은 제 소관이 아닙니다. 개인적으로 충고한다면, 그런 이야기는 하고 다니지 마십시오. 하지만 당신도 자기 권리를 잘 알고 있잖아요. 오지에서 위장한 채로 넋 놓고 바라보는 구경꾼을 하나 발견한 것 같다고 해서 당신을 억류할 수는 없습니다." 아리안은 다음 말을 하기 전에 잠시 무슨 수를 두어야 하나 생각하는 것 같았다. "아니면 이 카페에 훨씬 더 많은 조사원들이 들어차 있겠지요."

닥에 대해 아리안이 한 말은 옳았다. 그는 스트롬니스—고리 중에서 아이비인이 많이 사는 거주지로, 완전히 대학만 있는 곳이었다—의 안개 낀 대학 캠퍼스 안에 있는 집을 떠나 크레이들로 가는 중이었다. 가는 길에 그레이트체인에서 잠시 시간을 보내고 있었다. 그래서 마침내 캐스 2가 직접 연락하는 확실한 조치를 취하자, 그는 몇 분 내 답을 해왔고, 어디로 그를 찾아가야 할지 말해주었다.

그와 거의 동시에 캐스 2가 찬 팔찌의 다이오드가 녹색으로 변했다. 떠나도 된다는 표시였다. 벨레드와 함께 쓰던 방으로 돌아갔으나 그는 이미 떠나고 없었다. 소독된 소지품을 챙겨 출구로 가자, 문 겸용 로봇이 팔찌를 검사했다. 보아하니 검사 결과가 마음에 들었는지, 로봇은 몸을 열어 지나갈 길을 만들어주었다. 동시에 팔찌가 철컥 열리더니 불이 꺼졌다. 나가는 길에 그녀는 팔찌를 쓰레기통에 던져 넣었다.

아이의 복도를 따라 반시간쯤 걸어가자 진입차선이 나왔다. 그녀는 다른 방문객 24명과 함께 캡슐 하나에 들어가 안전벨트를 맸다. 총구가 그레이트체인의 도착 플랫폼과 동기화되는 순간, 캡슐이 총알처럼 발사되었다. 그들이 회전하는 원형도시에 빨려 들어갈 때 모의 중력 1G 정도의 효과가 생겼다. 캡슐 출구 근처에 배치된 안내원들이 새로 도착한 사람들을 도와 플랫폼에 올려준 다음, 상태를 확인하기 위해 한 사람 한 사람 눈을 들여다보았다. 갑작스러운 중력 변화에 익숙하지 않은 사람들은 현기증 발작이나 그보다 더 심한 병을 앓기도 했다. 안내원들은 대부분 카밀라인이었다. 여러 세기에 걸친 실천이 증명한 사려 깊은 선택이었다. 가장 다혈질인 다이나인이라도 잘난 체하지 않는 이 사람들에게는 구역질이 난다고 기꺼이 털어놓을 것이다. 다이난의 정교한 기사도 정신으로 다이나인들은 카밀라인들을 나약하고 어린아이 같은 존재로 여겼기 때문에 그들에게 특별히 공손한 태도를 보였다.

캐스 2는 환승 레벨로 가는 이동 계단 꼭대기를 향해 크게 흔들리지 않고 걸어갔다. 위쪽 천장은 옛 지구의 웅장한 기차역같이 높은 아치형이었다. 니켈-철 뇌문 세공 부분에는 흥분한 새들이 모여 있었다. 새 무리 전체가 아래쪽에서 움직이는 인간들을 계속 주시하며 내부적으로는 파를 가르고 논쟁을 하고 있었다. 나뭇가지에 감긴 구렁이처럼 버팀목과 대들보를 감싸고 있는 특수 시위들은 새들과 함께 점진적인 속도로 움직이며 새똥을 치웠기 때문에, 새들의 눈에 뜨이지 않았다. 새들은 모두 반백 까마귀라는 종류였다. 작은 까마귀과 동물로 깃털의 절반은 색소가 전혀 없었기 때문에 몸이 희끗희끗해 보였다. 토종 까마귀와 쉽게 구별할 수 있는 시각적 표지로 삼기 위해 디자이너가 덧붙인 시각적 특징일 뿐이었다. 새들은 회색 소용돌이를 일으키며 머리 위 둥근 천장 속을 돌아다녔지만, 환승 레벨과 아래층 수송 레벨을 연결하는 비스듬한 통로도 빠르고 쉽게 오르내렸다. 캐스 2가 플랫폼을 따라 걷고 있는데, 새 한 마리가 올라가던 무리에서 떨어져 나와 '살인'이라고 꽥꽥 울며 그녀에게 돌진했다. 새가 빠르게 가까워질수록 그 새가 그녀의 얼굴로 곧장 다가오고 있다는 확신이 들었다. 새는 부딪치기 직전에 멈추었고, 올라앉을 자리가 없었기 때문에 볼품없이 그녀 앞에 둥둥 뜬 채로 보조를 맞추기 위해 뒷걸음질을 하듯이 공중에서 미끄러졌다. "온대 강우림 속의 작은 숲." 그 새는 까마귀가 발음할 수 있는 한계 안에서 매우 분명하게 그렇게 말한 다음 공기를 후려치며 날았다. 새는 서까래를 향해 날아오르다가 급경사를 그리며 환승 레벨로 통하는 기울어진 튜브를 따라 날아 내려갔다. 이런 심부름을 하는 반백 까마귀는 그 새만이 아니었다. 사방에서 비슷한 만남이 이루어지고 있었다. 스무 마리 정도 되는 새들이 이동 계단 입구 주변을 둘러싼 안전 철책에 올라앉아 인간에게 들은 말을 중얼거리고 있었다. 어떤 새는 사랑을 나누는 커플의 소리를 들었는지, 오르가슴 신음 소리를 까마귀 목소리로 내고 있었다. 세 마리가 함께 유행가를 부르기도 했고, 개처럼 짖는 새도 있었다. 간식을 들고 있는 사람들에게 음식을 달라고 조르는 새들도 있었다. 어떤 새는 "기차역에서 도트 16에 만나요." 했고, 또 다른 새는 "붉은 스카프를 매고 있을게요." 하는 말만 계속 중얼거렸다.

이동 계단 맨 아래에서는 까마귀들이 자리를 더럽히지 않도록 튜브 차 뒤에 지어진 아늑하고 작은 까마귀 집으로 날아 드나들고 있었다. 그 차를 10분 정도 타자 앨더브란디 정원에 닿았다. 이곳은 식물보존용으로 지어진, 서로 연결된 여섯 개 블록이었다. 블록 하나하나는 높은 아치형 유리천장으로 덮인 사각형 판 모양 생태계였다. 천장 아래에는 지구 지형이 시뮬레이트되어 있었다. 블록마다 옛 지구의 서로 다른 지역을 시뮬레이트하도록 온도와 습도가 따로 조정되어 있었다. 디지털 기록을 보고 유전자를 배열해 만든 식물과 다른 유기체들이 여기서 재배되었고, 나중에는 새와 곤충, 작은 동물들이 추가되었다. 여기서 기르고 연구한 생물들은 나중에 고리의 다른 부분에 있는 공장으로 실려 가는데, 그곳에서 엄청나게 많이 번식해 새 지구에 씨를 뿌릴 때 쓰였다.

더운 한쪽 끝부터 시작해서, 캐스 2는 동남아시아의 정글 속을 걸었다. 어찌나 습한지 땀을 흘리기도 전에 습기가 먼저 물이 되어 얼굴에 맺혔다. 장막이 세 겹으로 쳐져 있어서 하늘은 하나도 보이지 않았다. 그러나 다음 에어로크를 거쳐 치후아후안 사막으로 들어가자 천장을 통해 우주를 직접 볼 수 있었다. 바깥에 올려진 로봇식 거울을 통해 안으로 튕겨 들어온 햇빛 때문에 눈이 폭발할 것 같았다. 그레이트체인의 중심인 그 위에는 슈르체이라는 작은 거주지가 매달려 있었다. 캐스 2가 검역소에 머무는 동안 아이는 아쿠레이리에서 계속 움직여 20도 서쪽에 있는 더 큰 거주지 숀 프롭스트를 지나치고, 이제는 카보베르데 본야드 가장자리에 있는 경계 지대에 들어가고 있었다. 캐스 2는 슈르체이에 대해 아무것도 몰랐지만, 그곳은 자리 표시자 거주지 같았다. 여기서 1, 2도 서쪽에 지을 것의 기초 공사용 헛간 같은 곳이랄까. 쨍한 태양 아래에서 피부와 머리카락이 금방 말라버렸기 때문에, 블록을 다 통과할 때에는 아래쪽 터널에 남아 있을걸 하는 생각이 들 정도였다. 그곳에서는 선인장 가시와 방울뱀 걱정을 할 필요가 없었는데.

그다음 생태계는 핀보스였다. 희망봉 특유의 환경에, 더 서늘하긴 하지만 햇빛은 만만찮았다. 마구 흩어진 꽃들이 폭동을 일으키듯 기세 좋게 피어났기 때문에 그레이트체인의 다른 곳에서 온 소풍객과 탐조객들이 매우 좋아하는 곳이었다. 너무 사람이 많아서 그녀는 그곳이 마음에 들지 않았다. 그래서 여러 가지 아기자기한 매력에 정신을 팔지 않으려고 애쓰며 똑바로 길을 따라 갔다. 그다음 블록은 옛 지구 루이지애나 습지의 시뮬레이션으로, 테라리움이라기보다 아쿠아리움 같았다. 널빤지 보도가 이끼 덮인 나무들 사이를 뱀처럼 누비고 있었다. 그 길을 딛고 파충류가 바글거리는 물 위를 걸어 맨 끝에 있는 에어로크까지 간 다음, 거기 멈추어 선 채 배낭에서 재킷을 꺼내고 양손에 장갑을 끼었다.

그다음 블록은 처음부터 끝까지 800년 된 더글러스 전나무로 가득했다. 이곳은 제로 전 브리티시 컬럼비아의 온대 우림을 시뮬레이트하도록 설계되었다. 그래서 그곳 지붕에는 필터가 장착되어 있었다. 이 필터는 태양빛을 약화시켜 사방에서 은은한 은빛이 꾸준히 비치게 해주었다. 그곳에는 그늘이 없어서 나름대로 치후아후안 생물계의 거침없는 햇빛보다도 밝아 보였다. 양치식물과 이끼, 착생식물들이 쓰러진 나무에 어찌나 두껍게 자랐는지 그 위에 호스로 뿌려댄 것 같았다. 그 사이사이 희미한 길들이 실타래처럼 가득했다. 캐스 2는 길 하나를 따라 쿠폴 숲으로 왔다. 중심부 가까이에 특히 거대한 나무들이 상대적으로 탁 트인 공간을 둘러싸고 있었다. 그곳에서 닥과 닥의 학생 네 명, 닥의 보좌관과 로봇들이 이끼 덮인 바위와 통나무 위에 앉아 있었다.

닥터 후 노아와 그의 학생들은 대부분 아이비인이었다. 닥의 경우에는 나이가 너무 많아 인종적 차이가 애매해져서 확실하지 않았다. 머리카락은 오래전에 없어졌고, 표면에서 거침없는 햇빛을 쬐며 연구한 세월 때문에 피부는 얼룩덜룩했다. 바위 가장자리에 젖은 빨래를 널어놓은 것처럼 축 처진 피부가 날카로운 광대뼈에 매달려 내려가다가 마침내 목 부분에서 늘어진 붉은 피부와 만났다. 그러나 그는 목 주위에 스카프를 둘러 그 부분을 거의 다 감추고 있었다. 이와 더불어 그가 편안하게 지내기 위해 해야 하는 세심한 일들은 간호사가 돌봐주고 있었다. 그의 간호사는 의료기구가 가득 찬 배낭을 멘 땅딸막한 카밀라인이었다. 닥의 발치에는 디스플레이 패널이 달린 그랩이 잠든 개처럼 몸을 말고 있었다. 디스플레이에는 그의 바이털 사인이 생생하게 판독되어 나왔다. 로봇은 다중 무선 접속으로 모니터링을 하고 있었다. 로봇 등에서 수직으로 튀어나온 장대는 박사의 허리 높이에서 갈라져 한 쌍의 손잡이가 되었다. 그것은 스마트 지팡이였다. 핸들을 움켜쥐면 일어나도록 도와주고, 아주 거친 땅에서도 여섯 개의 다리로 몸을 받치며 보행 능력을 안정시켜주었다.

그녀는 기분이 약간 어색했다. 공터로 걸어 들어가 이 사람들에게 자기소개를 하는 데는 약간 용기가 필요했다. 테리폼 안에는 일종의 계급 제도가 있었고, 닥은 그 정점이었다. 조사원들은 그 구조의 바닥이라기보다는 거친 변경에 있었다. 경멸당하지는 않았지만 별로 중요하지 않은 존재로 곁눈질당하는 처지였다.

그러나 그들은 공손했다. 닥만 제외하고 모두 아이빈식 변형 경례로 그녀에게 인사했다. 고개를 숙이는 기미가 깃든 절도 있는 동작이었다. 닥이 양손을 벌리자 그녀는 조심스럽게 그 손을 잡았다. 그는 놀라운 힘으로 손을 꼭 잡았고 그녀도 마주 꼭 잡았다.

다음 순간 갑자기 둘만 남게 되었다. 사전에 합의를 해두었 는지 다른 아이비인들이 분위기를 느꼈기 때문인지, 모두들 물 러났다. 간호사조차도 몇 발 물러나 공터 주위를 따라 어슬렁 거렸다. 때때로 손을 들어 올려 손바닥 크기만 한 장치로 닥의 생체 정보를 살펴볼 뿐이었다.

"나랑 같이 크레이들로 가자. 팀이 하나 필요해." 그가 말했다.

"새 연구 프로젝트인가요?" 그녀가 물었다.

닥은 아니라는 듯이 잠시 눈을 감았다 뜨더니 그녀를 똑바로 바라보았다. "'세븐'이야." 그가 고쳐 말했다.

"음, 그럼 저는……."

"그래, 거기에 끼는 거지."

닥은 명백한 일이라는 듯이 말했지만, 캐스 2에게는 그렇지 않았다. 인류 종족마다 한 사람씩 모여 구성하는 그룹인 '세븐' 은 대체로 새 거주지를 헌정하거나 조약에 서명할 때처럼 의례 적인 목적이 있을 때 모였다. 캐스 2가 할 일은 아니었다. 할 수 있는 일이라고 하더라도 닥이 소속해 있는 세븐에 들어오라는 제의에 그녀는 매우 당황했다. 보통 세븐이 모일 때는 모든 구 성원의 지위가 비슷하도록 선정하기 때문이었다. 닥과 그녀의 경우는 전적으로 달랐다. 나이, 명예, 명성의 차이가 심해도 너 무 심했다.

대체 왜 캐스 2가 이런 영예를 받을 정도로 특별한 존재가 될 수 있었을까?

겨우 몇 초 동안 혼란을 겪은 후 그녀는 깨달았다. 명백한 일이었다. 그것은 그녀가 표면에서 본 광경과 관계가 있었다.

전후사정을 추측하는 그녀를 지켜보는 닥의 눈에 옅은 즐거움이 감도는 것이 보였다. 그러나 캐스 2가 뭔가 불쑥 말하려고 하자 그는 약간 불안한 표정을 지어 보였다. 그것만으로도 그녀는 하려던 말을 참아버렸다. 아무 말도 하지 않았다. 닥이 때가 되었다고 여길 때 그 문제를 이야기하자.

"전에 크레이들에 가본 적은 없지?" 그가 말했다.

"맞습니다."

"음. 그러면 자네에겐 새로운 모험이 되겠군."

"관광객처럼 보이지 않도록 하겠습니다."

"어떻게 보여도 상관없다네. 너무 바빠서 그런 일은 신경도 쓰지 못할 테니까." 그가 말했다.

"그러면 언제……."

"열두 시간 정도." 그는 그렇게 말하고 카밀라인을 바라보았다. "그 정도지, 메미?"

메미가 고개를 끄덕였다. "22시 30분에 떠나는 엘리베이터에 선실이 예약되었습니다."

캐스 2는 메미를 만난 적이 없었지만, 성별을 쉽게 가늠할 수 없는 이 사람에 대해 들은 적은 있었다. 그녀는 닥이 계속 살아 있도록 돕고 그의 여러 가지 일들을 돌봐준다고 했다. '메미'는 카마이트에서 흔한 '리멤브런스'라는 이름의 줄임말이었다. 그 때는 여성의 모습을 했는지, 사롱 같은 랩 치마를 작업복 허리에 두르고 있었다. 카고 포켓이 덕지덕지 붙은 그 작업복은 치마가 없었다면 매우 실용적이었을 것 같았다. 메미의 옷차림은 보석 목걸이와 터번 같은 머리쓰개로 마무리되었다. "선실이 예약되었습니다." 같은 수동태 표현은 그녀의 종족에서 매우 전형적인 어법이었다. 물론 메미 자신이 선실을 예약하고, 다른 준비도 다 해놓았을 테고, 예고 없이 여러 대의 엘리베이터 선실을 예약할 때 드는 상당한 자금의 이체를 주관했을 것이다. 하지만 자기가 했다고 대놓고 말하는 것은 그녀에게 있어서 이빨을 뽑아내는 것만큼 힘든 일이리라. 어떤 사람들은 그런 어법이 겸손에서 나온 것이라고 보았고, 또 어떤 사람들은 짜증나는 수동공격성이라고 보았다. 캐스 2는 별 생각이 없었다. 그레이트체인에서 보낼 자유 시간이 몇 시간 남았고, 그 시간을 대부분 써야 했다.

"거기서 뵙겠습니다." 그녀가 말했다.

"기대하고 있겠네." 닥이 대답했다.

캐스 2는 그 블록 끝에서 환승 레벨로 내려가 고리 주위를 도는 튜브를 타고 가게와 시장, 쿠폴, 식당, 극장들이 가득 찬 중간층 블록 지대로 갔다. 그날은 하루 종일 돌아다니면서, 다음 여행에 필요할지도 모를 옷과 화장품 몇 가지를 빼면 거의 아무것도 사지 않았다. 한 군데도 빼놓을 데 없이, 그곳은 인간 우주에서 가장 훌륭한 쇼핑 구역이었다. 아이가 방문하는 모든 거주지에서 물건을 가져오고, 그레이트체인의 세련되고 돈 많은 주민들을 유혹했다. 다른 거주지에서 온 관광객들은 말할 필요도 없었다.

옷을 사거나 장신구를 착용해보라는, 아니면 크레이들에 훨씬 더 어울리게 헤어스타일을 바꿔보라는 주변의 은근한 압력이 느껴졌다. 사방으로 둘러싼 광고 때문에 그런 압력이 더 강해진다는 것도 확실했다. 그곳은 캐스 2보다 사회적으로 더 중요한 사람들에게 어울리는 장소였다. 말하자면 제복을 입거나 말쑥한 옷차림을 하고 사무적이고 침착한 태도로 복도를 빠르게 걸어가 모여서 수군거리는 사람들 틈에 끼어드는 사람들, 로비를 사이에 두고 눈길을 주고받는 사람들을 위한 곳이었다. 캐스 1은 그런 사회적 영향에 훨씬 더 민감했기 때문에, 이런 경우 자기가 예쁘거나 멋지지 않다고 머릿속에서 자신을 비난하는 목소리를 틀어막기 위해 은행 계좌를 비우고 있었을 것이다. 그러나 캐스 1은 열세 살에 죽었고 캐스 2로 바뀌었다. 캐스 2의 두뇌에서는 감정적 반응이 좀 달랐다. 불안하지 않은 것은 아니었다. 누구에게나 두려움은 있으니까. 캐스 2는 자기가 크레이들식으로 차려입으면 뭔가를 잘못 골라 웃음거리나 구경거리가 될까봐 두려웠다. 글라이더를 타고 날 때처럼 숨어서 관찰하고 튀지 않는 편이 좋았다.

튜브로 돌아가다가 우연히 서점을 지나치게 되었다. 그녀는 자기가 가장 좋아하는 역사책의 종이책 버전과 옛 지구를 배경으로 한 소설들 전부를 다운받았다. 종이책은 그녀가 자신의 은신처에 만들 작은 도서관에 넣을 사치품이었다. 많은 젊은 모이라인들처럼 캐스 2는 고정된 집을 가질 마음도 없었기 때문이다. 집이 있으면 사회적 교제가 따르고, 가족도 생길 것이다. 다른 종족 사람들에게는 전부 괜찮은 일이었다. 그러나 모이라인에게만큼은 '자리 잡을 때' 이전에 그런 영구적인 생활을 준비하는 것은 어리석은 일이었다. 그녀의 남편과 아이들, 직장 동료, 친구들은 어느 날 잠에서 깨어나 자신의 아내, 어머니, 동료, 친구가 사실상 죽어버렸고 그 자리에 완전히 다른 사람이 있을 위험을 감수해야 할 테니까. 그래서 젊은 모이라인들은 아파트에 세를 들기보다는 자주 가는 장소에 보관 공간을 두었다. 그것은 때로 친구 옷장 속 선반일 수도 있고, 조사부나 군사 기지의 로커일 수도, 당신을 식별할 수 있는 로봇 문지기가 있는 대도시의 작은 상업 공간일 수도 있었다. 버려진 은신처는 엄청나게 많았고, 그 안의 물건은 경매에서 계속 팔리고 있었다.

캐스 2는 그런 작은 공간에 종이책을 쑤셔 넣는 유형의 사람이었다. 그녀에게 전자책은 보험증권 같은 것이었다. 엘리베이터에 탑승해서 보낼 나흘은 그 후 이어질 여행의 서곡에 불과할 것이다. 어떨 때는 대역폭이 아주 좁거나 아예 없는 곳에 있을 수도 있었다. 읽을 것이 하나도 없는 상황에 처하는 건 최악이었다.

그레이트체인에는 한 블록 길이의 역사박물관도 있었다. 시대에 따라 위로 쌓은 건물로, 제로 전 세계를 1층으로 시작해서 한 층마다 한 밀레니엄을 다루며 높아져갔다. 물론 제로 전 시대에서 남은 물리적 아티팩트[16]는 거의 없었기에, 1층에 있

16 아티팩트artifact: 사람이 만든 물건 중에서 남은 유물.

는 것은 그림과 복원된 환경들이 대부분이었다. 그러나 아키들은 몇 가지 소지품을 가지고 우주에 나갈 수 있었고, 어떤 물건들은 에픽 시대와 그 후 5천 년을 살아남았다. 그래서 옛 지구에서 대량생산되었던 실제 스마트폰과 태블릿과 랩탑을 볼 수 있었다. 이제는 작동하지 않는 물건이지만, 거기에 담겼던 기술적 역량은 작은 플래카드에 적혀 있었다. 캐스 2와 다른 현대인들이 주머니에 갖고 다니는 물건들과 비교하면 매우 인상적이었다. 많은 사람들의 직관적 추측과는 반대였는데, 다른 분야에서는 현대 세계 — 거주지 고리와 아이, 그리고 나머지 전부 — 에서 이루어낸 성취가 옛 지구 사람들의 성취보다 엄청나게 더 위대했기 때문이다.

본질적으로는 문화적 선택법으로 돌아가는 문제였다. 제로 전 수십 년 동안 옛 지구인들은 대형화와 하드웨어가 아니라 소형화와 소프트웨어에 지력智力을 집중했고, 물리적 사회 기반 시설 면에서는 작고 연약하고 부서지기 쉬운 문명을 만들어냈다. 하지만 네트워크 통신과 소프트웨어로 넘어오면 그 문명은 놀라울 정도로 세련된 면을 보였다. 그들이 칩 속에 진공관을 쑤셔 넣은 밀도는 지금 존재하는 모든 제조 설비를 능가했다. 그들의 장치는 오늘날 살 수 있는 어떤 장치보다 더 많은 데이터를 담을 수 있었다. 온갖 종류의 무선 시스템을 이용했던 그들의 통신 능력은 겨우 지금에서야 — 그리고 그레이트체인처럼 부유하고 인구가 밀집된 장소들에서만 — 따라잡을 수 있었다.

물론 턴파이크 사이의 레드 지역에서 무슨 일이 벌어지고 있

103

는지는 알 수 없었다. 거주지 고리의 레드 부분에서 우주로 보내는 신호 정보들을 보면 아이다인들이 이동 통신 사용이라는 면에서 적어도 이곳 사람들만큼 발전했다고 추측할 수 있었다. 그들은 암호화도 아주 잘했기 때문에, 서로 무슨 말을 하고 있는지 알아낼 방법도 없었다. 그러나 블루 쪽에서는 '태브의 실수'로 알려진 행동을 되풀이하지 않겠다는 확실한 결정을 내렸다.

물론 5천 년 전 비참한 방식으로 죽은 자기 문화의 대표를 수십억 명의 사람들이 집중적으로 비난하는 것은 불공평했다. 그러나 에픽은 사람들의 생각에 그런 영향을 주었다. 옛 지구인 중에서도 성경을 읽으며 자라난 어떤 사람들이 자위를 '오난의 죄'라고 말했을 것처럼, 현대 세계의 사람들은 클라우드 아크, 빅라이드, 클레프트의 첫 세대 시대의 유명한 역사적 인물들을 개인의 미덕과 결함에 따라 분류했다. 공평하건 그렇지 않건, 태비스톡 프라우스는 단파 소셜 미디어라는 도구를 하극상을 위해 사용했다는 비난에서 영원히 벗어나지 못할 것이다. 화이트스카이가 시작되었을 때 그가 했던 행동, 즉 '인간 유전자 보관소' 상실을 두고 날렸던 통렬한 블로그 포스트, 이미르 탐험대에 대해 매우 비판적이면서도 불안을 불러일으킬 만한 보도를 한 것은 이후 역사가들에게 가루가 되도록 분석되었다. 태브는 블로그 포스트를 쓸 때 자신이 세 대의 카메라 앵글에 주시되고 기록되었다는 사실을 깨닫지 못했다. 그 사실이 갖는 함의를 고려하지 못했을 뿐일지도 모른다. 나중에 역사가들은 그가 눈을 깜박거린 속도로 그래프를 그리고, 랩탑 화면 주위를 훑던 그의 눈길을 추적하고, 블로깅을 하는 도중 화면에 열려 있던 다른 윈도들을 그의 어깨 너머로 보고, 그가 어떻게 시간을 썼는지 나누어 보여주는 파이 차트를 그렸다. 게임 플레이, 친구에게 문자 보내기, 스페이스북 검색, 포르노그래피 시청, 먹기, 마시기, 실제로 블로그를 쓴 시간 등등에 대해서. 그러나 통계로 그린 인물화는 별로 멋있어 보일 수가 없었다. (더 심층적인 분석에 따르면) 문제의 블로그 포스트들이 브레이크와 스웜의 분리에 중대한 역할을 했다는 사실은 가엾은 프라우스에게 악평을 더 집중시키기만 했다.

제로 직전에 발달했던 세계의 역사를 애써 배운 사람이라면 태비스톡 프라우스가 소셜 미디어 습관과 주의력 지속 범위 측면에서는 정규분포 한가운데 있었다는 것을 모두 잘 알았다. 그러나 블루에서는 그것을 '태브의 실수'라고 불렀다. 그들은 그런 실수를 다시 저지르지 않으려고 했다. 태브의 두뇌를 어수선하게 만들었던 장치나 앱을 생산하는 현대의 소비 물품 제조자들은 빅토리아조 성직자들이 자위기구를 발명한 사람에게 느꼈을 법한 본능적인 거부감과 마주치게 되었다. 블루의 기술자들은 태브가 사용했던 것보다 세련된 전자기기들을 만들 수 있었지만, 아예 로봇 같은 장치에 넣어버리곤 했다. 클레프트에 정착한 최초 인구는 여덟 명의 인간과 수백 대의 로봇이었다 (내트도 하나하나 한 대로 센다면 수천 대였다). 그때부터 양쪽의 수는 점점 늘어났다. 겨우 지난 세기에 와서야 인간 인구가 내트를 뺀 로봇 숫자와 비슷해졌다.

그 결과 그레이트체인 지하철 역 위의 서점에 있는 젊은 여성 캐스 2는 우주 거주지에 살고, 기계의 도움을 받으며 옛 지구가 가졌던 능력보다 훨씬 더 먼 거리를 이동하고 있었다. 이브 다이나가 이지에서 프로그램했던 그랩 같은 조상 로봇보다 훨씬 더 스마트하고 튼튼한 로봇들이 그녀에게 봉사하고 시중을 들었다. 그러나 그녀가 갖고 있는 태블릿의 정보 저장 능력과 연결 능력은, 여전히 책은 케이블로 다운받는 것이 편하고 태블릿의 저장 칩에 새 책을 넣을 자리를 만들려면 이미 읽은 것을 지워야 하는 수준에 제한되어 있었다.

자리를 정리하고 그녀는 진출 차선으로 가는 차편을 탔다. 진출 차선에서 캡슐을 타고 뒤편을 마주보자, 감속으로 인해 다시 카우치에 눌리는 기분이 들었다. 캡슐이 그레이트체인에서 날아가 전자기 감속기가 줄지어 있는 튜브 속으로 떨어지고 있었다.

아이의 회전하지 않는 틀 속으로 들어가 다시 무중력 상태에 놓이게 되자 캐스 2는 그 안의 계단으로 가보았다. 크레이들의 아이콘이 찍힌 불 켜진 튜브를 따라 몸을 밀며 앞으로 나아갔다. 튜브는 반원의 돔으로 둘러싸인 한 쌍의 산 같았다. 그러자 몇 분 만에 수송 스테이션에 닿았다. 거기서 모르는 두 사람과 함께 4인용 버블에 올라탔고, 버블은 곧 작동하더니 길고 아주 똑바르게 이어진 튜브를 따라 점점 더 빨라지며 쉭쉭 내려가기 시작했다. 그들은 아이의 거대한 홍채 가장자리에서 지구에 가장 가까운 지점인 안쪽 소용돌이로 가는 여행을 하고 있었기 때문에, 손을 번갈아 짚으며 통로를 내려가는 식으로 갈 수는 없었다. 열여섯 시간 정도 깨어 있었던 캐스 2는 꾸벅꾸벅 졸다

잠이 들었다.

여행이 끝날 즈음 자기 이름이 불리는 소리에 그녀는 잠을 확 깼다.

팟의 앞쪽 격벽에는 비디오 화면이 있었다. 승객 한 명이 시간을 보내려고 에픽 한 부분을 다시 틀었다. 살아남은 이브들의 얼굴에 노화의 흔적이 보이고 첫 자손 세대가 청소년인 것을 보니 제로 후 20년쯤 된 장면이었다. 에픽에서 이 부분은 이브 다이나와 이브 테클라 사이의 사적인 균열을 캐서린 디노바가 이끄는 젊은이들 몇 명이 중재하고 해결하는 이야기였다. 이브들의 아이들이 스스로 생각하고 행동을 하기 시작한 최초의 순간이라고 지적한 사람이 많았고, 현대 논의에서도 이 대화의 대사들이 자주 인용되었다.

캐스 2는 늘 품어오던 궁금증을 다시 느꼈다. 에픽에 나오는 사람들은 5천 년 후 수십억 명의 사람들이 비디오 스크린에서 자기들을 지켜보고, 본보기로 예를 들고, 기억해서 인용하리라는 것을 알았더라도 여전히 평소와 다름없이 말하고 행동했을까. 클레프트 위에서 보낸 처음 몇십 년 동안, 카메라는 하나씩 하나씩 못쓰게 되었다. 모든 곳을 감시하는 눈을 어떻게 생각하느냐에 따라, 새로운 암흑시대가 도래하여 역사가 엄청난 손실을 겪은 것일 수도 있고, 디지털 독재에서 해방된 것일 수도 있다. 어느 쪽이든 클라우드아크의 사람들이 제로 후 했던 모든 일을 공들여 찍은 기록물인 에픽은 그것으로 끝났다. 이후 천 년 동안은 종이와 잉크가 없었기 때문에 역사가 모두 구술로 전해졌다. 기억 장치는 별로 없었고 있어도 임시적인 것뿐이었다. 칩이란 칩은 전부 로봇이나 생명 유지 같은 매우 중요한 기능에 사용되고 있었다.

승객들에게 이제 감속한다고 경고하는 목소리가 나오더니, 팟은 속도를 줄여 터미널에 멈추었다. 그러나 팟이 멈춘 후에도 그들은 약한 중력을 느꼈다. 느낄 듯 말 듯 희미하고, 물건들이 '아래쪽으로' 둥둥 떠내려가는 것만 간신히 막을 정도의 힘이었다. 여기서 '아래'란 '지구 쪽'이라는 뜻이었다. 물건이 걷잡을 수 없이 날아다니지 않도록 가벼운 데킹이 몇 층으로 지어져 있었다. 그래도 중력이 약해서, 단단한 물건을 밀기만 하면 그 근처를 날아다닐 수 있었다. 캐스 2는 가방을 챙겨 등에 묶고 터미널로 미끄러지듯 들어갔다. 같은 팟을 타고 온 다른 여행자들은 어디로 가야 할지 잘 아는 것 같았기에, 그들을 따라 시차를 두고 열렸다 닫히는 갑판 틈을 지나 '아래로' 갔다. 아이에서 이곳은 거의 문자 그대로 뼈다귀 같은 부분으로, 아이 전체를 한데 붙잡고 있는 거대한 기계 팔다리가 수렴되어 영원히 지구 쪽을 향하는 날카로운 점으로 변하는 곳이었다. 여러 가지 목적으로 만들어진 터널과 구멍들 때문에 금속은 벌집 같았다. 약 36,000킬로미터 아래 있는 지구 대기권 위에 크레이들을 매달고 있는 탄소 케이블은 여기서 갈라져 아이의 맞은편 끝까지 통하는 긴 보호 통로를 통해 팽팽하게 이어지다가, 그 끝에서 다시 만나 빅 락 너머까지 연결된다. 사람들이 사용하는 방과 통로는 비교적 작았다.

아이의 그곳에는 지름 6미터짜리 유리 돔이 설치되어 있었다. 여기서는 밧줄 — 사실은 더 작은 힘줄 16가닥이 튜브형으로 배열되어 있었다 ― 구멍을 똑바로 내려다보아 지구를 볼 수 있었다. 이 거리에서 지구는 작은 테이블 맞은편에 있는 사람 얼굴만 한 크기로 보였다. 옛 지구인이 여기서 그 모습을 보면 처음에는 아무것도 변하지 않았다고 생각할지 모른다. 지구의 모습은 전체적으로 볼 때 여전히 예전과 비슷했다. 파란 대양, 흰 만년설, 그리고 보고 있자면 현기증이 일어날 것 같은 하얀 기압 소용돌이로 드문드문 가려져 있지만 녹색과 갈색이 어우러진 대륙. 하드레인조차도 지질 구조판에 큰 흠집은 낼 수 없었기 때문에 대륙들은 예전과 거의 같은 장소에 위치해 있었다. 그러나 지형은 완전히 다시 새겨졌다. 내해들이 많아졌고 커다란 충돌로 해안선이 여기저기 깊이 패었다. 화산 분출물과 화산 활동으로 새 열도들이 생겨났는데, 둥근 활 모양인 경우가 많았다.

아이는 늘 적도 위에 있었다. 현재는 아프리카와 남아메리카 중간쯤 되는 지점 위에 떠 있었다. 두 대륙의 해안이 서로 상대의 모습을 비추고 있는 것을 보면, 과학자가 아닌 사람들이라도 그 지질 구조판의 역사를 읽을 수 있었다. 양쪽 해안선을 따라 자리 잡은 저지대에는 물어뜯긴 것 같은 거대한 상처들이 있었고, 그런 자국 한가운데에서 바위섬들이 자주 튀어나왔다. 커다란 충돌 크레이터의 중심 봉우리들이었다. 군도들이 대서양 안쪽으로 뻗어갔지만 두 대륙의 연결선을 만들지 못한 채차츰 사라졌다.

새 지구의 지형은 아름다운 모습이었지만, 캐스 2에게는 큰 감흥이 없었다. 평생 연구하고 오랫동안 그 위를 밟고 다닌 대상이었기 때문이다. 지금 그녀는 그 경치를 둘러싸고 있는 거대한 기계들에 주의가 쏠려 있었다. 그런 토러스들은 사방에 있었고, 그중에서 자신을 둘러싼 토러스가 주변 시야에 간신히 보였다. 토러스는 가족과 함께 이곳에서 살며 밧줄과 엘리베이터 터미널을 관리하는 직원들에게 모의 중력을 만들어주었다. 토러스 안쪽에는 열여섯 개의 구멍이 있었는데, 그 구멍을 통해 밧줄의 중요 케이블이 아이의 틀까지 연결되었다. 케이블 하나하나는 멀리서 보면 고체로 보이지만, 실제로는 다시 열여섯 개의 케이블로 만들어져 있고, 그런 식으로 몇 번 프랙탈 반복을 계속했다. 이렇게 만들어진 케이블들이 아이와 크레이들 사이에 나란히 뻗어 있고, 더 작은 대각선 힘줄이 그물망처럼 그 선들을 연결했다. 케이블 하나가 끊어지면 옆에 있는 케이블들이 장력을 나눠 지고 로봇이 수리하러 올 때까지 버틸 것이다. 케이블들은 유성에 맞거나 그냥 '수명이 다해서' 늘 끊어졌다. 그래서 눈을 가늘게 뜨고 사슬을 자세히 살펴보면 거기에 로봇이 들끓는 모습이 보였다. 집채만 한 로봇들이 가장 굵은 케이블을 기어 오르내리기도 했는데, 실제 수리는 더 작은 로봇 무리가 하고 큰 로봇은 모선 노릇을 할 뿐이었다. 다소 차이는 있지만 여러 세기 동안 케이블 한쪽 끝은 아이에서 아래로 콩나물 줄기처럼 자라고, 맞은편 끝은 거주지와 지구에서 바깥쪽으로 뻗어가며 평행추 역할을 했다.

이 거리에서는 크레이들이 보인다 해도 너무 작았다. 마지막 길을 달리고 있는 엘리베이터에 가려서 보이지도 않았을 것이다. 엘리베이터는 반시간 후 터미널에 닿을 것 같았다. 엘리베이터는 옛 지구의 마차바퀴와 대체로 비슷했다. 열여섯 개의 살이 가장자리에서 안쪽으로 뻗어 승객들이 있는 호텔 크기의 구 모양 중심에 붙어 있었다. 엘리베이터가 다가오는 것을 지켜보고 있으면 그것이 돔을 뚫고 와서 부딪칠 것 같은, 약간 긴장 어린 착시를 느끼게 되었다. 그렇게 된다면 엘리베이터 중심도 이 돔과 비슷한 돔으로 덮여 있기 때문에, 두 개의 돔이 충돌로 부서질 것이다. 엘리베이터의 돔은 승객들이 카우치에 편안히 누워 다가오는 아이와 아이 양옆으로 뻗어 나온 거주지 고리를 감상할 수 있도록 만들어진 곳이었다. 그러나 당연히 엘리베이터는 점점 느려져 부딪치기 직전 멈추었다. 이제 얼마 떨어지지 않은 곳에 있는 유리를 통해 새로 도착한 사람들이 의자 벨트를 풀고 짐을 챙겨 출구로 둥둥 떠가는 모습이 보였다. 대부분 군복을 입고 있거나, 사업가나 정치인을 떠오르게 만드는 잘 디자인된 짙은 색 옷을 입고 있었다. 그녀와 같이 어울릴 만한 사람들은 아니었다. 그러나 닥이 그녀를 초대했다. 실제로 여기에 오기 위해 필요한 자격은 그것뿐이었다.

내부 파티션은 엉성해서 도착한 사람 몇십 명이 검역소로 향하는 소리가 다 들렸다. 다들 결국은 그레이트체인이나 이쪽 밧줄 끝을 둘러싸고 있는 훨씬 더 작은 토러스로 향하게 되어 있었다. 돔 너머에서 가사 로봇과 인간 직원 몇 명이 엘리베이터 중심 라운지를 청소하는 모습이 보였다. 몇 분 후 문 위에 녹색 불이 켜졌고, 캐스 2는 출발할 승객 몇십 명과 함께 그 안으로 들어갔다.

잠시 후 그녀는 엘리베이터 중심의 작은 개인 선실에 편하게 자리를 잡았다. 나흘간 밧줄의 반대 종점까지 여행할 자리였다. 엘리베이터가 아래로 가속하기 시작하자 경보 벨소리가 울렸지만, 우주여행 척도로 볼 때 이 정도면 매우 얌전한 속도였기 때문에 벨트를 맬 필요는 없을 것 같았다. 그녀는 침대에 들어가 잠들었다.

엘리베이터는 10층짜리 높고 빈 원통이었다. 양쪽 끝에 유리 돔이 하나씩 있었는데, 하나는 위쪽 아이를 겨냥하고 다른 하나는 아래쪽 지구를 겨냥했다. 돔 사이의 층은 빛이 끝에서 끝까지 들어오도록 전부 유리로 만들어져 있었고, 바깥벽에는 우주선宇宙線을 단단히 막느라 창이 없었지만 안쪽의 선실과 라운지에는 아트리움 쪽으로 난 창문이 있었다. 적어도 비싼 선실은 그랬다. 캐스 2의 선실은 주변부에 있었는데 바깥쪽 벽에 딱 붙어 있었고, 고리 모양 복도 쪽으로 난 작고 둥근 창 하나밖에 없었다. 그녀는 그래도 괜찮았다. 여행 초반부에는 거의 무중력 상태지만, 하루하루 가면 중력은 점점 커져서 크레이들에서는 보통 중력이 될 것이다. 깨어났을 때 중력이 아주 약했기 때문에 그녀는 오래 자지 않았다는 것을 알 수 있었다. 아마도 달이 있었던 시절 달의 중력이 그 정도 되었으리라.

캐스 2는 앉아서 책을 읽을 장소를 찾아 아트리움을 이리저리 걸어다녔다. 바와 레스토랑 몇 군데가 거리 쪽에 있었지만 사람들의 차림새나 메뉴판에 적힌 가격만 봐도 알 수 있듯이 그녀가 어울릴 만한 장소가 아니었다. 아트리움 유리 마루 위에 편안해 보이는 의자와 카우치들이 여기저기 놓여 있고, 한쪽 가장자리에 커피 바가 있었다. 결국 그녀는 그리로 갔다.

한 시간 정도 지나자 벨레드 토모프가 나타나 그녀 가까이에 앉았지만, 독서를 방해할 만한 행동은 하지 않았다. 독서를 멈출 만한 부분에서 눈을 들자 아리안 카사블란코바가 아트리움 맞은편에서 태블릿으로 작업을 하는 모습이 보였다.

거기서 세븐 중 다섯 명을 알 수 있었다. 닥, 메미, 아리안, 벨레드, 캐스 2. 빠진 두 종족은 다이나인과 아이다인이었다. 후자가 좀 더 문제가 될 것 같았다.

캐스 2와 벨레드는 가격이 제일 저렴한 식당에 가서 음식을 먹기로 말없이 동의한 다음 그곳에서 우연히 닥과 메미와 마주쳤다. 평소와 다르게 닥은 학생과 학자, 테리폼의 중요 인사들에 둘러싸여 있지 않았다. 그는 식당 한쪽 끝에 앉아 조심스럽게 수프를 먹고 있을 뿐이었다. 메미는 그 옆에 바싹 붙어서 가끔다 그의 냅킨을 옷깃 속에 도로 넣어주었다. 캐스 2와 벨레드가 같은 테이블에 앉아도 둘 다 반응이 없더니, 얼마 후 닥이 말했다. "토모프 중위, 다시 만나서 반갑습니다." 그들 둘은 각각 자기 종족 스타일로 경례를 나누었다.

중위라면 당연히 조사원이 아니라 군인의 계급이었다. 벨레드와 조사부 사이의 관계는 잘 봐줘도 모호한 정도라는 사실을 확인한 셈이었지만 놀랍지는 않았다. 그와 닥이 이미 만난 적이 있다는 사실이 훨씬 흥미로웠다.

"이번 임무가 나중에 불편하지 않았으면 좋겠습니다." 닥이 말을 이었다.

"모든 의무는 다소 불편합니다. 그렇지 않으면 의무가 아니겠지요."

"내가 생각하고 있던 건 앞으로의 당신 경력 쪽입니다, 중위. 미래에 당신 이력서를 보면 이건 매우 이례적인 사건으로 눈에 확 뜨이겠지요. 누가 그 서류를 읽느냐에 따라 당신에게 도움이 될 수도, 해가 될 수도 있을 겁니다."

"저는 그런 것에 신경 쓰지 않습니다." 벨레드가 대답했다.

"어떤 사람들은 그런 태도를 현명하지 못하다고 하겠지만, 나는 그런 사람들을 좋아하지 않는 편입니다. 하지만 당신은 잘해낼 겁니다."

"저를 왜 그리 높이 평가하시는지 여쭤봐도 될까요?"

닥이 잠깐 캐스 2 쪽을 쳐다보았다. "여기 있는 캐스는 지금 당신에게 경솔한 행동을 했다고 걱정하고 있을 겁니다. 당신을 끌어들였다고요. 아니면 당신 보고서에 그 정보를 써 넣은 것 때문에 당신에게 좀 화가 났을지도 모르지요."

캐스 2는 그렇지 않다고 고개를 저었지만, 닥의 말에 끼어들고 싶지 않았다. 그러나 벨레드는 눈치를 챈 것 같았다.

닥이 말을 계속했다. "그런 건 사실 아무 문제도 되지 않습니다. 이제 나뿐만 아니라 캐스 2와 아리안도 당신을 잘 알고 있습니다. 그건 어느 정도 유용한 일이죠. 하지만 전혀 그렇지 않았다고 해도 당신은 훌륭한 선택지였을 겁니다. 모든 일에 이유가 있어야 하는 건 아니죠. 우리 줄리아인 친구의 말에 신경 쓰지 마십시오."

닥은 아리안 카사블랑코바가 약간 망설이며 음식 쟁반을 들고 그들 쪽으로 다가오는 것을 알아챘다. 거의 눈에 안 띌 정도로 그가 메미에게 살짝 눈짓을 하자 메미가 일어나 옆 테이블에서 의자를 하나 더 가져왔다. 아리안은 그들과 함께 앉았다. 캐스 2는 마음이 편하지 않았다. 겨우 전날 이 여자는 그녀를 좌지우지할 권력을 갖고 있었고 그 권력을 휘둘렀다. 일반적으로 그녀의 개인사로 치부되는 영역까지 알고 있었다. 이제 아리안과 캐스 2의 관계는 무어라 설명해야 할까? 세븐의 동등한 일원?

물론 아리안은 이런 사태를 미리 예측했었고, 준비도 해놓았다. "캐스 2, 벨레드, 반갑습니다. 처음에 공식적이고 관료적인 상황에서 만나는 바람에 좀 어색해졌지요. 이제 둘 다 다시 나를 동료로 대해주면 좋겠습니다."

"알겠습니다." 벨레드가 말했다.

"고맙습니다." 캐스 2는 그렇게 말했지만 오히려 지금이 더 어색했다. 아리안의 짧은 말은 별로 따뜻하게 느껴지지 않았다. 오히려 아리안이 자기가 해야 할 일의 목록에서 하나씩 지워나가고 있는 것 같았다. 그런 분위기에서 아리안은 탐조등 같은 눈으로 다른 두 사람을 쳐다보았다. "닥터 후, 리멤브런스, 반갑습니다."

"닥과 메미라고 불러주시오." 닥이 말했다.

"직접 만나 뵙게 되어 기쁩니다."

이런 공식적이고 냉담한 대화는 이후 갈피를 잃었다. 어색한 침묵이 따랐고, 결국 아리안은 식사에 몰두했다.

"닥, 지금 우리가 대체 뭘 하는 건지 가르쳐주시겠어요? 세븐은 무엇 때문에 모으신 거죠?" 캐스 2가 물었다.

"내가 보기엔 파이브인데." 닥이 장난기 섞인 말로 긴장을 약간 풀었다. 메미와 아리안, 벨레드가 모두 캐스 2의 허물없는 말에 깜짝 놀라 그녀를 날카롭게 쳐다보았기 때문이었다. 그러나 닥은 캐스 2의 말투에 전혀 신경 쓰지 않고 말을 계속했다.

"며칠 후 크레이들에서 우리가 세븐이 되면 그때 한꺼번에 설명하지."

"그거면 됐습니다. 그동안 우리가 뭘 하고 있어야 할까요?" 캐스 2가 말했다.

"나중에 오랫동안 못 하게 될 때 즐거운 마음으로 떠올릴 수 있는 일이라면 뭐든지."

멋진 생각이었다. 캐스 2는 나머지 여행 기간 동안 그의 말에 깃든 관대한 마음에 부응할 생각이었다. 그러나 그런 일은 일어나지 않았다. 그녀는 그레이트체인에서 가져온 책을 생각보다 더 많이 읽었다. 식사할 때와 레크리에이션 센터에 갈 때 그녀는 벨레드의 마음이 동할 때 응하려고 그의 눈에 보이는 곳에 있었다. 그러나 이제는 사정이 달라졌다. 그들이 검역소에서 함께 있던 시간은 일시적이지만 허물없는 관계를 맺기에 이상적일 정도로 좋은 상황을 만들어주었다. 같은 침대에서 잔 일밖에 없었지만, 그보다 더 많은 일이 생길 수도 있었다. 그러나 이제는 그럴 수가 없었다. 서로 다시는 볼 일이 없다고 생각하면 상대와 하루 이틀 섹스하며 즐겁게 지내도 부담이 없겠지만, 함께 일하는 사이에서는 너무 많은 문제가 생겨날 것이다.

이제 그들은 함께 일하고 있었다. 현명하게도 벨레드는 몸을 사렸다. 캐스 2는 그의 마음을 이해했고, 신중하게 처신하기 위해 어느 정도 성적 좌절을 겪어도 그 정도면 지불할 만한 대가라고 생각했다.

캐스 2는 아리안과 두 번 식사를 했고, 남는 시간에는 네트워크를 검색해 아리안에 대해 더 알아보려고 이런저런 방법을 써보았다. 이런 검색 활동도 전부 누군가가 감시하고 기록하고 있을 거라는 짐작은 들었다. 아리안이 어느 정보부 소속이건 간에 그곳을 통해 아리안과 연락하는 사람이 그들을 감시하고 있을 것이다. 캐스 2는 시간이 가면서 아리안이 정말 검역부 소속인지 점점 더 의심하게 되었다. 아니면 검역부의 공적인 측면 ― 우주 거주지들 사이를 여행할 때 말을 건 사람들 ― 이 훨씬 더 크고 복잡한 조직의 아바타 중 하나가 아닐지. 조사부와 군軍은 서로 다르지만 그 사이에 뚜렷이 선을 긋기는 어려운 것처럼, 경찰과 검역부도 그랬다. 범위를 넓혀 경찰을 포함시키면 일상적인 법과 질서를 벗어난 문제가 되어버린다. 어떤 면에서는 정보활동과 방첩활동도 그 우산 아래 있었다. 아리안이 그 시스템 중에서 어느 곳에 있는지 알아낼 방법이 없었다. 아리안 카사블란코바의 개인적인 세세한 사항들에 대해 네트워크 검색을 너무 열심히 하면 눈에 띌 것이니 피해야 한다. 전혀 검색을 안 해도 의심스러울 수 있었다. 그래서 살짝만 검색했는데, 알 수 있는 게 거의 없었다. 검역부 하위 공무원들은 가끔 경찰 보고서나 홍보 주도권 때문에 네트워크에 이름이 나오기도 하는데 ― 아리안이 진짜 이름인지 모르겠지만 ― 아리안은 그런 것도 없었다.

블루에 살면서 일하는 줄리아인에게 프라이버시를 지키려는 충동은 아주 당연했다. 거주지 고리에서 토코마루 거주지를 중심으로 둔 줄리안 부분은 여덟 부분 중에서 가장 인구가 적었다. 그 인구의 95퍼센트가 턴파이크를 기준으로 레드 쪽에 있었다. 키리바시 동쪽 블루 지역에는 작은 거주지들만 드문드문 눈에 띄었고, 그곳의 줄리아인들은 하와이 본야드 바로 너머 자리 잡고 있는, 숫자가 더 많고 공격적인 테클란들 때문에 희석되었다. 그래서 줄리아인들은 블루 안에서 거주하고 일하면서 외계인이나 이민자로 보이지는 않을 만큼 많았다. 그중에는 '두호dukhos'가 많았다. 두호는 제로 전 성직자들과 비슷한 역할을 하는 사람들이었다.

옛 지구가 파괴되고 인구가 여덟 명까지 줄어들면서, 신이 있다는 생각은 없어졌다. 적어도 제로 전 신자들이 '주님'을 생각했던 것 같은 의미는 전혀 아니었다. 인간이 사는 우주 거주지 중에서 가장 먼 변경에 있는 사람일지라도, 전통적인 의미의 종교와 조금이라도 비슷한 제도가 되살아날지 모른다거나, 반드시 되살아나야 한다고 제안할 수 있을 때까지 수천 년이 걸렸다. 종교가 없는 자리에는 새로운 사고방식들이 싹텄는데, 전반적으로 그런 사고방식은 '두흐dukh'가 주도했다. '두흐'란 인간의 영혼을 가리키는 러시아어 단어였다. 두흐를 기반으로 한 단체들은 일반적으로 '쿠폴'이라고 불렸다. 인듀어런스 호 안에서 종파를 초월한 예배실과 명상실 역할을 했던 유리 방울을 상기시키는 용어였다. 현대의 쿠폴은 전부 뒤부아 해리스가 '우우팟'이라고 불렀던 구조물에서 기원을 찾을 수 있었다. 요즘 사람들은 에픽에서 우우팟 장면들이 나오면 마음 한구석에 자기 지역 쿠폴과 그곳의 직원들을 떠올렸다. 쿠폴 직원 중에서 전문적으로 그 일에 종사하는 사람을 보통 '두호'라고 불렀다. 영적인 문제에 몰두하는 사람을 가리키는 러시아 단어 '두호보르'의 준말이었다. 쿠폴은 옛날 교회처럼 그곳 회원들의 기부금으로 유지되었다. 어떤 곳은 그레이트체인에 있는 쿠폴처럼 후한 기부금을 받고 웅장하게 건물을 지었고, 또 다른 곳들은 검역소에 있는 쿠폴처럼 조용한 방일 뿐이었다. 고민이 있는 사람들은 그곳에 가서 마음을 가다듬거나 사회복지사 같은 역할을 하는 사람들의 도움을 구할 수도 있었다. 두호들은 에픽에서 비슷한 역할을 한 루이사까지 직업의 기원을 거슬러 올라가곤 했다. 고등교육을 받은 사람들은 현대 쿠폴과 루이사가 뉴욕에서 다녔던 '윤리 문화 협회' 사이에 분명히 연관이 있다고 추정하기도 했다. 그러나 루이사의 후손 종족은 없었다. 두호라는 직업은 결국 줄리아인들이 지배하게 되었다. 이례적으로 다이난 부분 한가운데 있는 줄리안 거주지 아스트라칸은 여러 교파의 두호를 길러내는 온상 같은 곳이었다. 아리안이 그곳 출신인 것은 밝혀낼 수 있었지만, 그 밖의 정보는 거의 없었다. 그래도 괜찮았다. 아리안이 남들과 어울리지 않고 조용히 자기 생활만 유지하는 이유는 매우 많았다.

사람들은 클레프트라고 부르던 거대한 니켈-철로 된 달의 중심 조각을 녹여 아이로 다시 만들어냈다. 그러나 기술자들은 인듀어런스 호가 빅라이드 끝에 도달한 장소를 파괴할 수는 없었다. 두브와 지크 페터슨, 그리고 에픽에 나오는 다른 영웅들의 시체가 강철 지하묘지에 매장되어 있었기 때문이다. 소행성에서 남은, 새 인류의 처음 몇 세대가 평생 살았던 깊고 안전한 내리막 부분은 크레이들이라는 이름이 붙었다.

물론 에픽에 나오는 이 장면을 보지 않은 사람은 아무도 없었다. 두브가 이브 다이나와 함께 마지막 우주 유영을 나가, 계곡 밑바닥에서 솟아오른 강철 벽을 바라보며 언젠가 그 꼭대기에 유리 천장이 만들어질 것이라고 예견하는 장면. 그는, 천장이 지어지면 '이브들의 계곡'은 거대한 온실이 되고 아이들은 우주복을 입지 않고도 떠다니며 계단식 정원에서 길러낸 푸르고 신선한 채소를 먹게 될 것이라고 했다. 이는 에픽 전체를 통틀어 사람들이 가장 눈물을 많이 흘리는 장면인 동시에 가장 좋아하는 장면이기도 했다. 물론 전부 두브의 예측대로 이루어졌다. 나중 세대들이 바깥으로 밀고 나아갈 때까지, 크레이들은 수천 명의 인구를 먹여 살렸다.

크레이들의 가장 큰 결점은 모의 중력이 부족하다는 것이었다. 그래서 초기 세대들은 미화되었지만 본질적으로는 회전목마 같은 물건을 만들 수밖에 없었다. 아이들은 뼈를 성장시키기 위해 원심분리기에 들어가듯 그 위에 차례로 타야 했다. 그 후에 만들어진 거주지들 — 클레프트의 벽에 붙은 회전 토러스들 — 은 이지보다 더 사람이 많고 좁았다. 여러 세대가 그 안에서 답답하게 살았다. 그들이 크레이들의 화창하고 열린 공간에서 휴식과 여가를 가질 기회는 별로 없었다. 이윽고 인류는 더 크고 좋은 거주지를 만드는 법을 알게 되었고, 크레이들은 여러 세기 동안 버려져 있었다. 간혹 그곳을 찾는 사람들은 역사학자와 호사가들뿐이었다.

아이의 건설로 마침내 크레이들과 근처 주변 환경은 클레프트에서 벗어날 수 있었다. 크레이들은 한동안 본야드에서 떠돌며 새로운 목적이 결정될 때까지 기다렸다. 그때 이미 만신창이가 된 예전의 온실은 이제 접어 넣을 수 있는 더 큰 새 뚜껑으로 바뀌었다. 아래쪽은 평평하게 다듬어졌다. 협곡 벽은 도로 계단식으로 만들어지면서 기울기가 완만해졌기 때문에 건물을 세울 수 있는 값나가는 부동산이 되었다. 우연의 결과는 아니었다. 이 전체 구조물 위에 니켈-철로 된 멍에가 아치형으로 만들어져서, 아이에 매달린 36,000킬로미터 길이의 밧줄 끝에 연결할 수 있었다.

거품 안에 언덕 두 개가 들어 있는 환승역 로고는 실제 크레이들의 모습을 단순하게 묘사한 것이었다. 크레이들의 전체 거주 지역은 지름 2천 미터 정도 되는 원형 공간으로, 대충 보스턴 번화가나 런던 시와 비슷한 규모였다. 그 지역은 '이브들의 계곡'으로 둘로 갈라져 있었다. 한때 계곡 벽은 수직이었지만, 이제는 맨 아래 10미터 정도만 수직이라고 할 수 있었다. 폭우가 내리면 그곳은 녹색 강이 되었고, 사람들은 강 한가운데 있는 섬을 그대로 보존했는데 인듀어런스 호가 착륙한 장소가 바로 그곳이었다. 한때는 그곳에 가서 이브 다이나가 우주선을 용접한 자리에 있는 작은 철심들을 만져볼 수도 있었다. 그러나 이 철심들은 녹슬거나 관광객들의 손길에 닿지 않도록 유리 돔으로 보호막이 만들어졌다. 물론 우주선은 오래전에 사라졌다. 생존자들은 도착하자마자 우주선을 해체하기 시작했다.

그들이 사용하지 않은 소량의 물질은 방사능 폐기물이었고, 그 물질들은 이미 오래전 우주선에 실려 본야드 속에 주의 깊게 정해진 장소로 들어갔다.

크레이들은 크레바스를 사이에 두고 서로 마주보고 있는 아찔하도록 가파른 두 언덕 위에 세워진 도시였다. 우아한 모습으로 유명한 1킬로미터 길이의 다리가 언덕 사이를 아치 모양으로 가로질렀다. 다리는 공중에 뜬 쇄기처럼 가파르게 내려갔고, 그 위에 반백 까마귀들이 빽빽이 앉아 있었다.

그곳은 복합 건물들의 도시였다. 어떤 건물들은 거품이 아직 완성되지 않고 그 지역들에 더 작은 공기 주입식 돔이 필요했던 시기에 지어졌다. 또 다른 것들은 첫 세대의 그런 건물을 모방해 지어졌다. 복합 건물들은 구조적인 이유로 재개발되곤 했으나, 건물도 전반적인 지형도 격자식으로 만들기 적합하지 않았다. 따라서 그곳의 지도를 보면 도로는 지그재그식이고 길은 구불구불한 데다 거리가 갑자기 계단이나 터널로 바뀌는 등, 혼돈의 도가니였다. 고도 제한 때문에 사람들은 위로 건물을 쌓아 올리기보다 아래 있는 금속층을 파 들어갔다. 그래서 도시의 바닥면적은 대부분 땅 아래 숨어 있었다. 건물들은 위보다 아래가 더 큰 빙산 같았다.

지상에서는 석재가 인기 있는 건축 자재였다. 오래되고 별로 유명하지 않은 건물들은 옛 지구의 인공위성 파편들로 만든 월장석이라는 합성 바위를 사용했다. 새롭고 좋은 건물들은 대리석이나 화강암, 아니면 지구 표면에서 캐낸 다른 바위들로 만들어졌다. 부서진 지구 표면이, 대기권이 생기기 전에도 풍부하게 생산할 수 있었던 자원은 암석뿐이었기 때문이다. 따라서 좁은 거리를 걷는 보행자들에게 그 도시는 삭막한 곳이었다. 그러나 실내에 들어갈 수 있는 사람들은 나무 그늘이 드리운 향기로운 정원을 만끽했다. 크레이들이 가는 길은 적도로 한정되어 있었기 때문에, 도시 안에서 녹색 식물이 아주 무성하게 자랐다. 그래서 가지치기용 가위손이 달린 작은 그랩 무리들이 계속 식물들을 살펴보며 다녔다.

양쪽 언덕 꼭대기에는 공원이 있었다. 한쪽에는 돔으로 덮인 둥그런 건물이 공원 위에 솟아 있었다. 그 건물은 '캐피털'이라고 불렸다. 다른 쪽 공원 위에는 사각형 콜로네이드[17]가 솟아 있었다. 그곳은 '체인지'라고 불렸는데, '익스체인지(교환)'의 준말이었다.

캐스 2와 다른 승객들이 크레이들에 도착했을 때, 그 도시는 대서양 표면 2천 미터 위에 매달린 채 남아메리카 대륙에 다시 형성된 해안선과 적도가 교차하는 곳을 향해 정서향으로 끌려가고 있었다. 크레이들의 이런 움직임은 36,000킬로미터 위에서 아이가 서쪽으로, 혹은 CASFON(Clockwise As Seen From Over the North pole: 북극 상공에서 본 시계방향)으로 향하며 거주지 고리를 가로지른다는 사실을 반영하고 있었다. 크레이들은 긴 밧줄에 달린 무게추일 뿐이었기 때문에, 언제나 아이의 움직임에 따랐다. 돌풍을 감소시키기 위해 도시의 차단막이 전부 올라가고 돔은 열렸다.

---

17 콜로네이드colonnade: 회랑. 중심 공간을 둘러싸고 있는 기둥 달린 복도.

도시는 아늑하고 습했다. 적도에서는 거의 늘 그랬지만, 높은 곳에 있는 데다 공기가 활발하게 움직였기 때문에 기분은 상쾌했다. 소금과 아이오딘과 해양 생명체를 떠올리게 하는 공기 냄새는 캐스 2가 새 지구의 대기권에 도로 들어왔다는 확실한 증거였다.

그것은 인공 대기권이었다. 인류는 수백 년 동안 바싹 마르고 죽은 지구 표면을 혜성의 핵으로 폭격해 간신히 원하는 높이만큼 해수면을 올렸다. 그런 다음 생명을 유지하기 위해 필요한 기체의 균형을 생산하도록 유전공학적으로 처리된 유기체로 바닷물을 오염시켰다. 유기체는 기체 균형을 이룬 후 저절로 죽어버리게 되어 있었다. 죽은 유기체의 바이오매스는 그다음 대기권을 만들 생물들의 영양분으로 쓰였다.

그 결과, 측정한 바에 따르면 옛 지구 대기권이 거의 완벽하게 다시 만들어졌다. 평생을 거주지에서 보낸 이후 새 지구의 공기를 숨 쉰 사람들에게 그 사실을 뒷받침할 과학적 데이터는 하나도 필요 없었다. 공기의 냄새는 뇌의 아주 오래된 부분을 관통해 수백만 년 전 아프리카 해안에 살던 인류의 조상들에게서 물려받은 본능에 방아쇠를 당겼다. 지구에 여러 번 여행해본 캐스 2가 알고 있듯이, 그 공기에는 중독성이 있었다. 그것은 우주에서 최고로 좋은 마약이었다. 그 공기를 마셔본 사람들은 모든 것을 젖혀놓고 지구에 있고 싶어 했다. 지구의 공기에 흠뻑 잠기고 36,000킬로미터의 줄에 매달려 늘 대기권 안을 끌려다니는 크레이들이 우주에서 가장 비싼 지역인 이유가 그것이었고, 지구 표면에 살 권리를 두고 레드와 블루가 두 번이나 전쟁했던 이유도 그것이었다.

크레이들은 도시 한가운데 위쪽에 높이 호를 그리는 양동이 손잡이 같은 것으로 밧줄 끝에 매달려 있었다. 양동이 손잡이의 속은 텅 비었고, 그 안에는 금방이라도 망가질 것 같은 엘리베이터 시스템이 들어 있었다. 캐스 2와 다른 승객 몇 명은 그 엘리베이터를 타고 기반암, 아니 '기반금속'에 박힌 플랫폼으로 내려갔다. 기반금속은 도시의 북쪽 부분과 연결되어 있었는데 그들은 오르막길 경사로를 타고 도시 안의 거리로 들어갔다.

출구를 둘러싼 벽의 꼭대기는 온통 까마귀 똥으로 희게 덮여 있었다. 밝은 곳으로 나오는 사람들의 얼굴이 보이는 곳에 수백 마리의 새들이 앉아 있다가 급강하해서 자기들이 알아본 사람들에게 메시지를 전달했다. 방금 도착한 다른 사람들은 손을 뻗어 새들에게 작은 간식거리를 주었다. 캐스 2 앞에서 서둘러 가던 입성 좋은 아이비인 남자는 그런 전략으로 재빨리 반백 까마귀 한 마리를 꼬였다. 다른 쪽 손에는 작은 태블릿이 들려 있었다. 캐스 2는 그 태블릿에 누군가의 사진이 들어 있을 것이라고 짐작했다. "'체인지'에서 커피. 도트 17." 남자가 말했다. 까마귀는 간식을 한입에 꿀꺽 삼켰다. 어찌나 빨리 삼키는지 토하는 동작을 거꾸로 감기해서 보는 것 같았다. 그러더니 남자의 말을 창공에 대고 외치며 퍼덕퍼덕 날아갔다. 배고프지 않거나 지금 심부름을 하고 있지 않은 다른 반백 까마귀들은 계속 무슨 말인가 시끌벅적하게 중얼거리고 있었다. 귀 기울여 주의 깊게 들으면 정치계나 주식 시장에서 일어나는 일의 단서를 잡을 수 있을지도 모른다.

처음에는 새로 도착한 사람들이 함께 무리지어 다녔기 때문에, 행인들의 흐름 속에서 눈에 띄게 표가 났다. 그러나 몇백 미터 지나 그들은 흩어졌고, 그러면서 캐스 2는 다른 사람들과 다를 바 없이 혼자 있게 되었다.

교과서에서 보았으므로 전체적인 배치는 알고 있었다. 그녀는 북쪽 면인 '체인지 힐'에 도착했다. 그곳 주민들이라면 복장이나 걸음걸이만 봐도 알았을 것이다. 이들은 코머상트comersant로, 낮 동안 지하 사무실에서 일하다가 식사와 레크리에이션 그리고 자기 재산으로 즐길 수 있는 또 다른 것들을 위해 표면에 올라오는 사람들이었다. 물론 상업은 거주지 고리 전체에 퍼져 있었고 그리니치, 리오, 바그다드 등등 옛날 중심지들에는 체인지 힐과 어깨를 겨룰 만큼, 어떤 면에서는 체인지 힐보다 더 눈부시게 발전한 재정 분야 허브들이 있었다. 그러나 특권이라는 면에서 이 장소와 견줄 만한 곳은 하나도 없었다. 부유하고 유력한 금융업자들, 그리니치 같은 곳의 신흥 무역업자들은 아무리 사치스럽게 지내더라도, 크레이들에 있는 것을 누리지 못한다는 생각에 끊임없이 시달렸다.

그러나 그런 활동은 대부분 표면 아래에서 벌어지고 있었기 때문에, 체인지 힐의 거리 풍경은 믿을 수 없을 정도로 조용했다. 시에스타에 들어간 오래된 스페인 도시와 비슷했다. 곧 길을 잃어버린 캐스 2는 관광객으로 보일 것을 감수하고 주머니에서 종잇조각을 꺼내 거기 적힌 주소를 다시 보았다. 주소가 남쪽 방향으로 되어 있었기 때문에 도시 높이 뚜렷하게 모습을 드러내며 둥근 호를 그리고 있는 다리를 건너든지, 계곡 밑바닥까지 쭉 내려가서 바닥에 있는 도랑을 건너야 한다는 것은 이미 알고 있었다. 도랑 쪽이 끌렸지만, 그리로 가면 인듀어 런스 호가 착륙하고서 이브 다이나와 뒤부아 해리스가 함께 걸었던 곳을 바라보며 오랫동안 시간을 보내고 싶어질 것이 뻔했다. 그런 일은 나중에 하는 쪽이 좋았다. 그래서 그녀는 구불 구불한 거리를 따라 위로 올라갔다. 거리는 적갈색 돌로 포장 되어 있었다. 기반금속이 노출된 곳에서 흘러나오는 녹 얼룩을 숨기기 위한 포장이었다. 체인지 옆 공원을 가로질러 걸어가자, 옷을 잘 차려입은 젊은 무역업자들이 간식 시간을 틈타 나와서 벤치에 앉은 채 태블릿을 눌러대거나, 풀 위에 삼삼오오 흩어 져 앉아 담소를 나누거나, 색색가지 공으로 풀밭 스포츠를 하고 있었다.

다리 북쪽 끝은 공원 가장자리와 잇닿아 있었다. 훨씬 아래쪽에서 보면 다리는 가늘고 우아해 보였지만, 지금 그곳의 진짜 부피를 알게 되자 기만적인 모습으로 보였다. 다리는 점점 넓어져 이곳에서 체인지 힐과 거대한 연결부를 형성했지만, 원지점에서도 스무 명이 나란히 걸을 수 있을 정도로 넓었다. 마지막으로 체인지 안에서 들려오는 천둥 같은 목소리들을 들으며 체인지의 대리석 기둥을 돌아보고 경탄한 다음, 그녀는 남쪽으로 올라가기 시작했다. 다리의 처음 부분은 계단이었지만 아치가 점점 높아지고 납작해지자 하얀 대리석이 깔린 경사로가 되었다. 가끔가다 층계참이 나오기도 했는데 이렇게 만든 진짜 이유는 바퀴 달린 탈것들이 제멋대로 돌아다니는 것을 막기 위해서라는 정보를 들은 적이 있었다. 그렇다면 층계참들이 작은 조각

정원들로 탈바꿈하면서 원래 목적이 교묘하게 감추어진 셈이었다. 이제 조각 정원들은 다리를 올라가던 사람들이 장미로 덮인 나무 그늘 아래에서 쉬어갈 수 있는 장소가 되었다.

정원의 유혹에 면역이 되지는 않았지만, 캐스 2는 일단 가기 시작하면 멈추는 것을 좋아하지 않는 진지한 도보여행자였다. 그녀는 대체로 평온했던 엘리베이터 여행을 마음속으로 되새기면서, 그것도 크레이들의 고급스러운 매력의 일부라는 것을 점차 깨달았다. 탈것을 전세 낼 만큼 돈이 있거나 징발할 권한이 있다면 크레이들에 빠르게 올 수도 있었다. 그러나 사람들은 대부분 엘리베이터를 이용했다. 이와 같이 크레이들은 거리보다는 시간을 사이에 두고 나머지 인간 세계와 분리되어 있었다. 길에서 그렇게 많은 시간을 보내는 것은 소수의 사람들만 누릴 수 있는 사치였다. 물론 승객들은 이곳으로 오는 도중에 일을 했다. 아트리움에 있는 비싼 바와 레스토랑, 개인 회의실들은 전부 그렇게 설명할 수 있었다. 그러나 캐스 2에게는 할 일이 없었다. 그녀는 다른 사람들과 전혀 이야기하지 않은 채 긴 시간을 보냈고, 줄곧 독서를 하거나 화면에서 오락물들을 보았다. 정상적으로 자는 것을 보니 지난주에 시작된 것 같던 후생적 변화는 중단된 모양이었다.

이런 상황은 그녀로 하여금 전부 회의 장소에 더 빨리 도착하고 싶은 마음을 부추겼을 뿐이다. 적어도 닥에게서 설명을 듣고, 세븐에 없었던 다이나인과 아이다인을 만나고, 세븐이 해야 할 일이 뭐든 간에 빨리 시작하고 싶었다.

그녀는 아치 꼭대기까지 큰 걸음으로 걷다가 꼭대기에서 몇 분 쉬었다. 꼭대기에서 보도가 넓어져 '허리케인 전망대'라는 애칭이 붙은 경치 좋은 장소로 통했다. 이곳의 바람은 아주 강했기 때문에 눈에 눈물이 고였다. 그녀는 그쪽을 등지고 바람이 불어가는 방향의 동쪽 철책으로 조심스럽게 조금씩 움직였다. 그곳에서 눈을 깜박여 눈물을 닦아내고 맑은 시야로 건물과 거리와 '계곡'을 몇 분 동안 멍하니 내려다보았다. 등 뒤로 해가 지고 있었다. 적도 위에 있으므로 해는 금방 질 것이다. 계곡은 이미 어둠에 잠겼지만, 건물의 돌벽과 앞쪽 면은 신비로운 핑크골드 빛을 뿜어내고 있었다. 보랏빛 색조를 띤 거리를 따라 난 창문으로 햇빛이 들어오고 있었다.

그곳은 진짜였다. 거주지 고리의 인공 환경과는 달랐다. 큰 거주지 몇 군데에는 거의 이 정도의 감각 ─ 진짜 행성의 환경에 가까운 곳 안에 있다는 ─ 을 불러일으키는 곳들이 있었다. 그러다 눈길을 들어 올려 몇 킬로미터 떨어진 곳에 매달려 있는 맞은편 거주지를 보면 그 마법은 늘 깨졌다. 여기서는 위를 보면 끝없는 하늘이 보였다. 별들이 뜨고, 빛나는 목걸이 같은 거주지 고리가 동쪽 지평선에서 수직으로 떠올랐다. 이곳이 진짜라고 느껴지게 만드는 것은 공기였다. 엄청나게 많은 양의 공기, 계속 변하고 여러 가지 냄새가 나는 공기의 끝없는 다양성이었다. 그녀는 글라이더를 타고 그 안에서 춤추고 싶었다.

캐스 2가 서 있는 다리 한가운데 전망대는 이브 다이나가 어느 쪽을 선택할지 결심한 후 우주로 던져 올린 폭약이 터진 장소라는 전설이 있었지만, 그 전설이 틀렸다는 것은 거의 확실했다.

다이나가 바나나의 창에 폭탄을 붙이고 다른 이브들에게 강요한 타협은 우아하고 간단한 해법처럼 보였다. 그러나 폭탄은 다른 곳에서 터졌다.

어떤 면에서 보면 그 시스템은 제대로 구상되기도 전부터 이미 도박이었다. 이브 줄리아가 자신은 아이를 몇 명 갖지 못한다고 언급하고 이브 아이다는 아이를 많이 가질 것이라고 예언했을 때부터.

오래지 않아 다른 이브들도 비슷한 계산을 했다. 제비뽑기에서 뽑힌 아키인 카밀라와 아이다는 다른 이브들보다 젊었고, 이들에게는 앞으로 이삼십 년의 가임 기간이 있었다. 힘닿는 데까지 아기를 낳기로 결심하기만 한다면, 또 운이 좋으면 이들은 각자 갱년기가 되기 전 아이를 스무 명 정도 임신할 수 있었다. 다이나와 아이비, 모이라, 테클라는 모두 삼십대 초반이었기 때문에 몇 명씩만 임신할 수 있었다. 이렇게 수치로만 본다면 이 네 명이 앞으로 임신할 수 있는 아이 숫자와, 카밀라와 아이다라는 한 쌍의 젊은 여성이 임신할 수 있는 아이 숫자가 엇비슷했다.

줄리아는 스스로 지적했던 바와 같이 운 좋으면 폐경기 전에 아이 하나를 임신할 수 있었다. 그리고 기하급수를 이해하기 위해 두브를 들먹일 필요조차도 없었다. 줄리아인들은 다른 종족들에게 삼켜져버릴 것이다. 구경거리로 전락할 것이다. 먼 미래 사람들은 일을 마치고 퇴근해 집으로 오면서 배우자에게 "당신 오늘 내가 뭘 봤는지 알아? 진짜야, 줄리아인을 봤어!"

하고 외칠 것이다.

이런 요소들이 새로 시작된 거대한 유전 게임의 수학적 기초 원리가 되었다. 지금까지 발생한 여러 가지 사건의 기원은 그때로 거슬러 올라가 찾을 수 있었다. 후세의 역사학은 이브들이 몇 년 지날 때까지는 대부분 자신들이 게임을 하고 있다는 사실도 몰랐다고 시사했다. '저주'에서 한 말을 근거로 보면, 아이다는 예외였을지도 모른다. 그러나 자기 아이에 대한 결정이란 인간이 할 수 있는 행동 중에서 가장 사적인 결정이었고, 제정신인 어머니라면 그 당시 자기가 다른 어머니들과 게임을 하고 있다는 사실을 인정할 수 없었으리라.

어떤 면에서는, 그들이 더 냉혹한 태도로 게임을 시작했다면 일이 더 간단했을지도 모른다.

의식을 했든 아니든, 일곱 이브들은 넷, 둘, 하나로 나뉘었다. '넷'은 다이나와 아이비, 테클라, 모이라, '둘'은 카밀라와 아이다였다. 산수에 따르면 '넷'의 후손은 '둘'의 자손들만큼 많아진다. 그들의 우정과 친밀감이 이미 '넷'을 이어주고 무언의 계약을 이루어주었지만, 그들이 죽고 나서도 후손이 상호보완하는 특질을 갖게 될 때까지 오랫동안 분명히 알려지지 않았다. 어떤 면에서 다이나인들은 아이비인들이 옆에 함께 있으면서 그들이 잘하지 못하는 일들을 해주는 한, 완전한 인간 노릇을 해야 할 필요가 없었다. 이런 사실은 왜 그것이 오랫동안 알려지지 않았는지 그 이유를 직설적으로 말해주었다. 그러나 수백년 후 '넷'의 후손들은 과거를 되돌아보고 그들이 언제나 그렇게 살아왔다는 것을 알 수 있었다. 그때에는 그 방식이 그들의

DNA와 문화에 너무나 깊이 스며들어 있어서 돌이킬 수가 없었다.

대조적으로, '둘'에게는 서로 자연스러운 친밀감도, 그 전에 연결된 관계도 없었다. 카밀라와 아이다는 '세븐이브스 협의회' 직전까지 만난 적이 없었다. 그나마 이들이 함께 공유했던 것은 ─ 그리 오래가지는 않았다 ─ 줄리아에 대한 혐오였다. 서로 시기는 달랐지만 둘 다 줄리아의 마법에 걸렸다가 실망했다. 카밀라의 경우는 백악관 만찬 중 줄리아에게 매혹당했다. 아이다 쪽은 줄리아의 말에 넘어가 스웜에 합류했지만, 결국 반역 파벌의 지도자가 되어 줄리아를 제거하고 신체를 훼손했다. 지금까지 밝혀진 정황을 모두 고려하면 카밀라든 누구든 제정신인 사람이라면 아이다와 동맹을 맺을 가능성은 없었다. 그러나 '넷'과 '둘' 사이의 수학은 카밀라를 그쪽으로 몰아가는, 보이지 않는 중력 같은 것을 만들어냈다. '협의회' 동안 카밀라와 다이나 사이에 생긴 틈은 다시 좁힐 수 없었다.

냉정하게 고려해보았을 때 카밀라의 말에는 부인할 수 없는 설득력이 있었다. 그들의 후손은 앞으로 올 여러 세대 동안 한정된 공간에 갇혀 있을 수밖에 없었다. 루이사가 연구를 통해 보여주고 클라우드아크에 있던 사람들이 극적으로 증명하였듯이, 예전과 다르지 않은 정상적인 인간이 살 만한 방식은 아니었다. 인류가 생존하는 길이 그런 생활양식에 맞게 두뇌를 재배선하는 데 달렸다면, 그렇게 하는 것이 최선일 터였다.

어떤 의미에서는, 카밀라가 자기 선택을 미리 분명히 밝혔을 때 그 결정은 그들의 손이 닿지 않는 곳에서 이루어졌다. 모이라가 세부를 완성하기만 하면 끝이었다. 카밀라는 사실 그 거대한 유전 게임의 첫 번째 수를 두었다. 자기가 공식적으로 선언한 원칙과는 반대로 그것은 그때 그녀가 시도할 수 있었던 가장 공격적인 수였다. 카밀라는 자기 후손이 많을 가능성이 아주 크고, 처음 열 세대, 스무 세대, 어쩌면 백 세대 동안 모두가 직면할 조건에서 그 후손들이 잘 살아가리라는 것을 모두에게 알렸다. 다른 여섯 명은 그녀의 길을 따르든가 거기에 반발할 수밖에 없었다.

다이나와 아이비, 테클라는 근본적으로 이에 반발했고, 모이라는 결국 다른 선택을 했다. 그러나 역사적인 사실로 보면 모이라의 후손들은 '넷'의 연합에 들어간 적이 많았다.

아이다는 더 공공연하게 게임을 진행했다. 이것은 기본적으로 다른 사람들이 무엇을 할지 주시하며 기다렸다가 역공을 하는 게임이었다. 다른 이브들은 초기에 방향을 결정하고 그 결정을 고수했다. 다이나는 전부 다섯 명의 아이를 가졌는데, 모두 한눈에 알아볼 수 있을 정도로 같은 유형이었다. 아이비의 아이 세 명, 테클라의 여섯 아이들도 마찬가지였다. 줄리아는 딱 한 번의 선택만 내렸다. 카밀라의 아이들 열여섯 명은 한 가지 유형에서 다른 유형으로 변했다. 카밀라가 첫 번째 아이들의 행동을 관찰하고 거기에 맞추어 어설프게 결정을 바꾸었기 때문이었다. 그러나 '세븐이브스 협의회' 동안 펼쳤던 전체적인 구상은 결코 흔들리지 않았다.

아이다의 일곱 아이들은 전부 달랐다. 그녀가 무슨 생각을 한 건지는 '비밀의 문지기'이자 '종족들의 어머니'인 모이라만 알 수 있었다. 다른 이브들은 모이라에게 자신들이 원하는 것을 비밀리에 말했고, 그녀는 그 비밀을 무덤까지 가져갔다. 그러나 아이다가 첫 세대 다섯 아이를 임신한 것은 모이라를 제외한 다른 이브들의 임신에 대한 반발이었다. 이것은 명백할 뿐 아니라, 역사적으로도 잘 알려진 사실이다.

아이다가 다른 이브들을 대하는 태도는 '저주'에 명백히 드러나 있었다. 그녀는 다른 여섯 이브들이 언제까지나 자기를 인간적으로 혐오하리라는 것과, 그 감정은 불가피하게 후손들에게까지 옮겨가리라는 것을 잘 알고 있었다. 인간의 본성상 수천 년 후 다이나인 아이들은 놀이터에서 아이다인 아이들에게 돌을 던지고 식인종 농담을 할 것이다. 아이다인은 절대 '넷'이 물려주는 사회에 동화되지 않을 것이다. 따라서, 다이나가 자기 자손들이 가질 미덕을 선택하며 이 게임에서 수를 두고 있는 것과 마찬가지로 아이다는 역공의 길을 찾았다. 다이나의 아이보다 더 다이나인 같은 아이를 갖는 것일 수도 있었다. 아니면 다이나인 유형의 약점을 이용하는 데 특화된 인간 유형인 반反 다이나인을 만드는 것일 수도 있었다.

아이다의 첫 세대 다섯 아이들은 그랬다. 그러나 모이라에게 같은 전략을 쓸 수는 없었다. 모이라는 아이다의 난자 속에서 어떤 DNA 염기쌍이 변했는지에 이르기까지, 아이다가 하는 모든 일을 알고 있는 사람이라는 단순한 이유 때문이었다. 이것이 게임이라면 이브 모이라는 언제나 마지막 수를 두는 사람이었다. 그녀가 처음 여덟 번 임신에 실패한 것은 그 수수께끼를 심화시킬 뿐이었다. 모이라는 절대 자기 선택을 말한 적이 없었기 때문에 아무도 그녀가 무슨 일을 했는지 몰랐다. 그래서 모이라인은 다른 종족들 사이에서뿐만이 아니라 자기들끼리도 알 수 없는 종족이 되었다. 그러나 모이라인이 '후생에 들어갈' 수 있는 단 하나의 종족이라는 점은 확실했다. 캐스 2의 게놈은 다른 생활형[18]들과 마찬가지로 고정되어 있었다. 그 게놈의 복사체가 그녀 몸의 모든 세포 속에 살고 있었다. 그러나 그 유전자 중에서 어떤 것이 어떤 때에 발현되고, 또 어떤 것이 휴면 상태에 있을지, 그것은 인간의 한계를 훨씬 능가할 정도까지 바뀔 수 있었다. 이를 마음대로 조정할 방법이 있었다면 초능력이나 마찬가지였을 것이다. 그러나 낡은 전설들과는 반대로, 그런 방법은 없었다. 캐스 2는 자기가 언제 일주일 동안 잠들었다가 캐스 3이라는 이름의 다른 사람으로 깨어날지 알수 없었다. 때때로 그 결과는 눈부셨다. 치명적인 경우는 거의 없었다. 하지만 때로 그것은 불편하거나 매우 난처했다. 난처한 경우는 대체로 모이라인이 사랑에 빠졌을 때 좋든 싫든 간에 겪은 일과 관계가 있었다. 어쨌든, 이브 모이라는 그와 같은 선택을 했고 자기 딸 캔터브리지아에게 그 특성을 선물했다. 그 정도 가소성[19]이 있어야 아이다가 내린 선택에 대응해 세계에 균형을 가져올 거라고 믿었기 때문에 모이라가 그렇게 했을 거라고 사람들은 추측했다.

'하나'인 줄리아는 숫자가 훨씬 적더라도 쓸모 있고 중요한

---

18 생활형life-form: 생물이 생활환경에 장기적으로 영향을 받을 때 만들어지는 형태.

19 가소성plasticity: 외력 때문에 형태가 변한 물체가 외력이 사라진 후에도 변형을 유지하는 성질.

대접을 받을 특성을 자손들에게 물려줌으로써 역경을 극복하려 했다. 그녀는 '세븐이브스 협의회' 중에 이미 여러 가지 미래를 상상할 수 있는 능력에 진정한 가치가 있다는 의견을 표명했었다. 그리고 그것이 지도력이 되었든 뭐가 되었든 지도자들에게 쓸모 있는 충고를 해줄 수 있는 능력과 관계가 있다고 믿었다. 그 특성이 통제할 수 없는 어두운 데로 빠지면 우울증이나 편집증, 다른 형태의 정신질환으로 이어졌다. 그렇기 때문에 줄리아의 도전 과제는 그런 특성과 긍정적인 정신상태를 결합시킬 방법을 찾아내는 것이었다. 따라서 줄리아의 연구—그녀는 많은 연구를 했다—는 역사상의 현자, 예언자, 광신도, 무당, 예술가, 우울증 환자, 편집증 환자를 중심에 두고 어느 정도까지 그런 특성을 게놈 속의 특정 염기쌍에 국한시키고, 또 어느 정도까지 문화적 변용을 통해 기를 수 있느냐에 초점을 맞추었다.

훨씬 후대에 나타난 역사가들은 5천 년 동안 혈통을 잇는 이야기를 하기 위해 자기들만의 용어를 만들었다. 첫 세대 임신은 '잉태Gestations'라고 불렀다. 마지막까지 아이를 가졌던 카밀라가 마침내 폐경기를 겪기 전까지 일곱 이브들이 경험한 수많은 유산—모두 39번이었다—은 거기에 포함하지 않았다. '잉태'에서, 살아남은 여자아이들이 35명 태어났다. 그 이후 32명이 자기 아이들을 가졌다. 그때, 이브 모이라는 Y 염색체 합성법을 알아냈고 그래서 2세대 중 몇 명은 남성이었다. 그 결과 32명의 '혈통Strains'이 생겨났다. 새로 탄생한 일곱 종족은 하나 혹은 여럿의 혈통을 가졌다. 혈통은 금방 알아볼 수 있을 정도로 차이가 있었지만, 혈통이 속하는 종족은 뚜렷이 구분할 수 있었다. 동아프리카인과 서아프리카인이 서로 다르지만 여전히 유럽인들에게는 둘 다 아프리카인으로 보이는 것과 마찬가지였다.

'수정Correction'은 '잉태'의 첫 과정 다음에 시작된 단계로, 유아 몇 명의 죽음으로 이어진 오류를 이브 모이라가 고친 단계였다. 어떤 의미에서 '수정'은 '잉태' 과정부터 끊임없이 계속되어, 이브의 딸들이 2세대 아이들을 생산하기 시작할 때 점점 감소하다가, 다음 단계인 '안정화Stabilization'에 접어들면서 사라졌다. '안정화'는 그 후 10세대 정도 지속되었다. 그동안 Y염색체가 개선되고, 오랫동안 남아 있던 유전적 실수가 고쳐지고, 다른 '혈통' 사람들이 상호교배를 시작하여 자기 종족 안에서 여러 가지 혼종을 만들어냈다. 검은발족제비에게서 얻은 지식이 사용되고, 이형접합성을 증대시키기 위해 여러 가지 기술이 사용되었다.

사실 인간 유전자 서열을 담은 거대한 도서관은 디지털 형식으로 되어 있었기 때문에, 일단 크레이들에서 처음 몇 세대를 살아남고 수백 명의 영리한 젊은이들을 훈련시켜 유전공학자로 만든 다음부터는 이론적으로 무無에서 원래 인류를 재배열해낼 수 있었다. 첫 번째 인공 Y 염색체를 합성하기 위해 이브 모이라가 했던 일이 그런 것이었다. 그러나 그들은 그 길을 선택하지 않았다. 과학적이 아니라 전적으로 문화적인 선택이었다. '세븐이브스 협의회'가 그것을 결정했다. 그때에는 몇 세대쯤 각 종족의 기반이 닦여 있었다. 그들은 각자 독특한 문화를 발전시켜나가기 시작했다. 그런 결정을 취소하고 '원래' 인류로 되돌아가는 조치를 실행한다는 것은 종족자살로 여겨졌다. 더군다나 서로 다른 종족 사이에 경쟁이 시작되었기 때문에 그런 일은 상상도 할 수 없었다. 그래서 원래 인류에 대한 유전적 기록은 과거로 돌아가려는 시도가 아니라 이미 생겨난 종족들의 건강을 증진시키는 데 이형접합성을 활용하기 위해 진행되었다.

그래서 '안정화'는 약 12세대 동안 계속되었다. 그때는 줄리아인조차 실험실에서 조정하지 않고 정상적인 수단으로 번식할 수 있을 정도로 규모가 커졌다.

'안정화'는 '번식Propagation'에 섞여 들어갔다. 역사학자들은 일반적으로 '번식'이 '안정화'의 다음 단계라고 인정하고 있다. 이 단계는 따로 설명이 필요하지 않다. 일곱 이브의 후손들은 계속해서 섹스를 하고 더 많은 아이를 낳았다. 이 단계는 제1밀레니엄 전반 5백 년 동안 계속되었고, 인구 과잉이 매우 심해진 다음에야 크레이들에서 떨어진 곳에 독자적인 콜로니를 의무적으로 형성하게 되었다. 클레프트만큼 사람들이 선호하지는 않았지만 그래도 새로 거주지를 건설하기에 적당한 다른 장소들이 있었기 때문이다. 그때쯤 인류는 우주 이동 기계를 만들 수 있는 지점에 다다랐다. 타이밍이 딱 맞았다. 적어도 붐비는 크레이들 안에서 생활 조건이 불리해지고 있다는 것을 느낀 '넷'의 후손들은 그렇게 주장했다. 카밀라는 좁은 공간 안의 생활에 잘 적응하는 새로운 인간을 만든다는 전략을 솔직하게 말했고, 그렇게 하는 데 성공했다. 그리고 크레이들의 초기 거주자들이 많아지자 그 전략은 훌륭해 보이기 시작했다. 종족적 신화 때문이었든 생물학적 필요성 때문이었든, '넷'은 밖으로 나가 새 거주지를 개척했다. 처음에는 클레프트의 다른 장소에, 나중에는 피치피트의 다른 조각 위에 새로운 거주지를 건설했다. 아이다의 후손들도 비슷한 일을 했다. 그들은 때때로 '넷'과 함께 거주했지만, 아이다인들만 사는 거주지를 따로 만들 때가 더 많았다.

아이다가 돌이킬 수 없는 행동을 저질렀다는 것보다 해서는 안 될 말을 입 밖에 냈다는 사실이 더 중요했다. 그런 의미에서는 그녀의 저주가 실현되었다. 제2밀레니엄의 아이다인 한 명은 천 년이 넘은 혼종 문화의 산물이었다. 아이다인은 모든 종족의 사람들과 함께 자라났는데 그 가운데 어떤 종족은 사랑하고 또 어떤 종족은 매우 미워했으며, 어떤 아이다인들과는 싸우고 또 다른 테클라인이나 모이라인들과는 사이좋게 지내기도 했다. 개인적인 경험이라는 면에서는 아이다인들이 서로에게 집착할 이유가 없었다. 그러나 모든 종족은 오래된 문화에 새겨진 뿌리 깊은 서사를 갖고 있었다. 아이다인의 서사는 그들의 이브가 하나의 종족이 아니라 종족의 모자이크, 다시 말해 '종족들의 종족'을 낳았다는 것이다. 그 증거로 그녀의 아이들은 다른 이브의 아이들이 할 수 있는 일이라면 전부 다 할 수 있고 그 이상도 할 수 있었다. 아이다의 후손은 그녀가 그런 목적을 가지고 선택한 유전자 표지를 물려받은 것이 분명했다. 그들의 이러한 서사는 아이다인들이 대다수를 차지하거나 아이다인들만 사는 콜로니를 세우도록 거침없이 몰아갔다.

아이다인들은 '넷'의 후손보다 더 적었으므로, 그들이 제2밀레니엄에 세운 콜로니는 더 작으면서 더 엄격해지곤 했다. 그 결과 그들은 그런 환경에서 번성하기 쉬운 카밀라인과 공생 관계를 맺게 되었다. 아이다인들이 콜로니를 건설하면 카밀라인들이 그것을 유지했다.

하여간 제2밀레니엄 동안 새 콜로니와 거주지들이 만들어지면서 역사가들이 '고립Isolation'이라고 말하는 시기로 이어졌다. 종족적으로 '순수한' 주민들이 생겨났다. '고립'은 다시 '캐리커처화Caricaturization'로 이어졌다. 의식적으로든 무의식적으로든 사람들이 추구한 선택적 번식은 여러 세대를 거치면서 종족적 차이를 강화하는 효과를 냈다. 모이라인들의 눈 색채가 점진적으로 변화한 예가 가장 자주 인용되었다. 이브 모이라의 눈은 녹갈색이었다. 흑인 기준으로 보면 상대적으로 옅은 색이었지만 그렇게 드물지는 않았다. 제2밀레니엄이 끝나갈 무렵 많은 모이라인들의 눈 색깔이 아주 옅어졌다. 강한 빛에서 보면 금빛으로 보일 정도였다. 그레이트체인의 옷가게 벽 위에는 실물 크기의 열 배로 확대된 모이라인 패션모델들 모습이 붙어 있었다. 그 모델들은 놀라울 정도로 노랗고 고양이 같은 눈으로 지나가는 사람들을 바라보는 것 같았다. 옅은 눈 색깔이 이브 모이라의 독특한 특징이었기 때문에, 그것은 아름답고 바람직한 것으로 여겨졌다. 옅은 색 눈을 가진 모이라인들은 짝짓기와 재생산이 더 쉽다는 것을 깨달았고, 시간이 갈수록 그 특성은 강화되어 캐리커처처럼 보이게 되었다. 모델이 아닌 캐스2도 눈 색깔이 옅다고 자주 칭찬을 받았다. 노란색보다 녹색에 가까운 눈인데도 그랬다. 그러나 현대적이면서 외모를 매우 의식하는 모이라인들은 이브 모이라의 사진을 보았을 때 자기네 이브의 눈이 녹색을 띤 갈색에 지나지 않는다는 것을 알고 깜짝 놀랐다.

모이라인의 눈 색깔 변화는 확실했고 기록하기도 쉬웠다. 그러나 경우는 달라도 비슷한 일들이 모든 종족의 서로 다른 표현형 수십 종에서 일어났다. 선택적 번식은 시간이 흐르면 인공적인 번식 없이도 인상적인 변화를 줄 수 있었다. 그러나 어떤 경우에는 종족적 격리 때문에 각자 자신들의 유전학 실험실이 필요해지기도 했다. 이런 실험실은 여러 목적으로 사용되었으나, 보통은 좋은 쪽이었다. 하지만 어떤 경우에는 '강화En-hancement'를 위해 사용되었다. '강화'란 종족적 특징을 더 두드러지게 만들기 위해 의도적으로 행하는 유전조작으로, '캐리커처화'에서 '자연적으로' 일어나고 있는 일을 인공적으로 가속시킨 것이었다. 때때로 이런 조작은 기형이나 괴물, 재앙의 탄생으로 이어졌다. 그러나 제대로 될 때가 더 많았고, 고립된 그룹 안에서 그 후손들이 다시 짝지어지면서, 이렇게 고립된 사람들은 점점 더 종족 특성을 확연히 드러내 보이게 되었다.

이 모든 과정을 겪으면 그 결과 근친교배적 특성이 뚜렷이 드러나는 주민들이 생존할 수 없게 되는 일이 많았다. 그래서 '고립'만큼 '캐리커처화'와 '강화'가 진행되면 콜로니의 소멸로 이어지거나 '코스모폴리탄화Cosmopolitanization'라고 불리는 개량된 과정으로 향했다. 후자로 가면 전에 고립된 그룹들은 오래전 헤어졌던 같은 종족의 친척과 다시 합쳐져서 건강하고 지속 가능한 혼성 혈통으로 돌아왔다.

놀라운 일은 아니지만, '코스모폴리탄화'는 최근의 밀레니엄 동안 거주지 고리가 형성되면서 왕성해졌다. 이때 들어 인류가 지난 4천 년 동안 살아왔던 갑갑하고 어두운 토러스들보다 훨씬 더 매력적이고 새로운 생활공간이 갑자기 엄청나게 넓어졌기 때문이다. 몇 세기 동안이나 소식이 끊겼던 사람들, 심지어 앵글리스키(러시아어의 영향을 받은 영어로, 이제는 모든 인간이 공유하는 언어의 이름이다)를 한마디도 못 하게 된 사람들도 고립된 구멍에서 나와 확대된 가족들과 재결합했다. 그러면서 옛 지구에서 20세기 이후 일어난 적이 없었던 인구 폭발이 일어났고, 이에 따라 종족의 특성들이 재규정되고, 여러 종족의 주민들 대부분이 그렇게 다시 만들어진 종족 특성을 갖게 되었다. 한편 극단적으로 고립된 부족적 혈통들은 같은 종족 사이에서도 다른 사람들에게 소중히 여겨지거나, 두려움의 대상이 되거나, 비난받는 등 여러 가지 일을 겪었다.

적어도 블루에서는 그랬다. 레드는 모자이크처럼 흩어진 아이다인들, 카밀라인 몇십억 명, 그리고 레드와 운명을 같이하기로 결정한 80퍼센트 정도의 줄리아인들 사이에서 대체로 비슷한 경향을 보였다. 턴파이크 사이에서 벌어지는 일들이 현재 어떤 상태인지는 추측할 수밖에 없었다. 거주지 고리의 블루 부분에서는 거의 200년 동안 잘못 흘러들어온 신호 정보나 대부분의 사람들이 무시하는 선전 채널 외에는 아무 통신도 받을 수 없었기 때문이다.

앞쪽으로 깎아지른 듯 버티고 있는 벼랑 위에는 환상처럼 멋지고 고아한 쿠폴이 서 있었다. 마지막 지는 햇빛이 잠깐 동안 쿠폴 전면의 첨탑과 동상, 석조 조각들을 비추었다. 그곳은 '캐피털 힐'의 옆면이었다. 그러다 금세 날이 거의 다 어두워졌다. 캐스 2는 돌아서서 오른쪽 옆구리에 불어오는 돌풍을 받으며 다리 남쪽으로 내려갔다. 공기의 힘을 사랑하는 만큼, 그녀는 마지막 몇 걸음을 서둘러 내려와 건물 속으로 피했다. 캐피털 힐은 체인지 힐보다 높았기 때문에, 북쪽 끝에서 다리가 내려와 공원이 된 것과는 달리 이곳의 다리는 비탈 옆면을 찌르고 들어갔다. 캐스 2는 갑자기 거리의 으르렁거리는 소음 속으로 곧장 내던져졌다. 때때로 건물 문간에서 새어나오는 빛이나 어느 복합 건물 주인들이 벽 꼭대기를 따라 세운 가로등에서 쏟아지는 빛만이 무관심하게 거리를 비추었다. 그 도시를 설계한 사람은 그곳을 "리우데자네이루의 지형 위에 보르도의 거리 전경이 드리워져 있다"고 묘사했다. 그 설계자는 줄리안/모이란 혼혈로, 두 도시가 황폐화된 지 400년도 더 넘은 다음 태어난 사람이었다.

그녀는 주머니에서 위도-경도를 정확히 알 수 있는 장치를 꺼냈다. 물론 밧줄 끝에 달려 공중을 끌려가는 도시에서는 그 숫자들이 별 쓸모없었다. 그러나 그 장치를 꺼내 들여다보고 싶지 않은 이유는 그보다 더 복잡했다. 이곳에 있으면 상상의 산물이라는 것을 알아도 강렬한 백일몽, 즉 옛 지구의 도시 속에서 걸어 돌아다니고 있다는 환상에 빠졌다. 완전히 길을 잃을 때까지는 그 환상을 망치고 싶지 않았다. 그래서 그녀는 거대하고 오래된 쿠폴들의 탑을 이정표 삼아 아래로 내려온 만큼 위로 올라가려고 애쓰며 붉은 돌로 된 거리를 발길 닿는 대로 돌아다녔다. 그러다 보니 다리의 홍예 받침대 쪽으로 원을 그리며 돌아가고 있는 것은 아닌지 알 수 없게 되었다. 만날 장소가 다리에서 별로 멀지 않다는 이야기를 계속 들었기 때문이다. 길을 물어보았어야 할지도 모르지만, 온도가 떨어지면서 거주지 고리가 그리는 반짝이는 호가 구름에 가리더니 비가 내리기 시작했다. 작고 따뜻한 물방울들이 쉿쉿 소리를 내며 커튼처럼 드리웠다. 행인들은 모두 각자 갈 곳으로 사라져버렸다. 어두워진 다음 캐피틀 힐에는 사람이 없다는 경고를 받은 적도 있었다. 폭풍 직전에는 두 배로 사람이 없는 것 같았다.

몇 번씩이나 그녀는 같은 건물 앞을 지나가거나 거리 끝에서 그 건물을 보았다. 몇 갈래의 길들이 비스듬히 별표 모양을 그리며 모이는 곳에 비좁고 젖은 자갈길이 있었는데, 그 건물이 그곳에 우뚝 서 있었다. 그래서 근처 골목들을 따라 느긋이 걷고 있을 때 갑자기 그 건물이 주변 시야에 흘끗 보였다. 언덕 중턱에서 집 크기의 돌덩이가 튀어나와 있는 바람에 근처 모든 길이 그 주위를 비켜갈 수밖에 없었고, 그래서 그 교차점이 그곳에 숨어 있었다. 추측한 대로 그 돌은 언덕의 핵을 이루는 금속에 박힌 달의 맨틀 부스러기였다. 그곳에 십억 년쯤 있던 돌일 수도 있고, 제로 직후 시뻘겋게 달아오른 피치피트 속에 충돌한 표류 유성이 응고한 금속에 갇혀 꼼짝 못하게 된 것일 수도 있었다. 클레프트와 그 자매들에게는 그런 돌들이 아주 많았다. 그런 돌은 보통 불순물 취급을 받고 녹여졌다. 그러나 이

돌은 그대로 남아 자기를 감싸고 있는 거리들에 바위투성이 회색 얼굴을 내보이고 있었다. 거리 위쪽으로 10미터쯤 되는 꼭대기에는 누군가가 둥근 돌탑을 지어놓았다. 뱃머리 뒤에 선체가 있듯이 그 뒤에는 삼각형 건물이 버티고 있었다. 그 한가운데에는 멋진 복합 건물이 있을 거라고 그녀는 추측했다.

캐스 2는 백 미터쯤 되는 거리에서 이 탑을 서너 번째 보았다. 그녀는 어느 좁은 거리에서 그 탑을 똑바로 내려다보고 있었다. 위층의 아치형 창문 한 줄이 사방을 내다보고 있었다. 그 창에서 따뜻한 빛이 비쳐 나왔고, 사람들이 테이블에 둘러앉아 먹고 마시고 이야기하며 책을 읽는 모습이 보였다. 이런 모든 활동이 다 좋아 보였기 때문에, 그녀는 그것이 개인 클럽이 아니라 공동 주거지일지도 모른다는 즐거운 희망을 품었다.

입구가 눈에 잘 뜨이지 않았지만 그녀는 오른쪽 벽 언저리에서 입구를 찾아냈다. 바위를 가두고 있는 금속 매트릭스 속으로 좁은 출입구가 똑바로 나 있었다. 터널은 오르막으로 가다가 굽어져서 나선형 계단이 되었는데, 가다 보면 가끔 작은 나무만 한 녹 고드름이 길을 방해했다. 벽감壁龕 속에서 진짜 촛불들이 타올랐다. 나선형을 한 번 돌자 금속 매트릭스 밖으로 나가 돌 속에 들어가게 되었다. 두 번 돌자 꼭대기가 아치형이고 진짜 나무로 된 문이 나왔다. 매우 구부러진 부리가 달린 새 모양 금속 도어 노커를 제외하면 아무 특징도 없는 문이었다. 검은 철과 팔라듐을 재료로 하여 손으로 두들겨 만든 깃털들 때문에 그 새는 회색이었다. 문을 통해 온기가 느껴지고 대화 소리가 들렸다.

그 장소가 공용인지 개인 공간인지 잘 모르면서도 그녀는 노커를 향해 손을 뻗었다. 그때 불현듯 자기 손에 종잇조각이 쥐여져 있다는 것을 깨달았다. 그녀는 가장 가까운 촛불 빛 아래로 가서 종이를 펼쳐보았다.

크로우스 네스트
남南 크레이들

그녀는 문을 열고 들어갔다. 처음 시야에 들어온 것은 오래된 구리로 된 반원 모양의 바와 한 줄로 선 맥주 디스펜서, 바쁜 주방이 들여다보이는 창 하나였다. 뒷방에서 음악이 흘러나왔는데, 대화를 방해할 정도로 소리가 크지는 않았지만 박자에 맞춰 살짝 고개를 끄덕일 만큼은 됐다. 무슨 곡인지는 알 수 없었지만 어떤 형태의 곡인지는 알 수 있었다. 탄광촌이나 초기 거주지에 고립되었던, 춤 좀 출 줄 아는 사람들이 만든 노래였다.

건강해 보이는 사십대 다이나인 남자가 바를 정리하고 있었다. 그는 자기가 아주 잘생겼다는 것을 모르는 듯했다. 그는 유리잔을 닦으며 손으로 쓴 숫자가 가득한 종이를 훑어보고 있었다. 술집 외상 장부였다. 혼자 그곳에 서서 크레이들의 멋진 경치가 담긴 창문을 내다보는 그는 옛 지구의 선장처럼 보였다.

그녀가 들어가고서 얼마간 지나자 — 의식할 정도로 빠르게 지나지는 않았지만 방치된 기분을 느낄 정도로 늦지도 않았다 — 그는 그녀를 쳐다보고 눈썹을 살짝 들어 올렸다. '한쪽 눈썹'이라고 말하는 편이 더 나을지도 몰랐다. 지금 보고 알았지만 그의 얼굴 한쪽에는 심한 상처가 있었기 때문이다.

"무엇을 드시겠습니까, 캐스 아말토바 2?"

처음 내트들은 시애틀에 있는 아르주나 탐사회사의 작업장에서 개발되어 제로 직전 우주로 쏘아 올려졌고, 우주에서 이브 다이나의 감독을 받으며 아말테아 표면 위를 돌아다녔다. 나중에, 에픽 첫 2년 동안 원래 설계가 수정되어 얼음 표면과 얼음 속에서 일할 수 있게 되었다. 처음에는 이미르를 이지와 랑데부시키기 위해, 나중에는 이미르와 이지를 병합해 인듀어런스를 만들기 위해 내트를 이용했다는 것은 어린아이들도 다 알았다. 내트는 레드보다 블루 문화권에서 더 강한 반향을 얻었지만, 턴파이크 양쪽에서 다 사용되었다. 더 정확히 말하면, 양쪽 문화권은 내트와 그 아종들이 그리는 엄청나게 큰 족보에 오른 로봇들을 사용했다. 정도 차이는 있었지만 모두 첫 번째 아르주나 모델을 계승하고 라스 호디메커와 이브 다이나 같은 프로그래머들이 처음 창조했던 코드 베이스를 공유하고 있었다. 몇천 년 동안 내트와 그 가족들이 사용된 용도는 무수히 많았다. 내트는 제로 전의 망치와 칼만큼이나 흔하고 다양했다.

또, 망치와 칼처럼 건설적으로도 파괴적으로도 사용될 수 있었다. 파괴적 사용의 범주에는 총과 비슷한 장치에서 고속으로 발사되도록 만들어진 내트들이 몽땅 들어갔다. 대부분은 다트나 총알처럼 단순한 형태로 접을 수 있게 만들어졌기 때문에 탄창이나 탄피, 격발장치 약실 속에 넣을 수 있었다.

전통적인 제로 전 총기 중에서는 단 하나의 총만이 하드레인을 견디고 살아남아 클레프트까지 왔다. 물론 줄리아가 피트 스탈링의 어깨 홀스터에서 빼내어 몰래 감추어두고 있다가 테클라를 쏜 리볼버였다. 카밀라가 총을 막으면서 테클라의 생명을 구하는 데 큰 역할을 했다. 카밀라는 그때 입은 화상에 의한 흉터로 남은 생 동안 고통을 겪었다. 이후 그 무기는 아이다의 손에 들어가게 되었다. 아이다는 그것을 자기 일당에게 주었고, 그자는 '마지막 총'의 '마지막 탄환'을 스티브 레이크에게 발사했다. 그 무기는 이제 그레이트체인 역사박물관의 소장품이다. 그 총이 공개 전시되고 있는지, 어떤 식으로 전시되고 있는지는 레드-블루 관계가 어떤 상태인지 읽어낼 수 있는 믿을 만한 자료였다.

새 총을 만들기 위해 필요한 금속세공 기술도 없어졌고 클레프트에서 여러 세대가 흐르고 나서야 누군가 총 같은 물건이 필요하다는 생각을 해냈기 때문에, 마침내 무기 산업이 다시 일어났을 때에는 백지상태에서 시작해야 했다. 그 결과 새로운 무기들은 전통적 총기보다 클레프트에 몇 개 가져왔던 테이저에 더 큰 빚을 졌다. 전통적 무기는 멍청한 금속 덩어리를 고속으로 발사하도록 만들어졌고, 시간이 지나면서 발사 속도를 높이는 쪽으로 최적화되었다. 그러나 클레프트에 도착하고 나서 수백 년 후 발사 무기 제작법을 다시 생각하기 시작한 공학자들이 보기에는, 비좁은 우주 거주지 안에 멍청한 금속 덩어리를 뿌려서 좋을 것은 하나도 없었다. 그사이 흘러간 세기들 동안 폭력이란 일반적으로 격투와 주먹질에 연루된 문제였고, 도

검처럼 정말 위험한 물건들과 쇠막대기 같은 손무기는 정치적이거나 심리학적인 궤도를 완전히 벗어난 사람들이 저지른 얼마 안 되는 사건에서만 사용되었다. 최초의 새로운 발사 무기는 특히 그런 무기들에 대항하기 위해 만들어졌다. 최대 범위가 10미터 정도였기 때문에 발사체가 고속으로 날아가야 할 필요는 없었다. 목표에서 빗나갔을 때 — 인간 외의 어떤 것에 맞든 — 최대한 비파괴적이어야 한다는 의미에서 발사체는 스마트해야 했다. 즉 발사체가 작은 제동 낙하산을 효율적으로 사용해서 가능한 한 빠르게 속도를 늦추고, 피사체를 관통하는 대신 산산이 부서져야 한다는 뜻이었다. 반면, 운이 좋아 목표에 가 닿은 발사체라면 쓸모 있는 일을 해야 했는데 상대를 무력화시키거나, 부상을 입히거나, 죽여야 한다는 뜻이었다. 분명히 이런 결정을 내리려면 멍청한 금속 덩어리보다 훨씬 영리한 발사체가 필요했기 때문에 금속 덩어리 대신 내트가 사용되었다. 내트는 납만큼 밀도가 높지 않았기 때문에 탄도 계수가 낮아 그리 멀리 날아갈 수 없었다. 그러나 다시 한 번 짚고 넘어가는데, 우주 거주지라는 맥락에서 이것은 좋은 일이었다.

클레프트 콜로니에 로봇 공학 기술의 발전에 필요한 자원이 없어서 원래 모델을 수리하고 복사하는 데 만족해야 했던 기술 암흑시대 후, 이 분야에 새로운 공학 자원이 들어오기 시작했다. 마지막으로 점검한 사람이 이브 다이나였던 코드 파일에 대담한 프로그래머들이 손을 댔다. 기계공학자들은 고대 CAD 소프트웨어를 리부트하는 법을 알아내고 라스가 창조한 디지털 청사진을 연구했다. 처음에는 아무것도 맞추지 못하고 어느 정도 거리를 날아가면 자동으로 제동 낙하산을 던지는 내트처럼 단순한 것을 만들었다. 발사체보다는 발사기에 더 많은 노력이 들어갔다. 경찰과 군에서 이 장치를 사용하는 사람들은 대개 테클라인이었다. 그들의 앵글리스키에는 러시아어에서 차용한 말이 다른 종족보다 더 많이 담겨 있었고, 표기 문자는 키릴 문자에서 많이 빌려왔다. '캐터펄트'는 그들이 내트 발사체를 발사하는 장치를 부를 때 잘 쓰는 용어였다. 그들은 그것을 '캣'이나 '카티아' 등 여러 가지 다정한 애칭으로 줄여 불렀다. 그 단어의 나머지 절반인 '펄트'는 '풀리야'와 관계가 있는 것 같았다. 풀리야pulya의 u는 풀pool처럼 U 발음이 길어지는데, 러시아어로 '총알'이라는 뜻이다. '내트'와 '풀리야'를 여러 가지 방식으로 연결해 '총알-로봇' 같은 단어를 만들어보려던 어색한 단계가 잠깐 지나가고, 결국 '풀리야'에 낙착했다. 실제 구식 탄환이 없는 우주에서 그 정도면 충분히 정확한 용어였다. 구시대적 총기 세계에서 나온 '발사'나 '발포' 같은 다른 단어들도 변하지 않고 유지되었다. 그러나 발사 명령을 내리는 장교들은 이제 '풀'이라고 말했는데, 이 단어는 스키트 사격이나 트랩 사격을 하던 사람들이 클레이 피전[20]을 던지라고 외치던 신호를 연상시켰다.

'풀리야'라는 용어를 고치지 않고 그대로 사용하면, 박식한 사람들은 매우 거슬려했다. 제로 전 총기광들이 '총알'이라는 단어를 쓰는 문외한들에게 반응하던 것과 마찬가지였다. 풀리

20 클레이 피전clay pigeon: 사격 연습용 과녁으로 공중에 던져 올리는 진흙 원반.

야가 구식 탄약보다 크기와 유형 범위가 매우 넓다는 사실 때문이었다. 한 덩어리의 납으로 할 수 있는 일은 별로 없었다. 그러나 풀리야 기술자들에게 열려 있는 선택지는 훨씬 더 넓었다. 대체 용어로 '앰봇'도 사용되었다. 어떤 용어를 사용하느냐는 맥락에 따라 모두 달랐다. 이 물건을 대량으로 옮겨 캣 속에 장전하고 발사 장치가 막히면 빼내야 하는 짐으로 보는 보병들은 대체로 '풀리야'를 썼다. 그러나 일단 발사체가 실제로 발사되어 프로그램을 실행하기 시작하면 '앰봇'으로 불렸다. 발사체가 대량으로 공급되면, 옛 지구에서 탄약ammo이라고 부른 것처럼 '봇모botmo'라고 불렀다.

날붙이 무기로 폭력을 저지르거나 위협을 했기 때문에 공무 집행자의 총에 맞아야 하는 사람들은 법질서 강제집행에 사용되는 기술의 발전에 순순히 복종하지 않으려고 했다. 그들은 곧장 대책을 마련하기 시작했고, 물론 이번에는 공학자들이 그 대책을 깨야 했다. 예를 들어 앰봇 하나가 속아서 목표물을 놓쳤거나 인간이 아닌 물체를 맞추었다고 믿는다면, 그 앰봇은 거의 해를 입히지 못할 것이다. 위장술은 인간의 눈을 속이는 것이 아니라 앰봇의 전자두뇌를 속이는 것으로 목표를 바꾸었다. 이제 방호복은 매우 빠른 납 조각을 막도록 만들어진 옷이 아니었다. 방호복의 목적은 앰봇들이 침입하려고 분투할 때 방호복을 입은 사람을 보호하는 것이었다. 전사들은 여러 대의 앰봇에 포위당해도 살아 움직이는 요새가 되었는데, 앰봇들은 배터리가 다 닳아버리기 전에 내부로 침입하는 길을 찾기 위해 스웜 전략을 사용하곤 했다. 발사 무기戰의 구식 전술 미적분

학도 다른 방식으로 바뀌었다. 적에게 붙잡히거나 바닥에 떨어져 적이 가져간 캐터필트와 봇모는 디지털 장치로 불활성화시키거나 쓸모없게 만들었다. 어떤 것은 자기 주인에게 되돌아가려고 했다. 그래서 대량의 봇모가 사용된 전투 지대는 앰봇들이 자기를 발사한 전투원들에게 무리지어 돌아가려고 하는 바람에 군대개미가 들끓는 곳처럼 보였다.

하여간 제2밀레니엄의 어떤 시점까지는 당국에서 이런 무기를 생산하고 사용할 권리를 기꺼이 독점했다. 그러나 그때 주민들 다수가 널리 흩어지고 그 결과 정치적으로 파편화되면서 거주지 A 당국이 거주지 B 당국을 쏘아버릴 수도 있는 상황으로 이어졌다. 캐터필트와 앰봇 유형의 수가 폭발적으로 늘어나고, 그것을 막을 방어 수단의 숫자도 마찬가지로 폭발했다. 그런 무기 종류를 완전히 기록한 목록은 수천 년 동안 나타나지 않았다. 여기저기서 박물관 전시품으로 남아 있는 무기들과 우연히 마주칠 수는 있었다. 박물관 벽에 몇십 종류, 심지어 몇백 종류의 앰봇이 불활성화된 채 벽에 걸려 있었고, 그 아래에는 어느 밀레니엄의 누가 발명했는지, 어느 거주지에서 어떤 소동을 일으키는 데 사용되었는지 설명하는 명판이 붙어 있었다. 그러나 이런 전시물들은 무작위적으로 어느 수집가의 서랍에 들어간 무기에 비하면 표본에 지나지 않는다는 것을 모두들 암암리에 알고 있었다.

'전쟁'이라는 말보다는 '소동'이 훨씬 더 자주 쓰였다. 지난 몇 세기 동안 레드와 블루 사이에 일어났던 충돌같이 상대적으로 큰 사건들에도 그랬다. 우주 거주지들은 20세기적인 의미의 실제 전쟁을 추진하기에는 너무 약했다. 옛 지구의 총력전은 생각할 수도 없었다. 핵무기는 필요가 없었기 때문에 다시 발명되지 않았다. 어느 우주 거주지에서 고리를 가로질러 바위를 던지면 수소폭탄만큼 많은 사람을 죽일 수 있었다. 그러므로 옛 지구에서 냉전 중과 냉전 후에 사용되던 전술적인 고등수학이 똑같이 적용되었다. 즉 무슨 일이 있어도 레드와 블루는 서로 공개적인 전쟁을 벌이는 위험을 무릅쓰지 않을 것이다. 그러나 뉴스를 보는 사회 주류가 너무 사소해 걱정할 필요 없다고 간과하는 장소에서는 작은 분쟁들이 수없이 일어날 수 있었다. 과거를 돌이켜볼 때 전쟁이라고 불릴 수 있는 단 두 번의 충돌은 행성 표면에서 구식으로 발생한 사건들로 '바위 위 전쟁(the War on the Rocks, 4878-4895)'과 '숲속 전쟁(the War in the Woods, 4980-4985)'이었다.

캐스 2가 크로우스 네스트로 걸어 들어가고 얼굴에 부상을 입은 다이나인이 그녀를 맞은 해는 5003년이었다. 그러니 '숲속 전쟁'이 가장 치열하던 때에서 20년쯤 지났다. 그 다이나인은 40살쯤 되어 보였다. 얼굴의 흉터는 오래된 것이었다.

"저 중에 하나 주세요." 그녀가 고갯짓으로 근처의 디스펜서들을 가리키며 말했다. '사이다(사과술)'라고 손으로 쓴 이름표가 붙어 있었다.

"곧 드리겠습니다." 그가 말했다. "저에 대해 모르시지요. 제 이름은 타이 레이크입니다."

"타이코의 애칭인가요? 아니면……."

"티우라탐(Tyuratam: 바이코누르 우주기지의 별칭을 영어식으로 읽은 이름)입니다. 혀가 좀 꼬이지요."

그는 인디전 억양을 쓰고 있었다. 그래서 이 짧은 대화로 그의 과거사를 상당히 많이 추측할 수 있었다. 부모는 아마 '수녀', 그러니까 테리폼이 지구를 간신히 살 만하게 만들어놓자마자 우주 거주지의 틀에 박힌 생활에서 기꺼이 빠져나와 새 지구 표면에 내려올 방법을 찾아낸 사람들일 것이다. 그런 행동은 수십 년 전 '바위 위 전쟁'을 끝맺은 '제1조약' 위반이었기 때문에 제지를 받았다. 고리의 크고 오래된 거주지에서 오가면 당국이 쉽게 감시할 수 있었기 때문에, 수녀들은 본야드 가장자리나 두 개의 턴파이크 근처 가장자리 지대에서 떠나는 일이 많았다. 블루 쪽에서는 수녀들 중에서 다이나인들이 매우 두드러졌다. 테클라인들은 수녀들을 추적해 인간 밀수 고리를 끊어놓아야 하는 경찰이 되곤 했다. 그래서 다이나인 대중문화에서는 진부하지만 인간 밀수 조직이 카리스마 있는 해적으로, 테클라인들은 유머를 모르는 벽창호로 묘사되었다. 적어도 수녀들의 조약 위반 때문에 '숲속 전쟁'이 일어날 때까지는 그랬다. 그 전쟁에서 테클라인이 대부분인 군대가, 많은 다이나인 모험가들을 구출해야 했다. 그래서 요즘의 묘사는 좀 더 섬세해진 데다 옛날 묘사를 과장으로 보이게 만들었다.

그러니 타이의 부모가 지구에서 아들을 한 명 이상 낳을 정도로 지구 표면에 정착해 살아온 수녀들이라는 캐스 2의 추측은 합리적이었다. 본야드와 연결되어 있다는 것은 수녀들이 물건을 제조하는 기술을 어느 정도 가진 사람들이라는 뜻이었다. 초기 수녀 공동체 중에서는, 정치적 문화는 그때그때 임시변통으로 만들어진 부분이 있어도, 공학적으로 보면 잘 만들어진 곳이 많았다. 타이는 아마 그런 환경에서 자라나다가 십대 후반이나 이십대 초반에 '숲속 전쟁'에 휘말렸을 것이다. 어떤 앰봇이 ─ 어느 기종의 어떤 앰봇인지 자세한 건 중요하지 않다 ─ 철갑을 뚫고(그가 철갑을 두르고 있었을지는 모르지만) 그의 얼굴에 부상을 입혔다. 이는 앰봇에게 특화된 일이었다. 전투에서 앰봇은 상대를 죽일 때보다 신체를 무력화시킬 때 더 유용했다. 그래서 앰봇들은 침팬지처럼 얼굴과 손, 성기를 노리며 싸웠는데, 얼굴은 인식하기 쉽지만 도용하기는 힘들기 때문에 목표물로 선호되었다. 타이는 다른 여러 상황에서 이런 상처를 입었을지도 모른다. 예를 들어 두 개의 수녀 공동체에서 경쟁이 일어나 레드가 블루에 공습을 했을 수도 있다. 그러나 그의 자세와 태도에는 군대식 기운이 배어 있었기에 그녀는 그가 공식 모병되어 블루 편에서 싸웠고, 조직된 군대 대형끼리 벌인 정식 전투에서 부상을 당했을 거라고 추측했다.

그가 이 장소를 운영하는 것은 분명했다. 직원과 손님 양쪽이 그를 대하는 태도를 보면 확실했다. 퇴역 장병이 바를 여는 것 자체는 이상하지 않았다. 매우 정상적이고 전형적인 일이었다. 그런 사람이 어떻게 은퇴자가 갈 수 있는 우주 거주지보다 훨씬 비싼 이런 땅을 관리하게 되었는지 설명하는 쪽이 좀 더 어려웠다.

디스펜서에 붙은 상표 이름과 손으로 쓴 글씨 양쪽 다 이 음료수가 새 지구의 흙에서 자란 나무에서 딴 사과로 만들어졌다는 사실을 시사했다. '숲속 전쟁'을 종결한 '제2조약' 조항에 따라, 수녀의 후손들만이 지구 표면에 살면서 과수원을 돌보는 일을 할 수 있었다. 이제 그들은 '인디전'이라는 이름으로 불렸다. 이런 사이다를 여기서 마실 수 있다는 사실은 타이 레이크가 적어도 하나의 인디전 공동체와 가까운 관계를 유지하고 그곳의 생산물을 인디전 등록 지역Registered Indigen Zone, 즉 RIZ에서 직접 수입하고 있다는 것을 증명했다. 그렇지 않다면 그런 인상을 주기 위해 매우 잘 만들어진 마케팅 전략이었다. 음식은 대부분 거주지 산이 훨씬 더 싸고 안정적으로 공급되었기 때문에, 그렇다면 이 사이다는 값비싼 사치품이었다. RIZ에서 생산된 음료를 마시거나 음식을 먹는 것은 부유한 감정가들에게나 어울리는 일이었다. 캐스 2가 그런 불안을 품고 있을까봐 그랬는지, 타이가 컵받침에 잔을 올려놓으면서 말했다. "무료입니다."

"친절하시군요." 캐스 2는 바 위의 검은 슬레이트를 슬쩍 보다가 가격표에 놀랄 만한 숫자가 쓰여 있는 것을 알아채고 말했다.

"천만에요. 나의 세븐 사람들에게는 당연히 지켜야 하는 예의지요." 타이가 말했다.

그렇다면 티우라탐 레이크가 그들의 다이나인이었다.

세븐이 지구 표면에서 RIZ에 관한 일을 한다면 납득이 갔다.

"약간 일찍 오셨습니다." 타이가 말했다. "다른 사람도 몇 명 와 있습니다." 그는 뒤쪽으로 고갯짓을 했다. 여기는 아주 교활한 건축가가 아니라면 어떤 건축가도 좋아하지 않을 방식으로 별관과 밀실이 끝없이 달려 있는 바 같았다. 그래서 캐스 2는 그가 말하는 장소가 그녀 혼자서는 절대 찾아낼 수 없는 밀실이나 사실私室 같은 곳일 거라고 추측했다. "저 뒷길로 올라갔습니다." 그가 덧붙였다.

"뒷길이 있나요?"

"뒷길은 언제나 있지요."

"닥은요?"

"반시간 전에 오셨습니다."

테리폼에서 가장 중요한 설계자가 캐피털 힐의 사람들로 붐비는 바 정문으로 걸어 들어왔다면 온갖 불필요한 시선을 다 끌었을 것이다. 많은 사람들이 닥을 알아볼 것이다. 닥에게 걸어와 자기소개를 하거나 다시 만나게 되었다는 인사를 하면서 자신이 얼마나 중요한 사람인지 과시하려고 할 것이다. 그러면 일이 번거로워질 뿐 아니라 그 역시 지쳐 나가떨어질 것이다. 사람들이 그의 출현에 대해 이야기하다 보면 세븐이 맡아야 할 임무까지 망칠지도 모른다. 닥이 뒷길로 온 것은 당연했다.

"다른 사람들은요?" 그녀가 물었다.

"간호사 말고요? 그 몸집 큰 친구뿐입니다."

'몸집 큰 친구'라면 벨레드도 이미 도착했다는 말이다. 캐스 2는 그렇게 추측하고 있었지만 몇 분 후가 지나자 그녀가 들어왔던 문으로 벨레드가 들어왔다. 장소를 둘러보는 태도로 보아 그는 한 번도 여기 와본 적이 없는 것 같았다.

그는 재빨리 캐스 2의 얼굴을 알아보았다. 별 반응 없이 그는 곧장 그녀를 향해 움직였다. 캐스 2는 비어 있던 마지막 스툴에 앉았지만, 벨레드는 손님들을 뚫고 왔다. 그의 덩치를 본 사람들이 알아서 길을 터주었기 때문에 어렵지 않게 지나올 수 있었다. 벨레드가 그녀 뒤에 섰다. 그녀의 등 쪽으로 온기가 느껴질 만큼 가까운 거리였다. 그는 다른 직원에게 비싸지 않은 맥주 가운데 인기 있는 브랜드를 주문했다. 그 직원은 카마이트/줄리안 혼혈 여성인 듯했고, 외모가 상당히 이국적이었다. 타이는 슬쩍 빠져나가 다시 디스펜서를 만지기 시작했다. 캐스 2는 시계를 살펴보고 타이가 퇴근 시간을 찍을 준비를 하고 있으려니 생각했다. 세븐이 모일 뒤쪽 방으로 그들을 데려가려는 것이다. 바 뒤의 여자가 작은 손으로 벨레드의 커다란 손에 맥주를 건네줄 때 캐스 2는 그를 향해 몸을 빙글 돌리며 그의 잔에 자기 잔을 챙 소리 나게 부딪쳤다. "세븐을 위하여."

벨레드는 지나칠 만큼 공식적인 태도로 그 여자 바텐더에게 감사를 표하느라 잠시 정신이 없다가 이내 고개를 끄덕이고는 캐스 2와 함께 술을 마셨다. 캐스 2는 티우라탐 레이크에 대해 알아낸 것을 설명했고, 이후 얼마간 벨레드는 멀리서 그 다이나인을 살펴보고 그 결론이 맞는지 확인했다.

곧 타이는 서류 작업을 마치고 바 모퉁이를 슬쩍 돌아가면서 캐스 2와 눈을 마주쳤다. 크로우스 네스트 사교계에서 빠져나가는 것이 그에게는 사소한 일이 아님을 알 수 있었다. 많은 사람들이 그를 알아보고 그에게 인사하고 싶어 했기 때문이다. 그러나 그는 너무 바빠서 방해하면 안 될 사람으로 보이는 자세와 걸음걸이를 익힌 것 같았다.

타이가 여러 방과 복도를 지나가며 마구 방향을 바꾸는 바람에 캐스 2는 따라가기 힘들었다. 결국 그녀는 벨레드 뒤에 서서 그가 가는 길을 따라갔다. 벨레드는 그녀보다 훨씬 더 키가 크고 어깨가 넓었기 때문에 캐스 2는 그 앞에 무엇이 있는지 보이지 않았다. 그렇게 가다 보니 그녀는 어느새 돌바닥과 돌벽으로 된 긴 내리막 복도에 들어서 있었다. 복도는 좀 더 따뜻한 분위기를 내기 위해 나무판으로 덮여 있었다. 복도에는 여러 개의 문이 있었는데, 타이는 그 가운데 복도 끝에 있는 문을 열어주었다. 그 문에서 따뜻한 빛이 흘러나와 벨레드의 다리 사이 반질반질한 돌과 어깨 주위 나무판자에 반사되었다.

"볼트 홀에 온 것을 환영합니다." 타이가 말했다.

캐스 2는 벨레드를 따라 방에 들어가다가 그의 엉덩이에 부딪히는 바람에 튕겨 나와 한 걸음 뒤로 물러섰다. 그는 들어가다가 멈춘 채 꼼짝하지 않더니, 살짝 쭈그린 자세를 취했다. 한 발은 다른 발 앞에 두고 곧장 앞쪽을 향하고 있었다. 옆걸음질로 그의 몸을 돌아가며 캐스 2는 그의 시선과 발끝 방위각이 향하고 있는 방 맞은편을 보았다.

볼트 홀은 작고 아늑한 장소로, 딱 일곱 명 앉을 크기의 타원형 테이블이 있었다. 닥은 문에서 가장 가까운 자리에 있었고 그의 양옆에는 메미와 로봇이 있었다. 닥의 맞은편에는 아리안 카사블랑코바가 있었다. 테이블 맞은편 끝에서 문을 마주보고 앉은 남자가 있었는데, 타이가 말했던 '몸집 큰 친구'가 바로 그를 가리킨 것이었다. 그는 테이블 뒤에 앉아 있었기 때문에 머리와 어깨, 팔만 보였다. 팔은 길고 매우 육중했다. 그러나 정말로 주의를 끈 것은 그 몸집 큰 친구의 두개골 구조였다. 보통 사람 머리가 어른이 된 후에도 발달한다면 그런 머리가 될 것 같았다. 눈 위의 뼈가 불쑥 튀어나와 있었고, 짙은 적갈색 눈썹은 그 모습을 그다지 가려주지 못했다. 캐스 2가 처음 그를 보았을 때 그는 파인트 잔을 비우고 있었다. 잔은 벨레드의 손에 있을 때보다 그의 손에서 훨씬 더 작아 보였다. 그러나 그가 잔을 내려놓자 깨끗이 면도한 얼굴의 아래쪽 절반이 보였다. 턱 생김새와 이빨 크기를 보고 캐스 2는 세븐의 일곱 번째 회원이 그냥 아이다인이 아니라 '네오앤더'라는 것을 깨달았다.

이브 아이다는 열세 번 임신해서 일곱 혈통을 만들었다. 실패율이 높았던 이유는 그녀가 이브 모이라에게 아주 극단적인 변화를 요구했기 때문이다. 카밀라를 제외한 다른 모든 이브들보다 폐경기까지 남은 시간이 아주 많다고 보았기 때문에, 몇 번의 유산도 기꺼이 받아들였다. 그리고 그녀는 카밀라를 경쟁자로 보지 않았다. 카밀라가 아무와도 경쟁하지 않는 성격을 가진 인류 종족을 만들고 싶어 했기 때문이다.

이브들은 클레프트의 제한된 공간에서 여러 모로 빈곤한 여생을 보냈다. 그러나 정보 면에서는 무궁무진한 재화를 가진 것이나 마찬가지였다. 그들은 디지털화된 적이 있는 서류라면 전부 이용할 수 있었다. 적어도 파일을 모두 보존하고 있는 메모리칩들이 망가지기 전까지는 그랬다. 메모리칩 부식은 소규모로 시작되었고, 실제로 심각한 영향을 끼칠 때까지 수십 년이 걸렸다.

아이다는 인간의 유전학을 연구하기 시작했다. 게놈은 긴 역사적 과정을 거친 마지막 표현형 — 조상들이 재생산을 할 수 있을 만큼 오래 살아남으며 익힌 모든 것이 밀도 높은 수수께 끼로 암호화된 것 — 인 만큼, 여기에 대해 연구한다는 것은 인 간의 진화사에 대해서 배운다는 뜻이기도 했다. 다른 모든 아 키들과 마찬가지로 그녀도 지구를 떠나기 전 게놈 판독과 평가 를 받았다. 나중에 보고서를 한 부 받았는데, 그 보고서에는 그 녀의 조상들이 세계 어느 지역 출신인지 알려주는 정보가 담겨 있었다. 대부분 이탈리아 여성에게서 예측할 만한 결과였지만, 자신도 알지 못했던 자세한 부분들이 있었다. 그녀는 북아프리 카 유대인, 코카서스의 고립된 부족, 북유럽 민족들과도 유전적 연관이 있었다. 많은 유럽인이 그렇듯이 일부 네안데르탈인의 유전자도 있었다.

아이다가 컴퓨터 로그에 남긴 사소한 기록들을 이후 역사학 자들이 분석한 바에 따르면, 그녀는 자기 게놈을 연구하는 것 만큼이나 자신의 직접적인 경쟁자로 본 '넷'의 게놈을 연구하 는 데 많은 시간을 들였고, '넷' 중에서도 다이나, 테클라, 아 이비의 게놈 연구 시간을 합한 만큼 모이라의 게놈을 연구하 는 데 시간을 보냈다. 모이라는 아프리카인 혈통이었고, 아이 다는 인류가 아프리카 대륙에서 시작해 바깥으로 뻗어나갔다 는 사실을 근거로, 아프리카인의 게놈이 아프리카 대륙 밖에 사는 사람들의 게놈보다 유전적 다양성을 더 많이 전달한다는 생각에 빠져 있었기 때문이다. 아프리카 혈통을 물려받지 않은 종족들은 아프리카 밖으로 나간 모험가들의 무리가 고립되면 서 만들어졌다. 자기들끼리 번식했기 때문에 그들의 유전자 풀 은 필연적으로 자신들이 가져온 유전자만큼 제한될 수밖에 없었는데, 그것은 아프리카에서 발견된 유전자 풀의 부분 집합일 뿐이었다. 이런 아이디어는, 예를 들자면 아프리카엔 왜 세상에서 가장 키 큰 종족과 가장 왜소한 종족 양쪽이 다 있는지, 그리고 일류 육상 선수들 중에는 아프리카인이 왜 그렇게 많은지 설명할 때 사용되었다. 그 이유는 아프리카인이 우월한 육상 선수의 자질을 타고나서 그런 것이 아니라 무작위적으로 변이한 유전자가 그리는 종 모양의 곡선이 더 넓기 때문이었다. 아프리카인 중에서 위대한 육상 선수가 하나 나오면 형편없는 운동 신경을 가진 사람도 하나 나오기 마련인데, 후자에게는 아무도 주의를 기울이지 않았다. 이 이론이 유효하건 아니건, 아이다는 그것을 '제대로' 소화했고 거대한 게임에서 그 아이디어는 그녀의 유전자 전략에 영향을 주었다. '넷'은 이를 고려하고 대응 전략을 짜느라 고생할 수밖에 없었다. 그 결과 모이란이라는 종족이 생겨났다. 염기쌍 하나하나마다 아이다의 모든 책략을 다 따라가려고 하기보다, 이브 모이라는 후생학을 통제하는 게놈의 요소들을 손봐 자기 아이들을 스위스제 군용 칼 같은 존재로 만들었다.

아이다에게 테클라는 더 쉬운 목표였다. 테클라는 미래 종족이 가져야 할 바람직한 장점이라고 생각한 것을 솔직하게 말했기 때문이다. 테클라의 아이들이 강하고, 규율에 잘 따르고, 무시무시한 투사들이 되리라는 것은 쉽게 알 수 있었다. 그리고 미래를 예측할 수 있는 동안 — 우주 콜로니에 갇혀 몇천 년을 지내는 동안 — 직접적인 싸움이 벌어지리라는 것은 군사적 재능이 없어도 알 수 있었다. 폭력이 인류사에 영향을 미치는

한, 그 싸움은 몸의 크기와 힘, 강인함에 의지한 폭력으로 표출
될 것이다. 역사가 제대로 된 길잡이라면, 폭력을 가장 잘 쓰는
자가 다른 사람들을 모두 지배하게 될 것이다. 아이다는 자기
아이들이 테클라의 아들딸에게 지배당하는 꼴을 보고 싶지 않
았다.

그냥 테클라가 했던 대로 활동성을 강화하는 특성을 수정해
서 자기 식대로 몇 가지 버전을 창조할 수도 있었다. 그러나 자
기 유전자 보고서에 적힌 특이한 점에 매혹된 나머지 아이다는
자기와 조상들의 세포핵 속에 수만 년 동안 깊이 잠들어 있던
네안데르탈 DNA를 깨우는 프로그램에 착수했다. 적어도 그녀
는 그렇게 생각했다. 아이디어도 무모했고, 그런 착상을 실현할
만큼 네안데르탈 유전자를 갖고 있지도 않았지만, 어쨌든 그녀
는 약간 네안데르탈인과 비슷한 특징을 가진 인간 종족을 낳았
고, 수세기 후 모든 종족에게 어느 정도 영향을 준 캐리커처화,
고립, 강화라는 과정에서 이 아종족은 특이할 만큼 확연한 변
화를 겪었다. 옛 지구에서 발견된 실제 네안데르탈인 해골 발
끝에서 얻어 제로 전에 판독한 유전자 서열이 사용되었다. 네
안데르탈인의 뼈 길이와 근육 부착 통계를 내기 위해 옛 지구
의 고생물학 학회지가 데이터 채굴되고, 그것은 네오앤더인의
두뇌 속에 하드코드로 기록되었다. 테이블 끝에 앉아 있는 남
자는 그런 번식과 유전공학의 인공적 산물이었다. 그러나 그가
선사시대 유럽으로 가게 된다면, 적어도 외모만으로는 진짜 네
안데르탈인과 구별할 수 없을 것이다.

여러 세기가 흐르면서 새로운 종족의 창조는 점점 더 많이

일어났다. 네오앤더인들이 나타났을 때는 이런 창조를 해도 괜찮은가 하는 사소한 윤리적 질문에 대해 신경 쓰기란 이미 늦었다. 천천히 다른 종족들과 구분하면서 그들은 자기 역사와 문화를 발전시켰고, 그것에 대해 다른 어떤 종족만큼이나 자랑스러워했다.

그들의 역사 중 많은 부분이 테클라인과 연관되어 있다는 것은 별로 놀랍지 않았다. 테클라인은 미리 정해진 바와 같이 대체로 전투적이었다. 가장 단순하게 환원시켜 이야기하면, 테클라인 쪽에서는 네오앤더족을, 미친 이브 하나가 다른 여섯 종족을 저주하려고 만든 위험한 원숭이 인간이라고 보았다. 네오앤더인 쪽에서는 히틀러가 유전공학 연구실을 갖고 있었다면 대량생산해냈을 종족이 바로 테클라인이라 말하고는, 이브 아이다가 선견지명을 갖고 그들에게 대항할 종족, 세속적이지만 따뜻하면서 엄청나게 강하고 위험한 보호자 종족을 만들어내 다행이라고 했다.

이런 전투적 관계는 캐터펄트와 앰봇이 전략전술을 지배하고 육체적 힘이 전투 결과에 미치는 영향이 적어지면서 많이 사그라들었다. 그러나 오래된 원시적 반감은 서로 남아 있었기 때문에, 네오앤더인이 있는 방에 들어갔을 때 벨레드가 즉각적으로 육박전 태세를 갖추는 반응을 보인 것도 이해는 갔다.

닥은 이 반응을 일부러 무시했다. '알아차리기는 하셨을까.' 캐스 2는 그런 생각도 했지만, 닥이 이미 모든 것을 눈치채고 있다는 확신이 들었다.

"벨레드, 캐스, 두 사람 다 랭고바드를 만나본 적은 없겠지요."

흔한 아이다인 이름이었다.

"간단히 바드라고 부르세요." 랭고바드가 말했다.

"랭고바드, 벨레드 토모프와 캐스 아말토바 2를 소개하지."

바드가 일어나 섰다. 그리 크게 인상을 주는 몸집은 아니었다. 그는 양손으로 아이단식 경례를 한 다음 불가능할 정도로 멀어 보이는 거리를 가로질러 오른손을 내밀었다. 악수를 하자는 뜻이었다. 그러나 벨레드가 여전히 움직이지 않았기 때문에 캐스 2가 앞으로 걸어 나가 손을 내밀었다. 그녀 역시 지금까지 네오앤더인과 신체 접촉을 해본 적은 한 번도 없었다. 많은 네오앤더인들이 새 지구로 내려가 인디전이 되었기 때문에 레드에서도 그들은 희귀했다. 블루에서는 거의 보이지도 않았다. 랭고바드는 정교하고 섬세한 손길로 그녀의 손을 잡더니 아기 팔만 한 크기의 손가락이 달린 두툼한 손으로 부드럽게 꼭 감싸 쥐었다. 그는 깨끗이 면도하고 주의 깊게 몸단장을 한 상태였다. 아주 잘 맞는 좋은 정장을 입고 있어서, 이런 사람이 어디서 재단사를 찾았을지 궁금할 정도였다. 그는 마치 그녀가 무슨 생각을 하고 있는지 알기라도 하듯 잠시 어정쩡한 표정을 지었다. "만나서 기쁩니다." 그가 약간 고개를 끄덕이자 그의 머리 크기와 몸집이 더 강조되어 보였다. 그녀가 마주 고개를 끄덕이자 그는 그녀의 손을 놓아주더니 아무렇지도 않게 벨레드 쪽으로 손을 뻗었다. "벨레드 중위? 만나서 기쁩니다. 어떻게 해야 할까요? 얼굴에 주먹질을 하나요? 악수? 아니면 온몸으로 따뜻한 허그?" 그는 한 손을 뒤로 빼고 다른 쪽 팔을 벌려 키보다 훨씬 긴 팔을 보여주었다. 마치 테이블 너머로 벨레드를 껴안으려는 것 같았다. 적어도 이 동작은 긴장을 어느 정도 깨주어서, 마침내 벨레드가 정신을 가다듬고 위협적인 자세를 푼 후 경례를 하고 마주 손을 뻗을 수 있었다. 테클라인은 캐스 2의 얼굴에서 겨우 몇 센티미터 떨어진 곳에서 네오앤더인의 손을 마주잡았다. 그들이 서로의 힘을 시험하느라 손마디가 우두둑 소리를 냈다. 타이는 먼 쪽에서 이런 광경을 지켜보고 있었다. 얼굴의 다친 면을 그녀 쪽으로 향하고 있었기 때문에 그의 표정을 읽기는 어려웠다. 그러나 그녀는 그의 얼굴에서 경외감이 약간 어린 쑥쓸한 웃음을 본 것 같았다.

타이는 캐스 2의 눈길을 눈치채고 고개를 젓더니 코웃음을 쳤다.

"내가 너무 차려입은 게 아닌가 싶네요." 마침내 아무 사고 없이 벨레드와 떨어진 다음 바드가 말했다. "때때로 크레이들에 오면 필요 이상으로 나에게 보상을 하려고 하거든요."

"자주 오십니까?" 타이가 물었다.

캐스 2는 바드의 말이 대화를 이끌어내는 초반 수이지 노골적인 선언이 아니라는 것을 눈치챘다. 타이도 이미 다이나인 바텐더다운 사회적 반사신경으로 그것을 알아차리고 그의 말에 응수했던 것이다.

"지금까지 길에서 한 번도 당신과 마주친 적이 없다는 게 놀랍습니다." 바드는 타이에게 말하면서 곁눈질로 캐스 2를 바라보았다. 캐스 2가 빈 의자에 앉고 나서야 그도 자기 자리에 도로 앉았다. 그는 빈 잔을 집어 들었다. "칵테일 목록을 보니 지구 표면에서 생산된 물건을 저장고에 갖고 계시는군요. 하여간 맥주 고맙습니다."

"원, 천만에요." 타이가 말했다.

"나는 삶의 대부분을 표면에서 보냈답니다." 바드가 설명했다. "우리 씨족 가운데 표면에서 포도를 키우는 사람들이 있거든요. 우리는 와인을 생산합니다. 주된 시장은 크레이들의 식당입니다. 그레이트체인에 있는 개인 저장고로도 몇 상자씩 올려 보내지만요."

"그러면 우리가 만난 적이 없는 이유가 한 가지는 설명되는군요." 타이가 말했다.

캐스 2는 그 말을 '크로우스 네스트에는 보통 그런 고급 와인을 갖춰두지 않습니다'로 해석했다. 그러나 바드는 얼굴에 음흉한 표정을 띠고 잠시 후 맞받아쳤다. "그러면 다른 설명도 생각하고 있었습니까, 타이?"

"당신 씨족의 포도밭은 어디지요?" 벨레드가 날카롭게 묻다가 뒤늦게 분위기를 누그러뜨리려고 말을 덧붙였다. "말해도 괜찮으시다면."

"오, 그건 비밀이 아닙니다." 바드가 말했다. "안티머입니다. 경계선에 아주 가깝지요."

그녀는 그곳에 대해 별로 아는 것이 없었지만, 그려볼 수는 있었다. 알류샨 열도와 하와이 사이 중위도에 있는 초승달 모양의 군도였다. 거대한 충돌 크레이터의 가장자리로, 어떤 섬은 아주 컸다. 가장 큰 섬은 반대자오선antimeridian — 그리니치에서 180도 동쪽이거나 서쪽에 있는 자오선 — 을 가로질렀기 때문에 그 군도 이름의 기원이 되었다. 그러나 군도의 대부분은 그 선의 동쪽에 치우쳐 서경 166도 30분을 가로질러 뻗어 있었다. 그 선은 아이다인이 고리를 가로질러 만든 턴파이크의 위치였고, 아이가 서쪽으로 갈 수 있는 최대 한계선이었다. 그래서 그 선은 레드와 블루 사이의 경계 지대 역할을 했다. 그곳은 태평양 한가운데 있었다. 하드레인이 최고로 쏟아질 때에도 태평양은 여전히 텅 빈 망망대해였기 때문에, 육지 경계선은 별로 없었다. 166도 30분은 알래스카와 시베리아 극동 부분이 합쳐진 베링기아를 가로질렀다. 그래서 육지 경계선은 그곳뿐만 아니라 정남으로 몇천 킬로미터 떨어져 있는 좀 더 기후가 온화한 안티머에도 있었다. 이곳이 바드가 넌지시 언급한 '구분선'이었다. 그러나 그는 그 포도밭이 구분선 어느 쪽에 있는지는 조심스레 말하지 않았다. 그 경계선은 분명하지 않았다. 인구가 드문 세계에서 경계선을 엄밀하게 강조할 필요가 없었기 때문이다. 동경 90도 다카 위에 있는 육지 경계선은 더 길었다. 그 선은 아시아에서 가장 넓은 부분을 가로지르고 북쪽으로 뻗어나가면서 분화구와 히말라야, 다른 복잡한 문제들을 피해 이리저리 구부러지며 돌아다녔다.

따라서 바드가 겨우 몇 마디로 전달한 그림은 이런 것이었다. 그의 네오앤더 '씨족' — 무슨 뜻인지는 모르겠지만 — 은 지구 표면이 살 만하게 되자마자 그곳에 내려갔다. 그들은 수너일 수도 있었지만(캐스 2는 티우라탐 레이크가 수너라고 추측했다), 그의 종족을 생각하면 안티머를 지키기 위해 파견된 군인이었을 가능성이 더 컸다. 안티머는 매우 매혹적인 부동산이었다. 대부분 구분선을 경계로 레드 쪽에 있었고, 값진 재산으로 여겨졌기 때문이다. 그러나 그 지역은 골치 아프게도 다른 쪽으로도 뻗어 있었고, 블루는 마음만 먹으면 그곳에 해안 교두보를 세울 수 있었다. 조약이 깨지면 블루는 그곳에서 서쪽을 급습할 수 있었다. 이런 일들이 모두 '숲속 전쟁' 중에 일어났다. 전쟁을 끝내는 조약을 협상하면서, 레드는 안티머 전체의 소유권을 주장하려고 했다. 사실상 '구분선'에서 약간 서쪽으로 들어간 부분까지 소유권을 주장하면, 이쪽에 박힌 가시를 제거할 수 있었다. 그러나 그 부분은 협의가 이루어지지 않았기 때문에 분쟁 속에 남아 있었다. 그곳에 사람이 더 많이 살았다면 비무장지대나 중간지대가 되었을 것이다. 그리고 분쟁에 싸인 냉전 국경의 다른 지역도 전부 그렇게 되었을 것이다. 그러나 실제로는 그냥 애매한 채로 남아 있었다. 말썽을 일으키지는 말자는 암묵적 합의가 자리 잡았지만, 그저 상황을 지켜본다는 명목으로 양쪽에 군사 지구와 조사부 시설들이 들어서면서 인구가 매우 많아졌다. 그곳에 네오앤더인들이 많이 사는 현상은 그들이 군인으로 파견되면서 가족을 함께 데려왔다는 것으로 분명히 설명할 수 있었다. 군대 복무 기간이 끝나자 그들은 자신들의 기원지였지만 비좁은 우주 거주지로 돌아오라는 초대를 거부하고 전원 지대에 흩어졌다. 그곳은 매우 살기 좋다고 했다. 엄밀히 말하면 불법이지만 레드 당국은 아마 네오앤더인을 그 땅에 뿌려두면 자신들의 지배권이 강화된다고만 생각하고 모르는 척했을 것이다.

그들이 네안데르탈인 유전자를 갖고 있다는 것은 완전히 날조된 사실이었다. 그러나 모두가 대체로 그 말을 진지하게 받아들였다. 그것은 합의된 역사적 환상이었다. 아이다나 그녀보다 더 심술궂은 후손들은 그런 환상이 이 아종족의 전투력에 대한 공포나, 적어도 경외감을 불러일으키기를 바랐을 것이다. 하지만 대다수는 네안데르탈인 역사의 수정론적 관점을 선호했다. 그 관점에서 보면 그들은 매우 지적이고(그들의 두뇌는 '현대'인의 것보다 더 컸다), 예술적 재능이 있고, 본질적으로 평화적인 유럽인의 원형으로 그려졌다. 지적인 네오앤더인들은 그런 주제로 세미나를 열었다. 더 실천적인 사람들은 그렇게 살려고 했다. 그렇게 살기에는 온화한 유럽형 기후를 가진 안티머보다 더 좋은 장소가 없다는 것을 캐스 2는 인정할 수밖에 없었다. 그래서 레드가 특공대로 내려보낸 네오앤더족 한 무리가한두 세대 후 결국 구분선 근처의 애매한 경계 지대 안에 포도밭을 운영하게 된 것은 충분히 납득할 만한 일이었다. 일단 포도가 다 자라자 거주지 고리에 와인을 팔려고 한 것도 마찬가지였다. 초기 시장은 고급 감식가와 식당이었기 때문에, 크레이들 같은 장소에 상업적 연줄을 만들기 위해서는 청소 잘하고, 예의 바르고, 옷 잘 입는 씨족 사람이 필요했다.

바드가 그 말을 하자마자 캐스 2의 마음속에 대체로 그런 그림이 떠올랐다. 타이나 벨레드, 그리고 다른 사람들도 마찬가지였을 것이다. 그러나 "그러면 우리가 만난 적이 없는 이유가한 가지는 설명되는군요."라는 타이의 말과 바드가 "그러면 다른 설명도 생각하고 있었습니까?" 하고 대답을 회피한 것은 여전히 어딘가 어색하고 마음에 걸렸다. 타이는 바드의 이야기에의문을 제기하려던 것이었을까? 아리안이 그 네오앤더인을 바라볼 때 얼굴에 떠오르는 표정은 별로 따뜻하다고 할 수 없었다. 그러나 줄리아인이니 당연히 의심이 많을 테고, 표면에 나타나는 것과 다른 설명을 찾으려고 할 것이다.

타이도 알아챈 것 같았다. 그의 눈길이 아리안과 바드 사이를 오갔다.

바드는 타이를 쳐다보고 미소 지었다. 커다란 윗입술이 뒤로 말리면서 위턱에 줄지어 난 누리끼리한 돌멩이 같은 에나멜질 이빨을 드러냈다. "우리 세븐이 함께 시간을 보내는 동안 나와 티우라탐이 다채롭게 이야기할 기회는 많을 거라고 장담합니다. 우리 가족이 표면에서 수십 년 동안 해온 일에 대해서 말이죠."

질문에 대한 대답은 아니었다. 하지만 그럴듯한 대답이었고, 꼭 이야기를 해야 한다면 티우라탐 레이크의 배경도 랭고바드만큼이나 복잡하다는 점을 분명히 하면서 문제를 빗겨가는 말이었다. 세븐의 다른 사람들도 정밀 조사를 받아야 할지 모르는데 왜 그렇게 그 네오앤더인에게만 호기심이 많은지 은연중에 드러냄으로써, 죄책감을 자극하는 효과도 있었다.

아리안은 의자 깊숙이 앉아 손톱을 들여다보는 척했다. 그녀는 조금도 만족하지 않았다. 잠깐이라도 줄리아인의 사고방식을 추측해보려고 애쓰면서 캐스 2는 그녀에게 랭고바드가 어떻게 보일지 상상해보았다. 맨손으로 생물을 죽일 수 있으면서 동시에 사회적 상호작용을 대단히 잘할 수 있도록 미친 사람들이 선택적으로 번식시킨 생물로 보일까?

"나야 나 자신이지요." 타이가 말했다.

"나 자신이란 게 뭔데요?" 아리안이 물었다.

"바텐더요. 새로 지인이 생기면 언제나 기쁩니다." 그는 바 쪽을 머리로 가리켰다. "손님들에게 음료를 드리는 것도 좋아하죠. 목마른 분 계신가요?"

목마르다는 사람은 아무도 없었다.

"음료수 말입니다." 타이가 덧붙였다. "우리 모두 지식에 목말라 있는 건 당연하니까요."

닥은 그 말이 마음에 든 것 같았다. "여러 방면의 지식 말인가, 티우라탐?"

"오, 제가 여러 방면에 지식을 가진 사람이었다면 스트롬니스에 살고 있었겠죠." 타이가 말했다. "사실을 모으는 수집가였다면요. 아뇨, 저는 더 실용적인 쪽을 좋아합니다."

"우리가 왜 여기 모였는지 궁금하다는 뜻이군." 닥이 말했다.

타이는 그 질문이 매우 노골적이었음을 깨닫고 한때 금빛 눈썹이 있었을 자리에 위치한 흉터 봉우리를 치켜올렸다. "그 이야기를 해주고 싶으시다면, 저도 듣고 싶습니다." 그는 인정했다. "아니라고 하셔도, 뭐, 어떤 시점까지는 기꺼이 여행에 따라가겠습니다."

닥은 이제 테이블 맞은편 아리안 쪽을 보았다. 그 태도를 보고 캐스 2의 머릿속 기계가 달그락거렸다. 닥은 그 모임의 주재를 아리안에게 넘기고 있었다. 아리안이 책임자라고 말하면 너무 지나친 추측이겠지만, 그녀가 누군가와 연이 닿아 있는 것 같긴 했다.

"우리 작전은 대부분 지구 표면에서 이루어질 겁니다." 그녀가 말했다. "인디전들을 데려가기 위해 일부러 여기까지 왔다는 사실에서 그 정도는 짐작하셨겠지요." 그녀는 타이와 바드를 슬쩍 보았다. "조사원도요." 그녀가 캐스 2와 벨레드 쪽을 고갯짓으로 가리키며 말했다. 마지막 몸짓을 보고 타이는 냉소적으로 코웃음을 쳤다. 토모프 중위 같은 사람이 조사원이라니, 진심으로 그렇게 생각하다니 믿기 어렵다는 의사를 분명히 보여주는 제스처였다. 아리안은 타이에게 '그런 짓 하기만 해봐.' 하고 말하기라도 하듯 서늘한 눈길을 던지더니 말을 계속했다. "그리고 닥과 메미가 지구 표면과 장기간의 관계를 맺고 있다는 걸 구구절절 설명할 필요는 없을 겁니다."

이제 명단에서 단 하나 빠진 사람은 아리안 자신이었다. 그러나 그녀는 자기소개를 생략했다는 티를 내지 않았다. 모두들 그녀의 직업 — 그것이 무엇인지는 몰라도 — 과 표면이 어떤 관계가 있는지 추측이나 가정밖에 할 수 없었다.

"무엇보다 신중해야 합니다." 아리안이 말을 이었다. "그래서 우리는 크레이들 밖에서 주로 활동하고, 대기권이나 표면의 교통수단을 주로 이용하게 될 겁니다." 로켓선과 볼로, 거대한 채찍 같은 에잇켄-쿠차르스키 장치와 대비되는, 비행기와 지구 표면을 달리는 탈것들을 이용한다는 말이었다. "그렇게 할 수 있을 때면 언제든지, 우리는 걸어서 크레이들을 드나들 겁니다. 소켓에 있는 지하 통로들을 통해서요."

"다음 목적지는……." 캐스 2가 물어보려고 했다.

"카얌베입니다. 이틀 후에 닿습니다." 아리안이 말했다.

"카얌베부터 베링기아까지는 표면에서 여행하게 됩니까?" 캐스 2가 물었다.

타이와 바드 둘 다 호기심에 찬 눈으로 그녀를 바라보았다.

"베링기아 이야기는 한마디도 하지 않았는데요." 아리안이 지적했다.

"하지만 우리가 가는 곳이 그곳이라는 게 뻔하잖습니까." 캐스 2가 말했다. "조사부에서 벨레드와 나, 그리고 다른 많은 조사원들을 보낸 곳입니다. 내가 본 것을 목격한 곳이고, 나는 벨레드에게 그 이야기를 했습니다. 이 일은 전부 그것 때문에 촉발되었지요, 안 그렇습니까?"

"더 오래전부터 준비돼왔던 일입니다. 몇 년 동안요." 아리안이 말했다. "하지만 당신 말이 틀린 건 아닙니다."

"타이는 그 지방 출신이지요. 그의 억양을 들으면 압니다. 바드는 그곳 남쪽에 있는 안티머 출신이고요." 캐스 2가 말을 계속했다.

"그래요, 우리는 카얌베 소켓에서 북쪽으로 향할 겁니다." 아리안이 말했다.

"북쪽으로 아주 멀리 가야 하죠." 타이가 강조해 말했다.

"항공교통을 이용해도 됩니다." 아리안이 그에게 일깨워주었다.

"충분히 커다란 글라이더를 구할 수 있다면, 산악파를 타고 하루 이틀이면 안데스와 시아라, 캐스케이드 산맥 위로 갈 수 있을 겁니다." 캐스 2가 말했다.

"커다란 글라이더를 구하는 건 자신 있어요." 아리안이 말했다.

크레이들의 밑면은 땅에 서서 ─ 더 정확히 말하면 적도에

서서 — 쳐다보는 사람들에게만 보였다. 그것은 평평하면서 동서 운동 방향으로 길게 늘어난 달걀형이었다. 더 자세히 살펴보면, 표면은 대체로 미끈하지만 군데군데 작은 해치들과 주의 깊게 고안된 돌출부, 구멍, 다른 작은 장치들이 자리 잡고 있었다. 표면 사방에 흩어진 이 장치들은, 질서정연한 두뇌들이 그 위에 자리 잡은 도시의 비대칭성이 만들어내는 어려운 문제들 때문에 고심하며 작업했다는 것을 보여주었다. 이런 장치들이 없었다면 표면에는 아무 특색도 없었을 것이다.

새 지구 적도를 따라 통과하는 장소 몇 군데는 땅이 전부 치워지고 평평하게 다져진 다음 강화 콘크리트 패드가 깔렸다. 이런 곳들은 크레이들 밑면과 크기와 모양이 같았고, 크레이들 위의 해치와 구멍에 대응하는 구조들을 갖추고 있었다. 크레이들은 아이가 머리 바로 위에 있게 될 때면 이런 소켓들 중 하나를 골라 깔끔하게 착륙할 수 있었다. 그곳에서 크레이들은 몇 시간에서 며칠 동안 머물며 비품들을 싣거나 내리고, 주변 환경과 교류할 수 있었다. 그러나 크레이들은 언제나 아이의 움직임을 따라가야 했기 때문에, 오래 머무는 일은 없었다. 아이는 언제나 고리 이곳저곳에서 긴급히 해야 할 일이 있었다.

그럴 때 궤도를 도는 밧줄 시스템에 대해 아무것도 모르는 여행자가 숲에서 나오거나 근처 작은 산꼭대기에서 크레이들을 보면 그곳이 정상적인, 그러니까 정지해 있는 도시라고 생각할 것이다. 도시 꼭대기에 위로 높이 굽어 있는 양동이 손잡이는 그런 믿음을 흔드는 중대한 힌트가 되겠지만, 그것만 제외하면 약간 외진 언덕 위의 성채처럼 보일 것이다.

잘 자리 잡은 소켓 몇 군데에는 교외가 생기기 시작했다. 크레이들이 들어올 때마다 활기를 띠는 고리 모양의 마을들이었다. 대부분이 군 기지와 과학 설비, 개척의 전초 기지 같은 분위기를 띠고 있었고, 그런 목적도 갖고 있었다. 이윽고 그런 시설들이 지어지면서 사람들의 마음속에는 늘, 적도 주위에 고리를 이루고 그 고리가 훨씬 위에 있는 거주지 고리와 대응하며, 일단 새 지구가 일반인에게 정착지로 개방되면 중요한 도시로 발전할 것이라는 상상이 자리 잡고 있었다. 영광의 정점에 이르려면 여러 세기를 거쳐 기다려야 하는 현재에 그런 곳을 방문한다는 것은 고상한 취미와도 같았다. 기초가 닦이고 벽의 골조 몇 군데가 짜인 건물 부지를 걸어 돌아다니는 기분을 만끽하는. 건설자나 몽상가, 상상력이 풍부한 사람들만 그런 장소를 좋아했다. 그 밖의 다른 사람들은 거기서 아무것도 보지 못했다.

카얌베와 케냐는 각각 남아메리카와 아프리카에서 가장 가능성 있는 장소에 최초로 지어진 두 개의 소켓이었다. 인구는 각각 만 명 정도였다.

안데스산맥과 적도의 교차점에 있는 화산도 카얌베와 이름이 같았다. 한때는 그곳이 에콰도르에 있었다. 화산도 물론 하드레인 동안 엄청난 폭격을 당했고, 다시 분화한 기간도 있었다. 그러나 이제는 700년 정도 잠들어 있었다. 어쨌거나 카얌베 소켓은 그 산 꼭대기에 있는 가장 활발한 환기구를 교묘하게 피해 지어졌다. 화산 꼭대기에는 다시 눈이 덮였고, 멀리 떨어져 있었기 때문에 어쩌다 크레이들과 제대로 방향이 맞으면 크레이들의 어떤 건물 창에서도 그 경치를 찬탄하며 바라볼 수 있었다.

크로우스 네스트의 탑은 거의 모든 방향의 경치를 볼 수 있었다. 이틀 후, 바 뒤에 서서 수건으로 유리잔에 광을 내던 티우라탐 레이크는 디스펜서 손잡이 사이에서 위를 쳐다보다가 산정상이 미끄러지듯 시야에 들어오는 모습을 보았다. 크레이들이 소켓 속으로 조심스럽게 고도를 낮추자 산꼭대기가 지평선 위로 떠오르는 것 같았다. 크레이들 전체와 이제 윈드스크린 너머로 시야에 들어오고 있는 지상의 고리 도시에서 경적 소리가 났다. 타이는 습관적으로 바지 주머니에 수건을 쑤셔 넣어 다리 위에 매달아놓고 나서 손으로 바를 짚고 몸을 지탱했다. 크레이들 밑면과 그 아래의 대칭 표면은 마지막 1미터를 하강하는 동안 그 사이에 공기 원반이 생겨서 쿠션 역할을 하도록 설계되어 있었다. 그 공기는 말뚝 울타리처럼 위를 겨냥하고 크레이들 주위에 세워진 통풍구를 통해 빠져나갈 수 있었다. 그래서 여느 때와 마찬가지로 공기가 빠져나가면서 내는 포효 소리와 안데스산맥 위의 파란 하늘로 분출되는 습기 기둥을 보고 마지막 도킹이 시작되는 것을 알 수 있었다. 바닥이 아주 부드럽게 요동치면서 바 전체 캐비닛 속에 쌓아둔 유리잔과 식탁 식기들이 서로 달그락거리며 부딪쳤다.

경적과 통풍구가 동시에 조용해졌다. 살짝 열어놓았던 바의 창을 통해 캐피털 힐의 석조 거리에서 관례적인 박수갈채 소리가 드문드문 들려왔다. 그는 시계를 보았다. 정치인과 장성 몇 명이 아침 식사를 하다가 뒤로 몸을 젖히고 도킹 장면을 관찰하며 카얌베 화산의 모습에 찬탄하고는 다시 앞으로 몸을 숙이고 포크를 집어 들며 대화를 재개했다. 크레이들은 방금 새 지구에서 제일 큰 도시가 되었고, 앞으로 24시간 동안 계속 그럴 예정이었다. 크레이들이 대기권 속에서 움직일 때 생기는 돌풍으로부터 이 도시를 보호하기 위해 지어진 윈드스크린 시스템은 이제 더욱 감시 망루처럼 보였다. 옛 도시를 방어하기 위해 과거에 서둘러 만들어졌지만 이제는 단순히 역사적 골동품이자 이웃 간의 경계선으로만 남은 망루였다.

크레이들의 여덟 개 문을 통해 오가는 모든 교통량을 날카롭게 계속 감시하는 것 이외에, 검역부에서는 안팎의 인구가 섞이지 않도록 통제하려는 노력을 전혀 하지 않았다. 크레이들의 지상 방문은 아주 짧기 때문에 도시와 소켓 사이를 오가는 사람들을 모두 멈춰 세워 조사하고 물어본다면 방문 자체가 무의미해질 것이다.

이렇게 완화된 정책 덕분에, 행인이 여덟 개 문 가운데 가장 가까운 곳에서 크로우스 네스트까지 걸어서 가는 데 평균 9분이 걸렸다. 첫 번째 손님은 7분 후 약간 힘겹게 숨을 몰아쉬며 나타나 맥주를 주문했다. 타이가 모르는 사람이었다. 그러나 30초 후 들어온 그다음 두 사람의 얼굴은 낯익었다. 이어 15분이 흐르는 동안, 그곳은 크레이들과 카얌베 양쪽에서 온 단골손님들과 호사가들로 가득 찼다. 이처럼 손님이 몰려드는 일에 아주 익숙한 타이의 직원은 뒤쪽 방들을 열기 시작했다. 증원한 요리사들이 뒤쪽 입구로 들어와 전날 밤 준비해놓았던 미장플라스(영업장 준비)를 사용하기 시작했다.

다시 말해서, 모든 것이 순조롭게 굴러갔다. 타이는 여러 모로 흡족했다. 타이가 유리잔 광내는 일만 제외하고 아무 간섭을 하지 않아도 소켓에서 몰려드는 손님들을 수용할 수 있는 크로우스 네스트의 능력은 어떤 의미에서 그가 세운 필생의 업적이었다. 그는 이곳에서 할 수 있는 모든 일을 했었다. 바닥 청소부터 시작해 계속 승진하여, 점점 그런 일을 더 잘 할 수 있는 사람들을 골라 일을 맡기는 법을 배웠다. 말하자면 그는 바의 실무를 놓지 않고 직원들과 인간적 접촉을 유지하기 위해 언제나 바닥 청소와 유리잔 닦는 일을 하면서도 더 높은 정신적 활동을 하는 수준으로 발전했다. 그의 진짜 직업 — 오너들이 돈을 주는 일 — 은 인간의 모습을 관찰하는 것이었다. 그는 그날그날 이곳의 벽 안에서 매우 풍부하게 나타나는 모습들을 관찰했다.

그런 의미에서 그는 인간의 모습을 신중하게 조작하는 사람이기도 했다. 때로는 사람들을 내쫓고, 또 때로는 매끄럽고 유머러스한 태도로 사람들을 잘 설득해 자신들이 유도당한 줄 모르고 자리를 떠나지 않게 하고, 불편해 보이는 사람들에게는 환영받는다는 느낌을 주기도 했다. 이런 것들은 바닥 청소만큼이나 기본적인 바 운영법이었다. 다른 직원들도 거의 타이만큼 그런 일을 잘할 수 있었다. 다시 말해 타이는 크로우스 네스트를 충분히 건강하고 원기 왕성한 유기체로 키워왔기 때문에, 몇 주 심지어 몇 달 동안 그가 자리를 비우더라도 그곳은 심각한 피해를 입지 않았다. 어떤 면에 있어서는 그가 때때로 떠나는 '휴가'가 해가 되기는커녕 사실 더 유익했다. 돌아왔을 때

보통 그가 없는 동안 직원 몇 명이 능력을 발휘해 더 완벽하고 효율적인 인간이 된 것을 발견하기도 했기 때문이다. 지금 당장 이 바에서 영원히 사라진다 해도 그가 없어서 딱히 아쉬워할 사람은 하나도 없을 거라고 확신했다. 그러나 그곳은 문자 그대로 그의 집이었고 — 그는 그 뒤 건물 아파트에 살았다 — 오너들은 그가 남아 있는 쪽을 더 좋아했기 때문에, 그가 이곳을 떠나게 될 것 같지는 않았다. 티우라탐 레이크가 모든 인간 종족을 통틀어 그들의 의견에 관심을 갖는 사람들은 아주 드물었는데, 오너들이 바로 그런 사람들이었다. 그들은, 그가 장기 휴가를 받기로 한다면 일 년 동안 자리를 비워도 크로우스 네스트에는 이익이 될 것이라고 지적했다. 신선한 시각을 가지고 돌아와 얼마나 유익한 변화가 이루어졌는지 금방 알게 되리라는 의미에서였다.

그러나 그는 오너들 눈에 그 사업이 갖는 진정한 가치는 자본이익률이 아닐 것이라고 생각하고 있었다. 이익으로만 따지면 0에 가까울 것이다. 심지어 그곳을 유지하는 데 의외로 막대한 손실을 감수하고 있는지도 몰랐다. 타이는 매달 장부를 보고 장부의 숫자를 서류 한 장으로 압축해 볼트 홀에 가져가서, 오너 대리인에게 테이블 너머로 슬쩍 밀어주었다. 오너들은 그 이야기를 거의 하지 않았다. 일 년에 한 번 어떤 숫자에 대해 질문 한 가지 정도 할 수는 있었지만, 그렇다 해도 자기들이 주의를 기울이고 있다는 것을 그에게 알리기 위한 방법일 뿐이었다. 오너들은 크로우스 네스트의 가치를 일부는 문화 시설로, 또 일부는 바에서만 볼 수 있는 중요 인사들의 생활과 생각, 행동에 대한 정보에 접근하는 길로 보고 있었다.

그는 일부러 격식 차려 작별 인사하는 것을 좋아하지 않았다. 특히 직업적인 맥락에서는, 호들갑스럽게 휴가를 떠나면 그의 출타가 중대한 일이기 때문에 직원들이 가게를 계속 운영하지 못할 수도 있다는 암시가 될 수 있었다. 그래서 몇 분 동안 ─ 자기가 그곳에 있다는 것을 알리는 정도로만 오래 ─ 카얌베의 지도적 인물들과 유명 인사 몇 명과 함께 시선을 주고받거나 이야기 또는 농담을 주고받은 후 그는 주머니에서 수건을 꺼내 손을 닦고 바 아래 있는 세탁물 투입 장치에 넣었다. 그러고는 그 장치가 막히지 않았나 확인할 때까지만 그곳에 잠시 머물러 있었다. 그러나 그런 일이 생긴 적은 한 번도 없었다. 그것을 확인하고 만족한 그는 바 모퉁이를 슬쩍 돌아 창가의 테이블로 걸어갔다. 테이블 주위로는 아리안, 캐스 2, 벨레드가 방금 원기 왕성하게 아침 식사를 끝내고 빈 접시를 밀어놓고 있었다. 타이는 거의 하루 종일 공중에서 보낼 예정일 때 늘 그러듯이 한 시간 전 가볍게 아침을 먹었다. "저희가 알아서 치우지요." 그가 말했고, 모이라인과 테클라인은 형식적으로 감사의 말을 했다. 아리안은 꿰뚫어보는 듯한 인상을 주려는 시선을 던진 다음 고개를 끄덕였다. 줄리아인들의 번잡한 정신은 타이를 지치게 만들었기 때문에, 그는 그들의 미로 같은 사고방식에 끌려 들어가지 않으려고 했다. 이 아리안이라는 사람은 그와 오너들을 조사하기 위해 정보부 쪽에 가진 연줄을 몽땅 사용했을 테고, 세븐에게 공짜 음료와 식사를 제공하는 동기가 무엇인지 추측 끝에 온갖 결론 ─ 아마 틀린 결론이겠지만 ─

을 이끌어내고 있을 것이다. 아리안이 첩보 쪽에서 일하는 것은 명백해 보였다. 그는 전쟁 동안 그런 사람을 많이 봐왔기 때문에 그들의 방식을 알았다.

이제는 나머지 사람들도 크로우스 네스트에서 돌아다닐 수 있었지만, 그가 길안내를 해야 한다는 암묵적인 기대가 있었다. 부분적으로는 결국 그곳이 그의 시설이기 때문이지만, 지구 표면 어디에 떨어졌다 해도 그들은 그가 선봉에 서주기를 기대했을 것이다. 어쨌든 그것이 다이나인들의 일이었기 때문이다. 이와 비슷하게 종족에 대한 기대에 부응해서 벨레드는 후위를 맡았다. 깊이 뿌리내린 예의와 습관 때문에 다른 사람들에게 "먼저 가시죠."라고 말하는 탓도 있었지만, 어떤 적이라도 진형의 후위를 공격할 때 돌아서서 교전할 사람이 그였기 때문이다.

타이는 너무 일찍 취해버린 카얌베 코머상트 회의소 회원에게 붙잡힐까봐 성큼성큼 걸었다. 잠시 후 그들은 손님에게 공개되지 않은 장소로 들어가서는 벨레드의 어깨가 간신히 들어갈 만큼 좁고 비비 꼬인 계단을 내려가 복합 건물 중심에 있는 삼각형 안마당에 닿았다. 그곳의 열대 꽃들은 안데스산맥의 매섭고 흰 햇빛 속에서 보석처럼 빛났다. 거리로 통하는 커다란 문 근처에서 작은 택시 네 대가 그들을 기다리고 있었다. 크레이들이 높이 떠 있을 때는 도시 안에 지상 차량이 거의 없었다. 그러나 소켓에 들어올 때마다 몇 분 내 크레이들의 거리에 들어올 수 있을 정도 크기의 온갖 차량이 무더기로 그곳을 침공했다. 어떤 차는 아이에서 지구 표면 소비자들에게 갈 물건을 옮겨 싣거나 새 지구의 생산물을 크레이들로 수입하는 화물 차량들이었다. 다른 차량은 소켓의 고리 도시나 내륙 지방으로 사무를 보러 가는 승객들을 날랐다. 닥을 도와줄 장비 상자들이 차 지붕 위 짐칸에 묶여 있고 그랩이 서둘러 따라갈 태세를 갖춘 것을 보니 한 대에는 이미 닥과 메미가 타고 있었다. 바드는 두 번째 택시에 올라타 낮고 구부정한 자세로 앉았다. 네오앤더인은 드물기 때문에 주의를 끌거나 호기심을 불러일으킬 수 있었고, 아리안이 그런 일을 원하지 않는 것도 분명했다. 크로우스 네스트에서도 그는 다른 사람과 함께 어울리지 않고 자기 방에 틀어박혀 있었다. 아리안이 그 택시에 함께 탔다. 벨레드가 택시 한 대에 혼자 타는 쪽이 모두에게 편하다는 건 말할 필요도 없었다. 그래서 벨레드가 한 대에 탔고, 타이와 캐스 2가 마지막 택시에 탔다.

닥과 메미가 탄 택시가 떠나고 몇 분 후 아리안이 기사에게 가도 좋다고 말했다. 타이가 조바심을 내며 자리에서 꿈지럭거리는 바람에 캐스 2를 약간 밀쳤다. 크레이들 규격에 맞는 택시들은 숄더 룸이 그렇게 크지 않았다.

"저 여자가 뭘 하고 있는 것 같은가요?" 캐스 2가 물었지만, 대화를 하기 위한 말일 뿐이었다. 둘 다 그녀가 무엇을 하고 있는지 아주 잘 알고 있었다.

"택시 네 대로 된 캐러밴이 크로우스 네스트를 떠나 돌아오지 않는다니, 저 여자가 보기에는 너무 의심스러울 텐데." 타이가 말했다.

"적어도 길을 잃지는 않겠네요." 캐스 2가 말했다. 그녀는 고개를 낮게 숙이고 창밖을 내다보았다. 도시의 북쪽 하늘을 바라보자 길게 비쳐 들어오는 햇살에 그녀의 눈이 빛났다. 녹색과 갈색이 두드러지는 홍채 속에서 노란 빛이 반짝였다. 어떤 모이라인들처럼 샛노란 고양이 눈을 갖고 있지는 않았지만, 조상 중에는 그런 사람도 약간 섞여 있었다. 그녀는 타이가 자신을 바라보고 있음을 눈치챘지만, 그것을 의식하고 있다는 티를 내지는 않았다. 그는 그것을 높이 평가했다. 그녀는 바로 다음 목적지인 에잇켄 루프를 보고 있었다. 여전히 작동한다는 가정하에 ─ 작동이 중단되었다면 그녀는 다른 반응을 보였을 것이다 ─ 에잇켄 루프는 도시 외곽, 대체로 지하에 있는 플링크 창고에서 나와 위로 올라갔다. 그 창고들은 안데스산맥을 오르내리는 항공기들이 들어갈 격납고와 유지시설에 둘러싸여 있었다.

"필요한 건 다 챙겼습니까?" 타이가 물었다. "하루가 길게 느껴질 텐데요."

"곧 지나갈 겁니다." 캐스 2가 이의를 표했다. "나는 바쁠 테니까요. 당신이야말로 지루해서 하루가 길게 느껴질걸요. 책이라도 갖고 왔나요?"

"나에게는 사람들이 책이지요." 타이가 말했다. "하지만 사람들이 모두 잘 때를 대비해 두 권 갖고 왔습니다."

가벼운 농담으로 하려던 말이었지만, 캐스 2의 얼굴이 어색해졌다. 그가 모이라인에 대해 종족 차별적인 농담을 한 것이 아닌가 생각하는 모양이었다. "이런 성가신 습관은 많은 사람들이 갖고 있는 것 같더군요." 그가 덧붙였다.

연달아 택시 두 대가 가는 것으로는 아리안의 불안을 일으키기에 충분하지 않았는지, 벨레드가 탄 택시와, 타이와 캐스 2가 탄 택시는 나란히 출발해 행인이 붐비는 거리를 누비며 전진했다. 처음에는 발로 걷는 편이 더 빠를 것 같았다. 그러나 차량 게이트를 빠져나와 카얌베 거리로 들어서자 길이 확 트였고, 사륜차량 전용으로 특별히 만들어진 도로로 갈 수 있었다. 그곳은 타이의 기억보다 더 누추해 보였는데, 그가 관광객의 눈으로 그곳을 보고 있어서일지도 모르겠다. 크레이들의 세련된 사람들은 야생 동물처럼 모여 있는 로봇들이 우스울 정도로 크고 낡았으며, 그곳 사람들 또한 우쭐한 시골뜨기 같다고 생각할 것이다. 다시 말해서 타이 같은 사람들, 그러니까 거주지 고리에 머물며 규칙에 따라 살아갔던 조상이 있고 닥이나 닥의 후계자가 새 지구 개막식을 하고 개척민들이 오도록 허락하는 순간을 참을성 있게 기다리는 사람들은 수녀와 인디전에 대해 복잡한 감정을 갖고 있었다. 한편으로 그들은 영리한 조정자이자 재간꾼으로 보였다. 동시에 그들은 고립된 시골뜨기들이기도 했다. 타이는 그 이미지의 양면을 이용하는 법을 배웠다. 고리에서 온 이방인이 당신을 순진한 촌놈으로 여긴다면, 많은 정보를 흘리고 나서야 진실을 알게 될 것이다. 그리고 당신이 농간을 부릴 거라고 예상하는 사람은 진실하고 소박한 태도를 보여주자마자 경계심을 거둘 것이다.

여러 개의 플링크 ─ 날아다니는 자동 사슬 고리들 ─ 를 합쳐 긴 사슬을 만들고, 사슬 앞뒤를 연결해 끝없는 고리를 만든 후, 각자 뭉툭한 윙릿[21]으로 양력을 생산하는 작은 비행기들로 된 기차처럼 고리 전체를 공중에서 움직이게 만들면 '에잇트 레인'이라는 물건이 생긴다. 옛 뉴욕 주민이라면 '에이 트레인' 이라고 발음했을 것이다. 아주 오래된 개념이기 때문에 시간이 흐르면서 그 단어의 어원은 모호해졌다. 첫 단어의 r이 생략된 '에어 트레인air train일 수도 있고, '에잇켄 트레인'의 준말일 수 도 있었다. 여기 있는 것처럼 고정 에잇트레인일 때도 있었다. 고정 에잇트레인은 고정된 설비를 지나며 상당한 고도까지 올 라간 다음 방향을 바꾸어 아래로 도로 급히 떨어져 또 한 번 순 회했다. 그러나 에잇트레인은 공중에서 마음대로 날 수도 있었 다. 이것은 진스나 지니스라고 알려진 아이다인의 커다란 두뇌 를 활용하는 황당한 기술이었고, 레드만 그 기술을 사용했다.

아리안의 지령에 따른 것이겠지만, 그들은 순환로로 들어가 에잇트레인 역으로 가서, 지붕에 커다란 Q 자가 적혀 있는 격 납고 주위를 넓게 돌아갔다. 캐러밴은 군사지역 가장자리에 있 는 아무 표시 없는 격납고에서 다시 모였다. 타이는 '완전히 조 사부 쪽도 아니고 완전히 군대 쪽도 아닌' 스타일의 전형적인 예라고 생각했다. 인간 직원은 없고 10인승 대형 글라이더 날 개 끝에 하나씩 배치된 특수 그랩 두 대가 전부였다. 세븐이 타 기 적당한 공간이었다. 적어도 타이는 그렇게 생각했다. 하지 만 글라이더에는 수수께끼의 장비 상자들이 미리 적재되어 있 었다.

---

21 윙릿winglet: 비행기 날개 끝에 부착하는 작은 날개.

캐스 2는 글라이더 주위를 느리게 돌아 올라타더니 문을 닫고 여행 기간 동안 엎드려 지내게 될 카우치 위로 올라갔다. 그녀가 소변 채집 시스템을 반듯하게 펴는 동안 다른 사람들은 모두 예의를 지켜 눈을 다른 데로 돌렸다. 캐스 2의 앞에는 지름 1미터가 넘는 유리 돔이 있었는데, 비행기의 선수 역할을 할 곳이었다. 벨레드와 바드는 승객 칸 뒷줄의 반대 창가에 앉았다. 닥은 앞줄 복도 쪽에 앉았는데, 캐스 2의 엉덩이 너머로 돔 밖을 가장 잘 볼 수 있는 곳이었다. 메미는 그 옆 창가 자리에 앉았고 아리안은 닥의 복도 맞은편 자리를 차지했다. 타이는 동체 중간부 몇 자리를 골랐다. 그는 아리안이 언제나 닥 옆에 앉고 싶어 한다는 것을 눈치챘다. 그가 질투심이 많거나 유명한 과학자와 긴 대화를 나누기 좋아하는 사람이었다면 아리안이 닥을 독점하려는 태도 때문에 화가 났을 것이다. 그러나 그는 그것이 재미있다고 생각했고, 닥이 언제쯤 그녀를 다른 자리로 쫓아내고 다른 사람과 이야기를 하려고 할지 궁금했을 뿐이다.

글라이더가 움직이기 시작했다. 캐스 2가 날개 끝을 잡고 있는 그랩들에게 글라이더를 어디론가 가져가라고 명령했기 때문일 것이다. 플링크 차고로 들어가는 경사로를 내려가자 글라이더 선수가 아래로 기울어졌다. 건물은 시끄러웠다. 그 안에서 똑같은 로봇 수천 대가 혼란스러우면서도 질서정연해 보이는 방식으로 정신없이 움직였다. 벌집을 들여다보는 느낌과 비슷했다. 이와 같은 지상의 환상環狀 시스템에 사용되는 플링크는 공기역학적으로 만들어져야 했기 때문에, 플링크의 내골격은 커다란 탄알같이 뭉툭한 코를 가진 얇은 플라스틱 정형整形 원통 아래 감추어져 있었다. 범용 연결부가 이쪽저쪽으로 자유롭게 구부러질 수 있도록 중앙부에 가는 허리 부분이 있었다. 플링크는 하나하나가 지름 반 미터 정도였고, 길이는 2미터에 몸집이 큰 사람 두 명의 무게가 나갔다. 바닥에 놓여 있는 플링크들은 아무 힘도 없었으므로 그랩들이 올바른 방향을 잡은 다음 통처럼 굴려 옮겼는데, 그 장면은 개똥벌레 무리가 열심히 일하는 모습과 비슷해 보였다. 그런 이동의 전체적 목적은 플링크들을 홈통 방향으로 날라 자연스럽게 줄을 세워 넣는 것 같았다. 그러면 플링크들이 짝을 지어 짧은 사슬이 된다. 홈통에는 방향 전환소의 열차들처럼 사슬 부분을 앞뒤로 쉽게 미끄러지도록 만드는 롤러 베어링이 달려 있었다. 기계가 작동하는 동안 짧은 사슬들은 이런 식으로 에잇트레인에 들어가거나 빠질 수 있었다. 말하자면, 그 시스템은 사슬들을 빠른 속도로 똑바로 공중에 쏘아 올렸다가 아래쪽 다리 위에서 도로 빨아들이는 것 같았다.

'기계로서는 쉽지만 사람은 상상도 할 수 없는' 이런 활동을 통해, 글라이더 선수 위에 달린 연결기가 플링크 사슬의 꼬리 쪽과 맞물렸다. 사슬은 곧 위쪽 다리에 연결되었다. 플링크 격납고 안에서 빠르게 속도를 얻은 글라이더는 빛 속으로 나오자 위로 날카롭게 솟아올랐고, 글라이더는 사슬에 끌려 수직으로 올라가기 시작했다. 꼬리 쪽에는 아무것도 연결되어 있지 않았다. 고리 한쪽을 일부러 절단한 것이다. 그래서 이제 그 시스템은 에잇켄 루프가 아니라 수직으로 선 채찍이 되어, 크닉슈텔이 꼭대기에서 하늘 쪽으로 퍼져 나가며 글라이더를 더욱 빠르게 가속시켰다. 이제 등을 대고 누운 채 타이는 캐스 2의 어깨 너머로 위를 똑바로 바라보다가, 앞쪽 플링크 동체에 붙어 있는 작은 기체역학적 날개들을 보았다. 이 날개들은 사슬 속에 있는 수천 개의 다른 플링크에 전부 붙어 있는 다른 날개들처럼 채찍이 제대로 배열되도록 미세 조정을 했다. 그 결과 잠시 후 글라이더는 찰칵 소리를 내며 꼭대기에 올라섰고, 마지막 플링크와 연결된 부분이 끊겼다. 몇 초 후 기체는 2천 미터 위로 똑바로 끌려 올라가 시속 몇백 킬로미터 속도로 채찍에서 풀려나왔다. 한편 사슬을 이루던 플링크들은 모두 앞뒤 연결이 분리되었고, 그러면서 사슬이 전부 해체되어 같은 부품들이 서로 다른 방향을 향한 채 직선 모양의 구름처럼 놓였다. 각각의 플링크들은 자기가 높은 곳에 혼자 떨어져 있다는 것을 감지하고, 자동적으로 커다란 꼬리날개를 펼쳐 총탄 모양에서 배드민턴 셔틀콕 모양으로 변했다. 플링크들은 종단 속도[22]까지 신속하게 느려진 다음 코를 아래로 향하고 땅으로 떨어지기 시작했다. 날개가 가볍게 기울어지자 플링크들은 단풍나무 씨처럼 회전하면서 더 천천히 내려왔다. 이런 식으로 플링크들은 전부 플링크 격납고 바로 옆 공터에 낙하하기 시작했다.

그들은 이미 그 장소를 훨씬 뒤에 남기고 떠나왔기 때문에, 이런 장면은 모두 타이의 상상 속에 그려진 것이었다. 그러나 그것은 에잇트레인 항구에서 하루에도 여러 번 이루어지는 기

---

22 종단 속도terminal velocity: 물체가 유체 속에서 외력을 받아 움직일 때, 외력과 유체의 저항력이 균형을 이루는 속도.

본 작동이었기 때문에 그는 그것을 여러 번 본 적이 있었다. 플 링크들을 다른 방식으로 조직하면 궤도를 도는 볼로와 높은 고도에서 마찬가지로 쉽게 랑데부할 수 있었고, 비행기를 잡아 창고 속이라는 안전한 안식처로 끌어내릴 수도 있었다.

처음 반시간 동안은 캐스 2가 이쪽저쪽으로 좋고 나쁜 기류를 가늠하면서 갑자기 기동을 할 때 타이의 속도 약간 울렁거렸다. 동력 비행기에 익숙한 사람들은 예측 불가능한 글라이더 비행에 적응하기 어려운 경우가 많았다. 그러나 전에도 글라이더에 타본 적 있는 타이는 캐스 2가 올바른 길을 찾고 있을 뿐이라는 것을 알았다. 안데스산맥 꼭대기 위쪽 대기권 안에 보이지 않고 떠 있는 산악파 속으로 들어갈 길을 찾아야 했다. 멋대로 요동치던 기체가 멈추고 의자 등받이 쪽이 그의 몸을 앞으로 밀면서 가속이 뚜렷이 느껴지자, 그녀가 길을 찾아냈다는 것을 알았다. 이제 그들은 시속 300킬로미터 정도 속도로 북쪽을 향해 기복이 없는 꾸준한 여행길을 가고 있었다. 이후 캐스 2가 할 일은 라이더 강화 센서로 앞길을 조사하고 거친 에어포켓을 피하기 위해 미세 조정을 하는 것이었다.

모두들 약간 노곤해져서 책을 읽거나 잠을 잤다. 타이의 두어 줄 앞에서 두 자리를 대부분 차지한 사람은 벨레드 토모프였다. 그는 청백색 눈을 반쯤 감고 멍한 휴식 상태에 있었지만, 대체로 창밖을 내다보았다. 지평선에 시선을 고정하는 방식으로 멀미를 예방하려고 하는 것 같았다. 어쨌든 사람을 대하고 싶은 기분은 아닌 듯했다.

세븐의 첫 모임 이후 연달아 함께 식사를 하면서, 타이는 캐스 2와 벨레드가 최근 베링기아에서 마친 임무를 모호하게나마 종합해 그려볼 수 있었다. 벨레드는 전형적인 조사관 이미지를 유지하려는 것 같았지만 다행히 이제는 그러지 않았고, 닥은 공공연하게 그를 토모프 중위로 불렀다.

군은 세 개의 커다란 그룹으로 나누어져 있었는데 버튼 푸셔,[23] 그라운드 파운더,[24] 스네이크 이터였다. 벨레드가 버튼 푸셔가 아닌 것은 확실했다. 그곳은 아이비인이나 심지어 카밀라인까지도, 숫자야 어떻든 들어갈 수 있는 유일한 부대였다. 그러면 범위는 그라운드 파운더와 스네이크 이터로 좁혀졌다. 그라운드 파운더는 지구 표면 경계선을 따라 커다란 대형으로 배치되는 일반병력이었다. 일반병력이라고 보기에 그는 너무 엘리트 같았다. 그렇다, 벨레드가 그라운드 파운더일 리는 없었다. 어쩌면 유별나게 몸집이 크고 강한 GP일지도 모르지만, 스네이크 이터일 가능성이 더 컸다. 스네이크 이터는 GP를 마치고 특수부대로 승진한 병사들이었다. 부대에는 각자 비공식적인 이름이 붙었다. 퀴드(Queeds, 검역과 구류, Quarantine Enforcement and Detention), 필리(Feelies, 전방 첩보국, Forward Intelligence), 저크(Zerks, '버서커'의 줄임말). 퀴드는 단연 가장 지위가 낮았다. 그들은 국내 분쟁을 진압하기 위해 소환되는 폭동 진압 경찰이기 때문에 경원시당했지만, 사람들에게 말썽을 부리지 말라는 의미로 문 근처에서 경비를 서는 일이 더 많았다. 그들의 지성

---

23 버튼 푸셔Button Pusher: 원래는 '군내 부정 대리투표자'를 뜻하는 말이지만, 작중에서는 부대 이름이다. 임무가 따로 서술되어 있지 않다.

24 그라운드 파운더Ground Pounder: 보병, 일반병.

과 도덕성에 대한 대중적 평가는 아주 박했다. 그런 사람이 세븐에 선택될 이유를 알 수 없었기에, 타이는 그가 퀴드가 아닐 거라고 생각했다. 전방 첩보국 쪽이 더 어울렸고, 게다가 벨레드가 최근 지구 표면에서 소환되었다는 사실을 알고 있었기 때문에 그쪽이 더 가능성 있는 추측이었다. 표면에서 그는 필리의 전형적 임무로 보이는 일을 수행하기 위해 움직였다. 벨레드가 적어도 하나의 RIZ 근처를 지나왔고, 자신을 노출시키지 않은 채 그곳 주민들을 관찰했다는 사실도 참고할 수 있었다. 그것은 필리들에게 적합한 일이었다. 타이가 벨레드를 전형적인 필리로 보지 않은 이유는 그의 체격뿐이었다. 이 때문에 그는 벨레드 토모프가 저크일 가능성도 희박하게나마 열어두었다. 그러나 실낱같은 가능성일 뿐이다. 대중오락물에 나오는 이미지와는 반대로, 저크라고 해서 전부 거대한 근육질은 아니기 때문이다. 대부분은 눈에 띄게 몸매가 좋거나 보통 체격이었다. 저크는 통합된 병력이 아니라 소규모 부대들의 집합이었다. 각 부대는 특수 활동을 하기 위해 훈련받고 그에 맞는 장비를 갖추었다. 그런 활동에는 우주복을 입고 무중력 상태에서 싸우기, 수중전, 팟을 타고 하늘에서 낙하하기, 심지어 도시전설에 나오는 복면자객 같은 것도 있었다. 지금까지 벨레드 토모프는 그런 전문기술을 가지고 있다는 티를 전혀 내지 않았다. 멀미를 피하기 위해 한 행동을 보면 그는 공중 작업에 익숙하지 않은 것 같았다. 어떻게든 추측을 해본다면, 타이는 그가 그라운드 파운더로 출발해 지구 표면 경계 지대에서 오래 시간을 보내다가 뛰어난 실적을 보여 크게 승진했고, 지구 표면을 몰래 돌아다니는

데 특화된 소규모 저크 부대에 들어갔다고 말할 것이다.

생활인의 증거를 보여주는 사람은 랭고바드뿐이었다. 며칠 동안 숙소에만 틀어박혀 있던 것만 봐도 알 수 있을 것 같았다. 타이는 뒤로 자리를 옮겨 랭고바드 옆에 앉아, 안티머에 있는 씨족의 포도밭에 대해 물어보았다. 크레이들의 바텐더가 물을 만한 타당한 질문선상의 이야기였지만, 어색한 분위기를 깨기 위한 말이라는 것을 두 사람 다 알고 있었다. 그래도 바드는 매우 즐거워하며 장단을 맞추었고, 고향의 화산토 이야기를 얼마간 했다. 테리폼이 지난 몇 세기 동안 그 땅을 죽은 광석 무더기에서 생태계로 바꾸었고, 자기 조부모가 블루와 레드 양쪽의 여러 식물원에서 포도넝쿨을 밀수해 내려간 이야기, 넝쿨을 기르기 위해 토양을 어떻게 개조해야 하는지 알아내는 도중 겪은 여러 가지 불운에 대한 이야기였다. 그 이야기에는 그들이 네오앤더족 이외 사람들과 함께 일했다는 암시가 내포되어 있었다. 완전히 레드 안에서만 했다고 해도, 지구 표면으로 무허가 식물을 밀수하는 일은 네오앤더족에게 아주 위험했다. 블루 쪽에서 네오앤더는 비합리적일 정도로 의심을 받았다. 불법활동에 연루되지 않았을 때에도 걸핏하면 Q에 구류되어 조사받을 정도였다. 타이가 그 점을 지적하자 바드는 고개를 가로저으면서도 그렇다고 말했다. '물론 당신이 본 게 맞지요'라고 말하는 것 같았다. 국경에 따라 배치되었지만 십 년 넘게 전적으로 평화로운 시절을 보낸 그의 종족 사람들은 시간이 지나면서 블루 쪽의 동족들과 화기애애한 관계를 맺게 되었다. 여러 가지 물품을 교환해 양쪽 식단을 더 풍성하게 만드는 일부터 시작해서 소풍, 체육대회, 그리고 지루함을 덜 수 있는 여러 다른 방법들로 발전했다. 테클라인들 ─ 그는 깊은 잠에 빠진 벨레드 쪽을 흘끗 확인하고 말해주었다 ─ 은 쌀쌀맞았지만, 그의 종족 사람들과 다이나인은 언제나 사이가 좋았다.

이 말의 역사적 진실성을 의심할 이유는 없었지만, 타이는 바드가 그 이야기에 다른 뜻도 숨기고 있다는 것을 알았다. 친구가 되자는 접근이었다. 확실히 다이나인과 네오앤더인에게는 서로 이해할 만한 바탕이 여러 가지 있었다. 양쪽 다 크레이들이라는 세련된 환경에서 생활 터전을 닦았지만 여전히 지구 표면과 관계를 유지하고 있는 인디전이었다. 그들에게는 제2의 천성이지만 대체로 거주지 고리에서는 꿈같이 드문 관계였다.

"아, 다행이군요. 저는 자랄 때 당신들을 죽을 만큼 무서워하도록 교육을 받았지요."

"물론 그랬겠죠. 경계에서 얼마나 먼 곳에서 자랐나요?"

바드가 말하는 경계는 166도 30분 선이 베링기아를 가로지르는 장소를 뜻했다. 안티머의 남쪽과 비슷한 경계 지대였다. 서쪽 혹은 레드 쪽은 옛날 시베리아와, 동쪽 혹은 블루 쪽은 알래스카와 대응했다. 하드레인으로 두 대륙이 다시 합쳐졌지만, 그다음 상상의 선으로 분할되었다는 것이 아이러니였다.

"아, 우리는 여기저기 옮겨다녔습니다." 타이가 말했다. "당신들과 달리 우리는 그곳에 있을 만한 합법적인 구실이 없었으니까요."

타이가 자기 질문에 제대로 대답하지 않자, 몸집이 거대하고 표정이 매우 풍부한 네오앤더인의 얼굴에 약간의 실망감이 비쳤다.

"경계선에서 너무 가까워 그곳에 배치된 블루 쪽 부대에 체포당할 위험도 있었지요. 아니면 네오앤더 공격조에 잡혀 먹히거나요." 타이가 농담을 던졌다.

그것은 바드를 평생 적으로 만들거나, 타이가 정말로 그를 이해하고 있다고 설득하거나, 어느 쪽으로도 작용할 수 있는 고약한 농담이었다. 대화로서는 위험한 도박이었다. 하지만 어떻게 보면, 타이는 아직 설명을 듣지 못한 임무를 수행하러 가는 여섯 명의 이방인들과 함께 글라이더에 갇혀 있었다. 짐은 아무 표시도 없는 상자에 담겨 미리 실렸다. 그중 어떤 상자에는 무기가 들어 있는 게 분명했다. 세븐 가운데 적어도 세 명 ― 벨레드, 랭고바드, 티우라탐 ― 은 무기 사용법을 알고 있었고, 캐스 2가 받은 조사부 훈련에는 만약의 경우를 대비해 캣 사용법을 익히는 단기간 코스가 들어 있었다. 크레이들의 오래된 비밀 클럽에서 나눌 법한 정교한 대화로 사교춤을 추기에는 시간과 장소가 적절하지 않았다. 서둘러 상황을 정리하는 쪽이 더 중요했다.

바드는 웃으며 고개를 저었다. "그럼 왜 더 동쪽으로 가지 않았나요? 동쪽에는 그런 위협이 전혀 없었을 텐데."

"초기 수녀 정착지는 지속할 만한 곳이 못 되었고, 우리는 블루 사람들과 바이타민을 거래해야 했으니까요."

"비밀거래였겠지요."

"당연하죠."

"대가로 무엇을 주었나요? 당신 종족 여성?"

'잡혀 먹힌다'는 농담에 대한 보복이 공정하게 돌아온 것이었다. 바드는 그를 시험하고 있었고, 타이는 그것을 당연한 일로 받아들였다. "그들은 우리 여자들을 겁내던데요."

"어쨌든 해피 다이나스데이군요."

"오늘이 다이나스데이인가요? 모르고 있었네요."

그러나 그것은 중요하지 않았다. 다이나인 여자들에 대한 농담을 했으니 바드는 그들의 이브에게 경의를 표해야 했다.

"그런 건 아니었습니다." 타이가 말을 이었다. "질문에 대답하자면, 당신들 조상이 국경선을 넘어 식량을 거래한 것과 같은 이유였지요."

"다양한 식단을 얻고 싶은 욕망은 섹스보다 더 강력하지요." 바드가 말했다.

"그래요. 처음에는 그들에게 줄 것이 신선한 야채밖에 없었습니다."

"저 위에서요?"

"여름에는 해가 길기 때문에 조잡한 비닐 온실 안에서도 여러 가지를 키울 수 있었거든요. 나중에는 생태계가 활성화되면서 작은 동물 고기, 산딸기류, 모피 같은 사치품으로 바뀌었지요."

바드는 한 가지 생각을 떠올렸다. "그럼 당신 종족은 그런 물건을 찾기 위해 어디까지 갔습니까?"

타이가 이해한 바로, 바드는 지금 캐스 2가 말했던 숲속의 위장 인디전 이야기를 하고 있는 것 같았다. 이제 캐스 2는 다른 사람들에게도 그 이야기를 알렸다.

"*그렇게* 멀리 가지는 않았습니다." 타이가 말했다.

테리폼이라는 거대하고 오래된 프로젝트에서 조사부는 작은 부서였는데 때로는 괴짜나 말썽꾸러기 직원을 보내기 위한 곳처럼 보이기도 했다. 조사부의 전초 기지는 작았고, 빠르게 변화하는 개척지를 따라가며 배치되어야 했기 때문에 임시변통으로 만들어졌다. 대조적으로, 테리폼 기지들은 대체로 더 크고 영구적이었다. 보통 테리폼 기지는 대륙 해안에서 떨어져 있는 섬에 배치되었다. 그렇게 하는 데는 논리적이고 과학적인 이유가 있었지만, 닥이 거리낌 없이 털어놓았듯이 진짜 이유는 미학적이고 상징적인 면이 더 컸다. 복잡한 유전자 배열 실험실과 실험실 운영에 필요한 직원들은 공간적으로는 빠듯하지만 두뇌 자원이 풍부한 위쪽 고리에 있었다. 지구 표면의 테리폼 시설들은 더 실용적이었고, 거주지 주민에게는 사치스럽고 제멋대로라고 보일 만큼 넓은 공간을 차지하면서 영토에 퍼져 있었다. 그 시설들은 식물원, 실험농장, 수목원, 동물원, 미생물학 실험실의 기능을 결합한 것이었다. 고리 위에서 성장하고 육성된 작은 표본, 꺾꽂이용 나뭇가지, 혹은 벌레와 식물과 동물 무리 들이 번식과 관찰을 위해 이런 장소에 들어왔다가, 나중에는 자유롭게 살 수 있는 생물군계에 대량 수송되었다. 기지를 섬에 두는 것은 지정된 거주지에서 도망친 식물과 동물이 마구 퍼지지 않도록 간단히 제한하는 방법이었다. 실패할 수도 있었지만, 단순하면서 쉽고 매우 효과적이었다. 바꾸어 말하면 '끝내자' 파에 잘 어울리는 방식이었다.

중앙아메리카 지협에 있는 테리폼 기지는 마그달레나였다. 예전 이슬라스 마리아스와 비슷한 장소에 있는 커다란 섬이었다. 제로 전 이곳은 멕시코 해안 근처의 군도로, 바하 칼리포르니아[25] 끝에서 조금 더 남쪽에 자리 잡고 있었다. 하드레인 때문에 그곳은 주위에 바위 몇 개와 산호초가 흩어진 섬 하나로 다시 태어났다. 산호초는 얕은 물과 조간대[26]를 차지하도록 설계된 생명을 번식시키는 데 유용했다. 달이 없기 때문에 새 지구의 조수는 순전히 태양의 중력으로만 생겨났다. 태양의 중력 때문에 지구 조수는 더 약했고, 낮밤 주기와 더 밀접해졌다. 조간대는 육지와 바다 양쪽 생태계에 매우 중요하다고 여겨졌기 때문에 테리폼의 두뇌들이 거기에 집중되었고, 파도를 맞으며 마그달레나를 둘러싸고 있는 낮은 돌바닥 경사는 물고기와 새와 갑각류뿐만 아니라 고학력 연구자들의 산란지이기도 했다. 딕도 여기서 양동이와 삽을 갖고 호수 웅덩이를 철썩철썩 누비며 십 년을 보냈다.

타이는 그런 일이 가능하리라고 생각하지 않았지만, 캐스 2는 햇빛이 약간 남아 있을 때까지 단 하루 만에 그곳까지 날아갔다. 정오쯤 그녀는 제트 기류 변화에 주목해야겠다며 성층권 기류를 탈 가능성이 있다는 말을 중얼거렸다. 그 기류를 탄다는 생각에 매료된 것 같았다. 타이에게 그 말은 외계어나 다를 바 없었다. 그러나 그녀가 뒤이어 한 말은 놀랄 정도로 분명

25 바하 칼리포르니아Baja California: 멕시코와 미국 경계에 있는 멕시코 주.
26 조간대: 해안의 만조선과 간조선 사이 지대.

히 알아들었다. "잠깐만 참아요." 음료수가 엎질러지고 선실 사방에 구토 봉지가 튀어나왔다. 글라이더가 대류권계면을 뚫고 치솟아 오르면서 산소마스크가 천장에서 떨어졌다. 캐스 2가 미세 조정으로 초고층 대기권의 난기류에서 에너지를 빼올 때 기체는 삐걱거리며 애끓게 울부짖었다. 몇 시간 후 그녀가 또 한 번 별일 아니라는 듯이 경고했을 때, 기체는 거의 거꾸로 기울었다가 태평양의 파란 잔물결 속에 처박힐 뻔했다. 그러나 그들은 원래 비행 계획보다 수백 킬로미터나 더 날아왔다. 남은 문제라고는 에너지를 버려서 크레이터가 아니라 마그달레나에 착륙하는 것뿐이었다. 그곳에는 플링크 격납고가 있었지만 그때 격납고 지붕이 작동하지 않았고, 하여간 근처의 활주로를 간단히 사용할 수 있는데 날아가는 사슬과 공중 랑데부를 시도할 필요는 없었다. 캐스 2가 글라이더 배에 있는 한 쌍의 터빈을 켜자 기체가 커다랗게 우는 소리를 냈다. 터빈은 스쿠프로 공기를 빨아들여 그 에너지를 전기의 힘으로 바꾼 다음 저장했다. 그렇게 하면 글라이더가 다음번 날아오를 때 전체 시스템을 뒤로 작동시켜 터빈을 분출구로 써서 초기 에너지 부양력을 얻을 수 있었다. 지금 필요한 일은 아니지만 글라이더를 늦추는 방법 중 하나였고 다음 조종사를 위한 예의이기도 했다. 낮은 구름에 휩싸여 있었기 때문에 마지막 비행 단계에서 승객들이 이해할 수 있는 부분은 별로 없었지만, 결국 글라이더가 구름층 바닥을 뚫고 나오자 아래쪽으로 갑자기 마그달레나가 보였다. 일몰의 마지막 빛이 섬의 서쪽 면을 비추고 있었다. 파도가 들어오며 파도 앞머리가 바닥이나 깊이 잠긴 산호초 주위에 부딪치면, 자줏빛 바다 표면 위로 얇은 거품의 호가 나타났다. 닥은 그 옛날 앞마당처럼 돌아다니던 곳을 내려다보려고 창가 자리로 옮겨갔다. 선실이 갑자기 조용해지면서, 해안을 따라 설치된 여러 가지 시설들에 대해 닥이 설명하는 소리가 들렸다. 타이가 보기에 그 시설들은 대부분 말뚝 울타리나 물고기 그물과 플라스틱이 누더기처럼 얽힌 판잣집 같았다. 그러나 타이가 전에 랭고바드에게 설명한 것처럼 그의 수녀 조상들은 그보다 더 조악한 기술로도 생계를 꾸려나갔기 때문에, 그는 그것을 만든 과학자들을 얕보지 않았다. 마그달레나 서쪽 경사면을 타일처럼 채우고 있는 야생 서식지와 수목원, 동식물원 쪽이 대중이 테리폼의 주요 기지에서 예상할 모습에 더 가까웠고, 활주로 끝에 모여 선 건물들은 지구 표면 어느 곳의 소도시만큼이나 훌륭했다. 경사로와 계단, 그리고 길게 지그재그로 달리는 길을 따라가자 200미터쯤 아래에 있는 항구가 나왔다. 항구를 슬쩍 살펴보자 커다란 탈것 여덟 대, 아크라고 불리는 거대한 비행 보트 한 척, 작은 보트 여러 척이 정박해 있었다. 그들은 부둣가에서 잠깐 전경을 즐겼지만, 마지막으로 비스듬히 날아 땅에 접근하자 그 경치는 시야 너머 언덕 저편으로 사라졌다. 흥분에 가득 찬 비행을 한 다음 착륙하는 과정이 하도 따분해서, 타이는 캐스 2가 방금 자동조종으로 바꾼 게 아닐까 생각했다. 글라이더는 동체 밑면에서 나온 바퀴 한 개로 착륙했다. 너무 느려져서 옆으로 기울어져 서기 전에, 이 일에 전문화된 고속 그랩 두 대가 글라이더를 따라잡았다. 이럴 때 그 로봇들은 사람을 좀 불안하게 만드는, 종종걸음 치며 날

뛰는 것 같은 자세로 움직였다. 그랩들은 윙팁을 붙잡아 활주로 옆에 좀 떨어져 있는 고정용 들판으로 이끌고 갔다. 조종 책임을 벗은 캐스 2는 몸을 굴려 등을 아래로 대고 기지개를 편 다음 눈을 비볐다. 타이는 빨리 내리고 싶은 마음이 간절했지만, 처음 문에서 나가는 사람은 닥이어야 한다는 걸 깨달았다. 상당한 규모의 환영단이 뛰다시피 하며 그들에게 다가오고 있었기 때문이다.

아리안도 같은 장면을 보고 있었다. 지구 표면에서 닥이 가장 유명한 장소에 내려줄 것이었다면 크레이들과 카얌베에서 그녀가 왜 그렇게 비밀스럽게 행동했는지 타이는 알 수가 없었다. 하지만 아리안은 나름대로 그렇게 행동할 만한 이유가 있었을 테고, 사소한 부분까지 면밀하게 계산했을 것이다. 타이 같은 사람들에게는 절대 알려주지 않겠지만. 최종 목적지가 어딘지는 몰라도 그들은 도중에 '어딘가'에서 내려야 했다. 테리폼은 닥이 착륙하면서 소동을 일으켜도 마그달레나 밖으로 많이 퍼져 나가지 않을 만큼 폐쇄적인 공동체일 것이다.

20년쯤 전, 즉 백 번째 생일 즈음해서 닥터 후 노아(아이비인들이 다 그렇듯이 그는 성을 먼저 말했다. 왜 그런지 몰라도 그쪽이 더 논리적인 것 같았다)는 자기가 나이를 먹어도 거의 변한 게 없다는 사실을 젊은이들에게 설명하려는 시도를 포기하기로 마음먹었다. 그의 몸과 마음이 겪는 변화에 대해 그 사람들이 온갖 잘못된 추측을 하고 있다는 것은 사실 중요하지 않았다. 이들에게는 자기들의 억측을 사실이라고 믿는 쪽이 더 중요하다는 것을 그때서야 그는 깨달았다. 그 상황이 실제로 어떤지 설명하는 것에 대해 그가 부여하는 중요성보다, 자기 억측을 믿는 것에 대해 그들이 부여하는 중요성이 더 컸다. 그래서 그는 사람들이 각자 자기 마음대로 생각하도록 내버려두기로 하고 대신 그것을 건설적으로 이용할 방법을 찾았다. 간혹 아주 조용히 앉아 있으면 사람들은 그곳에 그가 있다는 것을 잊어버리고 리멤브런스를 해석기처럼 사용하며 그를 3인칭으로 이야기하기 시작했다. 그러다 때로는 그가 대화를 내내 듣고 있었다는 것을 분명히 밝히는 말을 입 밖에 내어 사람들을 놀라게 하기도 했다. 아니면 일어서서 — 그 정도까지는 아니었는데도, 목격자들은 언제나 나중에 '스프링이 튕기듯이 일어났다'고 묘사했다 — 혼자 돌아다니기도 했는데, 그를 잘 모르는 사람들은 그것이 기적적인 일이라고 생각하는 모양이었다. 리멤브런스가 언제나 옆에 있고 그랩도 옆에서 종종걸음으로 따라오며 어디에서든지 잡을 수 있는 난간 노릇을 해주었기 때문에, 사람들은 그가 실제보다 더 휘청거린다고 생각했다. 사실 이런 보조 체계는 단순한 확률 놀음에 지나지 않았다. 한번 넘어지면 몸을 쓰지 못하게 되거나 죽을 수도 있었다. 그랩을 가까이 두지 않을 이유가 없었다. 사람들은 대부분 리멤브런스가 건강관리 노동자라고 생각했지만, 실제로는 범용 부관에 더 비슷한 존재였고, 뭉뚱그려 말하자면 길에서 인간 장애물을 치워주는 배장기[27]였다.

---

27 배장기cowcatcher: 선로에서 장애물을 밀어내 없애는 기구.

그는 오랜 생애에 걸쳐 많은 대화를 해왔다. 어떤 대화는 매혹적이었던 만큼 한 세기가 넘도록 그의 기억 속에 남았다. 다른 것들은 별로 그렇지 않았다. 더 젊었을 때는 그런 것을 사업 비용의 일부 — 모든 사람들이 문명사회에 참여하기 위해 지불해야 하는 세금 — 라 여기고 참았다. 그러나 백 살이 넘자 그는 그런 부가세를 그만 내겠다고 결심했다. 이후 그는 정말 자기가 흥미를 느끼는 대화에만 참여했다. 가까운 친구들이나 가족과 나누는 대화를 제외하고, 그 밖의 것들은 목적이 있는 대화였다. 리멤브런스는 닥이 함께 대화하기를 좋아하는 사람들의 목록과, 그렇지 않은 사람들을 젖혀놓는 법 — 보통 나이라는 패를 사용했다 — 을 머릿속에 모두 담고 다녔다. 시간이 가면서 그 목록은 서서히 변했다. 그리고 때때로 VIP 중에서 자기 이름이 그 목록에 없다는 것을 알고 당황하는 사람들도 있었다. 그 목록은 단 한 번, 20년 전 닥과 리멤브런스가 관계를 맺을 때 적었던 것이다. 리멤브런스는 그것을 기억하고 난 다음 없애버렸다. 이제 그 목록은 닥에게 있는 것이 아니라 그녀의 머릿속에만 존재했다. 원래 목록의 10퍼센트 정도 남았을 것이다. 죽은 사람이 많았고, 본인 의사와 상관없이 닥이 목록에서 지워버린 사람들도 있었다. 의료적 개입이 필요한 경우가 생길지도 모른다는 구실로, 리멤브런스는 닥이 다른 사람과 대화할 때면 약간 떨어진 채로 한쪽 구석에 머물러 있었다. 그러나 그녀가 진짜 하고 있는 일은 대화를 따라가며 닥의 신호를 모니터하는 것이었다. 그것은 심장이 나빠졌다거나 약기운이 다했다는 신호가 아니라, 그가 지루해졌다는 신호였다. 그들이 함께 지낸 처음 십 년 동안은 대화 상대가 보고 있지 않을 때를 틈타 때때로 닥이 그녀 쪽을 쳐다보고 눈을 슬쩍 마주치기까지 했다. 그러면 그 사람을 목록에서 지울 이유가 충분했다. 그러나 십 년이 지난 다음부터는 그럴 필요도 없었다. 리멤브런스는 닥이 실수라고 생각하는 행동을 한 적이 많았지만, 더 곰곰이 생각해보고 나서 닥은 그녀가 더 빠르게 알아차린 점을 깨닫고 동의하게 되었다.

세븐의 다른 다섯 명과 함께 일해야 하는 이번 같은 경우는 예외를 두어야 했다. 전부는 아니어도 어떤 사람들은 리멤브런스의 목록에 올랐을 수도 있다. 함께 이야기하면 즐거운 캐스 2 같은 사람을 고르려고 했지만, 다른 사람들은 닥에게 다 낯설었다. 아리안 카사블란코바는 될 수 있으면 닥의 옆에 앉아 그와 다른 네 사람 사이에서 문지기처럼 구는 재미있는 행동을 보여주었다. 그녀는 리멤브런스의 변명을 곧이곧대로 받아들였다. 리멤브런스가 카밀라인이 아니었다면 아리안의 행동이 자기 특권을 침해하고 있다고 잘못 생각했을 것이다. 그러나 그녀는 카밀라인이었고, 게다가 종신 재직권을 가지고 있었기 때문에 — 닥과 플라토닉 결혼을 한 셈이었다 — 아리안의 행동은 기껏해야 살짝 비웃음거리가 되었을 뿐이다.

테리포머 고위인사 대표단이 글라이더 문 밖에 모여 환영인사를 장황하게 늘어놓으려고 할 때, 그들의 파트너십은 아주 잘 작동했다. 그들이 가식적이라는 것은 아니지만, 그를 환영하고자 하는 소망은 다른 희망이나 욕구와 전부 뒤섞여 있었다. 어떤 사람은 닥과 사진을 찍고 싶지만 수줍어서 말을 빙빙 돌리다가 그런 부탁을 할 수도 있었다. 또 어떤 사람은 자기 평생의 역작이 동료들에게 부당하게 경시되고 있다 느끼고 닥이 지지해주기를 바랄 수도 있었다. 그리고 테리폼 내부의 정치 드라마에 휩쓸려서 닥과 팔짱 낀 모습을 남에게 보이는 것으로 신용을 얻으려는 사람도 있을 수 있었다. 그런 소망 중에 잘못되거나 불합리한 것은 없었지만, 그에게는 전부 시간낭비였다. 더 이상 내고 싶지 않은 세금에 지나지 않았다. 이런 마음을 말하지 않아도 잘 알고 있는 리멤브런스가 제일 먼저 글라이더에서 나갔다. 닥이 창밖을 지켜보고 있는 동안 대표단은 그녀 주위에 가까이 모여 그녀의 차분한 목소리를 듣기 위해 안으로 바짝 몸을 기울였다. 닥이 얼마나 지쳤는지 설명하자 그들은 이마에 주름이 지도록 과장된 동작으로 고개를 끄덕였다. 어느 시점에서 그녀가 글라이더 쪽을 돌아보며 몸짓을 하자 모두 동시에 창문 안에 있는 닥의 얼굴을 쳐다보았다. 그가 살짝 손을 흔들자 다들 이빨을 보이며 각자 종족에 따른 여러 가지 방식으로 그에게 경례했다. 대부분 아이비인과 모이라인이었다. 일단 그런 모습을 보여주고 난 후 닥은 그랩 손잡이를 한번 잡아당겨 '스프링처럼 튕겨' 일어나더니, 문을 향해 가서 액자에 담긴 그림처럼 잠시 서 있었다. 그들이 사진을 찍을 수 있도록 배려한 것이었다. 그런 다음 그는 글라이더 동체에서 아래로 펼쳐진 계단을 극적으로 휘청거리며 내려왔다. 대표단은 그를 따라 활주로 에이프런[28]을 가로질렀다. 그들은 거대하고 옅은 구

---

28 에이프런apron: 항공기가 방향을 돌리거나 짐을 싣는 구역.

름처럼 그를 둘러싸고 있었지만, 그에게 사회적 예의를 기대하면서 피곤한 요구를 하지는 않았다. 아리안은 닥 바로 뒤에 붙다시피 하고 나머지 네 명은 거리를 조금 둔 채 줄줄이 따라갔지만, 그들은 완벽하게 무시당했다. 적어도 여기 사는 사람들에게는 마그달레나에 닥이 도착한 것만한 센세이션이 없다는 사실을 아리안은 아주 제대로 알고 있었다. 심지어 네오앤더족에게도 관심을 기울이는 사람이 없었다.

리멤브런스가 초청이나 환대의 제안을 전부 거절한 뒤, 닥은 아리안과 함께 방에서 만찬을 들었다. 아리안은 닥이 보인 관심에 굉장히 기꺼워했다. 그러나 다음 날부터 아리안은 달라진 상황에 적응해야 할 터였다. 그때 그 줄리아인이 가장 낙심하게 될 부분은, 이 식사를 회상할 때 닥이 존중하며 대접했다는 것을 깨닫고 거기에 전혀 반박할 수 없다는 점이었다.

닥은 그녀에게 아스트라칸에서 어떻게 자랐는지 물어보았다. 그곳은 동경 48도 6분, 거주지 고리 다이난 중심지 부근에 있지만 거의 줄리아인만 사는 거주지였다. 이런 비정상적인 일은 토맥이라는 줄리아인 남자가 상상력 ─ 문자 그대로든 비유적으로든 ─ 을 발휘한 결과 생겨났다. 고리의 역사 초창기에 그는 기금을 모금해 그곳에 사이비 종교 소도시를 지었다. 그 시절에는 바그다드 같은 큰 도시에서 3도 6분 떨어진 곳에 있으면 먼 변경의 소도시로 보였다. 물론 그때부터 그 주위에 다이나인 거주지가 점점 많이 세워지면서, 아스트라칸은 더 크고 현대적인 거주지들 사이에 끼게 되었다. 그러나 아스트라칸은 몇 가지 현대적 개선을 거치면서도 인구를 만 명 정도로 계속 유지했고, 줄리아인들은 자기 종족이 수적으로는 적지만 '넷'의 다른 어느 종족에게도 지지 않을 만큼 블루에 잘 자리 잡았다는 증거로 그곳을 넌지시 언급하곤 했다. 서로 다른 문화권이 어떤 기술을 포용하고 물리치는가 하는 선택 과정을 연구하는 학문인 문화적 선택학 분야의 학자들이 그곳을 자주 방문했다. 모든 면에서 독특한 사고방식을 갖고 있던 토맥이 기묘하지만 유익한 선택을 했기 때문이다. 아스트라칸은 고립되어 있었기에 쓸모 있는 시험 케이스가 되었다. 아리안은 자기가 자라난 문화 속의 사이비 종교적 측면들을 웃어넘기며 무시하려 했으나, 닥은 다른 사람들이 그런 모습을 바라기 때문에 그녀가 그렇게 하고 있다는 느낌을 받았다.

나중에 리멤브런스가 취침 준비를 하도록 도와주고 있을 때 닥은 다음 날 세븐 멤버의 다른 네 사람을 좀 더 알기 위해 시간을 갖겠지만 아리안의 도움은 정중히 거절하겠다고 말했다. 물론 아리안은 벨레드와 캐스 2, 티우라탐, 랭고바드에 대한 통계와 소문으로 가득 찬 관계서류를 닥에게 줄 기회가 생기면 매우 좋아하겠지만, 후 노아는 그런 식으로 귀에 들어오는 이야기가 언제나 불편했다. 바로 그 사람이 호기심에 찬 다른 사람들에게 닥에 관해 무슨 이야기를 할지 모르기 때문이었다.

다음 날 아침 5시, 닥은 레크리에이션 센터의 트레드밀 위에서 매우 천천히 걷고 있었다. 그때 벨레드 토모프가 하루 일과인 운동을 하기 위해 들어왔다. 벨레드가 주춤하는 꼴이 어찌나 우스웠던지 못 본 척, 모르는 척하는 기술이 예술의 경지에 다다른 닥도 그 불쌍한 테클라인을 두고 웃지 않으려고 애써야 했다. 심지어 근처에 앉아 책을 읽고 있던 리멤브런스조차 벨레드가 당황한 시선을 던졌을 때 잠시 책으로 얼굴을 가리는 게 낫겠다고 생각할 정도였다.

"토모프 중위. 아직 잠이 덜 깬 건 아니겠지요."

벨레드는 예의를 떠올리고 경례를 했다.

"마주 경례를 하지 않는다고 해서 내가 무례한 사람이라고 생각하지 않았으면 좋겠군요." 닥이 그렇게 말하며 고개로 트레드밀 손잡이를 가리켰다. "이걸 꽉 잡고 있으니까요."

벨레드는 아리안이 있는지 주위를 둘러보았다. 닥은 아무 말도 하지 않기로 했다. "처음에 준비 운동을 늘 하십니까?"

"꼭 필요하다고 생각하지는 않습니다." 벨레드가 대답했다.

"아, 안타깝군요. 함께 산책을 할 수 있으면 좋겠다고 생각했는데요." 닥이 자기 옆의 빈 트레드밀에 고갯짓을 하며 말했다.

"그건 괜찮습니다. 제가 다른 속도로 걸어도 된다면요."

"편하신 대로!" 닥이 말했다. "그것 때문에 황야에 산책을 나가자고 하지 않은 겁니다."

몇 분 후 테클라인은 브리프만 남기고 다 벗은 채로 닥의 옆에 있는 트레드밀 위에서 죽어라 달리고 있었다. 그는 손날을 펴고 가위처럼 팔을 재깍재깍 움직였다. 맨발바닥은 트레드밀의 가공 벨트를 밟는다기보다는 스쳐 지나가고 있었다. 네오앤더족의 맞수가 되도록 만들어지고 키워졌지만, 테클라인은 네안데르탈인의 DNA를 갖지 못하고 현대인처럼 만들어졌기 때문에 유전적으로 불리한 점이 있었다. 바드는 늦잠을 자고, 뭐든지 원하는 대로 먹고 마시면서도 자기보다 훨씬 더 큰 테클라인만큼 강할 수 있었다. 벨레드와 바드가 싸울 거라고 진심으로 생각하는 사람은 없었기 때문에, 이건 사고실험일 뿐이었다. 그러나 테클라인이 자신들을 네오앤더족의 맞수로 여기고, 몸에 익은 근면성에 박차를 가하기 위해 그들 스스로를 네오앤더족과 비교하곤 하는 것은 오랜 세월에 걸친 문화적 습관이었다.

카우치에 앉아 차를 마시며 이야기하듯 침착하고 차분한 어조로 벨레드가 말했다.

"이번에 끝낸 임무에 저를 파견해주신 것에 대해 감사를 드리지 못했습니다. 선생님이 하신 일이라고 추측은 했지만, 연락할 방법이 없었습니다. 이제야 감사드립니다."

닥은 슬쩍 눈을 옆으로 돌려 벨레드의 등허리 주위에 규칙적으로 간격을 두고 자리 잡은 흉터를 보았다. 등뼈를 괄호처럼 감싼 기둥 같은 근육 양쪽에 깊은 분화구 형태의 흉터도 있었다. 허리뼈 바로 위를 따라 난 긴 수직 흉터가 그 대형을 반으로 가르고 있었는데, 외과 의사들이 그곳을 절개하고 뭔가 시술한 것 같았다. 세부적인 사항은 잘 몰랐기 때문에 닥은 짐작만 할 뿐이었다. 아마 손상된 척추를 회복시키고 하드웨어나 뼈를 이식했으리라.

"내가 한 일은 거의 없습니다." 닥이 말했다. "그리고 티베트에서 일어난 일을 생각하면, 대부분의 다른 사람들보다는 당신이 더 자격 있다고…… 일어날 수도 있는 문제를 다룰 자격이 있다고 생각합니다."

"그러면 우리는 국경 지대에서 작전을 수행하겠군요." 벨레드가 말했다. 오래전에 추측을 끝냈으며 마지막 확인만 바란다는 투의 어조였다.

"조사 결과가 인도하는 곳으로 갈 겁니다." 닥이 말했다.

벨레드는 그 말에 약간 놀라 걸음을 삐끗했다. 다시 속도를 회복하는 데 약간 시간이 걸렸다.

"이 방랑자들이 국경이나 조약에 있는 사항을 존중할 사람들 같지는 않거든요. 그래서 비슷한 사람들로 세븐을 꾸리는 게 좋겠다고 생각했습니다."

"그러면 베링기아가 될까요? 아니면 안티머?"

"둘 다겠지요. 물론 안티머가 더 가깝습니다. 오늘의 목적지인 하와이에서 조금만 더 가면 되니까요. 하지만 베링기아 쪽의 흔적이 더 따끈따끈하니까, 그곳에 먼저 가야 할 것 같습니다."

그들은 4미터가 넘지 않는 고도에서 표면을 스치듯 날아가는, 비행기도 아니고 보트도 아닌 테리폼의 거대한 배를 타고 땅거미가 지기 전 하와이에 도착했다. 이 정도 규모의 위그선[29]은 아크라고 불렸다. 아크는 마그달레나같이 해변으로부터 떨어져 있는 커다란 테리폼 기지에서 육성된 식물과 동물 바이오매스를 대량으로 연안 지대의 목적지까지 운반하기 위해 만들어졌다. 운반된 동식물은 연안 지대의 새 집에 자리를 잡거나 내륙으로 실려가기 위해 다른 탈것으로 환승했다. 아크는 열 대만 만들어졌고, 그중에 계속 운행하는 것은 여섯 대뿐이

---

29 위그선ground effect vehicle: 물 위를 스치듯이 날아가는 배.

었다. 이 배는 제4밀레니엄의 모이라인 생물학자 이름을 붙여 '아크 마디바'라 불렸는데, 그 생물학자의 이름도 옛 지구에 살았던 어느 영웅의 이름을 딴 것이라고 했다.

남들 눈에 뜨이지 않게 여행하는 것이 중요했다면, 아크 마디바는 확실히 거기에 적합한 배였다. 휑뎅그렇한 그 배는 동물 우리, 어항, 곤충 상자, 거름 무더기와 토탄이 든 채로 이국적인 식물들이 자라고 있는 화분들이 뒤섞여 지독한 악취가 나는 토끼 굴 같았다. 똑같은 비행경로 — 정서향으로 5천 킬로미터 — 를 다른 배로 갔다면 며칠 걸렸을 것이다. 짐승들을 먹이고 우리를 치우고 식물에 물을 주기 위해 공급품이 필요했을 것이다. 그러나 엄청나게 쿵쾅거리는 소리를 내는 이 크고 흉물스러운 배는 열두 시간 동안 그 거리를 달렸다. 어떤 생물이라도 물과 약간의 간식만 있으면 다른 식량 없이 버틸 만큼 짧은 시간이었다. 그 안에서 세븐은 보이지도 않았다. 아크에 달린 수십 개의 터보팬이 으르렁거리며 살아나더니 배는 마그달레나 항구를 가로지르며 구역질 같은 소리를 냈다. 소음 수준이 극에 달할 정도였지만 미리 받아 나눠 가졌던 귀마개를 꽂는 것 외에는 할 수 있는 게 아무것도 없었다. 닥과 메미는 조종석 근처 작은 캡슐 속에서 여행할 수 있는 혜택을 받았다. 크루들이 며칠 동안 비행할 때 잠을 자거나 기운을 차리는 곳이었다. 나머지 사람들은 여행이 끝날 때까지 최대한 편안하게 기다리기로 했다.

테리폼은 최근 하와이에 왔다. 그곳은 작고, 기이하고, 멀고, 복잡한 장소로, 주 대륙들을 개발하고 마지막으로 남은 훌륭한 곳이었다. 하드레인은 여러 개의 섬을 만든 지질학적 핫 스팟에 덮인 뚜껑을 느슨하게 만들고, 남은 섬에 있는 잠든 화산들을 다시 깨웠다. '빅 아일랜드'[30] 남동쪽 해저산을 예정보다 앞당겨 '더 큰 섬'으로 만들었다. 이것은 천 년 전 빅 아일랜드와 합쳐져 '더 큰 섬'이 되었지만 대부분 여전히 너무 뜨겁고 유독해서 테리폼은 그곳에 신경을 쓰지 않았다. 그러나 그 섬의 북쪽 해안에는 작은 만이 있었다. 옛날 그곳에 있었던 작은 섬 이름을 따서 모쿠푸쿠라고 불렀는데, 그 섬 주변은 씨를 뿌릴 수 있을 정도로 서늘하고 조용했다. 해질 무렵 아크 마디바는 그곳에 불시착해서, 이제 새 지구 전체에 흩어져 있는 작은 테리폼 시설의 앞바다에 미끄러져 멈추었다.

이런 곳들이 약 3세기 동안 인류가 지구 표면에 불러일으킨 생태학적 지진의 진원지였다. 때로는 하늘에서 직접 씨를 뿌렸고, 이번 경우같이 그렇지 않을 때에는 더 큰 표면 시설로부터 파견된 아크에서 했다. 반구형 돔들은 더 오래되어서, 새 지구에 사람이 숨 쉴 만한 대기가 생기기도 전에 지어졌다. 지금 이같은 새 시설들은 겉보기에는 더 편안해 보였다. 그러나 그곳에서 하는 일은 기본적으로 짐승과 곤충, 식물들을 다루는 것이었기 때문에 그곳에서 나는 냄새나 그곳의 전반적인 활동 스타일은 농장과 동물원이 뒤섞여 있는 듯한 느낌을 주었다. 이따금 과학 실험실 같은 면모도 보이곤 했지만 말이다. 과학 혁명 이전 천 년 동안 옛 지구에 살았던 대다수의 인간들에게 이

---

30 빅 아일랜드Big Island: 하와이 섬의 별명.

곳은 적어도 후각 수준에서는 별로 주목할 만한 곳이 아니었다. 그러나 거대한 배항기/보트의 선창에서 그 항해를 견뎌낸 사람들은 운이 좋았다. 동체가 압력을 받지 않아서 대양의 공기가 걸러질 수 있었기 때문이다.

직원들은 대체로 모이라인이었고 간간이 카밀라인이 섞여 있었다. 그리고 객원 과학자 한 명은 다이난/아이빈 혈통인 것 같았다. 캐스 2에게는 아주 명백하게 느껴지는 일이고, 다른 사람들에게도 마찬가지였을 텐데, 그녀의 종족은 이곳에 온 이후 오랫동안 깊이 잠들었다. 이곳에서는 종족과 단절된 채 끊임없이 동식물의 페로몬과 냄새, 울음소리, 움직임에 노출될 수밖에 없었기 때문이다. 그 결과 그들은 후생적 변화를 겪은 후 하루 종일 이런 일을 하고 무기한 이곳에 사는 데 적합한 존재가 되었다. 이곳은 매우 외진 곳—먼 것으로 유명한 본야드 거주지들보다 더 고립된 곳—이었고, 이곳의 모이라인들은 모두 천리안 같은 눈을 가지고 있었는데 대부분 녹색 눈이었기 때문에 그 인상이 더 강화되는 것 같았다. 그들은 천천히 움직이고 천천히 생각하는 것 같았고, 캐스 2가 감지할 수도 없는 자극—청각적? 후각적? 상상적?—에 늘 반응했다.

서로 다른 일곱 인간 종족과 여러 아이다인 아종의 존재 때문에 현대 사회에서는 사회적으로 어색한 순간들이 자주 생겨나곤 했다. 모쿠푸쿠 해안에서, 지역민들이 아크에서 표본들을 실어내고 압력해수를 이용해 동물의 배설물을 호스로 빼내는 것을 몇 시간 동안 지켜보며 캐스 2는 시간이 참 느리게 간다고 생각했다. 세븐의 다른 멤버들이 자기와 이 사람들을 번갈아 쳐다보며, 그녀가 이곳에 얼마나 오래 있으면 저 사람들처럼 변할지 궁금해하는 것을 느꼈다. 이 사람들은 자기들이 사는 곳에 독창적인 문화를 창조했고, 자신들이 창조한 것을 의식하고 자랑스러워했다. 그 문화는 실용적인 목적에서 그들이 살고 있는 생태계와 아주 밀접한 관계가 있었다. 그들에게서는 과학적인 객관성이 느껴지지 않았다. 중세 유럽인이 돼지나 가금류와 함께 살던 것만큼 후생학적 동물 종들과 이렇게 가까이 살 수 있는 곳에 모이라인들을 배치한 것이 과연 현명한 일일까? 이 동물들은 그들에게 과학적 표본일까, 가축일까, 애완동물일까? 캐스 2는 불편한 마음으로 동물들과 그들의 친숙한 상호작용을 지켜보았고, 그들은 자기들을 지켜보는 그녀를 주시했다. 그들은 머리를 땋으며 옛 지구에서라면 이국적으로 보였을 새들의 밝은색 깃털을 함께 짜 넣었다. 그러나 '이국적'이란 여기서 쓸모없는 단어였다. 오래전 멸종한 정글의 앵무새, 큰부리새, 호주앵무새 등의 패턴을 인간이 본따 만들었기 때문이다. 옛날 새들에게 다채로운 깃털이 쓸모 있었다면, 이곳의 새들에게도 쓸모가 있으리라는 가설에 입각한 일이었다. 이것을 뭐라고 해야 할까? "이노틱"?[31] "앤트뢰틱"?[32] 하여간 그들은 기이한 사람들이었고, 거주지 고리 위에 그들을 기다리는 고향을 상상할 수도 없다는 점에서 무기수들이었다. 그들이 잠들어 환경 때문에 생긴 변화에 역행하려고 하지 않는다면 말이다. 그러나

31 이노틱inotic: '이국적exotic'에 대비되는 용어로, 거주지 고리 중심에 있는 새 지구와 이국적인 요소가 섞여 있는 것을 말한다. in+-otic.

32 앤트뢰틱anthrootic: 문화인류학을 뜻하는 접두사 anthro-+-otic.

그것도 쉬운 일이 아니었다. 모이라인은 얼마든지 계속해서 변화할 수 있지만 한 가지 모습에 너무 오래 머물면 '자리를 잡아버리게' 된다. 말 그대로, 그러면 다시 변화하기 힘들어진다. 캐스 2가 보기에 이 사람들은 확실히 자리를 잡아버린 것 같았다. 그들은 카밀라인 직원들과 이종교배를 하고 있는 게 확실했고, 카밀라인은 자기가 오게 된 장소에 종족의 특성을 살린 방식으로 적응했으며, 주위 사람들에게도 같은 방식을 적용시키려 하고 있었다.

잘못된 것은 없었다. 예의를 지키기 위해 고리 사람들은 그렇게 말했다. 혼혈에는 잘못된 것이 없었다. 그러나 사실 혼혈들은 잡초와 마찬가지로 혼란스러운 지역에서 나타나곤 했다. 군중 속에 가끔 섞여 있는 것은 괜찮았다. 특히 체인하탄[33] 같은 세련된 장소에서는 그랬다. 그러나 생각하고 있는 바를 있는 그대로 말하면 무례한 일이 될지 몰라도, 한 지역에서 그들이 많이 보이는 게 무슨 의미인지 고리의 사람들은 모두 알고 있었다. 모이라인들이 해돋이나 식사 시간, 꿈의 해석처럼 일상적인 일들의 영역에서 만들어낸 행동 양식에는 제의적인 특성이 있었다. 아리안에게는 매혹적일 테지만 캐스 2에게는 좀 당황스러운 특징이었다. 평생 처음 그녀는 소위 '옛 인종 차별주의'라는 것을 조금씩 느끼고 있었다. 옛 지구에 존재했던 종족 우월주의적 태도나 그 재현 양식은 현대에 완전히 퇴출되었고, 단지 남아 있는 기록으로서만 간신히 알 수 있을 뿐이었다. 그

---

33 체인하탄Chainhattan: '아이'의 안쪽 고리에 있는 도시. 그레이트체인.

러나 인종 차별주의는 제로 전과 마찬가지로 정신이 병든 사람들을 자석처럼 끌어들였다. 그래서 고리에 사는 수백만 명 인구 중에서 한 사람쯤은 5천 년 된 웹 아카이브를 샅샅이 훑느라 과도한 시간을 보내다가 제로 전 흑인종들에 대한 편견에 감염되고, 모이란족 등등에게도 그런 생각을 적용할 수 있다는 생각을 품을지 몰랐다. 이는 순전히 지적인 호기심을 불러일으키는 것이었을 뿐 현실 세계의 생활에는 영향을 미치지 않았다. 광견병이나 워터게이트처럼, 캐스 2가 들어보았기 때문에 아는 것일 뿐이었다. 그녀는 그런 생각이 바로 자기 마음속에 일어나는 것을 느끼고 잠시 거기에 사로잡혔으나 그 생각은 이내 그대로 스쳐 지나갔다.

그녀는 곧 조사부원 본연의 마음가짐으로 되돌아와 모든 현상을 과학적 체계 속에 담았다. 이곳은 테리폼 벽지 소도시였다. 이런 도시는 수천 개 존재했다. 어떤 것은 나중에 더 영구적인 기지로 발전할 가능성이 있는 텐트 마을이었고, 이 도시처럼 수십 년, 수세기를 활동한 도시들도 있었다. 또 어떤 도시들은 이제 목적을 달성한 이후 버려졌고, 다른 도시들은 RIZ의 핵심이나 허울뿐인 학교의 캠퍼스, 전쟁포로 수용소, 과학재단이 되었다. 여기에는 절대 고리로 옮겨올 수 없는 이상한 문화가 형성되었다. 여기서 일어난 일이라면 다른 곳에서도 비슷한 일이 일어났을 것이다. 이런 일이 얼마나 많이 일어났을까? 새 지구가 테리폼 시설을 중심으로 삼은 기묘한 문화적 망명자들에게 감염된 것일까? 예전 우즈베키스탄 같은 곳에는 아이비인 공연 아티스트들이 아일랜드만 한 충돌 크레이터 주위에 살면서 이끼류를 쓰는 요리를 하고 있을까? 이베리아 반도의 잔해로 가서 탱크 같은 테클라인들이 줄리아인 신비주의자들과 아이를 낳는 콜로니에 가본다면? 이런 일이 어디까지 퍼질 수 있을까?

다음 날 아침, 아무 일 없이 상쾌한 해변가 야영을 끝낸 다음 이제 거의 비어 있는 아크 마디바로 돌아갔을 때 캐스 2는 어느 정도 안도감을 느꼈다. 그들은 이륙해 북쪽으로 향했다.

블루 쪽 안티머 남해안까지는 전날 비행한 거리의 절반밖에 걸리지 않았다. 군용 복합 건물의 덧문 닫힌 창과 긴 처마 위에 햇빛이 내리쬐고 있을 정오 즈음, 아크는 그곳 항구를 뒤져 거대한 한숨 같은 소리를 내며 반짝거리는 하늘색 물결을 상쾌하게 내리치듯 자리 잡았다. 군 기지에 부속되어 있는 작은 테리폼 구역은 아크 하나를 수용할 만큼 긴 부두를 자랑스럽게 내보이고 있었다. 조종사들은 웅얼거리거나 흐느끼는 듯한 온갖 소리가 뒤섞인 추력기 소리를 내면서 그 근처로 들어갔다. 나머지는 로봇이 거대한 계선주 주위를 감은 밧줄을 끌어당겨서 끝냈다. 화물선창에 함께 있던 다섯 사람은 그 지역의 테리폼 직원을 방해하지 않으려고 앞으로 자리를 옮겼다. 테리폼 직원은 남아 있는 화물을 맡아두기 위해 두 대의 화물 선적용 그랩을 데리고 아크에 승선했다. 그 화물은 거대한 육식동물들이 사는 우리가 얹힌 시렁들이었다. 개과와 고양이과 동물, 몇 마리의 큰 뱀이 섞여 있었다. 이 동물들은 서로 위협하다가 기운이 빠지지 않도록 각자 다른 장소에 들어 있었다. 조사부 사람이라면, 아니 테리폼에 대해 조금이라도 알고 있는 사람이라면 무슨 뜻인지 이해할 것이다. 안티머의 생태계는 하와이보다 훨씬 더 발전했고, 이제는 그들을 억제하기 위해 더 큰 포식자를 들여와야 할 정도로 빠르게 작은 동물과 초식동물들을 생산해 내고 있었다. 부두는 거의 완벽한 원형 충돌 크레이터였고, 바다를 향해 작은 배출구 하나만 나 있었다. 주위 지역 대부분은 군 기지가 차지하고 있었다. 그곳 어딘가에서 론치[34] 한 대가 나와 파란 원반 같은 물을 가로질러 오더니, 아크의 조종석 문 옆으로 다가왔다. 세븐은 그 문에서 나와 접이식 계단으로 내려간 다음, 아무 절차도 밟지 않고 테리폼 관할구역에서 나왔다. 반시간 후 그들은 식당 옆 장교 전용 식당에서 점심을 먹었고, 이어 한 시간 후 비행기에 타고 있었다. 전통적인 군 동력기였다. 비행기는 활주로에서 이륙해 몇 마일 떨어진 돌투성이 해안으로 쏜살같이 들어가더니, 안티머의 중앙 산등성이를 따라 솟아 있는 눈 덮인 산꼭대기에 닿지 않을 만큼 높은 고도를 확보해 북쪽으로 경사비행을 했다. 거기까지 올라가자 더 이상 산봉우리와 계곡 쪽으로 눈이 가지 않았다. 더 작은 규모로 보는 산과 계곡은 옛 지구 산악지대 같았다. 여기서 비행기 왼쪽 창문으로 내다보면 천 미터 서쪽을 볼 수 있었다. 군도群島 중심부의 길게 굽어진 선을 보면 이곳이 커다란 달 조각이 충돌해 만들어낸 거대한 크레이터의 가장자리라는 것을 알 수 있었다. 달 조각은 약간 북쪽 탄도로 들어와서 해저와 화산 분출물을 해수면 위로 높고 둥그렇게 밀어냈다. 남쪽에 반대편으

---

34 론치launch: 대형 모터보트.

로 휜 더 작은 군도는 크레이터의 낮은 쪽 가장자리인 것 같았다. 그러나 그곳은 비행기 창문에서 보이지 않았다. 대신 모두들 산맥이 그리는 호를 따라 서쪽을 응시했다. 산맥은 점점 높아지고 그 아래 땅은 넓어졌다. 그 길을 따라가면 어디선가 보이지 않는 166도 30분 선이 국경을 그렸다. 바드는 창에 육중한 이마를 대고 오랫동안 생각에 잠겨 고향 땅을 바라보았다. 기억나는 언덕과 만을 찾아보고, 포도밭을 생각하는 것 같았다. 이후 안티머가 뒤로 서서히 사라지고 몇 시간 동안 그들은 특색 없는 태평양 위를 날아갔다.

이 바다의 물은 너무 깊었기 때문에 하드레인이 눈에 띄게 지형을 고쳐 그릴 수 없었고, 안티머를 창조한 것 같은 엄청난 충돌도 막아냈다. 그래서 대륙붕에 가까워질 때까지 전체적인 모습은 거의 바뀌지 않았다. 대륙붕은 한때 알래스카 해안이던 곳에서 겨우 100킬로미터 정도 남쪽에 있었다. 그곳에서 해안까지 — 100~200킬로미터 정도 넓이의 땅과 바다 부분 — 의 얕은 바다에는 눈에 보이는 변화가 일어났다. 그러나 해안선은 대체로 옛 모습 그대로였다. 그곳의 땅 모양이 달라지는 데 있어 직접적인 유성 충돌보다 더 큰 효과를 미쳤던 것은, 빙하가 사라지고 천 년에 걸쳐 이 넓은 만으로 끝없이 몰아쳐 들어온 쓰나미였다. 안티머 충돌로 퍼부어진 쓰나미는 산맥보다 더 높았고, 빙하가 덮인 산꼭대기였던 곳보다 위로 치솟아 먼 내륙까지 바닷물을 내려치고 뜨거운 바위 위에서 끓어 없어졌다. 약 1100년 전 '냉각Cooling Off'이 시작되고, 특히 인간들이 혜성을 지구 표면에 떨어뜨려 대양을 새로이 구축하면서 산꼭대기에 눈이 다시 내리기 시작했다. 그러나 빙하가 만들어지기까지는 오랜 시간이 걸렸다. 파란 얼음의 강이 갈라져 산 계곡을 흘러 바다로 갈 때까지는 몇천 년 더 걸릴 것이다.

그날이 오면 카야 정착지는 그 길에서 비켜야 했다. 그 정착지는 차가운 강의 서쪽 비탈을 덮은 잡석 무더기 위에 세워졌다. 강들이 산맥에서 흘러내려 태평양으로 쏟아져 들어가는 길목이었다. 바다와 눈 사이에는 카야에 필요한 비행장이 들어설 만한 공간이 없었기 때문에, 그들은 파이크리트라고 알려진 섬유-얼음 혼합물로 비행장을 만들었다. 이것은 바로 앞바다에 떠 있었고, 레이스 장식처럼 튜브를 달고 있는 아주 납작한 평판이었는데 그 튜브 속에는 비행장을 단단하게 유지하기 위해 냉장 보관된 냉각수가 순환하고 있었다. 바다와 공기 온도 양쪽 다 겨우 영상을 웃도는 장소에서는 별로 어려운 일이 아니었다. 이곳에는 그것 외에는 사실상 아무것도 없었다. 테리폼의 존재감도 거의 느껴지지 않았다. 테리폼 직원들은 보트에서 활동하는 쪽이 더 쉬웠기 때문이다.

카야 비행장은 애쉬월 때문에 꼭 있어야 했다. 이곳에서 서쪽으로 166도 30분 선과 그 너머까지, 전에 케나이와 알래스카 반도였던 곳과 알류샨 사슬까지 화산 사슬들은 거의 늘 분화하고 있었다. 위도 60도 선을 건너 북쪽이나 남쪽으로 날아가려는 조종사라면, 서경 166도 30분과 동쪽 로키산맥이 괄호처럼 둘러쳐진 지역에서 길이 갑자기 막힐 가능성을 비행 계획에 반영해야 했다. 바람과 반대 방향에 있는 활화산 백 개 중 몇 개만 터지면 화산재 기둥이 성층권으로 퍼부어지기 때문이다. 비행기는 심지어 옛 지구에서보다도 더 비쌌다. 너무 커 고리에서 대량생산할 수 없었기 때문에 비행기나 아크, 배 같은 커다란 생산품은 지구 표면으로 옮겨져 표면의 공장에서 만들어야 했다. 보통 이런 공장들은 크레이들 소켓 변두리에 있었다. 하여간, 고성능 터보팬 엔진을 만들기가 엄청나게 어렵다는 것을 감안하면 비행기는 아기처럼 소중하게 다루어야 했다. 비행 계획에는 카약의 인공 부유 빙원 위로 비상착륙을 할 가능성이 들어 있어야 했고, 그 빙원은 커다란 비행기들을 완전히 싣고 관리할 수 있어야 했다. 그래서 처음에는 비상착륙장으로 구상되었던 곳이 비행기들이 착륙하는 허브 같은 곳이 되었다. 편리하고 늘 예측할 수 있는 곳이기 때문이었다. 어쨌든 그곳이 세븐이 얻어 탄 군 비행기의 최종 도착지였기 때문에, 그들은 여기서 내려야 했다.

얼음판 위에 세워진 공군 기지에 무엇을 더 바라겠는가. 기온은 딱 그 정도로 냉랭했다. 낮은 구름층이 그곳을 영원한 황혼 속에 가두고 모든 것을 회색으로 바꾸었다. 물줄기 하나를 사이에 둔 건너편 도시는 죽은 불가사리처럼 잡석 위에 퍼져 있었다. 그 너머로는 검은 벽이 보였다. 연안에서 가장 낮은 비탈인데, 이제 어린 나무들이 덮여 있었지만 안개와 어둠 때문에 너무 흐려서 보이지 않았다. 더 높은 곳, 구름 천장 바로 아래에는 새로 내린 눈이 어느 정도 쌓여 있었다. 아니면 안개에서 곧장 응축된 얼음일지도 모른다. 매년 다 합쳐서 몇 주 정도 구름이 없을 때처럼 하늘이 맑았다면, 세븐은 눈 덮인 산꼭대기 위의 하늘이 애쉬월로 검어진 모습을 보았을 것

이다. 케나이의 큰 화산 하나가 2주 동안 엄청나게 분화하고
있었다.

얼음판 위 마이크로호텔 팟에 틀어박혀 비디오나 보면서 뜨
거운 컵라면을 먹고 싶은 유혹이 강하게 밀려왔다. 아래쪽의
얼음과 바다, 위쪽 안개와 화산재, 남쪽의 태평양, 북쪽에 벽처
럼 둘러친 산으로 갇혀 있다는 느낌에서 도망칠 수 있는 것이
라면 무엇이든 좋았다. 그러나 그 대신 티우라탐 레이크는 도
시에 가서 주점의 술을 마셔보겠다고 말했다. 대단히 멋진 일
이라는 듯이 허세를 부리며 말했기 때문에 다른 사람들도 모두
다른 일을 할 생각이 달아났다. 캐스 2와 벨레드, 랭고바드도
같이 가겠다고 했다. 닥은 낮잠을 자고 싶다며 안 가겠다 했고,
메미는 늘 그렇듯이 닥과 함께 남았다. 아리안은 짜증을 내며
갈등을 겪는 것 같았다. 크레이들에서 여기까지 여행하는 동안
종족의 정치학이 점차 작동하고 있었고, 이제 타이는 그 상황
을 더 세게 밀어붙이고 있었다.

아이다인이 아니라면 대부분 공유하는, 그리고 아이다인도
어느 정도 공유하는 5천 년 된 합의에 따라 타이가 그룹의 리
더가 될 것이다. 부분적으로는 타이가 그 지방을 아는 베링기
아 원주민이기 때문이지만, 더 큰 이유는 그가 다이나인이기
때문이었다. 리더는 다이나인이 맡아야 했다. 아리안은 모든
것을 조직하고 있었다. 어떻게든 비행을 계속 연결해 크레이
들에서 카약까지 오게 만든 것은 그녀였다. 그리고 오는 길 초
반에는 닥에게 영향력을 행사했다. 그녀를 통하지 않고 닥과
이야기할 수는 없을 것 같았다. 그러나 닥이 다른 사람들과 개

인적으로 시간을 보내겠다고 하는 바람에 하루 이틀 정도 당황해서 화를 내기는 했지만 이내 아리안은 그 사실을 받아들였다. 단체여행에서 자연스럽게 생기는 제약으로 인해 그들은 한데 뭉쳐 다니게 되었다. 이제 타이가 당국의 허락 없이 본토로 가는 탐험에 오르려고 하자, 아리안은 혼자 컵라면을 먹고 싶은 욕망과 자기가 뭔가 놓칠지도 모른다는 공포 사이에서 망설였을 것이다.

아리안은 결국 함께 가기로 했다. 그들은 카얌베부터 가져온 옷상자를 열어 따뜻한 옷을 찾은 다음 빙판을 가로질러 수상택시용 작은 항구로 통하는 계단을 올라갔다. 그들은 그곳에서 베링기아 해안까지 짧은 여행 — 겨우 몇백 미터였다 — 을 했다. 채굴 로봇들이 바위에 대충 새겨 되는대로 만든 계단을 오르자, 물가에서 나와 걸을 수 있을 만큼 경사면이 완만해지는 장소로 갈 수 있었다. 다음 순간 그들은 큰길을 내려다보고 있었다. 큰길이라고 해도 백 미터 정도 내륙으로 가다가 수직 바위벽으로 막혀 막다른 골목으로 끝났다. 바위벽이란, 보다 큰 산의 측면에 세게 박혀 있는 둥근 바위를 말했다. 여기서 보아도 그 바위가 달의 조각이라는 것을 알 수 있었다. 사람들은 여러 가지 발광 기술로 그 장소에 생기를 불어넣으려고 했다. 그 기술은 이제 술집 앞면을 장식하며 반투명한 공기 속으로 화려하고 강렬한 색채를 내뿜고 있었다. 그곳의 광고를 보면 고객들은 보통 외로운 군인이라는 것을 짐작할 수 있었다.

"난 가끔 궁금해." 바드가 토산물인 사과술 맛에 얼굴을 찡그

리며 말했다. "이브들은 여자들이었는데, 정말로 남자의 시각
계와 성충동 사이의 관계를 알았을까." 그는 방 맞은편에 있는
벌거벗은 여자를 곁눈질로 흘끔 바라보았다.

캐스 2는 벗은 여자에게는 별 흥미가 없었지만 조금 전 소동
을 보려고 나머지 팀원들을 등지고 있었다. 이제 그는 몸을 돌
려 바드를 바라보았다. "뭐, 이브들은 여자였지. 그래서 평생 남
자들 시선 속에서 살았잖아. 옷 입는 법, 행동하는 법에 대해서
이브들이 배운 건 모두……."

"그래." 아리안이 말했다. "내 기억이 맞는다면, 에픽 287일
에 '리얼리티 텔레비전' 대화가 나오는데, 거기서 아이비는 다
이나의 페르소나가 얼마나 중요한지, 소셜 미디어에서 그것을
어떻게 연출해야 하는지 명확하게 말하고 있어."

"대체 그걸 어떻게 그렇게 기억할 수 있는 거지?" 타이가 물
었다.

캐스 2는 그에게 꾸짖는 듯한 시선을 보냈다. "어떻게 기억
을 못 할 수가 있어? 당신네 이브가 평생의 사랑을 만나기 직전
에 했던 대화인데?"

타이는 잠시 생각했다. "첫 번째 볼로 말이야?" 벗은 여자를
보던 눈이 바 위에 달린 화면으로 홱 움직였다. 그 화면에는 소
리가 꺼진 채 에픽 장면이 나오고 있었다. 우주복을 입은 다이
나가 이상한 행동을 하는 로봇이 어디가 잘못되었는지 알아내
려고 인듀어런스의 외부로 나가고 있었다. 아무도 그것을 보고
있지 않았다.

"그래. 첫 번째 볼로 장면." 캐스 2가 약간 누그러지며 말했다.

바드는 사과술 속에 올라오는 작은 거품, 테이블 표면에 난 찌그러지고 긁힌 자국, 천장에 달려 있는 전기 배선에 한껏 집중하고 있었다. 그에게는 색다른 일이었다. 타이와 벨레드는 자기 마음대로 뭐든지 볼 수 있었다. 그것이 그 술집의 목적이었으니까. 그러나 네오앤더인이 그런 식으로 여자를 쳐다보는 건 — 그 여자는 다이나인이거나 다이나인/테클라인 혼혈 같았다 — 다른 문제였다. 가게 주인들은 신경 쓰지 않았다. 그 장소는 실제로 여성들이 운영하고, 아마 여성들이 소유한 곳 같았다. 그러나 바드가 들어왔을 때 그를 찍어두고 댄서들한테만큼 그에게 주의를 기울이고 있는 다른 손님들이 있었다. 보통의 테클라인보다 더 큰 테클라인, 그리고 콕 집어 말하기는 어렵지만 '나 건드리지 마' 같은 분위기를 풍기는 중년의 다이나인 남자와 함께 있지 않았다면 그는 곤란을 겪었을지도 모른다. 고객 몇 명은 네오앤더인에 대한 이야기들이 허풍인지 아닌지 알아보려고 폭력 행위에 가담할 수도 있었다. 그렇지만 지금 상황에서 바드가 걱정할 일은 사람들이 매우 노려보고 있다는 점과, 뭔지 모를 이스트 야생종에 오염된 사과술을 마시고 병에 걸리지 않을까 하는 점이었다.

이런 지역 공동체의 모형이나 공동체에 대한 기대가 대중적으로 일어나기 시작한 것은 제로 후 5백 년경, 크레이들에 사는 사람이 충분히 많아져 바깥으로 퍼져 나갈 수밖에 없던 때부터였다. 첫 번째 외부 거주지는 클레프트에서 겨우 몇 킬로미터 떨어진 곳에 있었다. 사실, 다른 달 바위들을 식민화할 수 있는 지점까지 공업 기반이 발전하는 제2밀레니엄 초기, 정착지는 거의 모두 클레프트로 한정되었다. 그런 공동체는 실제 존재할 때보다 허구적인 오락물에서 나타날 때가 더 많았다. 20세기 미국 문화에서 옛 서부가 거의 완전히 허구적이지만 낭만적으로 묘사되었던 것처럼, 개척 공동체도 거주지 고리의 사람들에게 낭만적으로 묘사되었다. 그래서 이곳처럼, 드물지만 그런 종류의 정착지가 *처음부터* 만들어질 경우 사람들이 품고 있는 기대에 맞게 지어지곤 했다. 그 사람들은 평생 제2밀레니엄 개척자들이 나오는 허구적 연속극을 보아오던 시청자들이었다.

그래도 좀 놀라운 부분들이 있었다. 이 술집의 소유자가 여성이라는 사실은 별로 놀랍지 않았다. 성인 엔터테인먼트에서 그런 일은 드물지 않았고, 선택 편향 같은 것도 작용했다. 그들이 이곳에 앉아 있기로 한 이유는 캐스 2나 아리안이 다른 사람들만큼 이곳이 섬뜩하다고 느끼지 않았기 때문이었다. 그곳에 있는 사람들 중 절반쯤이 인디전이라는 사실이 더 놀라웠다. 인디전이 아닌 사람들 — 해안에 떠 있는 얼음판에서 물을 건너온 사람들 — 은 머리 모양이나 옷, 태도 등으로 알아볼 수 있었다. 하지만 직업이 무엇이고 카약에 있는 이유가 무엇인지 짐작만 가는, 머리털 등이 텁수룩하고 차림새도 형형색색인 인물들이 있었고 양쪽의 수는 서로 맞먹었다. 그런 사람들은 대부분 20킬로미터쯤 떨어진 RIZ에서 무역이나 다른 형태의 교류를 하기 위해 해안을 따라왔다고 추측하는 쪽이 맞을 것이다. 그러나 카약은 예상보다 더 크고 사람이 많았다. 인구 증가나 무역량이 '조약'에서 부과한 한계를 초과한다는 것을 시사했다. 산으로 둘러싸여 있으며 일 년 중 대부분의 시간 동안 짙은 구름 아래 숨어 있는 이곳에서 위법 도시가 자라나고 있었다. 이곳에서 일어나는 일이라면, 블루 쪽 세계의 다른 곳에서도 일어나고 있을 것이다. 레드는 그것을 알아야 했다. 구름 장막 하나만 가지고 이런 장소를 비밀로 할 수는 없었다. 그러면 왜 레드는 외교적 항의를 제기하지 않았을까? 레드도 같은 일을 하기 때문일 터이다. 어쩌면 더 큰 규모일 수도 있다. 그래서 레드와 블루는 말썽을 빚지 않는다는 암묵적 합의에 이른 것이다.

지구 표면에 사는 사람들은 얼마나 될까? 블루 쪽에서 말하는 공식적인 숫자는 백만 명가량이었고, 대부분 크레이들 소켓 주위에 집중되어 있었다. 실제 인구는 훨씬 더 많을 것이다.

마침내 머리가 길고 수염이 드문드문한 젊은 아이비인 남자가 그들에게 접근했다. 5천 년이나 만 년 전만 해도 그는 선조가 아시아에서 원래 있던 베링기아 해협을 건너 남아메리카와 북아메리카로 유입된 사람으로 보였을 것이다. 그는 방문객들이 자기를 조심스럽게 바라본다는 걸 알아차리고 있었지만 어쨌거나 배짱 좋게 그들에게 다가갔다. 그는 아무렇지도 않게 손을 옆으로 툭 떨어뜨리고 있다가 손바닥을 약간 내밀었다. 마치 손을 위로 치켜들고 "대체 당신네들 여기서 뭐 하는 거야?" 하고 외치기 직전에 참기라도 하듯이. 그는 바짝 경계하면서도 약간 재미있어 했다. 더 가까이 오자 그가 보기보다 키가 더 크다는 걸 확실히 알 수 있었다. 마른 체격과 구부정한 자세 때문에 처음에 잘못 보았던 것이다.

그들 역시 이 젊은 아이비인에게 같은 질문을 했을지도 모른다. "당신 대체 여기서 뭐 하는 거야?" 그는 5년 전 체인하 탄에서 유행하던 패션인 모피와 뼈와 동물 가죽으로 맞춘 옷을 입고 있었다. 그런 옷차림을 보건대 카약에 상업적 연줄이 있 는 인디전인 것 같았다. 아마 자기 RIZ에서 가장 영리한 소년 일 것이다. 괴짜 아이비인 몽상가들의 아들로, 자기 두뇌로 할 수 있는 일이 무엇일지 찾고 있는 것 같았다. 그는 다이나인 친 구들과 바에 앉아 노닥거리고 있었지만, 그들 모두 누드 댄서 를 보고 자극을 받는 것이 아니라 오히려 당황한 것 같았다.

"산을 넘어 왔습니까?" 그가 물었다. 질 좋고 매우 따뜻해 보 이는 그들의 새 옷을 보고 넘겨짚은 것이었다.

타이만 빼고 다른 사람들은 모두 이를 어색함을 누그러뜨리 려는 말로 받아들였다. 그러나 타이는 다른 사람이 미처 대답 할 틈도 없이 말했다. "우리한테는 안내원이 필요 없는데."

소년은 아주 약간 움찔했을 뿐이다. "안내원이라," 그는 타이 가 방금 아주 독특하고 흥미로운 주제를 대화에 끼워 넣었다는 듯이 되풀이했다. "아뇨. 안내원을 찾고 있는 사람이라고 생각 하지는 않았어요." 거주지 고리에서 온 —조약에 따르면 불법 인— 모험 여행가들을 뜻하는 것이었다.

그렇다면 그는 그들을 어떤 사람으로 생각한 것일까. 분위기 가 약간 어색해졌지만 그는 말을 계속했다. "산을 넘어간다면 보여드릴 것이 있어요."

"특별한 거? 둘도 없는 물건? 사람들에게 늘 보여주는 것?" 타이가 물었다.

소년은 민망한 것 같았다. "전에 거기 두 번 갔어요. 흥미로운 거예요."

"돈을 주는 손님들과 갔겠지?" 타이가 물었다. "왜냐하면……." 그러나 아리안이 그의 팔에 한 손을 얹는 바람에 말이 끊겼다.

"저 아이는 흥미롭다고 말했어. 돈이 동기가 아니야." 아리안이 말했다.

"좋아." 타이가 말했다.

"네 이름이 뭐지?" 아리안이 물었다.

소년은 자기 디플렉터 화면을 보여주며 말했다. "아인슈타인이에요."

침묵이 뒤따랐다. 아무도 웃지 않자 그는 자세를 똑바로 고치고서 더 가까이 다가왔다.

"이게 뭐가 그렇게 흥미로운데?"

"팩트fact거든요."

"무슨 말인지 모르겠는데. 흥미롭다는 게 사실이라는 말이야, 아니면……." 캐스 2는 무언가 짚이는 바가 있어 말을 하다가 멈추었다. '팩트'라는 단어 앞에는 아포스트로피 부호가 딸려 있었다. 소년의 말뜻은 그것이 '아티팩트artifact'라는 것이었다. 제로 이전의 세계에서 살아남은 물건.

"가서 보자." 타이가 그의 제안을 받아들였다.

다음 날 그들은 아인슈타인을 조금 더 이해할 수 있었다. 캐스 2가 모두 글라이더에 태워 산 너머로 날아가면서 아인슈타인 같은 도보여행자들에게 아티팩트가 있는 장소까지 가는 길이 얼마나 힘들었을지 알게 되면서부터였다. 그러면 그는 애초에 그것을 어떻게 발견했느냐는 의문이 생겼다. "화이트아웃[35]에 빠져 완전히 길을 잃었다가 우연히 행운을 만났다"는 답이 가장 그럴듯해 보였지만, 아마 그의 마을 사람들은 이 산맥 내륙 쪽 비탈을 체계적으로 이 잡듯이 훑었을 것이다.

그들은 카얌베 소켓에서 마그달레나로 올 때 탔던 것과 같은 종류의 글라이더로 여행하고 있었다. 엔진이 없어서 기계적 손상 없이 애쉬월을 통과해 날 수 있었고, 제트기보다 더 느렸기 때문에 캐스 2의 바람막이가 미세한 암석 조각으로 마모되어 흐려질까봐 걱정할 필요도 별로 없었다. 제일 짙은 구름 속을 날 때는 어디로 가고 있는지 볼 수 없어서 약간 걱정했지만, 그녀는 근처 봉우리의 고도를 알고 있었으므로 그 고도 위에 머물러 있었다. 일단 시야가 조금 선명해지자 재를 이용할 수도 있었다. 재는 공중에서, 소용돌이치는 물속에 떨어진 잉크방울 같이 공기의 흐름과 소용돌이를 분명히 보여주었다.

아인슈타인은 지구 표면에서 태어났고 그곳을 한 번도 떠나지 않기 때문에 세븐에게는 이국적으로 보였다. 이번이 그가 비행 기계를 타고 나는 첫 번째 여행이었다. 위에서 산맥을 보려면 정신적으로 어느 정도 적응할 시간이 필요했지만 그는 재빠르게 적응했다. 어쨌든 그는 아티팩트가 있는 위도와 경도를 알고 있었다. 산꼭대기 위를 지나 깨끗한 공기 속으로 들어가자, 그는 캐스 2에게 해안지대와 그 너머의 산꼭대기 사이에

---

35 화이트아웃whiteout: 극지에서 모든 것이 백색으로 보여 방향감각이 없어지는 상태.

있는 높은 골짜기를 가리켰다. 위쪽 지역에는 생명이 없었지만, 비탈을 더 내려오면 툰드라와 낮은 관목이 자리 잡기 시작한 모습이 보였다. 규칙적인 간격을 보면 이들은 우주에서 뿌린 씨가 분명했다. 로봇 팟이 하늘에서부터 정확한 기하학적 대형을 이루며 내려와 육각형 배열로 땅에 떨어진 후 부서져 열리며 씨앗을 땅에 쏟아냈다. 관료주의적인 테리폼 내부에 있는 농담꾼들이 여기에 '오난ONAN'이라는 별명을 붙였다. 궤도 신新농업 엔진Orbital Neo-Agricultural Nacelles. 세월이 지나고 오난에서 나온 생태계가 퍼지면서, 육각형 패턴은 생명의 자연스러운 혼돈 속에 사라졌다. 그러나 식물들이 느릿느릿 자라는 이런 환경에서는, 지금부터 몇 세기가 흘러갈 동안 여전히 그 형태가 보일 것이다.

캐스 2는 계곡 위아래를 몇 번 날아다니다가, 계절에 따라 잠깐씩 드러나는 평평한 강바닥을 발견했다. 강바닥은 얼어붙은 화산재 반죽으로 덮여 있었지만, 그녀가 보기에는 이착륙을 할 수 있을 것 같았다. 전날 밤 충전해둔 글라이더의 저장 장치에는 아직 100퍼센트 에너지가 남아 있었다. 그래서 캐스 2는 또 한 번 길게 궤도를 돌면서 속도를 줄인 다음 오르막 방향으로 가며 착륙했다. 처음에는 부드럽게 지면을 스치며, 강바닥이 진짜 단단하게 얼어붙었는지 확인했다. 그러고는 단호하게 글라이더를 착륙시켰다. 마지막에 날개 끝이 끌리면서 날개 한쪽이 튀어나온 바위에 부딪칠지도 모른다고 걱정했지만, 그런 일을 피해 아무 손상도 입지 않고 글라이더를 완전히 정지시킬 수 있었다. 벨레드와 바드가 먼저 내려 양쪽 날개 끝으로 각자 뛰어갔다. 날개를 들어 올린 다음 시계방향으로 커다란 원을 그리며 돌아 글라이더를 회전시킬 수 있었다. 캐스 2가 그들에게 언제 멈춰야 하는지 알려주었다.

타이는 나가서 옆에 달린 화물 해치를 열고 시위 두 대를 풀어놓았다. 시위들은 팔꿈치로 밀치는 것 같은 독특한 이동방식으로 땅을 가로질러 움직이기 시작했다. 게다가 버키 두 대도 관측 장소 겸 통신 연결을 할 수 있는 고지를 찾아 굴러다녔다. 이제 그들이 해야 할 가장 큰 일은 글라이더가 마구잡이로 몰아치는 강풍에 날아가버리지 않도록 아래쪽에 묶어놓는 것이었다. 시위는 원래 땅을 파고 터널을 내는 일에 능숙한 지구과 학용 로봇이었다. 닥에게서 잠시 설명을 들으며 몇 분 동안 움직인 후 그들은 강바닥 옆쪽에 있는 튼튼해 보이는 둥근 바위에 닻을 고정시킬 수 있었다. 타이와 바드는 그곳에서 글라이더의 날개 끝에 밧줄을 연결하고 단단히 고정했다. 그동안 벨레드는 안절부절못하며 주변을 성큼성큼 걸어다니고 있었다. 캐스 2와 아리안은 닥이 이런 장소에서 걸어다닐 때 쓰는 그랩을 배치했다. 그런 그랩은 다리 달린 휠체어 같은 역할을 했기 때문에 몸이 건강한 사람들도 그것을 잡고 전진하기 힘든 지형을 따라 조심조심 움직일 수 있었다. 한편 메미는 그의 몸을 따뜻하게 감싸주고 돌아다닐 준비를 갖추어주었다. 아인슈타인은 모든 것을 지켜보고 엄청난 질문을 퍼부었으나, 대부분 닥이 직접 쾌활하게 대답해주었다. 아인슈타인도 RIZ의 비디오에서 이런 기술을 많이 보았을 테지만, 이것은 첫 번째 직접 경험이었다.

그는 무기들에 대해 물어보지 않을 만큼의 분별력은 있었다. 캐스 2와 타이, 벨레드와 바드의 캐터펄트는 모두 다른 종류였다. 그들은 전쟁에 나가는 군인처럼 무장하지는 않았다. 커다란 포식자나 나쁜 자생종들이 돌아다닐지도 모르는 장소에 위험을 무릅쓰고 가는 조사부 직원의 준비 조처와 더 비슷했다. 캐스 2는 최근 끝낸 조사 임무에 휴대했던 것과 같은 소형 캐터펄트를 가져갔다. 전자기 추진력을 사용해 한 종류의 앰봇을 커다랗고 체온이 따뜻한 목표물로 쏘아 보내는 휴대용 무기였다. 앰봇은 목표물에서 커다랗게 적외선 색깔을 내뿜는 부분을 향해 자동적으로 방향을 잡고 날아가 소행성에 착륙하는 우주 탐험선처럼 내려앉은 다음, 그 생물을 제압하기 위해 돌아다닐 것이다. 어떤 커다란 동물이라도 이것을 두세 발 몸에 맞으면 캐스 2를 먹을 생각이 없어질 것이다. 티우라탐 레이크의 무기는 캐스 2의 것과 같았지만 약간 더 구식이고, 더 무겁고, 더 예전 것이었다. 그것은 두 개의 탄창을 가지고 있었는데 그중 하나는 캐스 2의 것과 완전히 똑같았다. 다른 쪽 탄창에는 아마 인간을 향해 쏠 수 있는 다른 타입의 앰봇이 들어 있을 것이다. 벨레드는 양손용 캐터펄트를 매달고 있었는데, 두 사람의 것보다 상당히 더 컸다. 몸에는 길고 유연한 탄창을 탄띠처럼 감고 있었다. 좀 지나치다 싶을 정도의 무장이었지만 그것이 그가 가진 전부였고, 딱히 무겁게 여겨지지도 않았다. 랭고바드는 레드 측 네오앤더족의 전통적인 스타일대로 여러 가지 앰봇을 잡다하게 갖고 있었다. 전부 합해 열두 가지쯤 될 앰봇이 그의 몸 위를 기어다녔고, 팔뚝에는 캐터펄트가 부목처럼 묶여 있었다. 그가 손에 쥔 조종기로 발사 명령을 내리면 앰봇이 자기들의 네트워크에 그 명령을 전하고 팔꿈치로 가서 캐터펄트의 발사 장치로 들어갈 것이다. 좀 간접적인 방식인 것 같았지만, 앰봇이 할 일이 없을 때 바드의 몸을 순찰하며 적이 쏘아 보낸 외부 앰봇을 찾아내 전투를 벌일 수 있다는 이점이 있었다.

모든 것이 아인슈타인에게는 신기하고 매혹적이었다. 누구라도 이 작동 방식을 자세히 생각해보려고 한다면 그런 감정을 느낄 것이다. 그러나 세븐에게는 일상적인 일이라 아무도 그 이야기를 하지 않았다. 앰봇이 바드를 감염시킨다는 사실은 레드의 방식을 잘 모르는 사람들에게는 신기하고 정신 사나운 일이겠지만, 그들이 계곡을 따라 터벅터벅 내려가기 시작하자 앰봇들이 전부 몇 가지 반복적이고 전형적인 행동을 보이는 프로그램을 수행하고 있다는 것이 분명히 드러났다. 그의 어깨에 올라앉거나 몸 중심부를 방어하는 동작을 보이고 있었다. 때때로 몇 개가 이어져 열차 모양을 만들려고 했지만, 그러기에는 앰봇들의 수가 적었다.

크레이들에서 여기까지 오면서 남는 시간 동안 벨레드와 바드와 타이는 함께 개인실에 앉아 장비 상자를 열고, 각자 여러 가지 앰봇들을 서로 적응시키려고 애썼다. 그래야 그들의 앰봇이 바드의 탄약을 적대적인 것이라고 인식하지 않고, 그 반대도 가능할 것이다. 그들은 대체로 블루에서 프로그램한 앰봇을 썼고, 바드는 레드 쪽에서 더 많이 쓰이는 앰봇을 사용했기 때문이다. 지금까지는 제대로 된 것 같았다. 바위 사이의 좁은 통로를 통해 간신히 지나가야 하는 경우처럼 계곡 지형 때문에 모두 함께 모여 이동해야 할 때, 바드의 앰봇은 벨레드의 성난 탄띠에 들어 있는 놈들의 냄새를 맡은 듯이 바드의 몸에서 벨레드 쪽을 향하는 옆구리로 기어가 그쪽으로 센서를 겨냥했다. 그러나 몸을 던져 공격할 정도로 적대적인 것 같지는 않았다. 어떤 통신체계가 반대편 때문에 고장 나거나 해킹을 당하면, 발전한 앰봇들은 소리를 포함해서 엄청나게 많은 여러 가지 방식으로 통신을 했다. 대체로 초음파를 선호했지만, 모든 주파수를 다 사용할 수 있었다. 그래서 때때로 바드의 봇모에서 소리가 났다. 주위에 있는 블루 봇모들을 분석하거나 혼란시키려는 것이었다. 때로는 쉿쉿거리는 소리였다가 또 때로는 인간의 청력으로 소화하기엔 너무 빠르게 나오는 수학적인 곡조였다. 하여간 벨레드와 타이, 캐스 2의 무기에서는 아무 소리도 — 적어도 인간에게 들리는 소리는 — 나지 않았다. 대체로 블루 무기 제조자들은 '멍청해도 양이 많은 앰봇' 철학 쪽을 추구했고, 레드 제조자들은 다른 쪽 길을 갔다.

험한 지형에서는 그랩에 탄 닥이 누구보다도 더 잘 움직였다. 기어오르는 데 타고난 재능이 있는 아인슈타인 정도가 예외일까. 그들 둘은 재빨리 앞으로 나아갔고, 그다음 벨레드가 갑자기 성큼성큼 달려서 그들을 따라잡았다. 선봉에 서려는 본능 같은 것이었다. 랭고바드는 뒤에 남아 후위 역할을 하는 쪽이 더 좋은 것 같았다. 그러다 보니 속도가 느린 아리안과 함께 시간을 더 많이 보내게 되었다. 때때로 거친 땅 위를 갈 때면 그냥 아리안을 들어 올려 이동하기도 했다. 높은 쪽 계곡은 평평했지만, 오난이 씨를 뿌린 초목이 자란 고도까지는 더 가파른 길을 내려가야 했다. 그다음에는 화산토에 뿌리박은 작고 빽빽한 관목숲 속에서 길을 찾아야 했지만, 가기는 더 쉬웠다. 미소유기체 종류가 먼저 뿌려진 땅이라는 것을 그들은 발과 코로 느꼈다. 화산재 안에는 유황 같은 독성물질이 있을 때가 많으므로, 그것을 건강에 좋은 토양으로 바꾸기 위해 뿌린 것 같았다.

아인슈타인은 비행기에서 내릴 때까지 속을 터놓지 않았다. 그러나 내린 다음부터는 닥에게든, 목소리가 들릴 만한 위치에 있는 사람 누구에게든 그들이 보러 가고 있는 물건에 대해 자기가 추측한 배경 이야기를 하고 있었다.

"거기 가면 아시게 될 거예요." 그는 여러 번 말했다. 자기 이론theory이 옳은지 확신이 없음을 보여주는 말이었다. 그는 '이야기story'와 운을 맞추려고 이론이라는 말을 썼다.

"나도 찾아봤어요." 아인슈타인이 자주 쓰는 표현이었다. 그는 닥이 누구인지 제대로 모르고 질문에 잘 대답해주는 매우 나이 많은 노인으로만 보았다. 온화하게 질문에 대답을 해주는가 하면 또 퉁명스럽지 않고 자연스럽게 질문을 건네기도 하는 그런 사람으로 생각했다.

"그 사람들은 이런 바퀴 달린 탈것을 갖고 있었어요……."

"차?"

"아뇨. 커다란 상자 모양 탈것인데요."

"트럭이나 대형 화물차겠군." 닥이 말했다.

"제 이론은 이 팩트가 거기에 사용되었다는 거예요."

"하지만 조금 전에는 쓰나미 때문에 산 너머로 굴러 나왔다고 말하지 않았니." 닥이 최대한 부드러운 어조로 이의를 제기했다.

"맞아요."

"그러면 그 물건은 대양 어딘가에서 돌아다니고 있었다는 이야기겠구나."

"내 이론이 그거예요."

"그러면 바닥으로 가라앉지 않았을까? 그 상자들은 진공 밀폐된 게 아니야. 조만간 물이 들어갔을 텐데."

"그 상자 안은 전부 검은 찌꺼기로 발려 있었던 거예요." 또 발음이 틀렸지만 아인슈타인은 그렇게 말했다.

"거기서 무슨 결론이 나왔는데?"

"나도 찾아봤어요. 이 트럭들은 온갖 물건을 실어 나르는 데 사용되었더라고요. 무거운 물건뿐만 아니라 감자칩, 운동화, 장난감 같은 것도요. 내 이론으로는 이 상자도 그런 거예요. 물가에 있다가 초기 쓰나미에 언어맞고 휩쓸려갔는데, 거기서 작은 것들은 바다로 끌려갔어요. 하지만 가라앉지는 않았죠. 왜냐하면……."

"왜냐하면 감자칩 같은 것이 가득 차 있어서 그랬겠지." 닥이 말했다.

"맞아요. 불에도 타지 않았어요. 적어도 금방은요. 물속에 있었으니까. 하지만 나중에는 진짜 커다란 쓰나미에 붙잡혔어요. 안티머를 만들어낸 것 같은 쓰나미요. 쓰나미가 곧장 산 위로 들어 올려 내다꽂은 거죠…… 바로 저기요. 이제 거의 보일 거예요."

"그래서 그 안에 있던 것이 불타면서 검은 찌꺼기만 남았다는 거지?" 닥이 발음을 살짝 강조하며 말했다.

"그래요. 페인트와 타이어, 철이 아닌 모든 물건들은 다 타서 없어졌겠죠."

"그러면 5천 년 동안 녹슬어 없어지지 않았을까?"

"나도 찾아봤어요." 아인슈타인이 말했다. "그 장소는 아주 건조했어요. 이 트럭은 아마 파묻혀 있었을 거고요. 그래요. 녹이 좀 슬었죠. 하지만 '구름 세기'까지 보존되었어요."

아인슈타인은 그것도 찾아본 것이 확실했다. '구름 세기'는 대충 4300~4400년이었다. 대양들이 회복되었지만 모든 것이 아직 아주 뜨겁던 때였다.

"그리고 강들이 다시 흐르면서 침식 때문에 드러난 거죠. 맞아요, 드러난 부분에는 녹이 꽤 슬었죠. 하지만 다른 금속으로 되어 있는 부분들도 있었어요."

"알루미늄이군." 닥이 말했다.

위도와 경도를 알려주는 장치를 계속 바라보던 아인슈타인의 이야기가 꼬리를 끌며 사라졌다. 보아하니 갈피를 잃은 모양이었다.

마침내 그는 키 큰 관목들이 선 비탈을 뚫고 단호하게 계곡 아래쪽으로 50미터쯤 움직였다. 다른 사람들도 그를 따라갔다. 시야가 좋지 않았기 때문에 그 '팩트'가 보이기 전에 그의 반응이 먼저 들렸다. "대체 저건……"

"저게 뭐지?" 타이가 날카롭게 물었다.

"누가 파갔어요!" 아인슈타인이 외쳤다.

그들은 지름과 길이가 6미터쯤 되는 구덩이 가장자리에 서 있었다. 땅에 난 흔적을 보니 누군가가 삽으로 파냈고, 흐린 발자국들을 보니 그 삽은 로봇이 아니라 인간이 휘둘렀다. 발굴 부분 가장 깊은 바닥에는 녹 때문에 회색 흙이 붉게 얼룩져 있었지만, 그 외에는 텅 빈 구덩이였다. 그곳에서 무엇이 녹슬어가고 있었는지 모르지만, 거기 있던 것은 완전히 사라져버렸다. 아인슈타인이 거짓말을 하지 않았다는 증거는 단단하고 검은 플라스틱 몇 조각과 온통 녹으로 변해버린 철 조각뿐이었다.

타이는 조심스럽게 구덩이 속으로 내려가 젖은 데다 녹슨 감탕 속을 발끝으로 쿡 찔러보더니 손을 넣어 뭔가를 꺼냈다. 한참 진흙을 떨어낸 다음 구덩이 밖에 있는 벨레드에게 건네주었다. 벨레드는 그것을 공중으로 들어 올렸다. 구부러진 검은 원통이었다.

"하루 종일 헛수고를 한 건 아니야." 타이가 말했다. "모두들 진짜 아티팩트를 만져봐. 친구들, 이건 5천 년 된 라디에이터 호스야."

세븐은 어떤 감정으로 인해 정신적 기력이 더 빠지는 건지 알 수가 없었다. 누가 이 구덩이를 팠는지, 왜 팠는지 모르는 데서 느껴지는 크나큰 당혹감. 온전한 트럭을 보여주겠다고 약속했다가 엄청나게 당황하고 있는 아인슈타인에 대한 동정. 남아 있는 것이 녹슨 얼룩과 라디에이터 호스뿐이라는 데서 오는 실망감. 알 수 없는 사람들이 삽을 갖고 근처 어딘가에 돌아다니고 있다는 생각을 하자 왠지 모르게 밀려오는 경계심. 그러나 제로 이전에서 온 진짜 아티팩트를 만났다는 깨달음은 이런 모든 감정을 쓰나미처럼 집어삼켰다. 여기까지 비행하면서 밝혀진 바로는, 닥도 박물관 진열품을 빼면 그런 물건은 평생 세 번 보았고, 다른 사람들은 한 번도 본 적이 없었다는 사실이다.

그들은 침묵 속에서 잠시 동안 그곳에 선 채 그 물건을 손에서 손으로 넘기며 생각에 잠겼다. 그 물건을 생산한 공장, 설계한 기술자, 차량을 조립한 노동자들, 차를 몰고 돌아다녔던 운전자, 하드레인이 내리기 시작한 날에 대한 생각들. 사실 70억 명의 운명을 상상하는 쪽이 한 명의 운명을 구체적으로 상상하는 쪽보다 감정적 영향이 훨씬 더 적었다.

벨레드는 아티팩트를 잠시 만지작거리면서 알 수 없는 표정으로 바라본 다음 캐스 2에게 넘겨주었다. 그러더니 구덩이 가장자리로부터 물러서서 안절부절못하며 근처를 빙빙 돌기 시작했다. 잠시 후 그가 소리쳐 다른 사람들을 불렀다. 경고의 목소리는 아니었다.

10미터 정도 떨어져 있는, 계곡 아래가 약간 보이는 경사면 사이 틈에 토템 같은 것이 세워져 있었다. 산화 때문에 희게 변한 알루미늄 배관 한 토막이 사람 키만 한 높이까지 땅에서 수직으로 튀어나와 있었다. 꼭대기에 둥그런 물건이 있었는데, 손상되고 눌어붙은 검은 물질 때문에 거의 알아볼 수 없는 강철 고리였다. 고리 한가운데에 가로대가 꽂혀 있고, 구멍에는 철사가 느슨하게 매달려 있었다.

"차 핸들이야." 타이가 말했다. "플라스틱 코팅이 탔지만 강철 테두리 때문에 그대로 붙어 있어."

"누가 이걸 여기 두었을까?" 아리안이 물었다. 마지막으로 도착했기 때문에 제대로 시야를 확보하려면 자기보다 키 큰 세 븐 사람들 사이를 교묘히 비집고 들어가야 했다. 그러다가 그 녀는 울퉁불퉁한 땅의 길고 낮은 흙더미에 걸려 넘어질 뻔했 다. 핸들 토템은 그 흙더미 한쪽 끝에 세워져 있었다.

"누군지 몰라도 운전자를 묻어준 사람이겠지." 타이가 대답 했다.

닥은 아인슈타인을 보았다. "사람 유골도 있다는 걸 알고 있 었니?"

아인슈타인은 양손을 들어 올렸다. "이건 아셔야 해요. 그 트 럭은 다트처럼 내리박혔어요. 앞부분 먼저요."

"자연스러운 일이야." 닥이 말했다. "모든 무게가 엔진 블록 에 실려 있으니까. 우리가 세운 가설처럼 그 상자에는 가벼운 물건들이 가득 들어 있었어."

"땅 위에 튀어나와 있던 부분은 범퍼 이 정도와 상자 몇 개 정도였어요." 아인슈타인은 일 미터 정도 손을 벌리고 있었다. "그 사람이 있었던 장소는……."

"운전석 말이지." 타이가 말했다.

"……땅속 깊이 있었어요. 이걸 아셔야 해요. 이렇게 땅을 파 낸 건……."

"너도 엄청 놀랄 일이겠지. 그래, 그건 알아." 닥이 말했다.

"마지막으로 여기 온 게 언제지?" 랭고바드가 물었다.

"2년 전이요." 아인슈타인이 말했다. "하지만 이걸 아셔야 해 요. 우리 RIZ에서 누군가 삽을 가지고 이리 올라와 트럭을 전 부 파냈다면 나도 그 이야기를 들었을 거예요."

"무엇 때문에 그랬을까?" 아리안이 물었다.

모두가 아리안을 쳐다보았다.

"제자리에 있을 때라면 트럭은 값을 따질 수 없을 정도로 귀한 물건이었어. 합법적이든 아니든 간에 관광객들은 여기 와서 그걸 보려고 얼마든지 돈을 지불했을 거야. 그걸 파낼 수는 있어. 관광객들이 전체 모습을 볼 수 있도록…… 하지만……."

"하지만 그러는 대신 완전히 해체해버렸지." 닥이 말했다. "그리고 값이 나갈 만한 것을 전부 가져갔고."

"값이 나간다고요? 무슨 말씀을 하시는 건지 모르겠는데요." 아리안이 말했다.

"디거[36]들은 엔진 블록을 가져가려고 했어." 그녀의 물음에 대한 답이라도 되는 양 닥이 말했지만 그 말은 전혀 대답이 되지 않았다. 잠시 후 그녀는 어떤 생각이 떠오른 것 같았다.

"아, 약탈자들이었다고 생각하시는군요."

바드는 그녀의 말을 금방 이해했다. "그 엔진 블록이 지금 크레이들에 있는 어느 부자 수집가의 개인 박물관 안에, 전시용 상자에 담겨 있을 거라고 생각하시는군요." 그가 추측했다.

"불합리한 추정은 아니야." 닥은 그의 말을 인정했지만, 어조로 보면 사실 그런 생각을 하고 있던 게 아니었음이 분명했다. "하지만 약탈자들이 의식을 갖추어 운전자를 매장하는 수고까지 한 건 이상해 보이는데."

"엔진 블록이 약탈품으로 — 수집가의 수집품으로 — 가치가

---

36 디거Digger: 땅을 파낸 사람.

없었다면 무슨 가치가 있을까요?" 캐스 2가 물었다.

"철이라는 가치가 있었지." 닥이 말했다. "녹여서 다른 모양으로 만들 수 있는 순수한 금속 수백 킬로그램이야."

"온 우주에서 철보다 더 가치 없는 게 어디 있습니까?" 바드가 비웃었다. "우리는 5천 년 동안 거대한 철 덩어리 안에 살고 있었는데요."

"*우리는* 그랬지." 닥이 동의하더니, 손을 조금 움직여 그랩의자를 묘지에서 물린 다음 도로 발굴지로 가기 시작했다. 리멤브런스는 알 수 없는 표정으로 어깨 너머를 바라보더니 그를 따라갔다.

그들은 다시 모여 새로운 시각으로 그 구덩이를 바라보았다. 타이는 회색 재 위에 작은 적갈색 방울들이 뿌려진 장소를 짚어냈고, 누군가 그곳에서 활톱으로 작업을 하여 땅에 철 톱밥이 떨어졌고 작은 톱밥 조각들이 녹슬었으리라는 추측을 했다. 그가 손가락으로 재를 비비자 깨끗한 금속 가루가 나타났다. 바드는 흠집이 난 단단한 나무 쐐기를 발견했는데 두꺼운 쪽은 망치질로 여러 번 두드린 흔적이 있었다. 엔진 블록을 더 쉽게 가져가려고 조각조각으로 해체할 때 그 쐐기가 사용되었다고 추측했다. 벨레드는 주위를 계속 돌다가 일 미터 남짓한 딱딱한 나무 기둥을 찾아냈다. 한쪽 끝은 둥글고 깔끔하게 다듬어져 있었고, 다른 쪽 끝은 날카롭게 부러져 있었다. "삽 한 자루를 분질렀군." 그가 말했다. 나무 기둥을 앞으로 잡고 돌리자 나무에 찍혀 있는 글이 보였다. "스랩 태스매너Srap Tasmaner." 그가 소리 내어 읽었다.

"나 좀 보여주게." 닥이 말했다.

벨레드가 건네주자 닥은 잠시 그것을 말없이 빤히 바라보았다. 겉보기에는 사소해 보이는 잔해 조각을 그가 더 오래 보고 있을수록, 다른 사람들의 주의는 그에게 쏠렸다. 결국 그곳에 있는 사람들 모두가 그를 말없이 바라보고만 있었다. 그는 눈을 반쯤 감은 듯 내리뜨고 있었다. 그 물건에 온통 정신을 집중하고 있는 것인지 아니면 잠이 든 것인지 알 수 없었다.

마침내 그는 날카로운 끝이 아래쪽으로 오도록 막대기를 돌리더니 땅을 긁어 글자 한 자를 썼다.

C

"벨레드, 자네는 이걸 S 자로 읽지. 하지만 학교에서 배운 바와 같이 한때는 이 글자가 우리가 K로 쓰는 글자를 포함해 여러 가지 소리를 내는 데 쓰였다네."

그는 C 아래 K를 썼다.

"그다음 글자 몇 개는 낯이 익어. 앵글리스키도 같은 방식으로 쓰지."

CRA

KRA

"자네들은 네 번째 글자를 쓰다 만 P로 잘못 읽었어. 이제는 P와 닮은 옛날 문자 F를 쓰지 않으니까 자연히 일어나는 실수야. 대신 우리는 키릴 파이를 쓰지."

CRAF
KRAΦ

"그다음 두 글자는 TS인데, 앵글리스키에서는 이것을 더 쓰기 쉽게 한 글자로 대체하지."

CRAFTS
KRAΦЦ

"다음 세 글자는 영어와 앵글리스키가 똑같아."

CRAFTSMAN
KRAΦЦMAN

"기능공craftsman이군요." 벨레드가 마지막 줄을 읽고 말했다. "하지만 끝의 R은 뭐죠?"

CRAFTSMAN®

"작은 원으로 둘러쌌을 때 그건 발음하는 문자가 아니고 상업적 상표라는 표시야. 아니면 '표시였다'고 해야겠지. 내가 들은 바로는, 그건 5천 년 전의 상표였어."

고대와 현대 철자법 강의가 중간쯤 오자, 아리안은 매우 열심히 집중하더니 마지막 부분에서 한 손으로 입을 막았다. "에픽에서도 이런 걸 봤어요!" 그녀가 손가락 사이로 소리쳤다. "뉴 케어드가 이미르에 착륙할 때, 비야체슬라브가 에어로크에서 나가 도킹 포트에서 얼음을 치울 때요. 그가 딱 이렇게 생긴 삽을 사용했어요."

"그 말은……." 캐스 2가 닥을 재촉했다.

"그 말은 이 삽의 손잡이 자체가 크레이들에서 높은 가격으로 팔 수 있는 5천 년짜리 아티팩트라는 거지." 닥이 손잡이를 들어 올려 부러진 끝에서 흙을 쓸어내며 말했다. 아리안은 그 물건의 사진을 찍고 엄지손가락으로 태블릿을 두드렸다. "하지만 이걸 갖고 있던 사람들은 이 물건이 아무 소용없다고 생각하고 던져버렸어. 베링기아의 어느 장소에서든 나무만 잘라내면 나무 막대기가 생긴다는 걸 알고 있으니까."

"철이 가치가 있고 5천 년 된 아티팩트가 쓰레기라고 생각하는 사람들은 대체 어떤 사람들일까요?" 캐스 2가 물었다. 그러나 갑자기 모두에게서 동시에 높고 희미한 삑삑 소리가 나는 바람에 말이 끊겼다.

모두들 서로 떨어져서 따로 있게 될 때 통신할 수 있도록 이어폰을 소지하고 있었다. 대부분은 이어폰을 빼서 주머니에 넣어두거나 그냥 목에 걸어두고 있었으나 벨레드는 여전히 자기 이어폰을 끼고 있었다. 그는 한손으로 귀를 누르고 시계를 살펴보려는 듯이 다른 손 주먹을 쥐고 앞으로 내밀었다. 그러나 사실은 손목에 찬 작은 평판 화면을 보고 있었다. 그는 순간 빙글 돌아 계곡에서 그들이 내려온 방향을 쳐다보았다. 하지만 나뭇잎과 지형 때문에 아무것도 보이지 않았다.

"버키들이 근처에 커다란 동물들이 돌아다니는 걸 탐지했어요. 그리고 한 대가 조용해졌습니다."

"어제 여기 있는 젊은이 아인슈타인이 아티팩트를 보러 산속으로 가자고 제안했을 때, 처음에는 그 아이디어가 별로 내키지 않았어. 잠깐 관광 겸 딴짓을 하는 거라고 생각했지. 다만 우리가 나중에 밟을 절차를 총연습할 기회로 보고 거기에 찬성했네. 하지만 이제 이쪽이 본 행사인 것 같아." 닥이 말했다.

디거들은 글라이더 문 옆에 토템을 또 하나 세웠다. 이곳에 던져져 자란 어린 나무로 만들어진 높이 약 5미터의 장대 위에, 굽은 가지로 만든 원형 테가 공중 높이 치솟아 있었다. 세븐은 그것을 보고 운전자의 무덤에 놓였던 운전대 토템이 더 자연스럽게 변한 형태라고 생각했다. 이것은 그 사람들에게 어떤 의미를 갖는 것일까? 이제 그것은 달을 관통하는 에이전트의 상징이자 상형 문자로 보였다. 하지만 앵글리스키 알파벳에 들어온 그리스 문자 파이 같기도 했다. 파이는 F와 PF 양쪽을 대체했다. 그렇다면 어떤 단어의 머리글자도 될 수 있었다. 불Fire? 공포Fear? 철학Philosophy?

발굴 현장을 떠나기 전에 바드와 벨레드, 타이는 구덩이에서 나선형으로 돌며 근처를 정찰해나갔다. 나선은 점점 밖으로 큰 원을 그렸고, 그들은 부근에 아무것도 없다는 것을 확인하고 만족할 때까지 살펴보았다. 발자국이 보였고, 누군가가 매우 최근까지 머물러 있던 흔적이 발견되었다. 아마 트럭이 왜 사라졌는지 알아내려고 고심하고 있을 때 그들을 지켜보고 있었을 것이다.

계곡 위로 발걸음을 되짚어가면서, 그들은 보초병들을 보았다. 일부러 눈에 잘 띄는 장소에 올라가 있던 보초병들은 둥근 바위 꼭대기와 강바닥 옆으로 난 잡석 둔덕에서 강철 촉이 달린 창에 기대어 서 있었다. 구름 낀 하늘을 뚫고 내려오는 청회색 햇빛 속에서 창촉이 부드럽게 빛났다. 다른 디거들은 케이블과 도르래, 구부러진 강철로 된 이상하게 생긴 장치를 운반했는데, 벨레드는 그것을 보고 강력한 활이라고 했다. 거리가 있기 때문에 그들의 모습을 잘 알아보기는 힘들었다. 붉은 머리가 적지 않았다. 남자들은 대체로 턱수염이 있었다. 그들의 옷은 완전히 위장용인 것도 있었고, 그냥 자연 배경과 잘 어우러지는 옷도 있었다.

첫 번째로 한 쌍의 보초 사이를 지나갈 때, 벨레드는 뭔가 이상한 낌새를 채고 손을 들어 올려 멈추라는 신호를 보냈다. 더 나아가면 이 사람들을 등 뒤에 두게 되므로 불안했다. 보초들 쪽에서도 이를 분명 알아채고 이제 그들과 나란히 비탈을 올라가기 시작해서, 그들에게 출구가 될 길을 비워주었다.

적어도 걸어 나갈 출구는 만들어주었다. 그러나 세븐과 그들의 젊은 안내원은 글라이더 위에 세워진 토템과 마주쳤고, 25명 정도의 디거가 글라이더를 둘러싸고 있었다. 그들은 장비 상자를 전부 화물창 해치 밖으로 꺼내서 깔끔하게 줄지어 땅 위에 늘어놓은 다음, 상자의 내용물을 살펴보기 시작했다. 몇 명은 새로 얻은 재산들을 상세히 조사하며 자기들이 발견한 것을 목록으로 만들고 있었다.

"저런 사람들을 보거나 저 사람들에 대해서 들어본 적은 한 번도 없겠지, 아인슈타인." 닥이 말했다.

"소문은 들었어요. 하지만 이렇게 많은 줄은 몰랐어요. 그냥 다른 RIZ들에서 떨어져 나온 사람들이라고 생각했죠."

"자, 자네도 보다시피, 그런 사람들이 아니야." 그러더니 닥은 목소리를 살짝 높여 모두에게 말했다. "이제 충격이 가라앉을 시간이 좀 지났으니, 자네들도 우리가 보고 있는 광경이 뭔지 알겠지. 이 사람들은 일곱 이브의 자손이 아니야. 토박이 rootstock들이야. 그들의 조상은 하드레인으로부터 살아남았고, 어떻게 해서인지 몰라도 최근까지 지하에 살 수 있었던 방법을 찾아냈어. 아마 자네 친척일 거야, 티우라탐 레이크."

타이는 조금 시간이 걸려서야 닥이 5천 년 전의 사건을 암시한다는 것을 눈치챘다. "루퍼스 맥쿼리 말인가요?"

닥은 동의의 뜻으로 눈을 끔벅였다. "에픽에 자세히 기록되어 있듯이, 다이나의 아버지는 뜻이 같은 사람들 몇 명과 함께 지하로 갔어. 지난 세기 동안 인류는 그들의 거주지를 찾아서 그 사람들이 어떻게 되었는지 알려고 애썼지. 모두 헛수고였지만."

"아마 우리가 자기들을 발견하는 일을 바라지 않았겠죠." 타이가 말했다.

"그걸 알게 된 지 얼마나 오래되셨습니까?" 아리안이 물었다.

"*자네*는 언제부터 알고 있었나, 아리안?" 닥이 되물었다. "이상한 명령들을 받고 어느 정도 호기심을 느끼지 않았나?"

"물론이죠! 하지만 저는 절대……."

"그들이 어떻게 되었는지 궁금해하고 추측한 사람들은 많아. 내가 아는 확실한 첫 번째 증거는 일 년 전쯤 나타났어. 그 전에, 아인슈타인의 말처럼 이상한 소문들이 돌았어. 하지만 이탈한 수녀들이 자기 좋을 대로 살면서 오지를 돌아다닌다거나, 레드가 블루 영토를 조사하도록 보낸 전방 척후병이라고 생각하면 더 잘 설명되었지. 사실 조사부는 양쪽 경우를 다 발견했으니까." 닥이 벨레드를 쳐다보았고 벨레드는 그와 눈을 마주쳤다. "예를 들어, 레드는 놀랄 정도로 깊은 중앙아시아 내륙에서 갑자기 등장했어. 말해보라고 설득할 수만 있다면 토모프 중위가 거기에 대해 증언해줄 거야. 전투를 해본 사람들이 대개 그렇듯이, 그는 전투 경험이 없는 사람들과 이야기를 나누면 짜증만 불러일으킨다는 점을 잘 알고 있지."

"그럼 적어도 일 년 동안 체계적인 조사에 참여하셨군요."

아리안의 주의를 끄는 대목은 그뿐인 것 같았다.

"아리안 자네도 마찬가지였지. 단지 자네가 지금까지 몰랐을 뿐이야. 나도 확신하지는 못했다네." 닥은 메미를 바라보았다. 메미는 삽의 손잡이를 붙잡고 있다가 이제 보행용 지팡이로 쓰고 있었다. 닥은 살짝 장난스러운 표정을 지었다. "'스랩 태즈 매너의 막대기'를 손에 쥘 때까지는."

"그 사람들에 대해 우리가 아는 게 얼마나 될까요?" 랭고바드가 물었다.

"지금으로서는 다른 스페이서Spacer 모두를 합한 것보다 우리 여덟 명이 이 사람들에 대해 백 배쯤 더 많이 알고 있을걸."

닥이 말했다.

"스페이서? 그게 뭐죠?"

닥은 다시 장난스러운 표정을 지었다. "논의 중에 — '완전히 가설적인' 논의였지만 — 우리는 고리에 거주하는 일곱 이브의 후손을 이런 사람들과 대조해서 부를 용어가 필요하다는 걸 깨달았다네. 그래서 스페이서로 낙착을 보았지."

"그럼 이게 다 미리 정해진 것이었군요." 아리안이 말했다.

아리안의 비난하는 듯한 어조가 모두의 신경을 건드렸다. 그런 가운데 거기에 대해 리멤브런스가 답변을 하자 다들 놀랐다. 카밀라인이지만 줄리아인에게 상당한 일격을 가할 수 있을 정도로 큰 막대기를 갖고 있어서 대담해졌는지도 모른다. 하지만 닥이 정직하게 털어놓지 않았다고 암시하는 아리안의 비난 조에 화가 났을 가능성이 더 컸다. 균형을 잡기 위해 울퉁불퉁한 땅에 스랩 태즈매너를 꽂아놓은 다음 방향을 돌려 아리안을 마주보고 메미가 말했다. "여기서 중요한 점은 우리가 5천 년 동안 숨어 있던 친척 종족과 처음으로 접촉하고 있다는 겁니다. 어떤 사람들은 그게 놀랄 만하다고 생각할 겁니다."

"나도 그래요, 메미!" 카밀라인에게 그런 말을 들었다는 충격에서 회복하느라 잠시 침묵을 지키다가, 아리안이 말했다. "하지만 이 상황에 잘 대처하려면 우리는 더 큰 맥락을 알아야 한다고 생각해요."

"지식이 있는 스페이서라면 누구라도 그 맥락을 알고 있어요." 메미가 비어 있는 다른 한 손으로 하늘을 가리키며 대답했다. "하지만 모두 알고 있는 걸 멸시하고 비밀을 보석처럼 다루는 정신은 어떤 종류인지 정해져 있죠."

그 말이 나오자 아리안은 더 이상 대화해도 유리하지 않다고 느낀 것 같았다. 줄리아인과 카밀라인 사이의 오래되고 곡절 많은, 기묘하게 사감이 섞인 관계에서 이런 대화가 오간 것은 천만 번째쯤 될 것이다. 그래서 아리안은 입을 다물라는 메미의 암시를 알아듣고 억울해하는 것 같았다.

지금까지는 폭력 사태가 일어날 가능성에 대해 논의한 것이 없었다. 하지만 타이와 바드, 벨레드가 서로 교환한 몸짓 언어와 눈길을 보면 모두 그것을 생각하고 있었다. 마침 아인슈타인이 그 문제에 대해 불쑥 말을 꺼냈다. "어떻게 생각하세요? 우리가 저걸 되찾을 수 있을까요?"

세 사람 모두 "그래." 하고 대답했다.

"하지만 활 쪽이 걱정이군." 타이가 덧붙였다.

"그들이 우리와 우리의 무기에 대해 얼마나 많이 알고 있는지도 중요하지. 우리를 정탐한 지 오래되었을까요?"

벨레드는 닥을 겨냥하고 그 질문을 던졌다. 닥이라면 알 거라는 태도였다. 아리안은 '봐, 내 말이 맞지!' 하는 표정을 지었다. 하지만 닥은 재미있어 할 뿐이었다. "그렇다고 해도 우리가 무기를 쓰는 모습을 거의 보지 못했을 거야. 아니면 아예 못 봤거나. 그러니까 어떤 식으로 작동하는지 알지 못할걸."

"음, 하지만 우리 버키의 연결을 모두 끊어놨습니다." 벨레드가 손목에 달린 화면을 다시 한 번 보면서 말했다.

"기술이 어떻게 작동하는지, 거기에 대한 지식은 좀 갖고 있는 것 같군." 닥이 지적했다. "자기들 버키를 대량생산할 능력은 없지만 버키를 어떻게 쓰는지는 알아볼 수 있어. 그러니 당연히 못 쓰게 할 수도 있지."

"그건 적대적인 행위인데요." 벨레드가 중얼거렸다.

"우리가 저쪽 궁수의 사정거리 안에 들어가게 되면 놈들이 우리를 붙잡을 텐데. 그 정도 되어야 적대적인 행위지." 타이가 지적했다.

"그럼 더 앞으로 가면 안 되겠군." 바드가 말했다.

"내 말이 그거야." 타이가 대답했다.

이제 글라이더 백 미터 바깥까지 접근하자, 글라이더를 둘러싸고 있던 디거들이 모두 그들에게 주의를 돌렸다. 디거 네 명은 아까 버키들이 배치되어 있던 주변의 높은 장소에 올라갔고, 날개 꼭대기에 두 명이 기어 올라가 있었다. 이상할 정도로 질서정연하게 움직이던 약탈자들은 활동을 멈추고 무슨 일이 일어나는지 보려고 앞으로 밀어닥쳤다. 적어도 세 명은 아이들이었고, 여자들 수도 남자들과 비슷했다.

"헷갈리는 메시지를 줄 수도 있어." 바드가 그렇게 말하며 동료 스페이서들에게 지금 있는 곳에 멈추라는 몸짓을 했다.

"내가 한번 해보지." 타이가 말했다. "저 사람들이 정말로 나와 혈연이 있다면." 그는 벨레드가 있는 곳을 지나 앞으로 몇 걸음 성큼성큼 나아가다 멈춘 다음, 화살을 메겨 높이 쏘아 올리는 시늉을 했다. 그러고서 궁수들을 가리켰다.

무리 한가운데 근처에 있던 디거 남자 한 명이 즉시 몸을 돌려, 다른 사람들을 바라보면서 몇 걸음 물러섰다. 스페이서들의 시점에서 그들의 진형이 어떻게 보이는지 그려보려고 머리를 이리저리 돌려보고 있었다. 그가 뭔가 외쳤지만, 이 거리에서는 바위를 스쳐가는 바람 소리 때문에 들리지 않았다. 궁수와 보초들은 마지못한 듯이 결국 응답했다. 그들은 높은 장소에서 내려와 지도자에게 좀 더 경고를 받더니, 활을 내려놓고 물러섰다.

디거 지도자는 몸을 돌려 타이를 마주보고 손바닥을 위로 해서 손을 내밀었다.

타이도 캐터펄트를 근처 바위 위에 놓았다.

이제 두 번째 사람이 디거 무리에서 나와 앞으로 오기 시작했다. 보행용 지팡이 한 쌍에 기대고 적당한 속도로 전진했다. 머리가 벗어졌고 턱수염은 회색이었다. 지도자가 좀 더 젊었다. 그가 자기 있는 곳까지 나란히 오자, 지도자도 노인의 발걸음에 맞추어 느릿느릿 걸어 나오기 시작했다.

닥은 그랩 의자를 움직였다. 메미는 습관에 따라 그와 보조를 맞추었지만, 앞으로 몇 걸음 걸어가자 닥이 손짓으로 그녀를 멈추게 했다. "내가 가져갈게." 그가 지팡이 쪽으로 손을 뻗었다. 메미가 막대기를 내밀자 그는 그것을 한쪽 팔 아래 끼웠다.

타이는 닥이 자신을 따라잡을 때까지 기다렸다가 함께 전진했다.

디거 몇 명도 몹시 따라가고 싶은 듯, 앞으로 슬금슬금 나오기 시작했다. 그러자 무리가 술렁거렸고, 벨레드와 바드도 앞으로 움직였다. 비언어적 의사소통으로 협상한 결과, 양편 모두 숫자를 맞추기로 했다. 스페이서 여덟 명에 맞추어 전부 여덟 명의 디거가 앞에 있는 공터로 대담하게 나왔다. 두 명은 앞으로 나오고, 여섯 명은 뒤에 사다리꼴 모양으로 따라왔다. 디거들 중에는 전사 타입이 몇 명 있었다. 그들은 바드와 벨레드에게서 눈을 떼지 않았다. 그러나 여자와 어린아이도 한 명씩 있었다. 스페이서 쪽에서는 타이와 닥이 앞으로 나오고, 몇 걸음 뒤에 메미가 따라갔다. 아인슈타인과 아리안, 캐스 2는 어느 정도 거리를 유지했다. 눈에 띄게 무장을 한 바드와 벨레드는 양쪽에 버티고 서서 그보다 더 뒤쪽 배경에 남아 있었다. 디거의 궁수들처럼 그들도 사정거리 밖에 머물러 있겠다는 무언의 합의를 존중하는 것이었다.

스페이서들에게 디거들은 옛날 비디오에 많이 나왔으므로 낯이 익었다. 그들은 에픽에 나오는 사람들처럼 지구의 토박이들이었다. 유전적으로 동일한 집단이었다. 금발이나 붉은 머리를 가졌고 피부가 희었다. 어두운 동굴 속에 사느라고 눈 색깔은 옅어진 것 같았다. 원래는 흰 피부였지만 지상의 햇빛에 노출되어 주근깨가 생겼다. 에픽의 토박이 인간들보다는 키가 작았지만, 체인의 붐비는 거리에서 보면 아무도 유난히 작아 보이지는 않을 것 같았다. 체격이 커야 할 이유가 있는 직업군의 테클라인과 네오앤더인들을 제외하면, 이브의 후손들은 키가 작아졌다. 특히 제1밀레니엄 중에 그랬다. 평균 키가 다시 커지는 속도는 느렸다. 똑바로 설 수 있을 만큼 공간이 많아진 제5밀레니엄에서도 마찬가지였다. 그러나 이 디거들은 엄청나게 다부져 보였다. 적어도 타이가 살펴볼 수 있을 정도로 가까이 서 있는 사람들 몇 명에 한정해서 보자면 그랬다.

디거들 쪽에서는 정신없이 바라볼 것이 더 많았다. 반응을 보건대 그들은 스페이서를 본 적이 거의 없거나 아예 없었다. 그들에게 있어서 타이는 평범해 보였다. 닥은 나이가 많고 움직이는 수단이 이상했기 때문에 흥미로웠다. 캐스 2나 메미, 아인슈타인은 더 낯설어 보였을 것이다. 유전적 변화보다는 그들의 피부색 때문이었다. 아리안의 안면 구조에는 확실히 이상한 점이 있었다. 벨레드와, 특히 바드는 그들에게 괴물로 보였다.

일 분 정도 상대를 평가한 후 늙은 쪽 디거는 앞으로 두어 걸음 쿵쿵거리며 다가와, 모든 스페이서들이 에픽에서 들어 익히 알고 있는 제로 이전의 영어로 말했다! "뺑소니친 겁쟁이들. 너희는 이제 너희가 고향이라고도 부를 수 없는 세계에 무단침입하고 있다. 꺼져라."

"참 잘 되어가는군요." 타이가 닥에게 말했다.

"다른 사람들에게 자기 힘을 과시하고 있는 거야." 닥이 말했다. "그냥 저렇게 놔두는 게 제일 좋을 거야. 괜찮겠지?"

그는 명령을 내려 그랩의 다리를 접고 최대한 낮게 땅으로 내려가게 한 다음 한 손을 내밀었다. 그가 로봇에서 걸어 내려와 땅에 발을 디디자 타이는 그의 팔을 잡고 몸을 받쳐주었다. 닥이 다른 한 손으로는 지팡이를 짚고, 조심스럽게 타이를 놓더니 한 걸음 앞으로 나아갔다. 닥이 행동할 때마다 디거들은 뭐라고 중얼거렸다. 처음에는 닥이 사이보그쯤 되는 줄 알았던 모양이다. 그러나 이제 그가 매우 나이 든 노인일 뿐이라는 것을 알았다. 그는 몇 걸음 걸어 자신에게 편한 평평한 장소를 찾은 다음, 그곳에 지팡이를 단단히 짚었다.

"5천 살쯤 먹은 걸로 보일 수도 있겠지만, 나는 사실 여러분이 겁쟁이라고 부르는 사람들의 후손일 뿐입니다. 기나긴 탈출 여행 동안 우리 선조들이 어떤 일들을 수행해왔는지 안다면 여러분이 더 관대한 시각을 갖게 될 거라고 생각하지만요. 루퍼스 맥쿼리를 조상으로 모신 분과 이야기하는 영광을 누려도 될까요?"

"우리는 모두 그 혈통이다." 노인이 우렁차게 말했다.

"그러면 내가 여러분 물건을 갖고 있는 것 같습니다." 닥이 말했다. 그는 천천히 움직여 땅에서 지팡이를 뽑아 올린 다음 양 손바닥을 펼쳐 가로로 받쳐 들었다. "허락 없이 이걸 빌려가서 죄송합니다. 사과를 받아주십시오."

스페이서들이 디거들의 반응을 전부 한눈에 볼 수 있었다면, 그들의 정신과 사회가 작동하는 방식에 대한 정보를 금광처럼 퍼부었을 것이다. 그런 종류의 독심술은 대체로 줄리아인들이 하는 일이었다. 그러니까 아리안의 근면한 두뇌와 맹렬한 감각이 최대한 활동하고 있다는 추측을 할 수 있었다.

젊은 남자들은 스랩 태즈매너의 막대기를 즉시 빼앗고 싶어 하는 적대적인 무리와 더 예의바른 사고방식을 가진 무리로 나뉘는 것 같았다. 전체적으로는, 자기들의 삽 손잡이를 닥이 가져온 것 때문에 화가 난 사람들이 소수 있었지만 노인이 걸을 때 몸을 지탱하는 지팡이를 빼앗는다는 생각에 부끄러움을 느끼는 사람들이 다수로 보였다.

두 무리의 공통점은, 닥의 말을 액면 그대로 받아들이고 있다는 것이었다. 노인과 젊은 지도자, 그리고 그들과 협의하기 위해 앞으로 걸어 나온 중년 여자 하나로 이루어진 소규모 핵심 세력은 닥이 군중에게 연기를 해 보이고 있으며, 실제로는 나무 한 조각의 소유권에 대한 대화가 문제가 아니라는 것을 알 만한 눈치가 있었다.

다시 말해서, 디거들은 전체적으로 다른 인간들과 마찬가지의 반응을 보이고 있었다. 그 자체가 흥미롭고 중요한 데이터였다. 5천 년 동안 광산 속에서 살았다면 바뀐 것이 많았을 터이므로.

디거 지도자 세 명은 서로 어느 정도 논의를 하더니 결국 셋 다 차례로 머리를 끄덕였다. 노인은 지팡이를 굳게 짚고 싸울 준비를 했다. 판결을 내린 판사처럼 얼굴이 굳어 있었다. 젊은 지도자와 중년 여자는 각각 타이와 닥 쪽으로 다가왔다. 남자는 타이에게서 두 걸음 떨어진 지점, 악수나 주먹싸움을 할 수 있는 범위에서 아슬아슬하게 벗어난 곳에 멈추었다. 여자는 계속 다가와 닥이 내민 손에서 막대기를 가져갔다. 거리를 두고 지켜보고 있던 디거들이 파도처럼 홀린 듯한 반응을 보였다.

여자가 조용하지만 또렷한 목소리로 말했다. "노인, 당신은 말로써 우리를 부끄럽게 했고 우리가 같은 방식으로 대답하게 만들었다. 당신의 나이를 고려해 우리는 당신에게 절대 손을 대지 않을 것이다."

그녀는 닥을 지나쳐 걸어가며 삽의 손잡이에 양손을 밀어 넣더니 빙빙 휘두르기 시작했다. 그리고 결연하게 앞으로 달려들어 메미의 옆머리를 내리쳤다.

메미는 무릎을 꿇으며 쓰러지다가 팔다리로 땅을 짚었다. 머리에선 이미 피가 방울방울 흐르는 가운데 거의 땅으로 고꾸라지면서 목덜미가 드러났다. 그 중년 여인은 날카로운 막대기 끝을 바로 그곳에 박아 넣더니, 몇 인치 더 깊숙이 들어갈 때까지 가슴 한가운데로 푹 밀어 넣었다. 막대기가 폐나 심장이나 양쪽을 다 찌른 것 같았다. 리멤브런스는 쓰러졌다기보다, 땅 위에서 점차 태아 자세로 움츠러들었다.

한편 젊은 남자는 타이에게 달려들었다. 해를 가하려는 것이었는지 리멤브런스가 희생되는 동안 그를 제압해두려는 것이었는지는 알 수 없었다. 어쨌든 움직이면서 발에 차인 돌이 구르는 바람에 소리가 났고, 타이는 그 소리로 경고를 받았다. 간발의 차이로 타이가 몸을 돌렸기 때문에 공격자는 그를 정확히 치지 못하고 옆으로 빗겨나가며 굴렀다. 디거는 내리치려던 동작 때문에 오히려 불리해져서, 균형을 잃고 쓰러졌다. 타이가 남자의 발목을 걸어 위로 올려 차는 바람에 남자는 땅에 얼굴을 세게 부딪혔다. 양쪽 발이 공중으로 튀어나오면서 모카신 밑창이 하늘을 바라보았다. 타이는 무릎 안쪽으로 한 다리를 건 다음 그 다리를 앞으로 구부리며 몸무게를 실었다. 타이가 그의 허벅지 뒤쪽과 종아리 위쪽 근육 사이에 자기 종아리를 끼우지 않았다면, 남자의 발꿈치는 엉덩이까지 접혔을 것이다. 그러나 타이가 끼운 종아리는 남자의 무릎을 찢어버릴 기세였다. 남자가 땅에서 허우적거리자 타이는 그 위에 체중을 더 실었다. 오래된 모카신의 악취가 코로 흘러들어왔다. 관절 안쪽에서 뼈가 부러지는 순간의 뚜둑 하는 느낌이 전해졌다. 남자는 비명을 지르며 몸부림을 멈추었다.

이 모든 일이 그 여자가 리멤브런스를 살해한 것과 동시에 일어났기 때문에, 타이는 남자를 완전히 휘어잡느라 여자가 리멤브런스를 죽이는 장면을 실제로 보지는 못했다. 주변 시야에서 뭔가 움직이는 낌새에 그쪽으로 시선을 돌려 닥이 땅에 주저앉는 모습을 본 다음에야 메미에게 주의를 돌리고 사태가 얼마나 심각한지 알 수 있었다. 그는 몸을 빙글 돌려 메미가 공격당하는 모습을 목격했다.

"대피 바람. 대피 바람." 아리안이 말하고 있었다. 타이는 그녀가 누구에게 이야기하는지 알 수 없었다.

하늘에서 높은 톤의 이상한 휘파람 소리가 났다. 타이가 위를 쳐다보자 머리 위로 화살 한 무더기가 호를 그리며 날아오는 모습이 보였다. 화살들은 아리안과 캐스 2, 아인슈타인의 머리 위를 지나쳐, 그때까지 앞으로 나아가고 있던 벨레드와 바드 발치께로 땅에 푹 꽂히거나 근처 바위에 맞았다.

막대기를 든 여인은 무아지경에 빠져 있다가 타이에게 주의를 돌려 그와 젊은 남자가 어떻게 되었는지 살폈다. 그녀의 얼굴 위로 분노의 표정이 이글거렸다. 그녀는 피에 젖은 날카로운 막대기 끝을 타이에게 겨누고 달려오기 시작했다.

타이는 젊은 남자의 발에 몸무게를 전부 실어 다리를 부러뜨린 다음 일어섰다. 디거는 비명을 지르며 마구 발버둥치고 있었다. 타이는 그에게서 떨어져 돌멩이 하나를 집어 여자의 얼굴에 던졌다. 겨냥은 빗나갔지만 그녀가 돌멩이를 피하느라 비틀거리는 사이 그는 돌멩이 두 개를 더 낚아채어 한 걸음 더 나아갈 수 있었다. 두 개 중 하나는 여자의 쇄골에 박혔고, 타이는 두 걸음 더 나아갔다. 그녀는 전력으로 그를 찌르려고 했지만, 그런 의도가 드러나는 바람에 그는 왼쪽 팔뚝으로 쉽게 그것을 쳐낼 수 있었다. 그는 삽자루에 팔 전체를 슬쩍 감고 피 묻은 쪽을 몸으로 눌러 꼼짝 못하게 만든 후 다른 손 엄지손가락으로 여자의 눈을 찔렀다. 그리고 그녀의 귀를 붙잡아 포장을 벗겨내듯이 막대기에서 그녀를 비틀어 떼어냈다. 노인도 막대기들을 양손으로 마구 휘두르며 그에게 다가왔다. 더 무시무시한 것은, 젊은 전사 몇 명이 창을 납작하게 앞으로 든 채 달려오고 있었다는 것이다. 타이는 노인에게 곧장 걸어가 삽의 손잡이로 적당히 가격하여 막대기를 쳐서 떨어뜨렸다. 노인의 몸을 빙글 돌려 그의 등을 자기 가슴에 대고 누른 다음 손잡이로 목을 죄고, 팔오금으로 손잡이를 고정시키고는 노인의 대머리 뒤쪽을 손으로 눌렀다. 그러고 나서 그는 후퇴하여 나머지 세븐 맴버들이 있는 비탈 아래로 노인을 끌고 가기 시작했다. 그러나 이 인간 방패가 타이의 앞면을 보호할 수는 있을지 몰라도, 이미 뒤에서는 창을 든 젊은 남자들이 그를 둘러싸고 있었다. 다른 사람들이 뒤를 보호해주기만 바라는 수밖에 없었다.

글라이더에 싣고 온 장비 상자 하나가 폭발하는 것 같았다. 그러나 불길이 보이지도 않고 소리도 거의 나지 않는 이상한 폭발이었다. 오히려 상자는 뚜껑이 열리면서 내용물이 짙은 모래 구름으로 변하는 것 같았고, 그 구름은 공중에 퍼지면서 반투명해졌다. 잠시 후 근처에 있던 두 번째 상자도 똑같은 일을 겪었다. 두 상자 모두 텅 빈 채 옆으로 쓰러졌다.

글라이더 근처에 있던 디거들이 모두 놀라서 소리쳤다. 비명을 지르고 있는 것인지도 몰랐다. 무슨 일이 일어나고 있는 것인지 타이조차 알 수 없었다. 창을 든 자들은 뒤에서 공격받는다는 공포를 느끼고 신중해졌다. 전진 대형이 흐트러지면서 그들은 무슨 일이 일어나고 있는지 알아보기 위해 그쪽을 쳐다보았다.

얇은 회색 구름층이 땅 위를 스치면서 그들을 향해 아래쪽으로 내려오고 있었다. 평평한 해안에 부딪쳐 거품을 낸 뒤 모래 속으로 가라앉기 직전, 바위 근처에서 부서져 바람이 불어가는 쪽에서 다시 만나는 조각난 파도와도 비슷했다. 그러나 아래로 내려오면서 속도가 더 빨라진다는 점에 있어 산사태와 더 비슷했다. 그 구름이 타이와 노인의 발치에서 갈라져 그들을 빠르게 지나갈 때, 타이는 집중하여 그것이 무엇인지 알아볼 수 있었다. 상자 하나마다 한 가지 타입씩, 두 가지 서로 다른 타입의 앰봇 무리가 모두 함께 섞여 있었다. 앰봇 무리는 일단 아인슈타인과 아리안, 캐스 2를 지나치자 슬쩍 떨리더니, 그들이 있는 곳과 벨레드와 바드가 있는 곳 사이를 가르는 완만하고 탁트인 비탈에 사방으로 퍼지기 시작했다. 벨레드와 바드는 화살 범위 바로 바깥쪽 양쪽에 나뉘어 서 있었다. 이제 앰봇 무리는 갈라져 한 타입은 모두 벨레드에게 모이고 또 다른 한 타입은 모두 바드에게 갔다. 벨레드 쪽의 블루 패턴 앰봇은 더 작고, 다리가 더 길고, 험한 땅에서 더 빨랐다. 앰봇 무리는 딸깍거리고 번쩍거리고 쉿쉿거리는 소방호스 물줄기같이 땅에서 벨레드 쪽으로 흐르듯 뛰어올랐다. 그러나 그것은 그를 가격한다기보다 오히려 그의 몸을 흠뻑 감쌌다. 잠시 후 그는 머리끝부터 발끝까지 겹친 비늘로 만들어진 갑옷을 입고 있었다. 비늘 하나하나가 딱정벌레처럼 생긴 앰봇의 등이었다. 앰봇들은 그의 몸 위로 떼를 지어 다니면서 서로 맞물렸다. 길을 잃은 앰봇 몇 대는 다른 것들의 등 위로 기어 올라가 구멍이 난 곳을 찾아 틀어막았다.

랭고바드의 앰봇은 조금 더 시간이 걸려 그에게 닿았다. 마지막 50미터 동안 그 무리는 위상 전이를 거치면서 밧줄처럼 변하고 있었다. 앰봇들은 마치 섹스하듯이 주둥이에 있는 연결부를 앞에 있는 앰봇의 꼬리에 맞추고 쌍을 형성한 다음, 다른 것들과 결합해 서너 개의 줄을 만들었다. 그래서 주인에게 가까이 왔을 무렵 앰봇 무리는 모여 긴 채찍 모양의 밧줄 여섯 가닥, 짧은 밧줄 여섯 가닥이 되었다. 이 앰봇들은 기본적으로 기어다니기보다 날아다니는 쪽을 더 편하게 여기는 플링크들이었다. 제한된 범위 안에서 단독으로도 날 수 있었지만, 공중열차처럼 결합되는 쪽을 훨씬 더 선호했다. 비탈을 달려 내려오는 동안 고도가 낮아져서 생긴 위치 에너지로만 상당한 양의 에너지를 얻었기 때문에, 이들은 마지막 몇 미터 안에서는 코브라처럼 땅에서 일어나 공중에 뛰어오를 수 있었다. 밧줄을 이룬 앰봇들은 랭고바드를 지나쳐 날아갔지만 그의 뒤쪽에서 몸을 기울여 급선회하더니 곡선을 그리며 날아가, 머리가 꼬리를 찾아 에잇트레인을 형성했다. 뭉툭한 날개로 만드는 약간의 항력으로 중력을 이기면서, 랭고바드의 몸 주위에서 끝없는 원을 만들며 날았다. 그는 때때로 손으로 건드린다는 단순한 방법으로 앰봇들이 더 속도를 내게 했지만, 앰봇들은 그의 등에 달린 동력장치가 생성하는 에너지 장에서 에너지를 끌어 쓰기도 했다. 세 번째 플링크들은 에잇트레인이 될 만큼 긴 사슬을 이루지 못했는지, 짧은 밧줄 몇 가닥이 그의 발목을 찾아내, 나무에 올라가는 뱀처럼 다리를 타고 나선으로 올라갔다. 짧은 사슬에도 합쳐지지 못한 개체들은 그의 어깨 위 공간에 올라앉으려고 시끄럽게 경쟁하면서 최대한 높이 올라갔다. 이제 바드가 움직이는 모습은 여러 개의 원 안에 새겨진 다빈치의 비트루비우스적 인간처럼 보이기도 했고, 원형 궤도들이 둘러싼 원자의 초기 그림처럼 보이기도 했다. 플링크들이 공중을 톱으로 썰 듯이 움직이면서 에잇트레인마다 서로 다른 노래를 부르고 있었다. 에잇트레인이 에너지를 흡수하고 속도를 축적할수록 음조가 점점 더 높아졌다. 바드와 벨레드가 힘을 합치기 위해 디거들 쪽으로 조금씩 더 가까이 다가감에 따라 그들의 방어막이 활성화되었다. 맨 앞에 있는 궁수가 탐색전 삼아 높은 호를 그리며 발사한 화살 한 대가 랭고바드를 향해 떨어져 내렸지만, 에잇트레인이 순간적으로 꺾이면서 아무렇지도 않게 튕겨 내버렸다.

모두 타이가 전에 본 모습들이었지만, 그래도 정신이 흐트러졌다. 애써 더 가깝고 급한 일에 주의를 기울이자, 전사 한 명이 닥을 향해 다가가는 모습이 보였다. 닥은 옆으로 누운 채 약하게 몸부림치고 있었다. 그는 단번에 닥을 찔러 죽이려는 듯 창을 치켜들었다. 그러나 그의 동작이 잠깐 멈추었다. 어쩌면 위협하려던 것뿐이었을지도, 또 어쩌면 방금 앰봇 무리가 부린

재주에 너무 놀라 넋이 빠졌는지도 모른다.

타이는 아리안과 캐스 2와 아인슈타인이 있는 뒤쪽으로 디거 노인을 끌고 갔다. 그들은 신중하게 비탈 등성이 뒤에 납작 엎드려 있었다. 위에서 떨어지는 화살은 어찌할 도리가 없었지만 최소한 정면에서 쏘는 화살에 대한 방패막이는 되어주는 곳이었다. 타이는 돌아서서 비탈 아래를 내려다보았다. 바드와 벨레드는 사라져버렸고, 그들이 몸을 감춘 곳에 대한 단서는 동료를 따라가려고 분투하는 낙오 앰봇 몇 대의 움직임밖에 없었다. 그는 마음 한편으로 벨레드와 바드가 무장하고 전진해 디거들을 없애버렸으면 좋았을걸 하는 생각에 낙심하고 있었다. 하지만 이성적으로는 그들이 아주 영리하고 전문적이기 때문에 그렇게 행동하지 않았다는 것을 알고 있었다. 그들은 숨을 곳을 찾아내 뒤를 따라오며, 관찰하고, 더 냉정해질 때까지 기다릴 것이다.

아리안은 쏜살같이 언덕 아래로 도로 달려가서, 타이가 캐터펄트를 내려놓았던 바위에서 그것을 집어 들었다. 좋아.

계곡 옆 바위 위에 배치되어 있던 보초병들은 흥분해서, 성서에나 나올 법한 묘한 디거식 표현으로 바드와 벨레드의 움직임을 고함쳐 알리고 있었다. 소리로 들어서는 테클라인과 네오앤더인이 빠르게 고지로 이동하는 중인 것 같았다.

보초병 하나가 날카로운 비명을 불쑥 지르더니 조용해졌다. 잠시 다른 디거들은 모두 정신이 그쪽으로 쏠렸다.

아리안은 타이보다 약간 위쪽까지 오르막을 달려 올라가서, 한쪽 무릎을 꿇고 앉아 메미를 죽인 여자의 뒷덜미에 타이의 캐터펄트 총구를 눌렀다. 그 중년 여자는 땅에 앉은 채 몸을 추스르고 한 손은 조금 전 타이가 찌른 눈 위에 대고 있었다.

아리안의 몸짓은 이상했다. 제로 전 영화 엔터테인먼트에서 구식 납 총알을 고속으로 발사하는 화기를 가지고나 할 법한 동작이었다. 캐터펄트로는 별 소용이 없었다. 그러나 디거들과 비언어적 의사소통을 하는 데는 효과가 있었다.

"글라이더 아래쪽으로 300미터." 아리안은 조금 전 대화하던 상상의 친구에게 말하는 것 같았다. 그런 다음 그 여자에게 말했다. "일어서. 어떤 식으로든 곧 넋이 빠질 테지만."

타이는 웃음을 억눌렀지만 코웃음 소리가 약간 새어나왔다. 뇌 속에서 어떤 일이 재미있다고 식별하는 부분은 작동할 필요가 없을 때도 백그라운드에서 작업을 하고 있는 것 같았다. 아리안이 움직이는 방식이나 하는 말이 너무나 그녀답지 않아서 타이의 대뇌피질은 그 모습을 이해하지 못하고 있었다. 그래서 그는 짧은 희극을 보는 것처럼 웃고 있었다.

여자가 일어섰다. 아리안은 그녀의 파카 후드를 붙잡고 끌어당겨 완전히 똑바로 세우더니, 캣의 총구를 머리 옆에 댄 채 언덕 아래로 끌고 가기 시작했다. 타이는 그곳에 선 채로 그녀가 지나가는 것을 멍하니 바라보았다.

"아리안, 뭐 하고 있는 겁니까?" 그가 말했다.

"이걸로 모든 사태가 변했다는 걸 깨닫지 못한 것 같군." 아리안은 여자의 머리에서 캐터펄트를 잠시 떼더니, 위로 휙 치켜올려 타이에게 겨누었다. 앰봇이 총구에서 발사될 때 들리는 왱 소리가 나더니, 아리안은 다시 그 여자의 머리에 총구를 댔다.

타이는 갈비뼈에 주먹을 한 대 얻어맞은 듯한 충격을 느끼고 본능적으로 몸을 움츠렸다. 하지만 충격에서 회복되기도 전에, 앰봇은 옷 속으로 단단히 파고들어 바늘처럼 날카로운 탐침 한 쌍을 옆구리에 찔러 넣고 신경계를 교란시키기 시작했다. 전에 앰봇에 맞아본 적이 있기 때문에, 그는 얼굴이 아닌 다른 몸 부위로 땅에 부딪치는 쪽이 최선이라는 것을 알았다. 그래서 그는 삽의 손잡이와 디거 노인을 잡은 손을 풀고 쓰러졌다.

말을 할 수 있었다면 그는 캐스 2에게 자기 걱정은 하지 말고 아리안을 어떻게든 하라고 말했을 것이다. 그러나 이빨이 너무 세게 딱딱 부딪치는 바람에 단어가 만들어지지 않았다. 호흡 근육을 계속 움직이기 위해서 할 수 있는 일은 그것뿐이었다.

노인은 비틀거리며 타이에게서 떨어져 무릎을 꿇었다가, 바로 자기 앞 땅에 놓여 있는 삽의 손잡이를 발견했다. 그는 그것을 한 손으로 쥐고 땅에 꽂은 다음, 다른 손으로도 움켜쥐고, 지렛대 삼아 다시 일어났다. 그는 땅에 누워 경련하고 있는 타이에게 다가왔다. 다음 순간 어두운 그림자가 드리운 것을 알아차리고 위쪽을 쳐다보자 거기에는 캐스 2가 서 있었다. 그녀는 그 노인에 맞서면서 본능적으로 한 팔을 올려 자기 몸을 방어했다. 노인이 삽의 손잡이로 그 팔을 내리치면서 쿵 소리가 났다. 캐스 2는 고통으로 비명을 지르며 비틀비틀 비켜났다. 그러자 노인은 막대기의 뾰족한 끝을 타이 위로 들어 올렸다.

"돌연변이 같으니라고!" 그는 그렇게 외치더니 그다음에도 몇 마디를 덧붙였다. 그러나 캐터펠트의 왱 소리 때문에 들리지 않았다. 캐스 2는 아주 가까운 거리에서 휴대용 무기로 그의 배를 쏘았다. 남자의 손에서 막대기가 떨어져 내리며, 뾰족한 쪽이 가슴으로 먼저 떨어졌다. 온몸에 생긴 상처와 고통에 한 가지가 더해진 셈이었다. 노인은 타이 옆으로 넘어지면서 바위에 머리를 세차게 부딪치고 쓰러졌다.

순식간에 타이는 위험에서 벗어났다. 적어도 신경학적으로는 그랬다. 아인슈타인이 뼈로 된 손잡이가 달린 칼을 들고 그의 옆에 무릎을 꿇고 있었다. 아인슈타인은 앰봇을 비틀어 떼어내, 그것을 바위에 대고 강철 칼자루 끝으로 두드려 산산조각으로 부숴버렸다.

캐스 2는 한쪽 무릎을 꿇고 다친 팔을 느리게 움직였다. 비명을 억누르느라 입이 O 모양으로 얼어붙었다.

타이는 캐스 2의 머리 위 구름 속에서 뭔가 움직이는 것을 보았다. 빛이 나는 긴 막대기가 하늘에서 지렛대처럼 내려오고 있었다. 시각적으로는 방금 삽 손잡이의 움직임과 비슷했다. 그 물체의 길이가 몇 킬로미터에 달하고 모닥불 아래 탄층에서 방금 빼낸 것처럼 하얗게 달아올라 있다는 점만 제외하면.

그는 이제야 사태를 파악했다. 그는 머리를 옆으로 돌려 비탈을 내려다보았다. 돌을 던지면 닿을 정도로 가까운 공터 — 글라이더에서 300미터쯤 아래로 내려간 곳 — 에, 위에서 비치는 레이저로 인해 붉은 루비처럼 땅이 빛나는 곳이 있었다. 세 개의 밝은 점이 정삼각형을 이루었고, 그 안쪽 중심에 흐린 원이 있었다. 아리안이 인질을 원 한가운데로 밀어 넣자, 그 빛이 짧은 순간 아리안의 머리와 어깨에 쏟아졌다.

빛나는 원통은 그들 위로 똑바로 내려와 비어 있는 끝 쪽으로 그들을 감싸더니, 도로 하늘로 튕겨 올라갔다. 땅 위에는 완벽하게 원형으로 눌린 자국의 한가운데까지 이어진 발자국만 남았다. 그 주위 초목들은 복사열로 노릇노릇해졌다. 그 장치가 다시 구름 장막 속 위쪽으로 끌려 들어가기 직전 그들은 대기권에서 출발할 준비를 하는, 붉게 달아오른 튜브 안으로 마치 국자처럼 아리안과 인질을 떠올린 부스가 끌려 들어가는 모습을 보았다.

아리안이 불러온 장치는 '토르'라는 것이었다. 그것은 지구 표면까지 뻗을 수 있는 매우 길고 가벼운 '손잡이'가 달린 커다란 바위 — 신이 휘두를 법한 커다란 망치의 머리 — 였다. '머리'가 대기권 상층부에서 돌아다니고 있더라도 그 물건은 던져진 망치처럼 회전했다. 즉 그 긴 손잡이가 '머리' 주위에 큰 원을 그리며 휘둘러진다는 것이다.

손잡이 끝에는 세 사람이 바짝 붙어 들어갈 수 있을 정도 크기의 포획 부스가 있었다. 오르내리는 도중에는 혹독한 대기권 통과 과정을 견디고 살아남을 수 있도록 만들어진 외피에 부스가 감싸였다. 손잡이 부분은 캐스 2와 벨레드가 최근 사용했던 행어 볼로와 전체적으로 비슷한 스타일이었지만, 이것은 대기권 상층에서 멈추어 비행기를 데려오는 대신 우주에서 성큼 내려와 표면을 내리찍으며 목표 지대에 있는 사람을 누구든 움켜쥘 것이다. 물론 승객들이 어디에 서 있어야 할지 알 수 있도록 미리 레이저로 그곳을 표시했다. 그다음 망치 머리가 앞으로 회전해 대기권으로 들어가, 공기를 맞고 느려져서 손잡이를 급격히 위로 들어 올리고 페이로드를 더 높은 궤도로 던지게 된다. 머리는 분리돼 운석이 되어 사정거리 지역으로 떨어진다. 그렇기 때문에 이것은 비상사태에만 사용하는 일회용 장치로 만들어졌다. 심지어 비상사태라도 사정거리 지역에 무작위적으로 유성을 떨어뜨리는 위험을 감수할 만큼 필요하다고 판단해야 사용할 수 있었다.

이곳에서 동쪽 북아메리카 내륙에는 이제 새로 분화구가 생겼고, 아리안과 포로는 고리의 레드 부분에 있는 안전한 피난처로 가는 도중이라고 생각할 수 있었다. 그러나 그곳에서 그들을 기다리는 것이 무엇일지는 알 수 없었다. 아리안은 아마 큰 상과 메달을 받고, 레드의 군 정보부 높은 자리로 승진할 것이다.

닥은 일관성 있는 단어를 한마디도 나열하지 못했다. 메미에게 벌어진 일을 보고 그는 즉시 발작을 일으켜 실어증에 빠졌다. 한 시간 후 그는 두뇌가 팽창해 죽었다. 디거들은 그와 메미가 쓰러진 곳에 그들을 함께 묻었다.

뇌진탕 증후가 몇 가지 남긴 했지만, 디거 노인은 몇 시간 지나자 좀 나아진 것 같았다. 젊은 남자는 다리가 부러졌다. 양쪽 다 포로 세 명에게 살의를 품고 있었지만, 디거들은 대부분 방금 일어난 일 때문에 주저하는 것 같았다. 그들은 아리안의 토르나 벨레드와 랭고바드의 앰봇 무기 같은 것을 만들어낼 수 있는 문명과 자기 부족의 관계에 대해 더 분별 있게 접근하는 쪽을 선호했다.

그들의 기술적 기량을 보여주려고, 아니면 그냥 울분을 터뜨리기 위해, 디거들은 공터의 글라이더와 새로 생긴 무덤 사이에서 사제 폭약 덩어리를 폭발시켰다. 가까운 곳에 숨어서 지켜보고 있을 바드와 벨레드에게 경고하는 의미인 것이 분명했다.

타이와 아인슈타인, 캐스 2는 구부러진 강철로 된 경첩 달린 목걸이에 묶였다. 목걸이가 목에 둘려 잠기자 빈 한쪽 끝의 고리들이 가지런히 늘어서 고리 속으로 사슬이 지나갈 수 있게 되었다. 고리는 모두 잠겼고 포로들은 다 함께 묶였다. 사슬 한쪽 끝에는 맹꽁이자물쇠가 달려 있었는데 자물쇠가 너무 커서 캐스 2의 목걸이 고리를 통과하지 못했다. 다른 쪽 끝은 매우 건장한 디거가 모형 토르처럼 생긴 돌머리 망치로 땅에 박아놓은 커다란 나무 말뚝에 빗장으로 묶였다.

오르막 바로 위, 포로들의 손이 닿지 않는 곳에 다른 디거들이 작은 이정표를 만들더니 그 위에 화약 뭉치를 또 하나 올려놓았다. 그들은 그 뭉치를 폭파하기 위해 철사를 붙이고, 50미터쯤 떨어진 곳 글라이더 날개 아래 있는 디거의 중심 야영지까지 길게 늘였다.

"방금 무슨 일이 일어난 거죠?" 그들끼리만 남겨놓고 디거들이 자리를 뜨자마자 아인슈타인이 의아해하며 말했다. "그러니까, 그건 분명히 토르였어요. 나도 들어본 적이 있어요. 하지만……." 그는 손을 하늘로 던지듯 치켜올렸다.

"아리안은 간첩이야." 타이가 그렇게 말하다가 말을 고쳤다. "간첩이었지. 이제는 영웅일 거야. 레드의 영웅."

"뭐라고 부르든 간에 그 여자를 빼내기 위해 레드가 토르를 내려보냈어요."

"그래. 아리안과, 그리고 살아 숨 쉬는 생물학적 표본을 데려갔다는 게 더 중요하지."

줄 한쪽 끝에 있는 캐스 2는 침낭 속에 들어가 잠들었다. 타이는 그녀가 오랫동안 깨어나지 않을 거라고 생각했다. 그와 아인슈타인은 그녀가 평화로이 잠들도록 최대한 멀리 사슬 아래쪽으로 움직여 간 다음 엉덩이를 땅에 대고 쪼그려 앉았다. 디거들은 그들이 쓸 장작과 불쏘시개를 남겨두었다. 그들은 말 없이 불을 피우기 시작했다. 아인슈타인이 불 피우는 솜씨를 보니 전에도 해본 적이 있는 게 분명했기 때문에, 타이는 그냥 그가 하는 대로 내버려두었다. 이 젊은 아이비인은 불에 대해 매우 독특한 생각을 갖고 있었다.

"그렇게 싸우는 법은 어디서 배웠어요?" 아인슈타인이 그에게 물었다. "당신한테도 테클라인 피가 섞여 있는 건가요?"

"싸움은 방법을 알아서 하는 게 아니야." 타이가 말했다. "결심하기에 달린 거지."

"난 그냥 얼어붙은 것처럼 꼼짝하지 못하겠더라고요."

"그게 말이지, 5천 년 전 우리 이브들이 내린 결정이 우리 행동을 통제할 때가 있어. 어떨 때는 우리가 무력할 정도지. 너는 뒤로 물러서서 관찰하고 분석하도록 되어 있어."

"당신은 영웅이 되도록 만들어져 있고요." 아인슈타인이 말했다.

"영웅이라면 메미를 구했겠지."

"하지만 그 여자가 돌격하는 걸 아무도 알 수 없었어요! 그 여자는 메미를 정말 미친 듯이 공격했잖아요……."

"바로 그것 때문에 우리는 오랫동안 자문하게 될 거야." 타이는 한숨을 쉬고 디거들의 야영지를 바라보았다. 디거들은 아무 일 없었다는 듯 생활을 이어가고 있었다. 그들 중 몇몇은 숲속에서 죽인 커다란 초식동물의 시체에서 베어낸 고기로 꼬치구이를 굽고 있었다. 열 살 이하의 아이들이 아주 많았지만 십대는 별로 없었다. 여자들 절반쯤은 임신한 것 같았다. "네가 할 일을 해, 아인슈타인. 이제 닥이 죽었으니 우리 그룹의 아이비인은 너야. 앞으로 어떻게 될 것 같니?"

아인슈타인이 말하기를 주저하는 듯하자 타이가 선수 쳐 말했다. "내가 보기엔 인구 폭발이 일어날 것 같은데."

아인슈타인은 재빨리 정신을 집중하고 고개를 끄덕였다.

"넌 이 사람들에 대해서 한 번도 들어본 적이 없었어." 타이가 말을 이었다. "네 RIZ가 이 산 바로 맞은편에 있고 너희 마을 사람들이 늘 여기까지 올라와 순찰을 하는데도 말이지."

"루퍼스 맥쿼리의 광산은 훨씬 북쪽에 있어요." 아인슈타인이 말했다. "이 사람들은 이제 막 땅 위로 나온 것 같아요."

"저 아래에서 제일 나이 많은 아이를 찾으면 언제인지 알 수 있겠지."

"하지만 3백 년 동안 대기권에서 숨을 쉴 수 있었어요! 왜 지금까지 기다렸을까요?"

타이는 고갯짓으로 디거 야영지의 한복판을 가리켰다. 커다란 석탄층 위에서 고기가 구워지고 있었다.

"음식?" 아인슈타인이 말했다.

"음식과 연료." 타이가 더 분명하게 말해주었다. "그들은 하드레인이 시작될 때부터 아무도 모를 음식을 먹으면서 동굴 속에 있었어. 동굴 두부라든지 그런 거겠지. 종종 표본으로 바깥 공기를 채취했을 거야. 공기로 숨을 쉴 수 있게 되자 밖에 나와서 둘러보았겠지. 하지만 그때는 아직 생명을 먹여 살릴 수 없는 황무지였어. 테리폼이 베링기아 지역에 사냥할 만한 가치가 있을 정도로 큰 동물의 씨를 뿌린 건 겨우 지난 몇 년 동안이야. 그게 출발을 알리는 총탄이었어. 그들에게 나오라는 신호였지."

"최대한 빨리 아이들을 가지라는 신호 같기도 한데요."

"바로 그거야. 자, 아인슈타인, 이걸 보고 성 역할에 대해 무엇을 알 수 있을까?"

"음, 우선, 그들에게는 이브가 없어요. 아담인 루퍼스가 있죠. 그러니까 아마 더 가…… 가부……."

"가부장적이겠지."

"맞아요. 그리고 모든 여자들이 아이를 여럿 가져야 한다고 생각한다면……."

"그것도 뭔가 알 수 있는 단서가 되지." 타이가 말했다. "지금 우리는 바로 이 시점에서 큰 문제에 봉착해 있는 거야. 넌 디거야, 알겠지? 넌 멍청하지 않아. 넌 오로지 맑은 날 밤 동굴에서 머리를 내밀고 남쪽 하늘을 바라보기만 하면 돼. 그러면 거주지 고리가 보이지. 시간이 가면서 아이가 고리를 가로질러 앞뒤로 움직이고, 새 거주지가 지어지면서 불이 켜지는 모습이 보일 거야. 볼로들이 하늘을 가로지르며 낮게 내려오는 모습이 보이고, 테리폼 비행기가 바로 머리 위로 날아가고 고리에서 오난의 비가 똑바로 내려오는 모습도 보이고 말이지. 넌 아무 것도 모르는 야만인이 아니야. 너희 종족은 상당히 발전한 수준의 공학적 문화를 유지했어. 저 컴파운드 보compound bow나 화약 덩어리를 봐. 그러니까 넌 그 모든 현상을 신이나 천사 같은 것으로 해석하지는 않을 거야."

"그들은 처음부터 알고 있었어요." 아인슈타인이 말했다.

"수세기 동안." 타이가 고개를 끄덕이며 말했다. "바깥에서 숨 쉴 수 있게 되었을 때부터."

"그렇게 오랫동안, 그들은 수십억 명의 사람들이 하늘에 살고 있다는 걸 알았어요. 하지만 신호를 보내려는 노력은 전혀 하지 않았어요." 아인슈타인이 말했다.

"그보다 더했지. 우리 눈에 띄지 않으려고 숨었어!" 타이가 말했다. "너도 알지, 수십 년 전에 맥쿼리 광산을 찾으려고 하기도 했어. 이 사람들은 발견되고 싶지 않다는 결심을 한 게 틀림없어."

"왜 그랬을까요?"

"나도 그걸 묻고 싶어. 공포 때문일까? 분노?"

"그 노인은 정말로 우리를 증오했어요. 우리를 '뺑소니친 겁쟁이'라고 생각했어요."

"우리를 그렇게 불렀지." 타이가 인정했다. "아주 커다랗게 외치면서 우리를 그렇게 불렀어. 사실 그는 우리에게 이야기하고 있었던 게 아니라고 생각해."

아인슈타인은 고개를 끄덕였다. "무슨 뜻인지 알겠어요. 자기 뒤에 있는 사람들에게 말하고 있었던 거죠."

"많은 인간들이 지구 정지 궤도에 안착해 더 좋은 조건에서 살고 있다는 것을 잘 알고 있으면서도 광산의 수직 통로 속에 쪼그려 앉아 동굴 두부를 먹고 있으려면, 동굴 안에 머물기 위한 강력한 장려책이 필요할 거야. 존재를 숨기기 위해서 말이지."

"두흐라든가 아이데⋯⋯."

"이데올로기." 타이가 고개를 끄덕이며 말했다. "이런 걸 다 깨달았어야 했어. 좀 더 빨리 생각하지 못한 내 잘못이야."

"무슨 생각이요?"

"환상의 공유나 정신적 바이러스가 아니면 그들이 갑자기 지상에 출현한 이유를 설명할 수 없다는 걸 미처 몰랐어."

"닥도 몰랐잖아요." 아인슈타인이 말했다. 타이를 위로하기 위해서 한 말이었지만, 죽은 동족을 나쁘게 말했다는 것을 깨닫고 그는 약간 창백해졌다.

"그래." 타이가 말했다. "닥도 분명 몰랐어. 이 사람들이 생각하는 방식에 대해서 우리가 알게 된 게 뭐지?"

"그걸 뭐라고 부르는지는 모르겠는데, 그들은 어깨에 무슨 조각을 붙이고 있어요."

타이가 고개를 끄덕였다.

"지도자들에게는 자기 무리가 보는 앞에서 권력의 상징을 몸에 달고 있다는 게 제일 중요해. 그들은 그런 식으로 행동하지. 그런데 닥이 스랩 태즈매너로 비슷한 일을 해버렸어. 화해의 제스처였지만, 그것이 그들을 전적으로 바보 취급하면서 창피를 주는 방식이 되어버리기도 했어. 아마 더 합리적이고 서로 잘 지낼 수 있도록 동화된 사람들에게는 나쁜 전략이 아니었을 거야."

"우리 같은 사람들이요. 거주지에서 영원히 공존해야 했던 사람들."

"하지만 그들에게는 자기네들 무리 앞에서 권위에 도전하는 행동이었지. 그래서 그들은 극단적인 반응을 보일 수밖에 없었어. 우리를 인간이 아닌 존재로 보이게 만들었지."

"우리는 외계인인 거죠." 아인슈타인이 말했다.

"그래. 퉁방울눈을 달고 있는 괴물인 거지." 타이가 말했다.

"그리고 바드와 벨레드가 어둠 속에 더 오래 숨어 있으면 그럴수록 더……."

"우리를 그런 존재로 덧칠하기 더 쉬워지겠지." 타이가 말했다. "그래서 우리를 고립시킨 거야. 지도자들은 우리가 자기네들 무리와 이야기하는 걸 바라지 않아. 우리가 인간에 지나지 않는다는 걸 보여주게 되니까."

"하지만 잠깐만요." 아인슈타인이 말했다. "그러면 그 지도자들은 우리가 정말 퉁방울눈의 괴물이 아니라는 걸 안다는 말이잖아요."

타이는 아무 대답도 하지 않았다. 이 상황에는 앞뒤가 맞지 않는 면들이 있었다. 그는 불을 피우고 불길을 홀린 듯이 바라보며 거기에 대해 생각했다.

하드레인이 시작된 후, 1735년 동안 어떤 불도 — 탄소가 풍부한 고체 연료를 야외에서 태운다는 의미로는 — 피워지지 않았다. 하여간 스페이서들에게는 그랬다. 나무를 자라게 할 정도의 큰 거주지를 만들고, 불이 일어나기 위한 산소 요구량을 충족시켜 불을 피운 결과 나올 연기를 흡수할 정도로 큰 대기권을 가진 대규모 거주지를 만드는 데 그만큼 오래 걸렸다. 그들은 디지털로 되어 있는 고대의 보이스카우트 매뉴얼을 참조했다. 그때 처음으로 그 매뉴얼이 사용되었다. 그 일의 책임을 진 불의 개척자 네 명 — 모두 다이나인이었다 — 이 불을 둘러싸고 서서 지금 타이가 그러고 있듯이 불길을 들여다보았다. 그들은 인간이 마지막으로 나무 연기 냄새를 맡은 때부터 일어났던 모든 일에 대해 생각했을 것이다.

타이와 아인슈타인은 아리안 문제에 대해서는 이야기를 시작하지도 않았다.

블루에서 정직한 삶을 살려고 하는 모든 줄리아인에게 아리안은 최악의 악몽이었다. 표면적으로는 블루 쪽이었던 인물이 레드의 간첩이었다니. 그녀는 점차 승진하기 위해 첩보 쪽에 얼마나 오래 교묘하게 침투해 있었을까? 아니면 그냥 충성하는 편을 바꾸기로 결심한 걸까? 어느 쪽이든, 아리안은 이제 납치한 여자와 함께 고리의 레드 쪽에 올라가 있었다. 디거들은 그걸 어떻게 생각할까? 스페이서도 두 종류가 있다는 것을 그들은 알기나 할까?

레드 정보부는 그 여자에게서 무엇을 알아내고 있을까? 그 여자가 리멤브런스를 냉혹하게 살해하는 모습을 지켜보지 않았다면, 타이는 그녀가 안됐다고 느꼈을 것이다.

중앙 디거 야영지에서 글라이더의 날개 아래로 세 사람이 다가갔다. 강철 촉이 달린 창을 갖고 있는 전사, 중년이지만 일찍 반백이 된, 표정이 엄숙한 남자, 그리고 또 한 사람이 있었는데, 가까이 올 때까지 타이는 그가 소년이라고 생각했다. 그러나 알고 보니 짧은 머리의 십대 소녀였다. 디거들은 대체로 키가 작았지만 그 소녀는 그중에서도 더 작았다. 그녀는 움직임이 좀 이상해 보였는데, 아래쪽으로 머리를 기울이고 한쪽으로 돌면서 주변을 곁눈질로 바라보았다. 하지만 반백의 남자 뒤에 바싹 붙어서 따라왔기에 자기가 어디로 가는지 알려면 남자의 옆구리 너머로 훔쳐보아야 하기 때문인 것 같았다. 그가 성큼성큼 넘어가는 장애물 위로 날쌔게 올라갔다 내려오기도 하면서, 소녀는 남자가 한 걸음 걸을 때마다 두 걸음을 걷는 것 같았다. 개와 보조를 맞추려는 다람쥐 같아 보였다.

대화를 할 수 있는 거리까지 가까워지자 회색 수염은 고개를 끄덕여 창을 든 자를 멈춰 세우고 또 한 걸음 앞으로 나왔다. 소녀가 비틀거렸다. 이를 알아차리고 회색 수염은 소녀에게 조금 더 가까이 와보라고 격려하는 듯한 몸짓을 했다. 소녀는 그의 엉덩이 뒤에 움츠리고서 그의 겨드랑이를 통해 유심히 내다보았다.

"나는 돈노[37]다." 회색 수염이 말했다. "너는 내게 말해도 된다. 하지만 여기 있는 사이크Psych를 제외하고 다른 사람은 아무도 말하면 안 된다." 최소한 타이의 귀에는 그렇게 들렸다.

"난 티우라탐 레이크라고 합니다." 타이가 말했다. "이쪽은 아인슈타인. 저기 있는 여자는 캐스 2입니다. 그녀는 함께 대화

---

37 돈노Donno: 이탈리아어로 '영주, 주인'이라는 뜻이 있다.

할 수 없을 것 같습니다."

"티우라탐," 사이크가 쉰 목소리로 말했다. "소비에트의 바이코누르 우주 발사시설 가까이 있는 중앙아시아 카자흐스탄의 도시. 아인슈타인, 제로 전 20세기 초반의 이론물리학자."

돈노는 사이크의 말을 끝까지 들었지만, 그녀를 바라보거나 알았다는 표시를 하지 않았다. 그는 타이에게 주의를 고정하고 있었다. 사이크의 말은 그냥 웅웅거리는 소리로 들리는 것 같았다. "캐스 2가 깨면 내가 방금 선언한 규칙을 알려라." 돈노가 말했다. "그리고 그 여자가 반드시 그것을 지키도록 해라."

"규칙을 전하지요." 타이가 말했다. "하지만 그 규칙을 지키는 건 그녀의 마음에 달렸습니다. 나는 그녀에게 아무 권한도 없습니다. 우리 사회는 그런 식으로 조직되지 않았습니다."

돈노는 방금 한 말을 전혀 믿지 않는다는 듯이 타이를 바라보았다. "너는 다이나인이지."

그들이 일곱 명의 이브에 대해 알고 있다는 얘기였다. 어떻게 알게 되었을까? 낙오자들을 납치하고 심문했을까? 아니면 스페이서 중에 은밀히 연락을 하고 있는 사람이 있는 것일까?

"맞습니다." 타이가 말했다.

"그러면 너는 이들의 대장이다."

타이는 아무 말도 하지 않았다. 상황이 복잡하다고 설명해봤자 그가 납득할 것 같지 않았다.

"마지를 어떻게 했지?" 돈노가 물었다.

"마지가 누굽니까?"

"우주에서 내려온 물건에 붙잡혀간 여자."

타이는 "이미 잘 알고 계시네요." 하고 지적하고 싶었지만, 대신 그를 그냥 마주 쏘아보며 어디서부터 말을 시작해야 할지 생각했다.

"그 돌연변이는…… 줄리아인?"

"그렇습니다."

"그 여자는 너희 무기로 너를 공격했고, 너는 거기에 놀랐다."

"정말 그랬습니다, 돈노."

"그 여자가 너를 배신했나?"

"예."

"서쪽 사람인가?"

돈노에게 그 말은 서경 166도 30분 베링기아 지역에 사는 스페이서들을 가리켰다.

"우리는 그들을 레드라고 부릅니다."

돈노는 들어본 적이 있다는 듯이 고개를 끄덕였다. "그럼 너희는 블루겠군."

"그렇습니다. 우리는 블루입니다. 우리는 토르를 사용하려고 하지 않습니다."

"토르, 엄청난 힘을 가진 게르만족의 신. 번개와 관계가 있고, 망치로 무장했다." 사이크가 말했다.

"네 이름은 '인사이클로피디아(백과사전)'의 줄임말이니?" 아인슈타인이 소녀에게 물었다.

돈노는 아인슈타인에게 살기 가득한 눈길을 던졌다. 그러나 아인슈타인은 그것을 눈치채지 못했다. 그는 매료된 채 여러 복합적인 감정으로 그 소녀를 바라보고 있었다.

"그래." 돈노가 손을 들어 가만히 있으라고 하기도 전에 그녀가 재빨리 대답했다. 그녀는 맞을 거라고 생각했는지 몸을 수그려 피하더니, 아인슈타인에게 마주 미소를 지었다.

타이는 에픽에 나온 또렷하고 선명한 이미지 때문에 어지러울 지경이었다. 루퍼스가 화이트스카이 직전 다이나에게 보낸 사진 중에는 그와 자기 친구들이 지하 요새에 모아놓은 서재를 찍은 것이 있었는데, 서재 중앙에는 똑같이 장정된 책들이 자랑스럽게 줄지어 꽂혀 있었다. '인사이클로피디아 브리태니커(브리태니커 백과사전)'였다.

이 소녀―사이크Psych가 아니라 사이크Cyc―는 그 책을 읽었다. 그녀는 그토록 오래된 책을 직접 만져보았던 것이다. 아니면 그 책의 필사본일지도 몰랐다.

"이 아이는 아이비인이군." 돈노가 아인슈타인에게 고갯짓을 하며 말했다. 그것은 질문이 아니었다. 처음 번뜩이던 분노가 가라앉자 그는 RIZ에서 온 소년을 더 주의 깊게 바라보았다.

"몽고주름 때문에 눈꺼풀이 저렇게 보이는 거예요." 아이비인의 얼굴을 쓸데없이 자세히 뜯어보고 있던 사이크가 말했다.

"닥쳐." 돈노가 그녀에게 말했다. 그런 다음 도로 타이에게 주의를 돌렸다. "그 레드 쪽 줄리아인은……."

"아리안이라고 합니다." 타이가 말했다.

"너희들 중에 섞인 간첩이었나?"

"그런 것 같습니다."

"재미있군. 루퍼스의 서재에는 그런 소설도 좀 있었어. 제로 전 몇십 년 동안 나온 소설이었지. 하지만 진짜 두더지[38]와 마주치리라고는 생각해본 적이 없어."

돈노가 지금껏 한 말 중에서 드물게 길었고, 흥미로운 사실을 드러내기도 했다. 지하 생활과 두더지에 대한 농담을 하고 싶게 만드는 말이었지만, 타이는 그런 행동을 할 정도로 어리석지는 않았다.

"나는 여러분 같은 사람과 마주치리라고 생각해본 적이 없습니다." 그가 말을 붙여보았다.

"몇천 년 동안, 너희는 우리가 죽었다고 생각했지. 그런데 너희가 틀렸어." 돈노가 말했다.

"모든 일이 엉망이 되기 전에 그 노인은……." 타이가 말했다.

"팝 로이드."

"팝 로이드는 여기서 우리가 환영받지 못한다고 말했지요."

"그는 진실을 말했다." 돈노가 말했다.

"멍청한 짓을 하려는 건 아닙니다." 타이가 말했다. "하지만 중요한 일이기 때문에 나는 확실하게 알아야 합니다. 거기에 대해서는 당신도 내 말에 동의할 겁니다. 당신 무리…… 당신들은 어떻게 부릅니까?"

"인류." 돈노가 말했다.

"좋습니다. 인류는 이 영토에 대해 소유권을 주장하고 있고, 우리 같은 사람들 — 일곱 이브의 후손들 — 이 여기 있는 것을 전혀 바라지 않습니다."

---

38 두더지mole: '간첩'이라는 뜻이 있다.

"우리의 관할하에서 벗어난다면, 그렇다."

"여러분이 배타적 소유권을 주장하는 영토는 어디인가요?"

"뭐라고?"

"이 계곡인가요? 이 산악 지방? 베링기아 전체?"

"행성 지구의 육지 표면 전체지." 돈노는 고개를 저으며 매우 또렷하고 느릿하게 말했다. "너희 쪽 사람들은 그것을 포기했다. 그건 우리 거야."

적어도 타이가 예상하지 못한 말이었다. 그러나 아인슈타인은 청소년기 아이비인이 품을 수밖에 없는 의문을 불쑥 말했다. "그렇다면 대양은?"

"그건 핑거Pinger들과 연락해야 할 것이다."

"핑거?"

돈노는 한참 어리석다는 눈빛으로 아인슈타인을 보았다.

"바다 사람들 말이야." 사이크가 말했다. "그 사람들이 사는 곳은……." 그러나 돈노가 다시 손을 올리는 바람에 그녀는 입을 다물었다.

다른 사람들도 마찬가지로 입을 다물었다. 돈노는 그쪽이 더 마음에 드는 것 같았다. 이제 잠시 주위를 살필 여유가 생기자 그는 캐스 2 쪽으로 고갯짓을 했다. "저 여자는 아픈가?"

"아뇨. 저 종족은 때때로 오랫동안 잡니다."

"피부색을 보아하니 모이라인이군?"

아주 기초적인 것이기는 해도, 타이는 디거들이 어떻게 스페이서에 대한 지식을 얻었는지 궁금해 죽을 지경이었다. 하지만 물어볼 틈이 없었다. "맞습니다." 그가 말했다.

돈노는 이제 문자 그대로 손가락을 꼽아 세고 있었다. 5까지 갔다. "그 두 전사는?"

타이가 고개를 끄덕였다. "큰 쪽은 테클라인입니다."

"그럼 그 원숭이 인간은?"

"아이다인의 아종입니다. 네오앤더라고 합니다."

돈노는 고개를 끄덕였다. "우리도 서부에서 그와 비슷한 사람들을 보았다." 그는 손가락 두 개를 더 펼쳤다. "그렇다면 너희 무리에는 종족마다 한 명씩 있었던 거로군…… 그런데?" 그는 아인슈타인을 고개로 가리켰다. "노인이 죽을 경우에 대비해 여분의 아이비인을 데려온 건가?"

"이 지역의 안내자입니다." 타이가 그의 말을 정정했다. "맞아요, 우리는 세븐이었습니다. 그건 공식적인 대표단이 필요한 특별한 경우에 우리가 만드는 그룹입니다." 그의 다음 말은 추측일 뿐이었지만, 반박당할 걱정을 할 필요는 없었다. "이제 죽고 없지만 그 아이비인 노인 — 우리는 그를 닥이라고 불렀습니다 — 은 이 아래에 당신들이 있을지도 모른다고 생각했습니다. 그는 그것을 조사하기 위해 세븐을 조직하고 그 일원으로 여기까지 내려왔습니다. 중요한 일에 걸맞게 말이지요."

이 말에 돈노는 당황한 것 같았다. 분명히 그는 다른 사람들의 생각에 신경을 많이 쓰는 사람은 아니었다. 그러나 몇 시간 전에 일어난 사건들을 다른 각도로 볼 수 있다는 생각이 처음으로 머릿속에 떠오른 것 같았다. 디거들에게 별로 기분 좋은 일은 아니었다. 그는 그럴 수 있다는 것을 알았지만 별로 받아들이려 하지는 않았다. "너희는 우리를 야만인 무리로 보는 게 확실해. 심지어 우리 땅에 침입하면서도 너희는 그걸 공격적인 행동으로 생각하지 않아. 글라이더를 타고 무장한 전사들과 함께 여기 오고, 토르를 휘두르면서도."

"돈노, 지금 지구 표면에 스페이서들이 얼마나 많이 있다고 생각합니까?"

"우리는 무지하지 않아. 너희가 '베링기아'라고 부르는 곳 전체에 그들이 퍼져 있다는 건 안다."

"세상 전체에 퍼져 있습니다." 타이가 말했다.

"그게 사실이라고 해도, 우리 입장은 변하지 않는다." 돈노가 말했다.

"당신들의 입장은 강고하군요." 한참 동안 할 말을 잃었다가, 타이가 말했다. "그렇다면 왜 우리와 교섭하러 여기 왔는지 물어봐도 될까요?"

"너희 전사들이 우리 전사들을 데려가고 있다." 돈노가 불만을 토로했다.

"전사들에 대해 좀 아는 사람으로서, 이 모든 상황이 그들에게 어떻게 보일지 상상할 수 있지 않습니까." 타이는 손으로 사슬을 감고 약간 흔들었다.

또 잘못 말했다. 여러 시점에서 사물을 볼 수 있다는 단순한 암시조차 이 사람들을 매우 화나게 하는 것이었다. 타이는 그 사실을 머릿속에 박아 넣어야 했다.

"우리는 전쟁상태에 있고, 양쪽에 전쟁포로가 있다는 것은 안다." 돈노가 말했다.

"그럼 앞으로 어떻게 할 생각입니까?"

"비폭력적으로." 돈노가 말했다. "다른 사람들이 있어서 더 이상 말할 수는 없다." 그는 건너편에 있는 또 다른 모닥불 쪽을 고개로 가리켰다.

"그럼 여러분의 제안을 기다리겠습니다." 타이가 말했다.

"우리가 너희의 제안을 기다리겠다." 돈노는 마주 쏘아붙이더니 갑자기 큰 걸음으로 성큼성큼 걸어갔다. 그러는 바람에 사이크는 그에게서 날쌔게 비켜야 했다. 창을 든 커다란 신병도 마찬가지로 움직이려고 몸을 돌렸다. 그러나 사이크는 좀 더 느리게 철수했다. 그 소녀는 줄곧 아인슈타인의 몽고주름을 바라보며 남아 있었다.

"이름이 뭐야?" 아인슈타인이 물었다.

"소나 택스로Sonar Taxlaw! 가자!" 돈노가 외쳤다.

"이제 내 이름 알았지." 소녀가 말했다. 그녀는 내키지 않는 기색으로 몸을 돌려 글라이더 쪽으로 종종걸음 치며 갔다. 하지만 모닥불 주위의 자기 친족들 무리에 들어가서도, 소녀는 밝은 보름달 같은 얼굴을 그들 쪽으로 향하고 있었다.

"어디서부터 시작할까?" 타이가 물었다.

사실 혼잣말이었다. 하지만 그 말에 아인슈타인은 퍼뜩 몽상에서 깨어난 것 같았다. 그는 한숨을 쉬더니 그럭저럭 정신을 차렸다. "'우리도 서부에서 그와 비슷한 사람들을 보았다.' 돈노가 바드 이야기를 하면서 그런 말을 했지요."

"그래, 맞아."

"디거들이 서경 166도 30분 너머로 정찰병을 보냈던 것 같아요. 자기들이 경계를 넘고 있다는 사실을 몰랐겠죠. 사실 그건

287

상상 속의 선일 뿐이잖아요."

타이는 웃을 수밖에 없었다. "아인슈타인, 우리가 여기서 빠져나갈 수 있다면 너를 참스쿨[39]에 보내야겠다.

"네?"

"다른 종족 사람들과 이야기하는 법을 아이비인들에게 가르치는 예의범절 학교야."

"왜요?"

"신경 쓰지 마. 네 말을 끊어버렸네. 계속해봐."

"그러면 그 정찰병들은 레드의 경계 병력도 보았을 거예요. 네오앤더들요."

"그들 입장에 선다면, 처음 네오앤더를 보고 무슨 생각을 했을까?"

"퉁방울눈까지는 아니지만, 괴물은 맞겠죠."

타이가 고개를 끄덕였다. "바드와 그의 친족들이 정당하게 존중받아야 한다고 생각하지만, 그들이 처음 마주친 스페이서들이 다이나인이었으면 좀 더 나았을 텐데."

"네오앤더가 어때서요?" 아인슈타인이 물었다.

타이는 약간 시간이 지나서야 그 말을 알아들었다. "음. 만약 디거들이 그들을 지켜보는 동안 그들도 디거를 보았다면, 그걸 보고했겠지."

"레드는 디거들 일을 알고 있었어요. 오래전부터인 것 같아요."

---

39 참스쿨charm school: 젊은이들에게 예의범절을 가르치는 곳.

"알고 있었거나, 아니면 적어도 의심은 했을 거야." 타이가 동의했다. 수수께끼가 풀리면서 굳어 있던 두뇌도 함께 풀리는 느낌이었다. "그 문제를 해결하려고 자기 정보부원들을 투입했어. 아리안은 단서를 찾아 냄새를 맡았고, 조사부에 있는 연줄을 최대한 활용해서 세븐에 배정되려고 영향력을 행사했지. 그리고 고향으로 상품을 가져갔고."

"마지를 상품이라고 친다면요." 아인슈타인이 대답했다. 타이는 불빛 가까이로 소년의 얼굴을 비춰가면서까지 살펴보았지만, 그 말이 진지한 표정으로 내뱉은 농담이었는지 아니면 다시 한 번 사회적 무지를 드러냈던 것뿐인지 구분할 수가 없었다. 어찌되었든 중요한 건 그게 아니었다.

"핑거들!" 아인슈타인이 다음 주제는 분명히 그거라는 듯이 외쳤다.

"소나 택스로는 그들이 바다 사람들이라고 말했어. 돈노가 입 다물라고 하기 전에." 타이가 말했다.

"돈노가 그 아이를 때리는 것 같아요?" 아인슈타인이 물었다.

그게 또 건드리면 큰일 날 벌집 같은 감정이라서, 타이는 대답하기 전 조심스럽게 생각했다. 전쟁 전에, 생애 단 한 번, 그는 아인슈타인이 소나 택스로에 빠진 것만큼 빠르게 어느 소녀에게 매료된 적이 있었다. 어리석고 눈먼 사랑의 감정을 짧게나마 체험했던 그 한 번으로 그는 사랑의 실재성을 인정하고 그 힘을 존중하게 되었다.

"내 생각에는, 실제 신체형身體刑이 아니라 신체형에 대한 공포 때문에 그 아이 같은 사람들이 규칙을 지킨다면 그 사회에서는 신체형이 편리할 거야. 네가 그걸 어떻게 할 수는 없을 거야. 네가 돈노를 흘겨보기만 해도 그는 널 죽여버릴걸. 하지만 사이크에게 작고 친절한 제스처를 보내고도 무사할 수는 있겠지. 네가 다시 그녀 가까이 갈 수 있게 허락을 받는다는 가정하에서 말이야. 네가 그 아이에게 너무 많은 호의를 보내면 그 애는 벌을 받겠지. 그녀를 건드린다면 우린 모두 죽은 목숨이야."

"왜요?"

"이곳 문화가 여성의 재생산 기관에 대해 정신병적으로 생각하기 때문이지. 자, 이제 핑거 얘기로 돌아가자. 거기에 대해 제시할 의견이라도 있니?"

"아뇨, 당신은요." 아인슈타인이 말했다. 타이가 장황하게 연설을 하자 그는 그 영향을 받아 단음절 말만 내뱉었다.

"기억이 애매해. 하지만 확실히 하려면 찾아봐야지."

"'바다 사람들'이라는 건 배를 뜻하는 거겠죠. 하지만……."

"그랬으면 우리가 봤겠지."

"어쩌면 해안을 따라가는 깊은 숲에 숨어 있는 디거들의 파견대일지도 모르죠." 아인슈타인이 의견을 내놓았다.

"하지만 돈노는 모든 땅의 소유권이 자기들에게 있다고 주장했어. 핑거들은 대양을 관할한다고 했고." 타이가 말했다.

"그러면 당신 이론은 뭔가요?"

"난 그런 거 없어." 타이가 말했다. 하지만 그건 거짓말이었다.

저녁의 대화는 이렇게 끝났다. 그들은 침낭을 펴고 잤다. 놀랍게도 타이는 잘 잤다. 야생 개과들의 울음소리에 한 번 깨었을 뿐이다. 별들이 나오고 이제 남쪽 하늘에 거주지 고리가 보이는 걸로 미루어, 애쉬월을 두텁게 쌓던 화산 분출은 약해진 것 같았다. 아이는 갈라파고스 위쪽 어딘가에서 빛나고 있었다. 야생 개과들도 그것을 알아챈 것 같았다.

그는 침낭에서 기어 나와 오줌을 눈 다음 캐스 2를 살펴보았다. 그녀는 몸을 떨고 있었고 이마가 뜨거웠지만, 걱정할 정도는 아니었다.

그들이 그의 시계를 빼앗아가 정확히는 알 수 없었으나 새벽 3시쯤 된 것 같았다. 토르가 내려온 지 열두 시간 정도 지났다. 아리안과 마지는 지금쯤 레드 거주지에 도착했을 것이다. 불변의 궤도역학 법칙에 따르면, 지구 궤도로 가는 전송 시간은 언제나 열두 시간쯤 걸렸다. 그들이 레드의 수도인 교토에 가고 있는지, 다른 군사 거주지로 가는지, 아니면 마카사르 해협 위에 있는 쿨락까지 가는 건 아닌지 궁금했다. 두 사람이 탔으니 부스가 좁을 것이다. 마지의 정신상태가 어땠을지는 추측만 할 수 있을 뿐이었다. 스랩 태즈매너로 인한 대립을 대부분의 사람들은 기이하고 폭력적이라 생각할 것이다. 마치 정신적 외상 후의 악몽 같은 일이었다. 마지는 줄리아인이 총구를 들이대고 자기를 납치하리라고 생각도 못했을 것이다. 하지만 그다음에 일어난 일에 비하면 그 모든 일이 이상할 게 하나도 없었다. 하늘에서 토르가 접근하는 모습을 마지가 보았을 것 같지는 않았다. 별안간 무장한 돌연변이와 함께 작은 부스 안에 갇혀서 평생 처음으로 강력한 중력을 경험했을 것이다. 몇 분 후에는 무중력 상태도 알게 되었겠지. 아침에 잠에서 깨어날 때만 해도 마지는 하루가 이렇게 펼쳐질 줄 알지 못했을 것이다. 줄리아인이 즉시 심문을 시작했을까? 아니면 친절한 척했을까? 아니면 그냥 열두 시간 동안의 여행을 견딜 수 있도록 진정제 주사를 놔버렸을까?

마지에게 토르는 말로 표현할 수 없을 정도로 기이할 것이다. 타이나 다른 스페이서들에게는 분명 전쟁 행위였다. 20년 동안 그가 보고 들은 것 중 가장 심각한 협약 위반이었다. 하지만 곰곰 생각해보니, 크로우스 네스트에 오는 수입상들이 대화 중 남해에서 일어나는 안 좋은 일들을 암시하는 수수께끼 같은 말을 하던 것이 떠올랐다. 아마 그들이 ─ 누군지는 몰라도 ─ 세븐의 테클라인 대표로 벨레드 토모프를 선택한 데에는 이유가 있었을 것이다. 채찍을 휘두르는 네오앤더와 대격전을 벌였을 때에만 생길 수 있는 흉터로 등이 푹푹 파인 벨레드. 마찬가지로 바드에게도 분명 겉보기와는 다른 더 큰 곡절이 있을 것이다.

그럼 타이는? 그도 지상전 전문가였다. 그것을 증명할 만한 흉터도 있었다. 그러나 그 대신 선택될 수 있는 사람들은 많았다. 탐험대를 이끌고, 스페이서들에게 다른 행성 출신의 외계인 사람들과 처음 접촉하는 데 더 알맞은 인물들. 아니다, 타이는 그가 일하는 곳과 그곳을 소유한 사람 때문에 선택받았다. 크로우스 네스트 배후에는 매우 오래된 자금줄이 있었다. 오너들이 그 장소를 운영하느라 매달 어느 정도 잃어도 신경 쓰지 않을 정도로 충분한 돈이었다. 그것은 문화나 두흐가 아니라 '목적'이라는 것에 봉사하도록 만들어진 자선시설 같은 곳이었다. 타이가 그곳에서 몇십 년 더 일한다면, 어느 날 오너 한 명이 그를 볼트 홀에 눌러앉히고 '목적'이 무엇인지 선심 쓰듯 말해 줄지도 몰랐다.

이런 생각을 온통 마음속에 품고도 그는 용케 도로 잠에 떨어져서 해가 뜰 때까지 깨지 않았다. 창을 든 자가 가까이 와서 글라이더에 저장되어 있던 물건 가운데 세 개의 배급식량 꾸러미를 던져주었다. 아인슈타인은 깨어나서 십대 소년들만의 방식으로 자기 식량을 먹었다. 타이는 좀 더 차분하게 먹으면서 캐스 2를 계속 살폈다. 그녀는 얼마간 깨어 있으면서 식사 뚜껑을 벗기고 단조로운 음식을 조금 깨작대보았다. 그러나 곧바로 토하고 헛구역질을 하다가 다시 잠들어버렸다.

그들은 종잡을 수 없이 먼 거리를 내려다보며 디거들과 함께 그날을 보냈다. 디거들은 시간이 가면서 수적으로 점점 더 적어지고 피해를 입는 것 같았다.

"아직 이론이 없어요?" 아인슈타인은 점심으로 던져진 배급식량을 먹으며 물었다.

"무슨 이론?"

"핑거요."

타이는 달리 할 일이 없었기 때문에 아무렇게나 술술 말했다. "그 여자애 이름이 소나잖아. 그 이름에 묘한 우연의 일치가 있는 것 같아."

"그래요?" 아인슈타인은 소나 택스로 이야기라면 무엇이든 귀를 쫑긋 세웠다.

"소나는 제로 전 사람들이 사용한 기술이야. 음파에 기반을 둔 해저 레이더. 그들은 핑이라고 하는 소리 진동을 내보냈어."

"펭거들이 해저에 산다고 생각하는 거예요?"

"그래야 완벽하게 들어맞아. 한 가지만 빼면……."

"뭘 빼면요?"

"그들은 대체 어디서 온 걸까?"

"살아남은 사람들일까요? 디거들처럼?"

"어떻게 그럴 수 있었는지 모르겠어." 타이가 말했다.

바드와 벨레드를 찾으러 간 정찰병들은 아무도 돌아오지 않았다. 그러자 사실 누가 누구를 인질로 잡고 있느냐는 의문이 생기기 시작했다. 사라진 사람들에게는 친구, 부모, 아이들이 있었다. 그들은 곧 정찰병이 어떻게 되었는지 필사적으로 알려고 했고, 지휘권자들에게 거북한 질문을 하기 시작했다. 오후 늦게 20명쯤 되는 전사 무리가 죽은 동물들을 긴 막대기에 꽂아 운반하며 계곡을 올라와 디거들과 합류해 그들을 보강했다. 디거들은 모두 음식을 만드는 불 주위에 모여 회담을 했다. 디거들이 실컷 먹고 난 후 돈노는 짧은 창을 보행용 지팡이나 마법사 지팡이처럼 휘두르며 혼자 올라왔다. 해가 져서 타이는 그의 모습을 보기 전에 기척을 먼저 들었다.

"우리는 교환을 할 것이다." 돈노가 말했다. "그다음 너희 쪽 사람들은 사상자를 더 내지 않고 여기서 나간다."

'그래서 살육할 사람들을 불러 모은 겁니까?' 타이는 그렇게 묻고 싶었지만 대신 이렇게 말했다. "좋습니다. 어떻게 진행할까요?"

"음," 돈노가 말을 더듬기 시작했다. "우리가 그들과 연락할 수 있어야 한다! 하지만 우리가 내보낸 사람들은 모두 사라졌어!"

"내가 연락을 취해보면 어떻겠습니까?"

"그럼 그냥 달아나버리겠지."

"직접 가서 얼굴을 맞대고 말할 필요는 없습니다." 타이가 말했다.

"무선이 있나?" 돈노가 의심쩍은 듯이 물었다.

무선. 괴상한 구식 단어였다. 디거들은 그들의 몸을 샅샅이 뒤져 통신 수단이 없다는 것을 확인했었다.

"아뇨." 타이는 뒤로 기대서서 열려 있는 배급식량 꾸러미 속에 손을 넣었다. 그는 빵 한 조각을 꺼내 조금 뜯어냈다. 그러자 사방에 몇 쌍의 불꽃이 튀었다. 반백 까마귀들의 망막에서 나오는 빛이었다. 그들은 까마귀 십여 마리를 여행용 모듈식 우리에 넣고 글라이더에 태워 데려왔다. 디거들은 무심코 까마귀들을 놔주었고, 그때부터 까마귀들은 야영장 근처에서 돌아다니고 있었다. 까마귀들은 타이가 무슨 일을 하려는지 이미 깨닫고 서로 날개로 치고 깍깍 울어대면서 자리를 잡으려고 다투고 있었다. 타이가 손에 빵 조각을 얹어 내밀자, 손가락을 채 다 펴기도 전에 까마귀가 빵 조각을 쪼더니 그를 뚫어지게 바라보았다. "벨레드. 바드." 그가 말했다. 보통은 수신자의 그림을 보여주는 절차를 거치지만 이 새들은 이름을 알아듣고 얼굴과 연관시킬 수 있는 능력이 있었다. 거기다 여행 중 시간이 남을 때 세븐은 새들을 훈련시켜왔었다. "우리를 초대한 주인들이 포로 교환 협상을 바라고 있어."

타이가 손을 오므리고 새를 날려보내자, 새는 메시지를 외치며 어둠 속으로 퍼덕퍼덕 날아갔다. 돈노의 얼굴에는 실망감이 역력했다. 타이는 은근히 그 모습을 즐기며 말했다. "곧 대답이 올 겁니다."

돈노는 말 한마디 없이 몸을 돌려 큰 걸음으로 디거 모닥불 쪽으로 되돌아갔다.

반시간이 지났다. 주위는 완전히 어두워졌다. 야생 개과 동물들이 울부짖기 시작했다. 타이는 거주지 고리가 나오는 모습이 보이려니 생각하고 하늘을 쳐다보았다. 디거들도 전부 그랬다. 그러나 오늘 밤 하늘에서 밝은 빛을 비추는 것은 달만이 아니었다. 유성우도 떨어졌다. 그것은 이상하게 질서정연했고, 곧장 그들 쪽으로 향해 오고 있는 것 같았다.

돈노는 많은 창잡이들을 데리고 다시 달려왔다. 다들 분위기가 매우 좋지 않았다. "이건 공격군인가? 너희를 구출하러 온 거야?" 그가 날카롭게 물었다.

"그렇다면 저게 뭔지 아는 겁니까?" 타이가 물었다.

"사람을 재빨리 착륙시키려고 할 때 궤도에서 떨어지기 위해 사용하는 꽂이지. 어서 질문에 대답해라."

"여기는 블루 영토입니다." 타이는 그 말을 한 다음 한 손을 들어 예상했던 돈노의 항의를 억눌렀다. "'조약에 따라' 블루 군대가 우리를 구출하러 오고 있다면, 그냥 카약에서 산을 넘어 날아오면 됩니다. 거주지에서 4천 킬로미터 떨어진 곳에 사람들을 떨어뜨리는 것보다 훨씬 쉬운 방법이지요." 그는 돈노와 자연스럽게 눈을 마주치고 목소리를 최대한 편안하게, 대화하는 어조로 유지하려고 애썼다. 창잡이들은 흩어져 작은 야영장 주위에 고리 모양으로 서더니 무기 끝을 안쪽으로 겨누었다. 아인슈타인은 그것이 진짜 마음에 안 드는 모양이었다. 타이는 아인슈타인이 조금씩 더 가까이 다가오자 목에 걸린 고리를 통해 사슬이 찰칵거리는 소리를 들을 수 있었다.

"그러면 저들은 누구냐?" 돈노가 물었다.

"블루를 빼면, 레드지요." 타이가 말했다.

"하지만 너희는 여기를 블루 영토로 생각한다면서!"

"그렇습니다. 이것이 '조약' 위반이고 전쟁 행위라는 것을 알면 당신도 흥미를 느낄지 모르겠군요." 타이가 말했다.

돈노는 놀라서 넋이 빠진 채 서 있었다. 타이는 '현대 세계로 오신 것을 환영합니다!'라고 말하고 싶었지만, 그런 말을 하는 대신 이렇게 덧붙였다. "그들과 조약을 맺는다면 이 일을 유념해두는 편이 좋을 겁니다."

반백 까마귀 한 마리가 근처에 내려앉아 타이에게 말했다. "우리가 간다."

지금 낙하하는 팟들이 군용으로 설계되었다는 것은 내려오는 방식을 보면 알 수 있었다. 매우 빨랐다. 팟 하나마다 꼭대기 근처에 날개 한 세트가 붙어 있다가, 지구 표면으로부터 2천 미터 높이에서 튀어나와 팟의 추락 속도를 늦추었다. 그러나 팟이 지상에서 겨우 몇십 미터 떨어지지 않은 곳에 내려올 때까지 역추진 로켓이 나오지 않았다. 지상 몇십 미터 위에서 엄지손가락 크기의 고체들이 원형으로 배열되더니 불로 된 원통형 피스톤을 만들었다. 팟은 그 위에서 천천히 멈추었고, 벌레 같은 삼각 다리에 불이 들어오면서 다리가 최대한 마지막 순간에 펼쳐져 착지의 충격을 흡수했다.

첫 번째 낙하 팟 열세 대는 약 1킬로미터 아래의 계곡에 거의 완벽한 원형을 그리며 착륙했다. 착륙하자마자 팟은 스프링이 튀어나오듯이 열렸다. 해치는 원 안쪽을 바라보고 있었다. 따라서 바깥에 있는 적에게는 팟의 장갑 등껍질만 보였다. 안에 적이 있다면 험한 꼴을 당할 것이다.

몇 초 후 열네 번째 팟이 원의 중앙에 착륙하면서 한 남자가 나왔다. 남자가 신호를 보내자 열세 명이 팟에서 공중제비를 돌며 나오더니, 옆으로 굴러 배를 땅에 대고 엎드린 채 바깥쪽을 바라보았다. 팟 너머의 공간은 이제 장갑 등껍질에서 눈부시게 흘러나오는 빛으로 흰했다. 실제 전투에서라면 다음 절차는 눈에 보이는 것을 전부 학살하는 일일 테지만, 대신 그들의 대장은 뭔가 명령을 외쳤다. 그러자 그들은 모두 일어서 캣을 총집에 넣고 몸에 묻은 먼지를 털어냈다. 열세 명 중 열 명은 네오앤더였고, 다른 세 명은 더 보통 현대인 같았다. 그들 셋과 그 가운데 서 있는 대장은 아마도 B타입, 즉 베타들일 것이다. 베타는 아이다인 인종 중에 가장 많았다.

펠로톤[40] — 아이다인들은 이 정도 크기의 부대를 그렇게 불렀다 — 은 열중쉬어 자세를 했다. 그들도 바깥쪽을 바라보고 자신들이 방금 둘러싼 공간에 낙하 팟 네 대가 더 착륙하는 모습을 지켜보고 싶었을 것이다. 이번 팟에 탄 사람들은 좀 더 느

---

40 펠로톤peloton: 집단, 무리.

리게 기어 나왔다. 전에는 이런 동작을 해본 적이 없는 민간인인 것 같았다. 그동안 팟이 또 한 대 착륙했는데, 이번에는 원 바깥으로 내려왔다. 이 팟은 화물 수송용으로, 설계 방식이 좀 달랐다. 펠로톤은 앞으로 움직여 이 팟 주위를 느슨하게 둘러쌌다. 민간인들은 그 팟을 열고 여러 가지 물건을 꺼냈다. 관 몇 토막이 제일 눈에 띄었는데, 그들은 그것을 끼워 맞춰 긴 막대기로 만들었다. 그러더니 꼭대기에 원형 고리를 부착해 디거들이 좋아하는 '막대기 끝에 달린 원' 토템을 첨단 기술로 더 멋지게 만들어냈다. 고리 아래에는 두 갈래로 꼬리가 갈라진 붉은 띠를 묶었다. 블루의 사투리로 '뱀의 혀'라고 하는 물건인데, 전투를 벌일 때, 일반적으로는 육상경기를 할 때 자주 사용되었다. 그 아래에는 희고 커다란 깃발이 달렸다.

공연이 어찌나 근사하던지, 다른 곳에 신경 써야 한다고 생각하던 타이조차도, 자신들의 작은 야영지를 둘러싸고 있던 디거 전사 여섯 명이 모두 무력해진 채 경련하며 땅 위에 쓰러져 있다는 것을 알고 약간 놀랐다. 어찌나 순식간에 일어난 일이던지 그들 손에 들려 있던 창이 아직 땅바닥으로 떨어지지도 않았다. 무언가 일이 순간적으로 닥칠 때 생기는 집중력과 내적 통찰이 완전히 깨어나는 묘한 상황 속에서 그는 잎사귀 모양의 창촉이 손으로 단조된 것을 알아차리고 그 금속이 그들이 파낸 트럭에서 약탈한 것인지 하릴없이 생각했다.

무심코 그는 근처 돌무덤 위에 놓인 폭발장치 쪽을 바라보았다. 그런데 철사들이 절단되어 있었다. 요리 접시만 한 손 하나가 돌무덤 위에 나타나더니, 폭약을 들어 올려 흔적도 없이 던져버렸다.

나무 말뚝 근처에 벨레드가 불쑥 나타났다. 벨레드는 경탄하는 듯한 모습으로 말뚝을 살펴보고 있었다. 사슬 끝과 연결된 부분을 시험해본 다음, 그는 무릎을 꿇고 앉아 양손으로 말뚝을 움켜쥐고 잡아당기기 시작했다. 랭고바드는 이제 폭약을 없애버리고 천천히 그쪽으로 달려가 힘을 합쳤다. 쭈그려 앉더니 손으로 잘 잡을 곳을 찾기 위해 말뚝 주위 흙을 좀 떠낸 다음 있는 힘껏 잡아당겼다. 갑자기 말뚝이 땅에서 반 미터 정도 뽑혀 나오면서, 두 사람 다 엉덩방아를 찧었다. 뒤로 반쯤 기댄 자세에서 벨레드는 벌레를 잡듯이 한 손으로 말뚝을 철썩 때리더니, 땅 위로 불쑥 뽑아냈다. 타이와 아인슈타인, 캐스 2는 여전히 사슬에 함께 묶여 있었지만, 자유롭게 움직일 수 있게 되었다.

이제 몸을 숨기면서 활동해야 했기 때문에, 바드의 밧줄은 흐느끼는 소리를 내는 에잇트레인 형태로 연결되어 있지 않았다. 오히려 그는 플링크들을 전부 합쳐 긴 밧줄 하나로 연결한 다음, 고리로 만들어 복잡한 패턴으로 몸통에 걸쳤다. 타이는 그 패턴을 본 적이 있었다. 추측건대 네오앤더들이 수천 년에 걸쳐 발전시켜온 것이었다.

타이는 말뚝 파편을 당기고 손으로 목걸이 사슬을 옮겨, 남은 말뚝을 몽둥이처럼 양손으로 움켜잡았다. 한쪽 끝으로 모닥불을 흩어버리고 야영지를 어둡게 했다. 캐스는 여전히 침낭 속에 반쯤 들어가 있는 자세로 팔다리를 짚고 일어나 토하고 있었다. 벨레드는 그녀에게 성큼성큼 걸어가, 한 팔로 몸을 받치고 들어 올린 다음 어깨에 훌쩍 메어버렸다. 그가 계속 큰 보폭으로 걸었기 때문에, 다른 두 죄수도 그를 따라갈 수밖에 없었다. 랭고바드는 충동적으로 창 한 대를 전리품이라도 되는 듯이 낚아채 들고 무리를 따라왔다.

그것은 전쟁사의 정수가 깃든 싸움은 아니었다. 그러나 서툰 싸움도 아니었다. 레드 대표단이 다가오는 바람에 디거들의 중앙 야영지가 완전히 얼어붙지 않았다면, 싸움이 더 벌어졌을 것이다. 타이는 이제 막 그들이 전부 다 도망쳤다고 생각하고 있었다. 그때 겨우 몇 미터 떨어진 어둠 속에서 어떤 목소리가 들렸다.

"내가 이걸 찾았어."

그 말을 한 사람은 곧장 벨레드와 바드의 캐터펄트에서 나온 레이저로 십자포화를 받은 듯 채색되었다. 어둠 속이라서 얼굴을 볼 수는 없었지만, 타이는 이미 그 목소리가 누구 것인지 알아들었다. "사격 중지." 그가 말했다.

사이크가 가까이로 걸어왔다. 바드는 위험을 무릅쓰고 흐린 불빛으로 그녀를 비추었다. 그녀는 손에 폭약 덩어리를 들고 있었다. 비탈을 굴러가다 디거 중앙 야영지로 들어간 것 같았다.

"소나 텍스로구나." 타이가 말했다.

"기억하네!" 그녀가 외치더니, 설명하듯 덧붙였다. "17권이야."

"좋아, 소나. 넌 아무 데나 마음대로 가도 돼. 우리와 함께 가도 되고. 너희 종족 사람들에게서 S 주제어 마지막 부분과 T 처음 부분의 지식을 빼앗기는 싫지만, 우리와 함께 가는 쪽이 나을 거야." 타이가 말했다. 그는 소나에게 사정을 설명하려면 하룻밤 내내 걸릴 거라고 생각했다. 그러나 소나는 대뜸 "좋아!" 하고 말하더니 자기 방식대로 종종걸음 치며 그들과 보조를 맞추었다.

"저건 놔둬도 돼." 타이가 고갯짓으로 폭약 덩어리를 가리켰다.

"RDX(고성능 폭약)와 밀랍과 식물성 기름 혼합물이야. 안 터져." 소나가 도움이 되려는 듯이 말했다.

"알아. 하지만 우리한텐 필요 없어." 타이가 말했다.

자기에게 눈길이 쏟아지는 것을 느끼고 그는 바드의 거대한 그림자 쪽을 보았다. 네오앤더인의 얼굴은 어둠 속에 있었지만, 아마 믿을 수 없다는 표정을 띠고 있을 것이다. "나중에 설명할게." 타이가 말했다.

그들은 비탈 위쪽으로 힘차게 몇 분 정도 걸었다. 전진하면서 펼쳐지는 계곡 위아래로 시선이 오르내렸다. 한참 아래쪽에서는 레드 파견대가 어제 세븐이 남긴 흔적을 따라가며, 글라이더 야영지 쪽으로 위풍당당하게 걸어 올라갔다. 그들은 최대한 눈에 잘 띄고 싶은 것이 확실했다. 그래서 펠로톤 대원들이 휴대용 전등으로 중심 쪽을 겨누었고, 그들은 그렇게 만들어진 밝은 조명 속에서 움직이고 있었다. 몇 시간 기다렸다가 햇빛 속에서 걸어갔다고 해도 마찬가지 목표 — 살금살금 디거들을 습격하는 것으로 보이지 않으려는 — 를 달성할 수 있었을 것이다. 그러나 그것은 전형적인 블루식 사고방식일 뿐이었다. 그들은 순전히 드라마틱하고 화려한 성격 때문에 밤에 이 행사를 벌이고 있었다. 이런 면에서는 블루보다 레드가 나았다. 타이는 그 장관을 분명하게 볼 수 있는 장소에 처음 올라갔을 때 소리 내어 웃을 뻔했다. 속으로 어제 세븐이 벌였던 한심한 쇼와 비교하지 않을 수가 없었다. 물론 세븐은 기습당한 셈이었으므로 그것은 공평한 비교가 되지 못했다. 그러나 디거들은 그런 공정성을 감안하지 않을 것이다. 지금 보이는 광경은 지하에 틀어박혀 있던 사람들이 지난 5천 년 동안 상상해왔을 장면에 훨씬 더 가까울 것이다. 길고 윤기 나는 숱이 많은 흑발의 키 큰 아이다인이 맨 앞에 서서 갔다. 그는 예식 복장 같은 것을 입고 있었는데, 그 옷은 가끔가다 계곡으로 떨어지는 차가운 바람 속에서 나풀거렸고 펠로톤이 비추는 광선 속에서 따스하게 빛났다. 그는 침착한 걸음걸이로 나아갔지만, 터무니없이 드라마틱하게 고리 깃발을 잡고 있었다. 위쪽 손 방향을 바꿔 엄지손가락이 아래로 오고 손바닥이 위를 향하는 자세로 잡았다. 아무 뜻도 없었지만 왠지 멋있어 보이는 자세였다. 몇 걸음 뒤에는 노인 한 명이 걷고 있었다. 노인은 이마 꼭대기에서 회색 머리를 뒤로 쓸어 넘기고 턱수염을 깔끔하게 손질한 모습이었다. 로브는 꽤 차분한 색깔이었으나, 가까이서 보면 엄청나게 좋은 천일 것 같았다. 목에는 금 사슬을 둘렀는데, 커다란 메달 모양의 보석이 달린 채 가슴 위에 놓여 있었다. 그는 오른팔을 뻗어 다름 아닌 디거 마지의 왼손을 부드럽게 감싸고 있었다. 그는 신부 아버지가 신부를 인도하는 듯한 태도로 마지를 호위해 언덕 위로 데려가고 있었다. 마지는 마지막 보았을 때 입었던 옷을 입고 있었지만, 어깨 위에 망토처럼 더 따뜻한 옷을 둘러놓

왔다. 마지가 머리 위로 손을 저어 자기 친족 디거들에게 괜찮다고 신호할 때마다 그 옷이 계속 떨어지려고 했다. 그녀를 알아보자 디거들은 환영의 말을 외쳤고, 그녀는 더 맹렬하게 손을 흔들었다. 결국 망토가 떨어져서 제복을 입은 베타 한 명이 다시 걸쳐주었다.

군기 기수와 마지를 호위하는 사람이 아레테이크들이라는 것은 멀리서도 뚜렷이 알아볼 수 있었다. 즉, 아이다인 중에서도 최초 혈통을 말했다. 아마도 이브 다이나의 아이들에 경쟁할 후손으로 잉태된 아이들이었을 것이다. 그들은 키가 크고 머리가 길고 숱이 많을 뿐 아니라, 자세가 훌륭하고 멋진 코를 가지고 있었다.

마지와 고위 아레테이크에게서 몇 걸음 뒤로 떨어진 곳에 카밀라인 한 명과 베타 한 명이 나란히 걷고 있었다. 그들은 2미터 정도 되는 장대로 연결되어 있었는데, 각각 팔오금 속에 한쪽 끝을 받쳐 들고 있었다. 장대 중앙에는 사람 머리만 한 크기의 빛나는 덩어리가 있었는데 어떤 스페이서라도 그것이 작은 니켈-철 소행성이라는 것을 금방 알아볼 것이다. 우주에서는 지구 표면에 다시 심어진 숲의 나뭇잎처럼 흔한 물건이었다. 그러나 이 아래쪽에서는 하드레인 후에도 드물었다. 아리안이 상관들에게 트럭과 엔진 블록에 대해 이야기한 것이 틀림없었다. 디거들이 한 조각의 금속을 얻기 위해 얼마나 먼 길을 가야 하는지, 그러니까 그런 선물을 주면 얼마나 고마워할 것인지에 대해서. 아니면 아리안은 암호화된 비밀 채널을 통해 임무 전체를 교토에 방송하고 있었을지도 모른다. 하여간 부서진 삽의 손잡이보다는 더 멋진 우정의 표시로 받아들여질 것이다.

펠로톤 중 두 명은 음악가들이었다. 어느 시점이 되자 한 명이 몸 가운데 메고 있던 북을 치기 시작했고, 다른 한 명은 번쩍이는 나팔로 어떤 곡을 연주하기 시작했다. 타이는 분명히 그 곡을 에픽 어딘가에서 들었다고 생각했으나, 바드가 말했을 때에야 비로소 어느 대목인지 알았다.

"「천국의 빵」이로군." 그가 말했다. "루퍼스와 동료들이 입구를 용접하고 들어가면서 부르던 곡이야."

"「위대하신 여호와여, 나를 이끄소서Guide Me, Oh Thou Great Jehovah」로도 알려진 곡이지. 원래 웨일스어로는 'Cwm Rhondda'고." 소나 택스로가 덧붙였다.

"빌어먹을, 이 작자들 대단한데!" 타이가 외쳤다.

"이걸 얼마나 오래 준비한 것 같아?" 바드가 물었다.

"우리보다 몇 달은 앞서 있었던 것 같아. 어쩌면 몇 년일지도 모르고." 타이가 말했다. "하긴 지금 우리가 보는 장면에서 몇 시간 안에 준비할 수 있는 건 별로 없어."

"알았어." 벨레드가 말했다. 그는 캐스를 부드럽게 땅 위에 내려놓았다. 캐스는 그의 정강이 주위에 몸을 말고 태아 같은 자세로 누워 있었다. 그는 광학 기구로 그 행렬을 보았다. "군기 꼭대기의 고리? 운동용 후프에 은색 테이프를 감아놓았어. 흰 깃발은 침대 시트고."

"이 일이 어떻게 되는지 우리가 봐야 할 필요가 있을까?" 바드가 물었다.

그러더니 타이를 보고 대답을 기다렸다. 그 말은 수사적인 질문이 아니었다. 그는 명령을 기다리고 있었다.

벨레드 토모프도 그를 바라보았다.

"캐스는 어때? 맥박이나 호흡 괜찮아?" 타이가 물었다.

"보통인 것 같은데." 벨레드가 고개를 끄덕이며 말했다. 캐스의 신진대사 속 갑작스러운 호르몬 변화 때문에 입덧 비슷한 증세를 겪고 있다는 뜻이었다. 그녀의 마이크로바이옴[41] — 장과 피부에 사는 박테리아의 생태계 — 은 혼란에 빠졌고, 모이라인의 신체가 한 번도 접한 적 없는 디거들의 세균까지 포함해서, 오래된 세균들이 그녀의 몸을 점령하고 있었다.

"업을 수 있을까?"

벨레드가 고개를 끄덕이고 한쪽 무릎을 꿇었다. 그는 등에 배낭을 지고 있었는데, 배낭 속 물건들을 땅에 비우고 바닥 귀퉁이에 다리가 들어갈 구멍을 내기 시작했다. 갓난아이를 아기띠에 태우듯이 캐스를 그 안에 넣으려는 것이었다.

"우리 쪽 사람들이 대규모로 나타날 가능성을 배제할 수는 없어." 블루 군대를 암시하며 타이가 말했다. 그는 산 너머 남쪽을 바라보았지만, 아무것도 나타나지 않았다. 물론 안 보일 것이다. 누군가가 카약에서 이쪽으로 온다고 해도 몰래 오고 있을 테니까. "그들과 연락하고 있었어?"

"응." 바드가 말했다. 잠깐 침묵이 흐르는 사이 그는 허리띠를 뒤져 다목적용 공구를 꺼냈다. 그가 타이에게 다가가자 타

---

41 마이크로바이옴microbiome: 인간의 몸속에 공존하는 미생물의 유전 정보.

이는 부러진 말뚝을 내밀었다. 바드는 도구에 빗장 머리를 끼우고 비틀기 시작했다.

타이는 맥이 빠져 고개를 끄덕였다. 어떻게 보면 방금 그가 한 질문이 어리석었다. 그러나 그들은 디거들에게 기습당했고 — 젠장, 그 측면을 말하자면 그들의 존재 자체가 기습이었다 — 그때부터 그는 너무나 원시적인 상태하의 죄수가 되어 넋이 빠진 나머지 아무 행동도 하지 못했다. 그는 더 큰 그림을 생각했어야 했다.

블루는 이 계곡 전체를 폭격해 석기 시대로 만들 수도 있었다. 그러나 그렇게 하지는 않을 것이다. '이미' 이곳은 석기 시대니까.

바드와 벨레드는 데날리에 메시지를 보냈다. 데날리는 166도 30분과 가장 가까운 대규모 테클라인 군사 거주지였다. 블루의 고위 인물들은 이제 모두들 디거의 존재를 알고 있을 것이다. 최초의 접촉이 망가지고 인질극이 벌어졌다는 것도 알 것이다. 토르는 레드가 그들보다 한발 앞서 있다는 것을 분명히 해주었다. 몇 분 전 낙하 팟들이 강하하는 모습은 그 사실을 더 분명하게 밝혀주었을 것이다. 레드 파견대를 비춘 밝은 빛의 웅덩이는 디거들에게만큼이나 궤도에서 내려다보는 장거리 초점 렌즈 비디오카메라에도 잘 보였을 것이다.

30초 후 레드가 디거들과 공식적인 접촉을 한다는 것은 기정사실이었다. 그리고 어제보다 훨씬 더 좋은 상황이 전개되리라. 아리안은 그들을 준비시키고, 무슨 말을 해야 할지 알려주었을 것이다. '그렇습니다, 여러분이 지구 표면에 대한 소유권을 갖고 있다는 주장을 당연히 받아들이겠습니다. 여러분 주장의 정당성은 자명합니다. 우리는 궤도에 자리가 아주 많습니다. 그래서 지구 위에 거주지를 둘 필요는 없습니다. 물론 여러분도 이미 직접 겪어봐서 알겠지만, 블루 사람들은 믿을 수 없습니다. 우리는 협의하에 신중하게 주둔군을 둘 수도 있습니다. 그들이 여러분의 영토를 침해하지 못하도록 하기 위해서일 뿐입니다. 우리가 그곳에 있는 한 문화적 교환 프로그램도 잘 이루어질 것입니다. 우리는 약을 제공하고 치아 관리를 해줄 수 있습니다. 여러분의 문명을 재건하기 위해 기술적 충고도 할 수 있습니다. 자, 어떻게 도와드릴까요?'

"오늘 밤 블루는 오지 않을 거야. 저기는 그냥 그들 손에 들어갈 거야." 타이는 고개로 아래쪽을 가리켰다. 그 행렬과 비슷한 크기의 디거 무리가 첫 번째 접촉을 할 때까지 겨우 몇 미터 남았을 뿐이었다. "하지만 저 펠로톤에서 몇 명은 우리를 쫓아올지도 몰라. 우리에게 족쇄를 채워 야영지로 도로 끌고 갈 수 있으면 영웅처럼 보일 테니까."

"아니면 우리 머리를 말뚝에 박아 들고 가거나." 바드가 아무렇지도 않게 말했다.

"쉬잇!" 타이는 제일 최근 무리에 합류한 사람을 슬쩍 바라보며 말했다. 그러나 사이크는 신경 쓰지 않는 것 같았다.

"소나. 우린 움직여야 해. 저 사람들이 순찰을 내보내면 아직 어두울 때 빨리 도망쳐. 할 수 있지? 어둠 속에서, 거친 땅 위를 빠르게 움직이는 거?"

"물론이지." 타이가 듣기에는 너무나 쾌활하게 소나가 말했다. 그러나 그가 한마디 더 하기 전에 그녀가 덧붙였다. "그럼 우린 북쪽으로 가는 거겠네?"

"왜 그렇게 생각하는데?"

"본대가 남쪽으로 갈 거니까. 해가 뜨자마자 갈걸."

"그들이 남쪽으로 얼마나 갈 거라고 생각해?" 이곳은 사실 베링기아의 남쪽 해안에서 백 킬로미터도 떨어져 있지 않았다.

"바다로." 소나는 당연한 사실을 묻는다는 듯이 말했다.

"그러면 무슨 일이 생기는데?"

아주 단순한 질문 같았지만, 소나는 그 말을 듣고 웃음을 터뜨렸다. "내가 어떻게 되었는지 궁금해하겠지! 바로 그거야!" 그녀는 간신히 웃음을 억누르고 말했다.

"이미 궁금해하고 있을 것 같은데." 아인슈타인이 말했다.

"아니, 그때가 되면 내가 필요할 거라는 뜻이야!"

"왜?" 아인슈타인이 물었다.

"그건 수수께끼야."

이제 빗장이 사라지고 사슬 끝이 빠졌다. 타이는 목걸이에서 사슬을 빼내고는 그것을 들어 올려 땅에 던져버렸다. 그 동작이 사이크의 눈을 끌었다. 아마 그녀는 귀중한 금속을 충격적으로 다룬다고 생각했을 것이다. 타이는 이제 자유로웠다. 그는 무거운 말뚝 조각을 쥐고 그녀의 머리를 한 대 때려주고 싶은 본능적인 충동을 억눌렀다. 지금은 수수께끼나 풀고 있을 때가 아니었다.

아인슈타인은 목걸이에서 사슬을 벗기고 캐스를 도와주려고 사슬을 든 채 그녀 쪽으로 갔다.

"우리가 어쩌다 너희 길목에 들어서기 전에, 너희 탐험대의 목적은 물가로 가서 펑거들과 접촉하는 거였겠지." 타이가 넘겨짚어보았다.

"펑거?" 바드가 물었다.

타이는 그를 무시하고 사이크에게 계속 집중했다. "너는 '브리태니커 백과사전' 17권에 통달했으니까, 너희 종족에게는 네가 그들을 불러낼 수 있는 유일한 기술의 전문가 같은 거지?"

"아, 난 다른 주제들에도 전문가야!" 소나가 말했다. "궤변학파Sophism, 사우스캐롤라이나South Carolina, 교황 실베스테르 2세Pop Sylvester Ⅱ……."

타이는 긍정적이든 부정적이든 어떤 반응도 보이지 않고 그 농담을 흘려보내기로 했다. "그들에게 뭐라고 말하려고 했지?"

"우리와 이야기하고 싶어 하는 쪽은 그들 쪽이야!" 소나가 말했다. "그들이 우리에게 메시지를 남겼어. '바닷가 돌무덤으로'라고. 우리는 거기에 답하러 가고 있는 거야."

오랫동안 침묵이 뒤따랐다. 벽처럼 솟은 산에 「천국의 빵」 마지막 구절이 울리던 소리가 멈출 때까지의 오랜 침묵이었다. 아이다인 지도자가 흠 하나 없는 제로 전 영어로 미리 써온 환영 인사 — 장엄한 아침 — 한 문단을 꼬박 다 읽을 때까지. 사슬이 풀린 캐스를 바드가 가방에 집어넣을 때까지.

"남쪽으로 가자." 타이가 선언했다. "바드, 사이크와 보조를 맞춰. 저 애 때문에 느려지면 들고 가. 네 무선이 필요하게 될 거야."

"내…… 뭐라고?!" 바드가 외쳤다.

"전자기적 통신장치인데……." 소나가 설명하려고 했지만, 타이가 그 말을 가로막았다.

"네가 데날리에 이야기할 때 쓰는 그 뭔가 하는 거. 우리에게 두 번째 기회가 있다고 말해줘야 하거든."

"무슨 두 번째 기회?"

"이 행성 원주민들과 친해질 수 있는 기회."

다음 날 그들은 해안 지방 길의 꼭대기에 올라 바다 쪽으로 내려가기 시작했다. 이야기를 주고받을 수 있을 정도로 길이 평탄해지자 타이가 말했다. "사이크는 전부 몇 명이야?"

소나가 작은 머리를 새처럼 홱 돌려 의아하다는 듯이 그를 쳐다보았다. 그녀는 절대 사람 눈을 똑바로 바라보지 않고 주변 시야에 숨어 하루 종일 몰래 훔쳐보았다.

"나도 알아." 타이가 말했다. "브리태니커 백과사전 권수만큼 되겠지. 하지만 그 권수가 얼마인지 몰라. 우리에게는 그 책이 없거든."

"음, 전부 해서 10명, 19명, 그리고 1명이야." 소나가 말했다. "10명은 마이크로패디아, 짧은 글들이 아주 많은 책이야. 19명은 매크로페디아, 길고 깊이 있는 글들이야. 1명은 프로패디아, 개요야."

"너는 어느 범주에 들어가?"

앞에서 비탈을 내려가던 아인슈타인이 갑자기 획 돌아섰다. "자기가 17권이라고 이미 말했잖아요!" 보통 때는 온화하던 그가 갑자기 평소와 달리 예민하게 굴었다. 그는 험한 앞길 쪽으로 다시 주의를 돌렸다. 포니테일 아래 보이는 목이 붉어져 있었다.

"미안," 타이는 도로 사이크를 보며 물었다. "그냥 제비뽑기로 정하는 거야? 아니면……."

"아냐!"

'물론 아니겠지.'

"나이 든 사이크들이 더 짧은 책으로 나를 훈련시킨 다음에 평가했어."

"언제? 몇 살에 훈련을 시작했는데?"

"내가 양육자가 아니라고 판정되었을 때."

아인슈타인이 다시 돌아섰다. 이번에는 너무 갑자기 돌아서는 바람에 발 디딜 곳을 놓치고 엉덩방아를 찧었다. 반응이 너무 커서 타이는 웃음을 터뜨리지 않으려고 눈길을 돌려야 했다. 그러자 랭고바드가 시야에 들어왔는데, 그도 웃음을 참느라 곤란해하고 있었다. 두 남자는 평정을 지키기 위해 걸음을 멈추고 잠시 서로 등을 돌려야 했다.

"난 젊은 아인슈타인의 마음속에 가장 중요한 질문이 뭔지 알 것 같은데, 무엇 때문에 네가 '양육자가 아니라고' 판정되었는지 물으면 무례한 거겠지?"

사이크는 어깨를 으쓱하며 산 아래 태평양 쪽을 내려다보았다. 최근까지 그 주제에 대해 별로 생각해보지 않은 것 같았다. "난 몰라. 키가 별로라서? 볼 게 없어서? 그런 거 아닐까?"

"맥락을 좀 보자. 젊은 여자 열 명 중에 양육자로 지정되는 건 몇 명이야?"

"네 명 정도?"

"그러면 양육자가 안 되는 편이 되는 편보다 더 많네." 타이가 아인슈타인을 위해서 말해주었다.

"물론 이제 우리는 홀Hole에서 나와 공간이 더 많이 생겼으니까, 양육하는 사람들은 더 많아. 난 십 년 전 이야기를 한 거야." 소나가 말했다.

그녀는 전에 자기가 열여섯 살이라고 한 적이 있었다. "좋아, 그럼 겨우 여섯 살에 그렇게 결정할 정도로 널 잘 안다고 생각한단 말이지. 그래서 더 쉬운 책들부터 훈련시키기 시작했어. 그다음에는?"

"그걸 다 읽을 수 있으면 사이크 전체를 읽기 시작해."

"그래서 네가 17권에 없는 무선이나 몽고주름, 다른 주제들도 아는 거구나."

"그래. 전체를 읽어야 해. 열 살 때 마이크로패디아가 될지 매크로패디아가 될지 판정해."

"둘 중 한쪽이 더 우수한 거야?"

"그럼!" 소나가 외쳤다. 어느 쪽이 더 우수하다는 것인지는 설명하지도 않고서.

"마이크로패디아는 사소한 사실들을 한 묶음 외우는 거겠지?" 아인슈타인이 짐작해보았다. 이 추측이 틀렸다면 좀 위험하겠지만, 사랑의 감정이 그를 부추겼다.

"그래, 19명에 들어가려면 머릿속에 더 많은 걸 넣을 수 있어야 해." 소나가 아인슈타인에게 따스한 눈길을 건네며 말했다.

"그래서, 예전 소나 택스로를 일대일 결투로 죽인다거나, 그런 일을 해야 했니?" 타이는 그렇게 묻고 즉각 잘못 말했다고 생각했다. 디거들은 유머감각이 별로 발달하지 않은 것 같았기 때문이었다. 아인슈타인이 그에게 사나운 시선을 던졌다.

"아니, 이 경우엔 안 그랬어." 사이크가 예의바르게 대답했지만, 그 얘길 듣고 나니 디거들이 실제로 그런 방식을 어떤 경우에 사용하는지 알 길이 없었다. "내 멘토는 실론 콩그리브였어."

"오, 사랑스럽고 기품 있는 이름인걸!" 랭고바드가 외쳤다. "3권이야?"

"4권." 소나는 이런 걸 모르다니 믿을 수 없다는 듯 놀란 목소리로 말했다.

"원래 종이책이 아직도 있어?" 타이가 물었다.

"응, 있어. 하지만 예식을 할 때만 만져. 우리가 작업할 때는 필사본으로 해."

"루퍼스가 종이를 엄청 많이 저장해뒀나 보군."

"몇 톤쯤 돼. 백 퍼센트 면으로 된 고급 중성지야." 사이크가 말했다.

밤을 틈타 산을 넘어 탈출하는 길에는 그런 대화를 할 시간이 별로 없었다. 그래서 디거 문화에 대한 지식은 여전히 빈자리가 더 많았다. 그들이 알고 있는 하드레인의 역사만으로도 몇 가지 합리적 추측은 할 수 있었다. '냉각Cooling Off'이라고 이름 붙은 단계는 제로 후 3900년에야 시작되었다. 달의 잡석 대를 감시하려는 인류의 노력이 마침내 보답을 받아, 지구 표면을 때리던 유성의 수가 확 줄어들었다. 그때까지 디거들은 루퍼스가 마련해준 공간 속에서 적은 인구를 변동 없이 유지해야 했다. 홀은 닫힌계였기 때문에 팽창에 한계가 있었다. 파낸 돌 — 즉, 채굴에서 생겨나는 부스러기들 — 을 놓을 장소가 없었기 때문이다. 삽으로 땅에 구멍을 파본 사람이라면 다 알듯이, 흙더미나 파낸 돌의 부피는 언제나 구멍의 부피보다 더 크다. 그들은 파낸 돌을 수직 통로 아래로 어느 정도 버릴 수 있었다. 수직 통로는 길었고, 그것 외에는 별 쓸모가 없었다. 그러나 일단 수직 통로가 다 차버리자, 그들은 생활공간을 넓힐 수 없었다. 바깥에 직접 나가본다는 것은 하드레인 때문에 너무 위험해서 생각할 수도 없었다. 그래서 3천 년이 넘는 기간 동안 그들은 몇백 명의 공동체를 유지하는 데 모든 에너지를 바쳤다. 이에 따라 출산과 양육을 엄격하게 통제했다. 사이크들 덕분에 피임에 대한 지식은 전부 알고 있었지만 콘돔이나 피임약 같은 물건을 대량생산할 능력이 없었기 때문에 구전 지식이 거의 쓸모없었다. 그들은 도덕 구조와 성별 분리, 외과적 불임시술로 출산과 양육을 통제했다. 그러나 다른 수술과 마찬가지로, 일단 화학적 마취약이 떨어지자 불임 수술도 약 없이 진행되었다. 제로 후 약은 금방 없어졌다. 대신 침술과 이를 악무는 인내심이 발달한 것 같았다.

그들은 홀의 벽을 통해 충돌음을 들을 수 있었기 때문에, 하드레인의 강도가 줄어들자 확실히 알 수 있었다. 하지만 다른 면에서 보면, 그런 극적인 변화마저도 몇 세대에 걸쳐 일어났기 때문에 놓칠 수 있었다. 그러나 그들은 계속 충돌의 빈도와 강도를 꼼꼼히 기록했고, 이로써 제4밀레니엄 후기에 충돌이 급감하는 경향을 포착했다. 안전하다고 판단했을 때, 그들은 산 옆면으로 횡갱도—수평 터널—를 파서 비탈을 뚫고 나왔다. 그들은 그 비탈이 화산 분출물 창고를 만들 수 있을 정도로 가파를 거라고 생각했다. 그러면 이제 지구 표면 대부분을 상당한 높이로 덮고 있는 바위 잡석들이 쌓이는 현상도 막을 수 있을 것이다. 그러나 산기슭의 잡석들은 예상보다 더 높이 쌓여 있었다. 횡갱도 입구가 거의 다 막힐 정도로 높았다. 그래도 횡갱도는 제 기능을 했기에, 파낸 돌을 그 밖으로 밀어버리며 홀을 넓힐 수 있었다. 대기는 아직 숨 쉴 수 있는 상태가 아니었기 때문에, 가스가 스며들어와 근 4천 년 동안 세심하게 돌봐온 대기 시스템을 중독시키는 일을 막으려면 밖으로 부스러기 물질들을 버리지 않을 때 입구를 봉인해둘 수밖에 없었다. 이 시스템은 우주 거주지에서 사용하는 것과 기본적으로는 비슷해 보였다. 화학적 세정 장치와 녹색 식물의 조합으로 이산화탄소를 제거했는데, 양쪽 다 에너지가 필요했다. 세정 장치의 화학 물질이 흡수한 이산화탄소를 없애려면 가열을 해야 했고, 식물에게는 빛이 필요했다. 태양광을 차단했기 때문에 그들은 루퍼스와 그 세대 사람들이 산 속 깊은 곳에 묻어놓은 장치들을 써서 지열로부터 에너지를 얻었다. 이 시스템을 유지하려면 지하에 있는 동안 홀의 모든 사람들이 시간을 전부 바쳐야 했다. 발광 다이오드 비축량이 막 동나려고 할 때, 그들은 전구를 만드는 기술을 되살려냈다. 세부적인 부분은 사이크를 참조하고, 유리 공예 기술로 유리병을 불고, 필라멘트를 손으로 감았다. 필요한 것들이 생길 때마다 그들은 늘 그렇게 해왔다.

타이는 기술 전문가가 아니었기 때문에 세부 사항은 별로 묻지 않았다. 더 기술자적인 성향이 있는 사람이었다면 소나 택스로의 이야기를 듣고 어떻게 지하에서 이용할 수 있는 재료만 가지고 그런 일을 할 수 있었는지 마지막 세부 사항까지 짜냈을 것이다. 그러나 현재 더 중요한 일은 디거의 문화를 전반적으로 이해하고, 그들이 왜 그렇게 행동했는지 이유를 아는 것이었다.

강철 같은 권위적 문화가 필요한 이유는 분명했다. 사람들이 자유로이 섹스하는 것을 막으려는 권력 구조는 엄청나게 무시무시해질 수밖에 없었다. 예를 들어 나일강 삼각주 같은 농업의 천국에 살고 있었다면 복잡한 종교적 신조를 기초로 그런 시스템을 만들어 운영할 수 있었을 것이다. 그러나 그들은 거대한 기계 안에 갇혀 살고 있었고, 그 기계가 고장 나면 모두 죽을 운명이었다. 그래서 공학이 두흐가 되는 문화를 발전시킬 수밖에 없었다. 현명한 루퍼스가 비축해놓은 텅스텐의 양은 한계가 있었기 때문에, 미래 몇천 년 동안 후손이 전구를 생산하고, 음식과 공기를 만들 식물을 키우고, 일상생활 하나하나를 영위해나가기 위해서는 계속 텅스텐을 절약해 유지해야 했다. 서른 명의 사람들 ─ 10명, 19명, 1명 ─ 은 늘 사이크 노릇을 했다. 또 다른 서른 명은 그들의 견습생이 되어 힘든 훈련을 했다. 이 외 다른 사람들은 양육자인 엄마, 유리 부는 장인, 침술사, 필라멘트 감는 사람, 감자 육성자, 펌프 수리공 같은 정해진 역할을 했다. 구조적으로나 문화적으로나 청동기 신권 정치와 매우 비슷했지만, 신이나 초자연적 존재는 흔적도 보이지 않았다.

거기까지는 제1밀레니엄과 제2밀레니엄 우주 거주지의 많은 소규모 문화와 근본적으로 다르지 않았다. 그래서 타이는 처음 어느 정도는 디거 문화를 빠르게 파악할 수 있을 거라는 생각을 품고 있었다. 그러나 그 환상은 곧 날아가버렸다. 그렇다, 초기 스페이서들은 비좁은 공간에서 살고 있었고 홀 안의 디거들만큼이나 기술에 의존했다. 그래서 두 문화 사이에는 어느 정도 공통점이 있었다. 하지만 스페이서들은 언제나 바깥을 보고 상황이 어떤지 알 수 있었고, 아주 커다란 바위 속에 숨어 2천 년을 지낸 후에는 대담하게 밖으로 나와 상황과 맞대면할 수 있었다. 가장 필사적인 순간에도 그들은 언제나 지구를 다시 물려받을 것이라고 생각했다. 그러나 디거가 자신의 상황과 운명을 알기 위해선, 커다랗게 울리는 소리를 귀 기울여 듣고, 100퍼센트 면으로 된 중성지에 기록하고, 몇 년에 한 번씩 그 기록과 일이백 년 전 선조들이 했던 비슷한 기록을 비교할 수밖에 없었다. 처음 4천 년 동안은, 더 나은 미래가 올 것이라는 희망이 아주 어리석은 생각으로 여겨졌을 것이다. 더 나쁜 것은, 그런 희망은 디거 원칙을 능동적으로 배신하는 행위였다. 희망을 가진 사람들은 자원을 낭비하며 위험을 무릅쓰게 되기 마련이었기 때문이다.

이런 모든 요소가 4천 년 동안 황량하면서도 분명한 그림을 그렸다. 그러나 그런 사회에는 변화가 오기 힘들다. 타이가 가장 궁금했던 것은, 그런 사회에서 그들이 횡갱도를 표면까지 뚫고 지하 영역을 넓히기 시작한 이유였다. 일상적인 생활은 별로 변하지 않았을 테지만, 적어도 그들은 문명이 팽창하고 더 많은 사람들이 양육을 할 수 있다는 가능성을 관념적으로나마 갖게 되었다.

그런 일들이 전부 천 년 전에 일어났다. 홀은 2천 명의 인구가 생활할 수 있을 정도까지 커졌다. 그다음, 대기권에서 숨을 쉴 수 있게 된 4700년경, 그들의 인구는 만 명까지 늘어났다. 그러나 위에서 얻을 것이 별로 없었기 때문에, 그들은 모두 여전히 표면 아래 있었다.

어느 시점에 와서 '협의회Committee'—디거들을 지배하는 의회의 이름이었다—는 엄청난 수의 인간이 우주에 살면서 테리폼을 활발하게 추진하고 있다는 것을 알게 되었다. 그때 그들은 그냥 표면으로 걸어 나와 SOS 신호를 보낼 수도 있었다. 하지만 그러는 대신 그들은 자신들을 숨기고, 파낸 흙부스러기를 숨기고, 스페이서와 통신하지 않는 쪽으로 결정했다. 그렇다면 여기서 가장 핵심적인 문제는 그들이 왜 그런 결정을 내렸느냐였다. 소나 택스로는 그런 설명에는 별 도움이 되지 못했다. 타이나 다른 사람들이 질문을 하면, 그녀는 전혀 대답이 되지 않는 말들을 했다. 지하 문화에서 그런 문제는 거의 이야기하지 않았던 모양이다.

그러나 그런 결정을 내리면서 협의회는 이를 설명하고, 정당화하고, 지속시켜야 했다. 그래서 그들은 스페이서를 외계의 돌연변이로 묘사했고, 더 나아가 뺑소니쳐서 그들을 버린 겁쟁이들에 대해 온 종족이 매우 큰 불만을 품게 만들었다. 이 모든 것은 닥과 디거 파견대 사이에 오간 짧은 대화와 그 후의 재앙을 보면 생생히 알 수 있었다.

아인슈타인은 그 지역을 개인적으로 잘 알았고, 사이크의 백과사전적 정신은 지리학적 전승을 저장하고 있었으며, 벨레드는 디지털 지도를 갖고 있었다. 그래서 그들은 대체로 언제 어디로 가야 하는지 알았다. 그러나 그 지역의 장애물과 타협하고 커다란 동물들을 피해 가느라 쉽지 않은 일이었다. 이론적으로는 레드 순찰대도 커다란 동물에 포함시킬 수 있었지만, 아직도 그들이 추적당하고 있다고 생각할 이유는 없었다. 레드가 왜 그들에게 신경을 쓰겠는가? 블루 포로 몇 명을 사슬에 묶어 끌고 가면 새로 생긴 디거 친구들에게 약간 점수를 딸 수 있을지 모르지만, 어둠 속에서 그들을 추적해봤자 별 소용이 없었다. 스페이서들이 겁쟁이라는 디거들의 생각을 부추기는 쪽이 더 좋을 것이다.

디거 무리가 서경 166도 30분 서쪽에서 나타나 터무니없는 영토 소유권 주장을 똑같이 했더라면, 레드는 음악과 우주 철괴를 동원해 접근하는 대신 그들을 증발시켜버렸을 것이다. 타이는 그 사실을 사이크에게 설명할까 말까 한참 생각했다. 하지만 그 불쌍한 소녀에게 그런 사실을 깨우쳐주어봤자 도움이 되진 않을 터였다.

그들은 연안의 어느 산 남쪽 비탈, 칼날처럼 파인 축구장 크기의 넓고 얇은 암석 아래를 피신처 삼아 숨어 있었다. 거기서 그들은 하루를 보내며 기운을 회복하고 눈보라를 기다렸다. 데날리 거주지에 있는 송신기에 잠깐 통신을 보내기도 했다. 블루 군대는 폭풍 속으로 팟을 하나 떨어뜨렸다. 캐스가 깨어나 그 팟이 그들이 숨은 비탈 바로 아래 착륙했다고 알려주었다. 바드는 피신처를 박차고 나가 그곳으로 갔다. 그의 거대한 발이 스노슈즈 역할을 했다. 15분 후 뒤에 팟을 끌고 돌아온 그는 선 채로 몇 분 동안 캐스에 대해 생각했다. 병세는 누그러졌으나, 캐스는 이제 깨어서 먹고, 배변하고, 델피의 신탁 같은 선언만 하고 있었다.

팟에는 음식과 연료, 탄약, 로봇, 눈 속을 여행하기 위한 장비가 들어 있었다. 그 장비는 다음 날 그들이 산에서 내려가 남쪽 해안에 갈 때 크게 도움이 되었다. 그들은 이 지역을 늘 덮고 있는 두터운 구름 장막 속에서 대부분 이동했기 때문에, 누군가가 그들을 보았다면 실제로 직접 따라왔거나, 비행 로봇으로 감시했을 것이다. 그러나 이제 그들에게도 비행 로봇이 있었으므로, 어느 쪽이든 비행 로봇이 경고해주었을 것이다. 로봇들이 계속 조용히 있었기 때문에 그들은 추적자들이 없다고 합리적으로 확신할 수 있었다. 시시때때로 울부짖어 존재감을 과시하는 커다란 개과 동물들을 제외하면 그랬다. 그 동물들 때문에 다음 날 밤에는 제대로 쉴 수가 없었다. 그다음 날이 마지막이었다. 그들은 이른 시간에 출발해 걸음을 서둘러 알프스 산맥 지대를 벗어나 태평양 쪽으로 돌진하듯 내려갔다.

점심시간 도중에, 그들은 1인용 글라이더 3인조를 포착했다. 캐스 2가 조사 임무 중 썼던 것과 같은 공기주입식 글라이더로, 카약 방향에서 해안을 따라 낮은 고도로 쏜살같이 날고 있었다. 기체에 블루 표시가 있고 블루 암호를 전송했기 때문에 벨레드는 자신들의 위치를 알려줘도 좋다고 느꼈다. 얼마 후 몇 백 미터 아래쪽으로 펼쳐진 히스 꽃밭에 글라이더들이 착륙했다. 타고 있던 사람들이 나와 화물창의 짐을 내리고 글라이더 공기를 빼서 말았다. 그 일은 결국 그들 일행 중에서 테클라인이 거의 도맡아 하게 되었다. 그 테클라인은 벨레드보다 키가 작고 유연했다. 그래서 새로 도착한 다른 두 사람에게는 스스럼없이 다가갈 수 있었다. 한 사람은 카밀라인이었다. 그의 걸음걸이와 자세는 여성적이기보다 남성적이었기 때문에, 타이는 그 카밀라인이 달리 이의를 제기하지 않는다면 남성으로 생각하기로 했다. 그는 조사부 직원이 쓰는 실용적 커버올을 입고 있었고, 가슴과 어깨에는 의료병이라는 신분을 표시하는 적십자를 달았다. 다른 쪽은 민간인 복장을 한 중년의 아이비인이었다. 그의 옷은 베링기아의 황무지 분위기보다 약간 더 화려했지만, 그 환경에 잘 어울렸다.

초원이 내려다보이는 안전한 위치에서 그들을 바라보는 타이의 감정은 복잡했다. 물론 어떤 형태의 도움도 환영할 만했다. 군대가 우레와 같이 나타나리라고 기대할 정도로 분별없지는 않았다. 블루의 고위 정치 위원회는 심하게 허를 찔렸고, 레드에 첫 라운드를 졌다. 하지만 그들은 여전히 상황을 평가하고 어떤 선택을 할 수 있을지 생각하고 있을 것이다. 대중이 잘 받아들이도록, 그들은 세븐이 평범한 조사 팀인데 기습에 희생되었다고 설명했을 것이다. 군대임이 분명한 병력을 보내면 그 설명을 스스로 부정하는 셈이 된다.

카밀라인 제복에는 '호프Hope'라는 이름이 인쇄되어 있었다.

많은 카밀라인들이 그렇듯이 이름 하나만 쓰기 때문일 것이다. 의료용 가방의 무게로 몸을 숙인 채, 그는 캐스에게 곧장 갔다. 벨레드와 바드는 글라이더를 접어 꾸리는 테클라인을 도우려고 초원으로 내려가고 있었다.

아이비인은 멀리서 타이를 지목하고 다가왔다. 제복에 적힌 성은 에사Esa였고, 그는 아르준이라고 자신을 소개했다. '에사'는 에픽에 나오는 장면 배경에서 자주 보이는 약어로, '유럽 우주국European Space Agency'의 준말이었다. 이제 그것은 흔한 이름이 되었다. 타이는 아르준에게, 이런 상황에서 나타난 당신들은 누구이고 직업은 무엇인지 물어볼까 생각했으나 별 소용이 없을 것 같았다. 그 남자는 입력된 대로 단조롭게 대답할 것이 뻔했다. 아마 박사학위 다섯 개쯤 가진 중요한 정보 분석가일 테지.

"고리 위에서는 어떤 일들이 벌어지고 있는 건가요? 그냥 궁금해서요." 타이가 물었다.

그 단순한 질문에 아르준은 그의 눈길을 피해 바다 위를 바라보았다.

"그렇게 상황이 나쁩니까?" 타이가 그를 재촉했다.

"아레타이크들이 어떤지 알고 있잖습니까." 아르준이 말했다.

"그랜드 오페라[42]를 공연하는 것 같더군요."

"멋진 묘사로군요. 그래도 어떻게 대처해보려고 합니다. 물론 레드 쪽의 속셈은 잘 알 수 없지만요."

---

42 그랜드 오페라grand opera: 모든 대사를 노래로 하는 오페라.

"그냥 선전이겠죠." 타이가 말했다.

"그래요. 그렇다는 걸 알 때는, 지나치게 공들인 그 방식과 밑천이 빤히 들여다보이는 행태에 그저 웃어넘길 수 있겠지요. 하지만 조금 불안한 구석도 있습니다. 블루 안에서조차 어떤 사람들은······."

"실제로 그 헛소리를 믿을지도 모른다고요?"

"바로 그겁니다."

"그렇다면 레드가 그 장면을 방송했나 보군요."

아르준이 고개를 끄덕였다. "고리 전체에 생방송했습니다."

"그 쇼를 놓쳐서 유감이네요. 우리는 그들이 서로 만나기 전에 달아났죠. 기회가 아주 좋아 보였거든요."

"좋은 전술이었습니다." 아르준이 대답했다. "덕분에 여러분은 엄청난 골칫거리를 겪지 않아도 되었지요."

"무슨 뜻입니까?"

아르준은 몸을 돌려 그를 정면으로 바라보았다. "디거들은 여러분에게 적대적으로 굴었던 것과 정반대로 레드의 접근을 선뜻 받아들였습니다."

타이는 속으로 자기가 실패했으며 사람들이 그걸 알고 있다고 자각했다. 그는 그런 감정에 익숙하지 않았고, 또한 그것이 마음에 들지 않았다. "그렇다면, 디거들이 그들의 제안을 다 받아들였습니까?"

"그들은 그 자리에서 레드와 동맹하기로 서명했습니다. 레드는 지구 육지 표면 전체에 대한 디거들의 소유권을 인정하고 블루에게 선례를 따르라고 촉구했습니다."

"근본적인 인간 체면 문제란 말이겠죠." 타이가 쓸쓸하게 말했다.

"물론이죠. 다음 날 무력 과시와 위협이 시작되었고……."

에사 아르준은 아인슈타인 옆에 서 있는 소나 택스로를 본 순간 갑자기 말을 중단하고 그녀에게 집중했다. 아인슈타인은 그녀에게 글라이더의 작동 원리를 말해주고 있었다. 타이는 그런 광경에 익숙해졌다. 그 둘이 깨어 있을 때 하는 일은 서로에게 사물을 설명해주는 것뿐이었다. 그러나 그런 모습이 아르준에게는 새로운 광경이었다.

"저 아가씨가 그……." 아르준이 말하다가 말꼬리를 흐렸다. 타이는 아르준의 입장이 되어보려고 했다. 평생 처음으로 토박이 인간을 보게 되었고, 분명히 인간이지만 어느 종족의 특징도 보이지 않는 사람을 보고, 그녀의 조상들이 살아오며 겪은 모든 일들을 생각하고 있을 것이다.

"그렇습니다." 타이가 말했다.

아르준은 재빨리 몽상에서 벗어나 다시 타이를 바라보았다. "방송에 따르면 여러분이 그녀를 납치했다더군요."

"물론 그렇겠죠."

아인슈타인이 무슨 재미있는 말을 했는지, 사이크가 웃으며 그에게 다정하게 몸을 기울였다. 아인슈타인의 팔이 소나의 허리를 둘렀고, 손은 엉덩이로 미끄러져 내려갔다.

"저 둘은……." 아르준이 말을 시작했다.

"섹스? 아직요. 하지만 우리가 도망 중이어서 아직 못했을 뿐입니다."

"우리가 긁어모은 정보에 따르면 디거들은 엄격한 성 역할을 믿고 있고……."

"섹스를 안 하죠. 알겠습니다. 아인슈타인에게 말해두죠. 섹스하지 말라고요."

"하지만 당신들은……."

"저 애를 납치했냐고요? 아뇨, 저 애가 따라왔을 뿐입니다."

아르준이 의심이나 최소한 호기심을 느끼는 것을 눈치채고 타이가 말을 계속했다. "그리고 기회가 생기면 더 많은 사람들이 따라올 겁니다. 지하 생활이 표면 생활로 바뀌면서 그들의 문화는 산산조각으로 갈리고 있습니다. 그래서 지도자들이 그렇게 반동적으로 구는 거죠."

아르준이 고개를 끄덕였다. "여러분의 모이라인은 어떻습니까?"

타이는 한숨을 지었다. "그녀는 닥과 메미가 죽는 것을 목격했고, 팔에 상처를 입어 캣을 꺼내 사용할 수밖에 없었습니다. 그러자마자 전형적인 포테시POTESH에 들어갔다는 것이 내 추측입니다." 포테시는 외상 후 후생적 이동Post-traumatic epigenetic shift을 가리키는 군대식 용어였다.

"맞습니다." 호프는 캐스의 바이탈 사인 일차 검진을 끝낸 것 같았다. "신진대사가 매우 활발하고, 감각 과민 증상이 보입니다. 마이크로바이옴이 엉망진창이라서, 새 표현형에 더 적합한 프로바이오틱 보충제를 투여해 조정하고 있습니다. 구역질을 하는 것을 보면 커다란 호르몬 변화가 예상됩니다. 어느 정도 미래를 예상할 수 있을 것 같은데……."

"테스토스테론 중독인가요?" 타이가 호프의 말을 끊었다. 호프는 조심스럽게 고개를 끄덕였다.

타이는 아르준에게 다시 주의를 돌렸다. "그러니까 방금 30억 명의 사람들이 디거의 존재를 알게 되었군요. 어떻게 받아들이고 있습니까?"

"글쎄요, 충격적인 뉴스임에는 틀림없지요. 사람들은 매우 호기심을 느끼고 있습니다." 아르준은 다시 고개를 돌려 소나 택스로를 뜯어보았다. "저도 마찬가지고요. 인정합니다."

"대중들은 처음 접촉이 얼마나 심하게 엇나갔는지 알고 있습니까?" 타이가 물었다.

"대중들은 세븐 여러분의 정체를 전혀 모릅니다. 후 노아와 조금이라도 관련이 있다는 건 아무도 모를 겁니다."

"그럼 아직 레드가 떠들고 다닌 건 아니로군요."

"내가 보기에는 그 방법이 레드에게 유리하지 않을 테니까요. 이제 디거들과 동맹을 맺었으니, 그들은 디거들을 동정적으로 보여주고 싶을 겁니다. 디거들이 후 노아와 간호사를 죽였다는 사실이 밝혀지면 도움이 안 되겠지요."

"그렇다면 우리는 익명의 깡패들 같은 존재로 방송되고 있는 거군요. 디거들은 레드의 도움을 받으며 우리를 쫓고 있고, 우리는 달아나면서 인질을 한 명 납치한 걸로."

아르준은 그의 눈을 똑바로 보았다. "물론 정보가 없는 블루 쪽 사람들은 그걸 믿을 테고요."

"하지만 블루는 아직 대응할 만한 이야기를 내놓지 않았습니다."

"블루는 그런 걸 잘하지 못하지요." 아르준은 한숨을 쉬었다. "한 번도 잘한 적이 없었어요, 그렇죠? 우리는 테크노크라트들입니다. 기술자처럼 판단하지요. 그런 판단이 언제나 사람들이 바라는 바와 평행을 이루지는 않습니다."

"일반적인 블루 이야기를 하는 건가요? 아니면 콕 집어 리우 이야기를 하는 건가요?" 그는 아이빈 문화에 대한 제유로 아이비인들의 중심 주거지 이름을 들었다.

"둘 다입니다. 블루의 정신구조나 사고방식이 우리를 결정구조 피라미드의 꼭대기에 올려놓았죠. 그렇기에 블루에서 아주 유명한 소수 아이다인들이 음악가나 배우, 예술가인 겁니다."

"그들이 우리 문화에 부족한 것을 공급하고 있으니까요." 타이가 말했다.

"당신들도 그것을 공급해야 했지요." 아르준이 말했다. 타이는 다이나인들을 말하는 것이라고 이해했다. "영웅시대 동안 그렇게 하기도 했고요."

타이는 자기 얼굴에 전적으로 유쾌하지는 않은 미소가 떠오르는 것을 느꼈다. "하지만 실제로 일을 했단 말입니다. 꾸며낸 엔터테인먼트 프로그램 속에서 연기를 하는 게 아니라."

"하지만 아십니까? 모든 건 다 엔터테인먼트예요. 진짜건 꾸며낸 것이건. 사람들이 화면이나 바프에서 보는 게 그런 겁니다. 레드는 그걸 잘 알고 있지요."

"자, 그 토론은 우리가 여기서 빠져나가면 내가 일하는 바에서 계속하도록 하지요. 내가 당신 이야기를 제대로 들었다면, 지금 요점은 레드가 서사라는 방식으로 우리를 죽이려 든다는 거지요."

"우리도 약간 정신이 흐트러졌습니다." 아르준이 처음으로 어느 정도 방어적인 면을 보이면서 말했다.

"레드가 한 일 때문이겠죠." 타이가 말했다. 펠로톤을 데려오고, 마지를 개선장군처럼 돌려보내고, 대표단과 디거들 사이에서 낯간지러운 분위기를 자아낸 일을 가리킨 것이었다.

아르준도 완전히 의견이 다른 건 아니었지만, 표정을 보니 말귀가 느린 학생을 가르치는 영리한 선생처럼 좀 안달하고 있었다. "그들이 해오고 있었던 일 때문입니다. 상당한 기간 동안에 걸쳐서."

"그렇군요. 저는 바텐더일 뿐이라, 뉴스에 나오는 거 외에는 아무것도 모릅니다. 그러니 말을 해주시죠. 레드가 무슨 일을 해오고 있었다는 겁니까?"

"쿨락에 대해 알고 있습니까?"

"보안 허가가 없는 시민이 아는 정도지요." 타이가 조심스럽게 대답했다. "주먹 부분에 사람들이 살고 있는 것 같더군요."

'쿨락'은 러시아어로 '주먹'이었다. 그러나 지금 대화에서 언급하고 있는 단어는 30킬로미터쯤 건너편에 있는 니켈-철의 불규칙한 덩어리를 뜻했다. 150년 전, 레드는 캄차카 본야드에서 마카사르 해협 위로 그 덩어리를 옮겨왔다. 그때부터 쿨락은 그곳에서 궤도를 돌았다. 느슨하게 쥐고 있는 주먹처럼, 그 덩어리 한가운데에는 구멍이 있었다. 그 터널은 이제 회전하는 거주지들과 나란히 있을 거라고 추정된다. 그레이트체인에 대한 레드의 응수였다.

"그리고 뭔지 몰라도 원재와 삭구 같은 것이 둘러싸고 있지요." 타이가 말을 계속했다. 멀리서 본 '주먹'은 거미줄에 걸려 뭉친 씨앗처럼 성긴 케이블 그물 속에 엉켜 있는 것 같아 보였기 때문이다. 이 그물은 위아래 — 천정과 천저면 — 로 고정점[43]에 수렴했다. 긴 케이블들이 고정점을 거쳐 아래쪽으로는 지구 표면으로, 위로는 평형추 — 안티마카사르 — 에 달려 있었다.

몇 미터 떨어진 곳에 있던 소나 택스로와 아인슈타인은 공공연히 애정 표시를 하고 있었다. 그러다 소나가 약간 몸을 빼더니 고개를 돌리고 귀를 기울였다.

타이는 소나의 방식에 익숙해지고 있었다. 그가 원재spars라는 말을 했기 때문이다. 그것은 브리태니커 백과사전에서 '소나'와 '택스로' 사이에 있기 때문에 그녀의 지식 영역에 속하는 단어였다. 그들이 걸어서 산을 넘어가는 동안 산 맞은편으로 내려가면서 이야기했을 때 그녀는 적어도 헐거인 수준에서는 우주탐험과 태양에 대해 잘 알고 있었다. 그래서 지난 5천 년 동안 행성 밖에서 이루어진 발전에 대해 빠르게 습득할 수 있었다. 그녀가 이제 타이 쪽으로 슬슬 다가오기 시작했다. 아인슈타인의 시선은 그녀의 엉덩이에 낚싯줄로 연결해놓은 듯이 졸졸 따라왔다.

등을 돌리고 있었기 때문에 이런 움직임에 대해 알지 못한 채, 아르준은 그를 냉랭하게 바라보며 더 많은 말이 나오기를 기다렸다. 타이는 말을 계속했다.

---

[43] 고정점hard point: 비행체 위에 부가적 하중을 실어 고정시킬 수 있는 점.

"지구 표면 위의 부분에 대해서는 많이 알지 못합니다. 크레이들에 대한 응수라는 것밖에는. 그것을 바다 속에 짓고 있으니까요."

"그들은 그걸 그노몬이라고 부릅니다." 아르준은 그렇게 말하고 나서 그에게 그 단어의 철자도 알려주었다.

"무슨 뜻인가요?"

"해시계 한가운데 서서 그림자를 던지는 바늘을 말합니다. 지구의 축과 나란히 맞춰져 있죠."

타이는 잠시 생각에 잠겼다. "그런 단어를 선택하다니 흥미롭군요."

"그건 큽니다, 타이. 크레이들보다 훨씬 더 커요. 그들이 그걸 대양 속에 짓고 있는 이유는, 우리에게 숨기기 위한 속셈도 있지만 육지에 짓기에는 너무 크기 때문이에요."

"대체 얼마나 큰 겁니까?"

"이 이상은 말할 수 없습니다." 아르준은 그렇게 말하더니 태블릿을 꺼내 세계 지도를 불러냈다. 그는 동남아시아와 오스트레일리아 사이에 덩어리처럼 뭉쳐 있는 군도群島를 패닝하고 화면을 확대했다. "이걸 보고 그냥 보이는 대로 말해봐요." 그가 타이에게 태블릿을 건넸다.

"동남아시아!" 아르준의 어깨 너머로 모든 것을 지켜볼 정도로 가까이 다가온 사이크가 외쳤다. "거기에 대해서 알고 싶은 거 있어? 아니면 술라웨시나? 스리랑카는?"

아이비인은 넋이 빠진 듯 그녀를 바라보았다.

"안 봐도 됩니다. 거기 뭐가 있는지 아니까요." 타이가 말했다. "적도가 그 전체를 가로지르며 지나가고 땅 위는 별로 지나가지 않아요. 레드는 절대 그걸 불평하지 않고요."

"그렇지 않아! 수마트라는……." 사이크가 말했다.

"커다란 섬인 건 맞지. 하지만 대륙은 아니야." 타이가 말했다. "소나, 기억하니? 아이가 작동하는 방식에 대해 말해주었던 것? 크레이들이 하는 일도?"

"적도를 건드려." 그녀가 대답했다.

"적도'만' 건드리지. 만약 아프리카와 남아메리카를 통제할 수 있다면 엄청난 일일 거야. 블루는 그렇게 하지. 하지만 레드의 영토는 대부분 그 선의 남쪽이나 북쪽에 있어."

소나는 그리 쉽게 설득되지 않았다. "싱가포르가 가까이 있잖아." 그녀가 말했다. "싱가포르는 아시아와 연결되어 있고."

"그래, 예전에 싱가포르가 있던 곳은 적도에 가까웠지. 하지만 적도 위는 아니었어. 1, 2도 북쪽에 있었어. 크레이들은 거기 도킹할 수 없어."

아인슈타인이 뒤에 있는 것을 느끼고 사이크는 그에게 편안히 기대어 사실들을 줄줄 읊기 시작했다. 그녀에게는 그것이 사회적 상호작용의 기본 방식이었다. "아이다인들. ABC 계급 구조. 아레타이크. 베타. 카마이트."

"카밀라인은 다른 종족이야." 아인슈타인이 알려주었다.

"아 그래. A와 B가 C와 갖는 관계는 공생에 더 가깝지."

타이와 아인슈타인은 짜증나면서도 재미있다는 눈길을 교환했다.

소나 택스로는 거기에 신경 쓰지 않고, 언덕 아래에 있는 랭고바드 쪽을 바라보았다. "네오앤더. 둘이 더 있지. 영리한 것과 미친 것들."

"진과 엑스탯. 그들은 별로 나타나지 않아." 아인슈타인이 말했다.

토박이 인간을 목격하고 매료되었던 아르준은 점차 안달하기 시작했다. 그는 다시 타이에게 대화를 집중했다. "물론 이건 옛날의 역사지요. 하지만 어떤 사람들은 그걸 절대 잊지 않았어요. 아이가 만들어지던 때로 돌아가면 ― 그러니까 천 년 전이라는 말입니다 ― 그 대안이 될 만한 계획도 제안되었지요. 결국 우리가 채택한 쪽은 단순하고, 그때 사람들이 갖고 있던 물자로 짓기 쉬운 것이었지만요. 아이, 빅 락, 적도에 놓인 소켓들과 작은 크레이들. 남아메리카와 아프리카에 접근하기는 좋았죠. 하지만 아이단 부분, 카마이트의 절반, 줄리안의 대부분이 사는 거주지의 아래쪽 적도 부분에서는 별 쓸모가 없습니다."

"나중엔 레드가 된 곳이야." 아인슈타인이 소나 텍스로에게 설명해주었다.

"나중에 레드가 합쳐지고 블루에 대해 강한 역逆정체성을 형성한 이유는 그들의 결정이 불안을 불러일으켰기 때문입니다. 레드는 우리가 기다렸어야 했다고 했습니다. 그러면 크레이들보다 훨씬 더 쓸모 있는 장치를 만들 수 있었다고." 아르준은 인도네시아를 확대해 높고 길쭉한 사각형을 끌어냈다. 그 사각형은 적도를 가로지르고 레드 쪽 위도의 대부분에 걸쳐 이어졌다. "크레이들 대신 우리가 남북으로 훨씬 더 먼 거리에 걸쳐 긴 호 모양의 장치를 만들었다면, 그 장치는 싱가포르가 있던 장소에서 아시아와 연결되었을 겁니다. 그리고 여기서 뉴기니의 북쪽 곶과 만났겠지요. 뉴기니와 오스트레일리아 사이의 얕은 바다에 바위를 충분히 떨어뜨리면 양쪽을 연결시킬 수 있었습니다."

"지구의 축과 나란히 가면서 땅에 그림자를 던지는 긴 호가 생기는군요." 타이가 고개를 끄덕이며 말했다. "그래서 그노몬이고."

"엄청나게 커야 하겠는걸요!" 아인슈타인이 외쳤다.

아르준이 고개를 끄덕였다. "그런 계획이 작성되었고, 건설할 방법에 대한 연구 용역도 궤도나 지구 표면에 의뢰되었습니다. 하지만 너무 야심찬 계획이라고 여겨졌기 때문에, 더 현명한 두뇌들이 득세했지요. 적어도 그 당시에는 그렇게 보였기에, 우리는 지금 있는 장치를 만들었습니다. 그들이 말하길 우리가 나중에 언제라도 더 큰 것을 만들 수 있었다고 하지만, 그렇게는 되지 않았습니다. 블루는 그 논쟁을 잊어버렸지요. 하지만 레드는 잊지 않았습니다. 우리 아이비인들이 후생유전학에 많은 노력을 들인 만큼이나 그들의 진들은 그 문제를 열심히 생각했습니다. 국경을 폐쇄하고 턴파이크 두 군데를 세우자마자 그들은 작업에 돌입했습니다. 그때부터 지금까지 그들이 뭘 하고 있겠습니까?"

"끊임없이 유성 폭풍을 일으켜 토레스 해협을 세게 타격했어." 오스트레일리아 북쪽 곶이 뉴기니의 배를 찌른 것 같은 좁은 수로를 가리키며 소나 택스로가 말했다. "여기를 메웠어. 해류를 막았고. 바다에서 헤엄치는 것들이 못 들어오도록 벽을 세웠어."

아르준이 고개를 끄덕였다.

그리고 머리를 홱 돌려 사이크에게 집중했다.

그는 잠시 그녀를 뚫어지게 바라보다가, 타이를 보았다. "당신이⋯⋯."

"한마디도 안 했습니다." 타이가 말했다.

"아인슈타인, 당신이 이 아가씨에게 여기서 레드가 벌인 불법 테라포밍 작전에 대해 이야기했습니까?" 그는 지도에서 바로 그 장소를 두드렸다.

"저도 처음 듣는 이야기인데요." 아인슈타인이 말했다.

"소나. 그 일을 어떻게 알았습니까?" 아르준이 말했다.

"핑거들이 말해줬어." 소나가 말했다.

"핑거가 대체 누구죠?"

"지금 우리가 이야기하러 가는 사람들." 소나가 말했다.

벨레드와 바드는 그때까지 테클라인을 돕고 있었다. 이제 그들 세 명이 글라이더 꾸러미들을 들고 다가왔다. 그들은 그 꾸러미들을 땅에 내려놓고 이곳에서 끌어모을 수 있는 최대한의 나뭇잎을 그 위에 깔아 위장했다. 그곳은 비탈 꼭대기 속에 움푹 파여 있고 덤불이 많이 우거진 땅이었다. 덤불은 그곳의 흙을 안정시키고 작은 동물들에게 피신처가 되어주었다. 타이는 테클라인의 체격과 동작을 지켜보며 얻은 단서로, 그가 스네이크 이터 같다는 느낌을 받았다. 식물을 뿌리 뽑고 흙을 옮기는 일에는 몸집이 더 큰 벨레드와 바드가 자기보다 낫다는 것이 확실해지자, 그 테클라인은 그들에게 남은 일을 맡기고 다가왔다. 왼팔 아래에는 체인하탄에서 피자를 배달할 때 여전히 쓰이는 용기와 비슷한 크기와 모양을 가진 용기를 끼고 있었다. 손에는 정육면체로 보이는 장비 상자를 들고 있었다. 그는 비어 있는 오른손으로 타이와 경례를 교환하고 자기 이름이 로스코스 유르라고 밝혔다. 그다음 두 개의 짐을 타이 앞에 놓고 뒤로 물러섰다.

"고맙습니다." 타이가 말했다.

"천만에요, 선생님."

"왜 이런 걸 요청했습니까? 이걸 여기까지 가져오는 데 돈이 얼마나 들었는지 압니까?" 아르준이 물었다.

"가면서 사이크가 설명할 수 있을 겁니다." 타이가 말했다.

아르준은 잠시 타이를 빤히 바라보더니 조심스럽게 고개를 끄덕이며 눈길을 돌렸다. 그와는 반대로 로스코스 유르는 타이를 응시하면서 시선을 돌리지 않았다. 그 상태가 잠시 지속되자 타이는 그 테클라인과 눈을 마주쳐야겠다고 느꼈다. 이제 이 남자의 휘장을 더 잘 살펴볼 수 있었기 때문에, 그가 누니바크에 배치된 부대 소속이라는 것을 알 수 있었다. 누니바크는 경계 바로 위에 있는 블루의 전초 기지로, 멀고 고립된 곳을 가리키는 대명사였다. 거기에 비하면 카약은 메트로폴리스였다. 그곳에는 언제나 제정신이 아닌 것 같은 임무를 띠고 파견된 스네이크 이터가 가득했다.

"진짜 질문은 그게 아닙니다." 로스코스 유르가 말했다. "사실은 당신이 대체 누구냐고 묻고 있는 겁니다."

"유르 선임하사……." 아르준이 항의조로 말했다. 그러나 유르는 멈추지 않았다.

"당신이 바텐더일 뿐이라고 말하지는 마십시오."

"고 닥터 후가 레이크 씨를 세븐의 일원으로 직접 골랐어." 아르준이 강조해 말했다.

"이제 억지로 그 사실을 들이대고……," 유르는 세븐을 바라보고 못 믿겠다는 듯이 코웃음을 쳤다. "이 사람들을 어떻게 표현해야 할지조차 모르겠습니다. '오합지졸'이라는 말도 과분하겠는데요."

"레이크 씨는 어려운 상황에서 그들을 이끌고 탈출했어." 아르준이 말했다.

"어려운 상황이란 자기에게도 어느 정도 책임이 있는 상황 말씀이시겠죠, 대장님." 유르가 마주 쏘아붙였다.

"그리고 지금으로서는 디거에 대해 누구보다도 더 많이 알고 있는 사람이야. 땅 위의 상황에 대해서도 그렇고. 그러니 레이크 씨도 이유가 있어서 그 물건들을 요청한 거라고 생각하네. 가면서 설명해주겠지."

타이가 한 손을 들어 올렸다. "유르 선임하사는 내가 어디에 충성하는지 확실히 알 수 없기 때문에 나를 믿지 않는 겁니다. 충분히 그럴 수 있습니다."

유르의 표정이 조금 부드러워졌고, 시선이 잠시 한쪽으로 쏠렸다. 그가 이처럼 눈을 내리뜨는 빈틈을 이용해 타이는 에사 아르준을 보았다.

그 아이비인은 가까스로 알아볼 수 있는 아주 작은 동작으로 '안 된다'고 머리를 저었다. 타이가 그 신호를 알아차렸다 확신하고 그는 로스코스 유르를 보며 조용히 말했다. "선임하사. 천지간에는 자네 세계관으로 꿈도 꿀 수 없는 것들이 있다네."

유르는 코웃음을 쳤다. "제 호봉 위쪽 계급이나 알고 있는 일이라고 돌려서 말씀하시는 겁니까, 대장님?"

"그래."

"이게 대체 어떤 종류의 개 같은 두흐 짓거리인지 알고 싶었을 뿐입니다, 대장님."

"아, 그게 전부인가요? 진작 그렇게 말씀하시지." 타이가 말했다.

"안 됩니다." 아르준이 말했다. 갑자기 그의 목소리에서 긴장감이 사라졌다. "두흐와는 아무 상관없어."

"저 사람이 일하는 그 바가……."

"그 바는 공식적인 어떤 쿠폴하고도 관계가 없어."

"그러면 대체 누구와 관계가 있는 겁니까, 대장님?" 유르가 날카롭게 물었다. "정보부 쪽에 있는 친구들을 통해 조사해봤어요. 그 바는 상업적으로는 말도 안 되는 짓입니다. 소유 구조가…… 특이합니다. 레드와 관계가 있다고 들었어요."

"오너들 중 한 명에게는 어쩌다 보니 아이다인 혈통이 섞여 있습니다." 타이가 인정했다. "하지만 그가 어디에 충성하고 있는지 부당하게 추측하는 일은 피하시지요."

"이 일이 그 '목적'과 관계가 있습니까?" 로스코스 유르가 물었다.

타이도 아르준도 대답하지 않았다. 몇 초간 침묵이 흐르자 유르는 한숨을 내쉬고 더 누그러진 어조로 말했다.

"신경 쓰지 마십시오. 이제 알겠습니다. '목적'과 관계된 일이군요. 제 호봉 위쪽 일입니다. 그냥 저한테 그렇게 말씀하시지 그랬습니까." 그는 결연히 똑바로 서서 경례했다. "어떤 명령을 받들면 됩니까, 대장님?"

"우리는 사이크의 지시에 따라 바다로 갈 겁니다." 타이가 말했다. "최대한 빨리 움직일 거고요. 좀 복잡한 문제는 우리 모이라인을 어떻게든 운반해야 한다는 건데요."

"사실 보조를 맞추려면 우리가 좀 열심히 달려야 할 것 같습니다." 그들 쪽으로 천천히 달려와 목소리가 들리는 곳까지 다다른 랭고바드가 말했다. 그는 긴 팔을 펼쳐 아래쪽 초원 비탈을 가리켰다.

모두에게 처음 눈에 뜨인 것은 거대한 덩치의 벨레드가 전력질주를 하다시피 아래로 달려가는 모습이었다. 그가 몇 시간 동안 그런 속도를 유지할 수 있다는 것을 모두들 알고 있었다. 그다음 그를 훨씬 멀리 앞지른 곳에서 훨씬 더 빠르게 움직이고 있는 캐스 아말토바 3이 보였다.

호프의 약과 프로바이오틱스 덕분에 캐스리[44]는 기분이 좀 가라앉았고, 구역질도 거의 무시할 수 있을 수준까지 줄어들었다. 몸이 스스로 문제를 해결하고 있었지만, 조금이라도 약이 도와주자 기뻤다. 배가 고파 죽을 지경이었고 음식을 토하지 않아야 했다. 그러나 지금 신진대사에서 가장 중요한 약—

---

44 캐스리Kathree: 캐스Kath와 3three을 결합시킨 이름.

매우 중요하기 때문에 호프는 캐스리의 팔에 작은 약 펌프를 달아매어주었는데 그 약 펌프는 약을 계속 몸속으로 똑똑 떨어뜨리는 장치였다 — 은 뇌 편도체에 곧장 들어가 그곳에서 일어나고 있을지도 모르는 신경학적인 충돌에 제동을 거는 장치였다. 그런 충돌은 그녀가 나흘 전 본 광경의 트라우마에 대한 반응으로 일어날 수 있었다. 말하자면 그 충격이 며칠 늦게 뇌에 도달하고 있었다. 하지만 '아예 없는 것보다는 늦게 오는 쪽이 나은' 것 같았다. 그 광경이 한번 다시 돌아갈 때마다 마음에 더 깊은 상처가 새겨지므로, 그 충돌은 두뇌가 그 짧은 공포 영화를 되풀이해 상영하는 악순환을 끊는 데 도움이 될 수 있었다. 아주 많은 시간을 잠으로 보낸 것도 그 점에서 도움이 되었다. 그 시간 동안 대부분 벨레드에게 물리적으로 묶여 그의 어깨에 뺨을 대고 코로 그의 냄새를 빨아들이기만 한 결과, 그녀에겐 생물학적으로 측정할 수 있는 확실한 이익이 쌓인 것 같았다. 벨레드 쪽은 축 늘어지고 구토 냄새가 나는 코마 상태의 환자를 하루 종일 등에 지고 있었다는 사실에 특별한 반응을 보이지 않았다. 밤에는 그의 배 부분에 몸을 말고 잤다. 그들 둘은 여전히 섹스한 적이 없었지만, 그녀는 일단 몸이 깨끗해지고 더 나아지면 자기가 서큐버스처럼 그를 덮칠까봐 두려웠다. 그런 성욕은 포테시 증후 중에서도 유명한 것으로, 집합적인 트라우마를 겪고 살아남아온 모이라인 공동체에서 다채롭고 전설적인 결과를 만들어냈다.

그러나 오늘은 움직이는 모든 생물과 걷잡을 수 없이 섹스할 만한 날이 아니었기에, 치솟아 오르는 육체적 에너지를 발산하기 위해서는 다른 출구를 찾을 수밖에 없었다. 초원에서 바다로 걸어 내려가는 길은 보기보다 길었기 때문에 결국 그녀가 다른 사람들을 훨씬 멀리 앞서게 되었다. 벨레드는 그녀가 시야에서 사라지지 않도록 하기 위해 온 힘을 다해 달려야 했다. 그가 뒤에 있었기 때문에 볼 수는 없었지만, 그녀는 땅에서 그의 발소리를 느낄 수 있었다. 그의 숨소리와 그가 몸에 지니고 다니는 앰봇들이 내는 작은 딸깍딸깍 소리가 들렸다. 뒤에서 바람이 불 때는 그가 쓰는 위생 물수건의 냄새, 제복을 세탁한 세제 냄새, 캣 윤활유 냄새, 최근에 먹은 음식 냄새도 맡을 수 있었다. 다른 사람들을 멀리 앞서서 달리는 것은 미치도록 위협적인 육체적 에너지를 소진시키는 방법이었지만, 모든 사람들에게서 같은 양의 감각 데이터를 받아들이지 않아도 되는 곳으로 가려는 노력이기도 했다. 하나면 충분했다.

그녀는 해안 위쪽 모래 언덕에 씨 뿌려진 낭창낭창한 식물들로 된 산울타리 속을 폭풍처럼 달려 젖은 모래 위로 빠져나왔다. 500미터쯤 떨어진 곳에서 파도가 부서져 거품을 내는 얇은 시트처럼 퍼지더니 그녀를 향해 몰려왔다. 콧속에 감도는 냄새는 해양생물들이 엄청난 밀도로 살고 있음을 알려주었다. 크레이들 다리 꼭대기에 서 있을 때 맡은 냄새와 비슷했지만, 지금이 훨씬 더 짙었다. 화학적으로 편도체를 억제하고 있는데도 그랬다. 호프의 약이 몸 안에 흘러들지 않았으면 다급한 공황 발작을 일으켰을지도 모른다. 사실 그녀는 몸에 열이 나는 것을 느끼고 맨팔을 내려다보았다. 그릴에 굽는 소시지처럼 다닥다닥 갈라질 것 같은 느낌이었다. 전력질주를 하다가 큰 걸음 정도로 속도를 줄이면서, 그녀는 곧장 해변으로 걸어 내려갔다. 가면서 옷을 벗어 들쭉날쭉하게 찍힌 발자국 위에 내버려두었다. 서서히 파도가 발목을, 그다음에는 정강이를 씻고 있었다. 그녀는 무릎을 꿇고 돌진하는 파도를 향해 넘어졌다. 파도는 넘어지는 몸을 붙잡아 천천히 내려보내주었다. 벌거벗은 채 그녀는 얼굴을 아래로 하고 물 위로 떠다녔다. 얼음같이 차가운 물에 잠기지 않고 드러난 부분 ─ 엉덩이와 날개뼈 ─ 만 브로일러 아래 있는 것처럼 느껴졌다.

왜 태평양에 얼굴을 담그고 엎드려 눈을 뜬 채 불가사리를 바라보고 있는지 합리적으로 대답할 수는 없었다. 그러나 그것이 몸에는 영향을 미치고 있었다. 통제할 수 없을 정도로 쿵쿵 뛰던 심장 박동이 정상적인 심박수에 매우 가깝게 떨어졌고, 놀랄 정도로 한참 시간이 흐른 뒤에야 손과 무릎으로 모래를 짚고 팔다리로 일어나 공기를 들이마셔야 한다는 느낌이 들었다.

그녀는 다리를 몸 아래로 세워 쭈그린 다음 빙글 몸을 돌려 바다에 등이 잠기도록 누웠다. 다리와 엉덩이는 여전히 바닷물에 잠긴 채 달리기 때문에 난 열을 식히고 있었다.

벨레드 토모프는 몇 미터 떨어진 곳에 서 있었다. 파도가 그의 발목을 씻는 동안 그는 심하게 헐떡였다. 얼음 같은 태평양에 잠긴 것이 그에게도 다행인 것 같았다. 하지만 그가 의도했던 바는 아니었다. 그는 캐스리가 숨 쉬지 않고 너무 오래 버티면 바다에서 끌어낼 준비를 하고 있었다.

그들은 서로 바라보았다. 캐스리의 시선은 이렇게 말하고 있었다. '당신을 지금 당장, 바로 여기서 해치워버릴 테야.' 그의 시선이 답했다. '나도 알아.' 그녀의 시선은 또다시 말했다. '당신이 안다는 걸 알아.'

"무슨 소리 들었어?" 그가 물었다.

예상 밖의 말이었다.

"방금, 아래에 머리를 담그고 있을 때."

"물속 말이야?"

"응."

"어떤 소리?"

"제대로 안 듣고 있었지, 그렇지?"

"농담해? 어찌나 열심히 들었는지 돌아버리는 줄 알았는데."

"대화 말이야."

"아니. 모두들 너무 크게 말해."

그는 그 말을 곱씹어보더니 한쪽으로 약간 몸을 돌려 한 팔을 뻗었다. 그가 가리키는 곳에 주의가 쏠렸다. 몇백 미터 떨어진 곳에서 해안에 끼어들어 있는 울퉁불퉁한 곳이었다. "저기." 그가 말했다.

몸에서 일어나던 열 스파이크[45]가 마침내 가라앉았기 때문에 그녀는 옷을 도로 입었다. 그들은 해안을 따라 곶으로 걸어갔다. 부서진 바위들로 된 벽이 갑자기 나타났다. 마치 인공으로 만든 것 같은 암벽이었는데 나무와 관목 뿌리로 함께 뭉쳐져 있었다. 곶은 삽날처럼 날카롭게 해안을 나누었다.

---

45 열 스파이크thermal spike: 방사선이 고체를 통과하며 국소적으로 고열 발열하는 현상.

그녀는 그들이 왜 바다로 가고 있었는지도 몰랐다. 누군가 그곳으로 세븐을 데리러 오는 걸까? 그것도 계획이었을까? 아니면 더 멀리 갈 수 없는 곳까지 그냥 도망쳐온 것인가?

"디거들은 바다 아래 사람들이 산다고 믿어. 베링기아 해안을 따라 흩어진 장소들에서 지금까지 접촉을 해왔나 봐." 벨레드가 말했다.

"직접 접촉을?"

벨레드는 어깨를 으쓱했다. 그의 어깨가 얼마나 큰지 생각하면, 그 움직임은 지진계에 잡힐 것 같은 동작이었다. "바다 속에 머리를 담그고 있는 동안 당신이 뭔가 들었을지도 모른다고 생각했어. 그들은 소나라는 기술을 사용해."

뒤죽박죽 어지러워진 두뇌로 이 사실들을 모두 종합하려니 시간이 걸렸다. 그녀는 소나에 대해 조금 알고 있었다. 조사부에서는 호수바닥의 지리를 파악하고 물고기를 셀 때 그 기술을 사용했다. "우리가 그런 이름을 가진 아이와 함께 여행하고 있는 게 우연의 일치는 아니겠지?"

벨레드가 고개를 끄덕였다. "그 아이가 오면서 그 사람들에 대해 말해주었는데, 사실이라기보다 전설같이 들리는 부분이 많았어."

"그들은 어디 산대? 잠수함에?"

그는 다시 어깨를 으쓱했다. "아무도 모르는 것 같아. 숨을 잘 참나 보지."

보트가 없으면 곶 가장자리를 돌아서 갈 수 없었다. 결국 내륙으로 돌아와서 그곳을 지나가기로 했다. 그러려면 200미터 정도 올라가 남향 비탈 위에 빽빽하게 자란 식물들 사이를 헤치고 길을 만들어 가야 했다.

바다를 내려다볼 수 있는 장소에 다다르자 그들이 지름 1킬로미터 정도 되는 충돌 크레이터 가장자리에 있다는 것을 확실히 알 수 있었다. 아래쪽 해안으로 내려가는 길을 막은 곳은 그 가장자리의 한 부분이었다. 가장자리는 만의 한쪽 변을 이루는 곡선을 그리며 태평양으로 들어갔다. 맞은편이 이제야 보였는데, 이쪽의 거울상 같았다. 그 크레이터를 만들어낸 유성은 해안에서 매우 가까운 곳을 때렸다. 충돌의 중심 정점은 두 쌍둥이 곶 사이 바로 중앙에 있는 작고 울퉁불퉁하고 날카로운 섬이었다. 겨우 해안에서 돌을 던지면 닿을 거리였다. 그 가장자리에서 없어진 부분도 쉽게 상상으로 그려 넣을 수 있었다. 곶 사이의 물속에 잠긴 호가 되어 있을 것이다. 정말로 파도가 그 위로 굴러떨어지며 부서지는 모습이 보였다. 내륙 쪽 면에서는 그 가장자리가 자연적으로 생긴 비탈과 섞였다. 충돌로 인해 땅이 사발 모양으로 가파르게 팬 탓에 이제 벨레드와 캐스리는 마구 미끄러지며 힘들게 아래의 작은 만으로 내려오고 있었다. 그곳의 해안은 모래라기보다 돌멩이 쪽에 가까웠고, 파도에 닦여 유리처럼 반투명한 돌멩이들이 많았다.

위쪽 높은 비탈에 남은 일행들이 그들을 따라잡으며 오는 소리가 들렸다.

해안 가운뎃부분 — 삐죽삐죽한 작은 섬 바로 맞은편 — 은 야영지를 세우기에 아주 적합한 장소 같았다. 그곳에 유리처럼 매끄러운 돌이 작은 무더기로 쌓여 있었다. 그것이 자연적인 침전층이 아니라 의도적인 행위의 산물이라는 것을 분명히 알아볼 만큼 컸다. "그들이 남긴 신호야. 우린 이제 불을 피워야 해." 벨레드가 설명했다. 그는 해변을 따라 돌아다니면서 유목을 줍기 시작했다. 캐스리는 왜인지 그 돌무덤에 마음이 끌려, 그곳에 쭈그려 앉아 다른 사람들이 올 때까지 기다렸다. 소나택스로가 위쪽 비탈을 내려오며 재잘거리는 소리가 들렸다. 그녀는 다른 사람들 주위에 원을 그리며 달렸다. 다른 사람들의 발소리와 숨소리도 들렸다.

"그들의 역사는 세 번의 폭우Deluge로 나눌 수 있어. '제1폭우'는 불과 바위의 폭우였지. 그때 그들은 바다 속 제일 깊은 해구로 쫓겨났어. 그곳은 나머지 대양이 끓어올라 증발한 다음에도 완전히 말라버리지는 않았어. 그들은 제한된 공간 안에서 살 수 있는 종족을 낳았어. '제2폭우'는 얼음과 물이었어."

"구름 세기구나!" 아인슈타인이 말했다.

"그래. 너희들이 수백 년 동안 그들 위로 혜성을 떨어뜨리자 그들은 바다가 넓어지고 있다는 걸 알아차리고, 숨어 있던 해구에서 나와 자기들의 활동 범위를 넓혔어. 그들은 바다 속에서 헤엄칠 수 있는 종족으로 변했어."

"변했다는 말은 유전공학인가, 아니면……." 아르준이 말했다.

"선택적 번식이야." 소나가 주장했다. "늑대가 몇천 년 지나 푸들이 될 수 있다면, 사람이 변할 필요가 있을 때는 뭘로 변하겠어! 그들은 해저를 탐험하기 시작했어. 그리고 하드레인 동안 대양에 휩쓸려 들어가 바다에 가라앉은 대량의 공업 쓰레기를 찾아냈어. 금속공학을 모르는 것도 아니었고."

"그래서 그들과 무역을 하는 거야?" 타이가 넘겨짚어보았다. "너희는 금속이 부족하니까?"

"그들은 우리가 가진 것이 부족하고," 소나가 단언하듯 말했다.

"'폭우'가 세 번 있었다고 했잖아. '제3폭우'는 뭐야?" 아인슈타인이 아까 한 말을 상기시켰다.

"그건 지금이야." 사이크가 말했다. "미생물부터 시작해서 너희들이 우주에서 내려오는 걸로 절정에 달하는 생명의 폭우지."

"스페이서들 말이지." 타이가 추측했다.

"맞아. 그리고 그들이 아는 스페이서들은 토레스 해협에 바위를 엄청나게 떨어뜨리고 마사카르에 그 물건을 만든 자들뿐이야."

"그게 아가씨에게 다 어떻게 전해졌지?" 아르준이 물었다.

"전해져?"

"소나, 직접 핑거들과 대화해본 적 있어?"

"내가 개인적으로?" 소나는 생각만 해도 겁에 질리고 놀라울 뿐이라는 태도로 물었다. "아니, 그냥 이 위에서 내려다봤어."

"그럼 너희 집단에서 너보다 높은 사람들이 해안에 내려가 핑거들과 이야기하는 동안 위에 숨어 있었던 거구나."

"이야기하기는 어려워. 의사소통은 주로 필담으로 해. 우리가 나눠줄 때까지 그들에게는 종이가 없었어. 우리는 슬레이트와 분필을 써."

캐스리는 조금 전 알아차린 물건에 눈길이 끌렸다. 파도에 몰려온 모래 속에 반쯤 묻힌, 검고 납작한 돌들로 누군가가 쌓은 무더기였다. 나머지 일행이 마지막까지 물가로 내려오는 동안, 그녀는 유목 한 조각으로 돌이 느슨해져 무너질까봐 불안할 정도로 그 주위에서 모래와 자갈을 긁어냈다. 가장자리가 거칠긴 했지만 분명 인간이 만든 모양이었다. 검은 바위 판은 캐스리의 손가락 정도 두께였고, 팔오금에 낄 수 있을 정도로 크고, 글씨를 쓸 수 있을 정도로 매끄러웠다. 주변 흙 속에 흩어져 있는 덩어리들은 탄산칼슘, 즉 분필 덩어리였다. 석판 위에도 아직 분필 흔적이 보였다. 글씨가 아니라 그림 조각이었다. 아마 지도일 것이다. 그리고 숫자도 몇 개 적혀 있었다.

작은 섬 꼭대기 바로 아래에서 한쪽으로는 뒤엉킨 유목 덩어리가 튀어나와 있었다. 해안 어딘가에 맞닿아 있는 벼랑 가장자리에서 폭풍이 찢어내어 이후 이곳에 내던진 나무 그루터기였다. 도착하자마자 타이는 자기 꾸러미를 땅에 떨어뜨리고 주머니를 비운 다음, 로스코스 유르가 글라이더로 가져다준 상자 모양의 장비 통을 집어 들었다. 그러고는 물에 젖지 않도록 그 물건을 머리 위로 치켜든 채, 물이 얼마나 차가운지 투덜거리면서 작은 섬으로 철벅철벅 걸어갔다. 가장 깊은 곳에서는 물이 허리까지 왔고, 때때로 파도가 턱까지 스쳤다. 그는 작은 섬 옆쪽으로 통을 던져 올린 다음 뒤따라 기어 올라갔다.

잠시 호기심에 차서 그루터기를 바라본 다음 그는 쭈그려 앉아, 그루터기에서 튀어나온 뿌리 두 갈래를 잡고 뒤집어 파도 속에 떨어뜨렸다. 그런 다음 그는 다시 다른 사람들의 시야에서 조금씩 벗어나 그 아래 무엇이 숨겨져 있는지 살펴보았다.

지름이 한 뼘쯤 되고 사람 무릎 높이까지 올라오는 튼튼한 강철 파이프의 수직 단면 꼭대기에 요리 접시 정도 크기의 낡은 강철 평판 원반이 달려 있었다. 파이프는 바위에 박혀 있지 않았다. 그것은 바다로 뻗어나간 더 긴 물체의 한 부분이었다. 흘수선 위의 부분은 바위틈에 박힌 못에 단단히 묶여 있었는데, 그들은 이미 그 방식이 전형적인 디거식 임기응변이라는 것을 알 수 있었다.

타이는 발치에 있던 물건에 주의를 쏟았다. 그는 허리를 굽혀 그 물건을 들어 올려 해안에 있는 사람들 모두가 볼 수 있도록 했다. 긴 파이프와 강철 뭉치로 즉석에서 만든 대형 망치였다. 이어 그는 사이크를 보았다. 타이를 마주 바라보며 그녀는 손바닥을 회색 하늘로 향하고 손을 내밀었다. '봤지? 내가 말한 대로잖아.' 하고 말하는 것 같았다.

타이는 돌아서서 둥근 바위 앞쪽 바다를 내려다보았다. 잠시 후 그가 다시 돌아서며 외쳤다. "저게 어디까지 멀리 뻗어 있지?"

"파이프? 몇십 미터 정도." 사이크가 대답했다. "크레이터가 나팔 역할을 해서 소리를 깊은 곳까지 보내줘."

그녀가 말을 끝내기도 전에 타이가 대형 망치를 들어 올려 강철판에 힘껏 내리쳤다. 그 결과 귀가 먹먹할 정도로 커다란 금속성의 챙 소리가 났다. 소리가 약해질 즈음 캐스리의 비명 때문에 그 금속성의 소리는 완전히 묻혀버렸다. 그녀는 모래 속에 무릎을 꿇고 머리를 손으로 꾹 죄고 있었다.

"캐스를 여기서 데리고 나가는 게 좋겠어." 타이가 말했다. 캐스리는 움켜쥐었던 손을 풀어 그 사이로 그의 말을 들을 수 있었다. 뒤에서 벨레드가 손을 내밀어 그녀의 가슴 아래 한 팔을 둘러 안고 일으켰다. 한편으론 고맙고 다행스러운 일이었지만, 짐짝이 되는 것도 이제 지긋지긋하다고 느낀 그녀는 그의 팔에서 몸을 풀어내고 바다에 등을 돌린 채 해안의 한계를 표시하는 관목의 선 쪽으로 걸어 올라갔다. 타이는 그녀가 어느 정도 갈 때까지 기다려준 뒤 외쳤다. "귀를 막아." 그녀는 귀를 막았고, 잠시 후 또 한 번 챙 소리가 몸을 울렸다. 두개골 바닥까지 고드름이 밀고 들어오는 것 같았다. 잠시 후 그 소리가 나고 또 났다. 꾸준한 박자도 아니고 산발적으로 울렸다. 손가락으로 귀를 막은 채 작은 만이 내려다보이는 장소까지 올라가 망치를 칠 때마다 고통스러웠던 지경에서 벗어나자, 그녀는 그제야 타이가 무엇을 하는지 알 수 있었다.

인류 종족들은 각각 자기 이브들까지 거슬러 올라가는 독특한 문화적 전통을 가지고 있었다. 이 전통들은 사회적 의식, 학교 교육 과정, 젊은이들의 집단을 통해 한 세대에서 다음 세대로 전해졌다. 젊은 테클라인들은 무중력 체조와 무술을 배워, 테클라가 에픽에서 했던 기동을 따라해야 통과할 수 있는 장애물 경주를 했다. 줄리아인들은 토론 팀을 짜서 경쟁하고 스윔에서 자기들 이브가 겪었던 망명과 시련을 상징하는 오랜 칩거에 들어갔다. 종족마다 이러한 각각의 문화적 전통이 있었다.

젊은 다이나인들은 모스 부호를 배웠다. 그것이 쓰이는 일은 거의 없었다.

모이라인들은 그것을 전혀 배우지 않았다. 그래서 캐스리는 티우라탐 레이크가 심해로 무슨 메시지를 전송하고 있는지 알지 못했다.

물론 에픽에서 하드레인이 쏟아지기 시작할 때 이브 다이나가 루퍼스에게 마지막 송신을 하는 장면을 다들 보았다. 그 송신은 QRT 코드를 여러 번 되풀이하며 서서히 끝났다. 신호에는 팜, 팜, 파-팜으로 시작하는 장중한 팡파르 같은 리듬이 깃들어 있었다. 특히 다이나가 울음을 터뜨리고 송신 속도를 천천히 늦출 때 그랬다. Q 자. 예상보다 보통 영어 문장에서 자주 나오는 패턴이었기 때문에, 캐스리는 그것을 알아들을 수 있었다. 타이는 자기 메시지를 축약하기 위해 고대의 Q 코드를 사용하고 있었다. 그러나 그가 무슨 말을 하고 있는지는 알 수 없었다. 그는 계속 그 리듬을 크게 때렸다. 길고 짧은 강타가 당김음으로 이어진 구절. 조금 지나자 듣기 괴로워졌다. 소나 택스로가 바위로 걸어가 핑거들이 근처에 있다면 지금쯤 분명히 메시지를 들었을 것이라고 단언했을 때에야, 타이는 신호를 멈추었다.

"이제 얼마나 오래 걸리지?" 밀려드는 파도 소리보다 더 큰 목소리로 그가 물었다. 아마 귀가 먹먹해서 잘 안 들리는 모양이었다.

"그들이 얼마나 멀리 있느냐에 달렸어. 어쩌면 하루. 어쩌면 사흘." 소나 택스로가 말했다.

"잘됐군." 타이가 고개를 들어 로스코스 유르와 눈을 마주쳤다. 그러자 유르 선임하사는 뼛속 깊이 새겨진 군대식 본능에 따라 소매를 걷고 시계를 보았다.

타이는 상자 뚜껑을 열고 장비를 꺼내더니 매뉴얼을 빠르게 읽기 시작했다. 캐스리에게는 너무 멀어서 자세히 볼 수 없었고, 날도 어두워지고 있었다. 하늘빛이 희미해지면서 타이가 작은 섬 해변에 앉는 모습이 보였다. 그는 바다 쪽을 바라보며 때때로 작은 불빛을 켰다 껐다 하며 장비를 가지고 난리를 피웠다. 그의 옆에는 아인슈타인이 꺼내준 침낭으로 단단히 몸을 감싼 사이크가 앉아 있었다. 그녀는 커다란 헤드폰을 끼고서, 때때로 놀란 새같이 타이 쪽으로 고개를 돌리고 무슨 말인가를 했다. 에사 아르준은 간신히 파도가 닿지 않는 거리에서 천천히 이리저리 해변을 걸어다녔다. 때때로 아인슈타인 근처를 지나가기도 했는데, 아인슈타인은 그저 그곳에 서서 조바심치며 애인을 바라보고 있었다. 호프는 몇 미터 더 높은 곳의 더 마른 모래 위에 작은 텐트를 치고 들어박혔다. 텐트 벽을 통해 깜박이는 푸르스름한 빛을 보니 그는 태블릿으로 일을 하고 있는 것 같았다. 아마 포테시의 관리 방법에 대해 알아보려는 것이겠지.

호프와 타이, 아인슈타인, 소나 택스로, 아르준이 편안히 자리 잡은 낮은 야영지에 대해 말할 수 있는 것은 이 정도였다. 벨레드는 언덕 위로 캐스리를 따라왔고, 랭고바드와 로스코스 유르가 그를 따라왔다. 흩어져 사방으로 덤불을 헤쳐 길을 내면서, 그들은 비탈의 굽어진 등성이를 알아볼 수 있었다. 크레이터의 내륙 쪽 가장자리와 유성이 터지기 전 원래 있던 풍경 사이의 경계선, 그 위쪽 비탈은 훨씬 더 완만했다. 사실, 가장자리 꼭대기에 올라가면 제일 먼저 보이는 광경은 고도가 약간 낮아지는 모습이었다. 바다를 등지고 산을 바라보면 앞에 몇백 미터 정도 되는 늪지가 있었고, 그 건너편에는 소나무 숲이 자라고 있었다. 그들은 몇 걸음 뒤로 물러서서 가장자리의 꼭대기 바로 아래 야영지를 세우기 시작했다. 말은 별로 오가지 않았지만, 그곳에 야영지를 세우는 목적이 만약 레드 군대가 접근해온다면 그때 해안을 방어하기 위해서라는 것을 모두 잘 알고 있었다. 적이 산에서 곧장 내려온다면 습지를 지나야 했고, 해안을 따라온다면 크레이터 가장자리를 돌아와야 할 것이다. 이곳은 어느 쪽이든 확실히 볼 수 있는 유리한 위치에 있었다.

몇십 년 전 오난이 이 근처 땅에 떨어졌다는 걸 추측할 수 있었다. 거기서 씨앗으로 가득 찬 시위들이 슬그머니 나와 배회하면서, 해발 고도와 흙의 습도를 측정해 지도로 만들고, 메시 네트워크로 기록을 비교했다. 시위들은 바다로 향하는 비탈에 난 틈을 포착했다. 거주지 고리의 암호 기계가 주입한 프로그램에 따라, 그것은 키 작고 강하고 마구 우거지는 초목으로 자라날 씨들을 뿌려 해안선을 여기로 고착시켜야 한다고 결정했다. 그래서 모든 것이 생겨났다. 해안으로부터 떨어진 곳을 돌아다니던 시위들은 우연히 그 가장자리 너머에 평지를 발견했고, 그곳에 축축한 환경에서 번성하는 식물들을 심었다. 그 식물들은 산에서 물이 흘러내려가는 것을 막는 자연 댐 역할을 했다. 어느 날 그곳은 호수가 될 테지만, 지금으로서는 질척질척하게 무릎 높이까지 빠지는 검은 습지였다. 그런 땅을 좋아하는 풀과 갈대들이 그곳을 뒤덮고 있었다.

캐스 2는 전사가 아니었다. 그녀가 받은 무기 훈련으로는 굶주린 개과 동물들을 향해 캐터펄트를 간신히 발사할 정도의 기

술밖에 얻을 수 없었다. 캐스리는 그 점이 변했는지 어떤지 알
수 없었다. 하지만 어떤 면에서 그것은 별로 중요하지 않았다.
아무리 전투에 능해도 절대로 벨레드와 바드, 로스코스 유르
─ 외모로 판단할 때 ─ 만큼 효율적으로 싸울 수 없을 것이다.
그러나 그녀는 그들이 자신에 비하면 둔하고 느린 무리라는 것
을 깨닫고 있었다. 그녀에게는 분명히 보이고 들리는 것을 그
들은 알아차리지 못했다. 게다가 그들은 지쳤고, 졸음 때문에
정신이 가물가물했다. 날이 완전히 어두워진 후, 캐스리는 로스
코스 유르가 가져온 배급식량 세 개를 연달아 다 먹은 다음 가
장자리 꼭대기까지 더 올라갔다. 거기서는 내륙이 보였고, 그쪽
으로 귀를 기울일 수 있었다.

　돌아와서 그녀는 로스코스 유르를 깨웠다. 그는 천 걸음 밖
에서도 들릴 고른 숨소리를 내고 있었다. 깊이 잠들어 있었거
나 그 비슷한 상태였다.

　"다가올 때는 경고를 했어야지요, 캐스 2!" 그가 속삭였다.

　"캐스 2는 죽었는데요."

　"그럼 캐스 3."

　"아무도 오고 있지 않아요. 적어도 몇 시간 동안은 안 올 거
예요."

　"그들이 하늘에서 떨어질 수도 있지요." 그가 비꼬았다.

　항상 사람들과 어울리기 좋아하는 랭고바드가 다가왔다. "공
중으로 오지는 않을 겁니다. 우리를 조용히 데려갈 수 있다면
그렇게 하고선 그 일에 대해 한마디도 안 하겠지요. 하지만 전
력 공격을 한다? 그러면 고리 사람들에게 내놓은 이야기와 상

반될 테니까요."

"우리는 대체 언제쯤 되어야 우리 이야기를 쓰기 시작할까
요?" 유르가 그렇게 말하자 거기서 대화가 끊겼다.

그러나 한 시간 후 그의 질문에 대한 답이 돌아왔다. 캐스리
에 이어 나머지 사람들도 곧 물 쪽에서 흐느끼는 듯한 소리와
우르릉거리는 소리를 들었다. 지평선 위로 불빛들이 달렸다. 불
빛은 남쪽에서 지평선을 넘어오고 있었다. 그러나 조종사가 불
을 끄고 가기로 결정했는지 빛이 꺼졌다. 물 쪽으로 바짝 붙어
가는 방식을 보니, 이것은 비행기도 배도 아니고 그 중간 어디
쯤의 아크라고 알려진 탈것이 분명했다. 아크는 쇄쇄 소리를
내며 오다가, 일 킬로미터쯤 떨어진 곳에서 표면 기동시 사용
하는 통통거리는 엔진으로 바꾸는 소리를 냈다. 아크는 해안에
서 몇백 미터 떨어진 곳에 닻을 내렸다. 디거들의 예민한 감수
성을 존중하려는 듯이, 땅에서 꽤 떨어진 곳이었다. 그러나 작
은 보트로 사람과 장비들이 오갈 수 있을 만큼의 가까운 거리
였다. 아크가 커다란 후미 화물 경사로를 열자 바닷물이 경사
로 안쪽으로 흘러들었다. 이어 빽빽하게 사람이 들어찬 작은
보트와 바지선 한 무리가 그 위에 둥둥 떠올랐다. 적은 인원을
태운 보트 한 척이 해안으로 다가왔다. 캐스리는 그들이 대화
하는 소리를 들었다. 주로 타이와 아르준이 이야기를 했고, 반
면 아인슈타인은 평소처럼 자기가 할 일이 없을지 찾았다.

아크에서 나온 바지선 한 척이 아크와 해안 사이의 바다 위
로 끌려와 닻을 내렸다. 거기서 나는 소리로 짐작건대 내부에
복잡한 기계들이 들어차 있었다. 잠시 후 배가 우르릉대며 웅

웅거리기 시작하더니 번뜩이는 플링크 체인이 분수처럼 솟아올라 꼭대기에서 거꾸로 된 U 자 모양을 그리며 하늘 쪽으로 뻗어 올라갔다. 점점 속도가 붙고 소리가 날카로워지면서 끝없이 울부짖는 것 같은 음이 되었다. 곧이어 에잇트레인은 몇백 미터 높이까지 올라가 부드러운 불빛을 내기 시작했다. 그 불빛은 작은 만과 해안에 사람들이 쉽게 움직이고 서류를 읽을 수 있을 정도의 밝은 조명을 비추었다. 캐스리는 이제 아크의 이름도 읽을 수 있었다. 선수 가까운 동체 위에 '다윈'이라고 선명히 새겨져 있었다. 커다란 테리폼 기지에서 온 것이 확실했다. 북태평양 해안을 관할하는 하이다일 가능성이 높았다.

그 바지선에 배치된 에잇트레인은 흔한 군용 장치였기 때문에, 눈에 보이는 빛뿐만 아니라 다른 주파수도 내보내고 있었다. 그것은 데날리와 고리의 다른 설비들을 업링크[46]할 뿐 아니라, 자신의 시야에 잡히는 모든 장비를 서로 연결했다.

이제 캐스리는 잠들래야 잠들 수 없었기 때문에, 크레이터를 내려가 해안으로 갔다. 관목 숲에서 나오자 아인슈타인과 사이크가 빛의 직사포화 속에 나란히 서서 카메라를 마주보고 있는 모습이 보였다. 한쪽에서는 새로 도착한 사람이 노트를 자세히 살펴보고 있었다. 패션모델처럼 자세가 곧고 차분하고, 눈이 금빛인 키 큰 모이라인 여자였다. 그녀는 베링기아의 쌀쌀하고 축축한 해안에 어울리는 옷을 입고 있었다. 날씬하지만 강인한 몸에 걸치고 있는 그 옷은 그레이트체인의 영리한 디자이너가

---

46 업링크uplink: 지상에서 위성으로 보내는 통신 링크.

그녀를 위해 맞추었음을 넌지시 보여주고 있었다.

캐스리는 더 가까이 가지 않아도 무슨 일이 진행되고 있는지 알 수 있었다. 키 큰 모이라인 여인은 로스코스 유르가 요청했던 바로 그 이야기를 만들어내고 있었다. 그녀는 얼마 동안 똑바로 카메라에 대고 말하더니, 아인슈타인과 사이크를 인터뷰했다. 전부 실시간으로 고리에 방송되고 있었다.

캐스리는 무릎을 껴안고 그 여자가 하는 일을 지켜보며 해안에 혼자 앉아 있었다. 그 여자는 인생에서 무슨 일을 겪었기에 이처럼 키가 크고 사랑스럽고 눈에 띄는 지금의 모습으로 변했을지 궁금했다. 그 여자는 타고난 아름다움을 지닌 사람 특유의 행동을 보이지 않았다. 그래서 캐스리는 그녀가 개인적인 재난을 겪으면서 지금 같은 모습을 얻은 게 아닐까 생각했다. 인터뷰를 끝낸 후 조명과 카메라를 끄고 그녀는 에사 준에게 다가가 잠시 그와 마주보며 이야기를 나누었다. 둘 다 바프를 끼고 있었기에, 캐스리는 그들이 뭔지는 몰라도 바프가 보여주는 광경에 대해 대화하고 있다는 것을 알 수 있었다.

캐스리는 자신이 캐스 2였을 때, 고리에서 골치 아픈 일이 일어나는 장소마다 그녀가 가서 방송하는 모습을 보았다고 확신하게 되었다. 총파업이나 시민들의 소요가 감당할 수 없게 되면 검역부 집행 부대나 경찰이 호출되어 물건을 부수고 사람들을 다치게 하는 거주지들 말이다.

캐스리가 그런 관찰을 하면서 그와 같은 생각을 떠올릴 정도로 오래 앉아 있었으므로, 그다음에는 무슨 일이 일어날지 뻔했다. 그날 하루 대부분을 어떻게 보냈는지 생각하면 피할 수 없는 결과였다. 자정과 새벽의 중간쯤 되는 시간, 캐스리는 인 듀어런스 호가 근지점을 마지막으로 지나는 길에 뛰어드는 것 같은 강하고 피할 수 없는 잠에 끌려 들어가는 느낌을 받았다.

그러나 잠을 자는 대신 그녀는 자기가 키 큰 모이라인 여성 을 바라보고 있고, 그녀도 자신을 바라보고 있다는 것을 깨달 았다. 그녀는 거의 팔을 뻗으면 닿을 지점까지 조용히 다가와 있었다. 캐스리는 펄쩍 뛰어 일어나다가 넘어질 뻔했다.

"캐스 아말토바 3이지요? 나는 캔터브리지아 바스 5입니다."

'5'라니. 와우.

"정말 말도 안 되는 온갖 역경을 다 겪었나 보군요. 당신을 위해 부디 지금 현재 형태에 머무르기를 바랄게요." 캐스리가 말했다.

캔터브리지아 5는 그 말을 인정한다는 듯이 금빛 눈동자를 약간 움직였으나, 대답은 하지 않고 흘려보냈다. "저는 여기 지 휘관에 해당합니다."

최근 들은 말 중에서 완전히 미친 소리도, 그렇다고 정상적 이라고도 할 수 없는 소리였기에, 캐스리는 무표정하게 그 말 을 들어 넘겼다. 겉으로 보기에 캔터브리지아 5는 비디오 저널 리스트였다. 한편으로는 맞는 말이기도 했다. 비디오 화면으로 지켜보고 있는 보통 사람들의 마음에 들지 않으면 어떤 경찰 집행이나 군사 행동도 성공적이라고 판단할 수 없는 세계에서, 그녀는 장군이기도 했다.

아르준은 캔터브리지아 5 뒤에서 다가와 바로 옆자리를 잡 고 그녀의 오른쪽 어깨 너머로 넘겨다보았다. 캐스리와 잠깐 눈을 마주치자 그는 고개를 끄덕였다.

"방금 선임하사 유르와 중위 토모프, 랭고바드에게 무선으로 말했고 지시도 내렸습니다. 이건 '당신에게' 내리는 지시입니다. 레드의 소규모 군대가 다가오고 있습니다. 아직 몇 시간 거리 정도 떨어져 있습니다. 하지만 그 길을 잘 아는 디거 두 명이 이쪽으로 그들을 안내하고 있다는 정보를 받았습니다. 그들이 여기 왔을 때 싸움이 일어날지 어떨지 모릅니다. 만약 일어난다면, 그 싸움에 직접 개입하지 마십시오. 버키들이 없는 곳에 머무르면서 디거들을 찾아요. 그들이 해를 끼치지 못하게 할 수 있으면 무슨 수를 쓰든 그렇게 하세요. 하지만 비디오 화면에 디거의 시체가 나오면 우리가 감당할 수 없습니다." 캔터브리지아 5가 말했다.

캐스리는 고개를 끄덕였다. "알겠습니다."

아르준은 좀 더 설명이 필요하다고 느낀 것 같았다. "핑거들이 언제 나타날지, 아니, 나타나기는 할지 어떨지 모릅니다. 그러니 시간을 벌어야 합니다."

"좋아요. 어떻게 시간을 벌어야 하지요?" 캐스리가 말했다.

아르준의 표정은 그런 질문이 무례하다고 말하고 있었지만, 캔터브리지아 5는 그 질문에 대한 대답으로 손을 위로 올려 머리에 썼던 바프를 벗었다. 그녀는 바프를 캐스리에게 건네주었고, 캐스리는 그것을 조심스럽게 자기 얼굴에 끼었다. 잘 맞지 않았기 때문에 제대로 끼워 맞추기 위해서는 한 손으로 제자리를 잡고 있어야 했다.

"사운드트랙을 듣는 게 좋을 겁니다. 그렇지 않으면 똑같지 않으니까요." 캔터브리지아 5가 말했다.

"사운드트랙이라고요?" 캐스리가 말했다. 그러자 캔터브리지아의 얼굴 표정에 희미한 전율이 일었다. 진지한 분위기로 유머를 하고 있으니 장단만 맞추라는 암시였다. 그녀는 머리 옆쪽을 더듬어 귓속에 넣는 이어폰을 찾아 끼워 넣었다.

바프는 그녀에게 상상의 물체를 아주 많이 보여주었다. 그렇지만 대부분은 회색이 되거나 흐릿하게 처리되었다. 바프는 캐스리가 자기 소유자가 아니라고 판단하고 사적인 작동을 제한했다. 하지만 캐스리와 아르준 사이의 공간에 크기가 탁구공만 하고 한쪽에 보조개가 있는 토큰이 떠 있었다. 토큰은 부드러운 붉은색으로 빛났다. 아르준이 손을 내밀어 가볍게 두드리자 그것은 그녀 쪽으로 날아왔다. "초청합니다." 그가 말했다. 그녀는 토큰을 잡고 푹 파인 곳에 엄지손가락을 넣은 다음, 얼굴 앞에서 커다란 타원형으로 빠르게 돌렸다. 그러자 평판 화면이 나타났다. 그다음 그녀는 붉은 공을 자기 쪽으로 끌어와, 3차원으로 화면을 움직여 빨래 바구니 정도의 부피를 지정했다.

캔터브리지아 5의 사운드트랙 얘기는 농담이 아니었다. 그 음악은 모차르트와 친숙한 악기들과 제로 후 수천 년경에 발명된 다른 악기들을 타협시킨 관현악이었다. 레드 국가를 그렇게 연주하는 데다 대규모 합창단까지 합쳐지니 소리가 3차원으로 태양처럼 귀에 들어왔다. 스포츠 경기에서 들을 수 있는 활기찬 축약 버전이 아니라, 사람들을 앉은 자리에서 경외감에 휩싸이게 만들도록 계산된 교향악 방식이었다.

니켈-철 주먹은 방금 해안 위에서 그녀가 만들어낸 공간만

한 우주에 떠 있었다. 쿨락. 튼튼한 원재原材들이 여기저기 튀어나와 있었다. 머리카락 굵기만 한 삭구 선들을 묶는 고정점이었다. 삭구의 선들은 거기서 여러 방향으로 뻗어나가 먼 곳으로 사라지는 듯 보였다. 돌에 발목을 삐지 않도록 조심스럽게 움직이며 캐스리는 그 주위를 돌아 중심에 있는 구멍을 내려다보았다. 거기에서 뭔가 움직이는 것이 보였다. 그레이트체인과 비슷한 빛의 고리 여러 개가 내부에 쌓여 있었고, 각자 다른 속도로 회전했다. 그렇지만 모두 몇 킬로미터 두께의 울퉁불퉁한 소행성 껍질 속에 보호받고 있었다. 그러자 카메라가 프로그램된 대로 갑자기 움직이는 바람에, 그녀는 깜짝 놀라 발에 힘을 주고 캔터브리지아 5의 팔뚝에 손을 얹어 몸을 지탱했다. 포브 povv, 즉 가상시야관점point of virtual view은 쿨락 중심으로 천천히 내려갔다. 이제 쿨락은 그녀를 둘러싼 바구니 크기의 3차원 화면 훨씬 너머까지 확장되어 있었다. 포브가 움직이는 속도를 통제할 수는 없었지만, 대신 모든 방향을 들여다볼 수 있었다. 고리 모양 도시들의 유리 지붕을 통해 녹색 들판에서 젊은이들이 공을 차는 모습, 손을 잡은 연인들이 파란 연못의 주위를 거니는 장면을 알아보고, 높은 건물들이 서 있는 지역과 유토피아 같은 거주 지역, 아늑한 학교들, 펄럭이는 붉은 깃발 아래 베타와 네오앤더들이 무술과 사격술을 연습하고 있는 군 기지들을 서둘러 지나갔다.

"이게 전부 진짜인가요, 아니면……."

"혼합입니다. 그들이 실제로 만든 것과 상상의 표현이 섞여 있어요." 아르준이 말했다.

"실제로 공개된 건가요, 아니면⋯⋯."

"여섯 시간 전에 방송되었습니다. 엄청난 폭로였죠." 아르준이 말했다. 전에는 레드가 쿨락 내부에 대해 현실이건 상상이건 뭔가 누설한 적이 없었다.

이제 비행이 끝나고 포브가 쿨락의 구멍에서 빠져나오자, 사방에 우주가 펼쳐졌다. 낯익은 거주지 고리의 모습이 나타났다. 고리는 양쪽으로 달리며 보석같이 반짝이는 포옹으로 지구를 둘러싸고 있었다. 강철 주먹 주위에 엮인 삭구 속에서 케이블 한 줄이 똑바로 적도로 내려왔다. 처음에는 천천히 내려오다가 점점 속도가 빨라지면서 실제 엘리베이터라면 어떤 기종이라도 며칠 걸릴 거리를 몇 초 만에 닿았다. 밝은 색조의 구름 장막이 살짝 가리고 있어도 북쪽에 있는 동남아시아의 복잡한 지형을 알아볼 수 있었다. 남쪽으로는 오스트레일리아의 거대한 회갈색 판이 이제 울퉁불퉁한 녹회색 덩굴손으로 뉴기니에 합해진 모습이 보였다. 포브는 처음에는 그곳을 골라 급하강했고, 육교陸橋를 횡단하는 길이 보일 정도로 가까워지자 방향을 바꿔 북서쪽 길로 비스듬히 날아갔다. 녹색 김이 올라오는 뉴기니의 등골을 따라 그 끝에 있는, 적도에 닿을락말락하는 곳으로 갔다. 그곳에 닿자 건축 현장이 눈에 보였다. 공사를 위해 비운 땅, 건물, 발굴지, 기초시설들이 희미한 거미줄처럼 언뜻 보였지만 포브는 거기 머물지 않고 바다 위로 치솟아 올랐다. 그러자 지도를 본 기억으로 희미하게 알아볼 것 같은 지형이 가득했다. 그러나 잠시 후 자를 대고 연필로 그린 것같이 부자연스러운 모습에 눈이 끌렸다. 쿨락에서 나온 밧줄이 커다란 섬 두 개 사이의 대양 속으로 수직으로 내리꽂혀 있었다. 섬들은 보르네오와 술라웨시고, 그 사이의 물은 마카사르 해협이라는 것을 깨달았다. 포브가 느려지더니 멈추었다. 교향곡과 합창단은 느린 크레센도로 계속 노래하고 있었다. 디스플레이에 어떤 변화가 보였다. 아니, 느껴졌다고 해야 할까. 프로그램된 카메라 동작이 끝나고 바프는 이제 다시 캐스리의 움직임에 반응했다. 해협에 다리를 벌리고 걸터앉은 거인처럼, 그녀는 주위로 움직여 여러 다른 각도에서 볼 수 있었다. 잠시 아무 일도 일어나지 않았다. 다음 순간 밧줄이 찔러 들어간 곳 주위 바다가 격하게 움직였다. 바다 표면이 솟구쳐 오르며 거품이 일었다. 정상적인 파도 표면의 작은 주름들이 지워지고, 대신 거대한 녹색 소용돌이무늬와 은하계같이 소용돌이치는 거품의 팔이 나타났다. 앞으로 몸을 굽히자 화난 갈매기들이 빙빙 도는 모습이 보였다. 그 모습을 맞닥뜨리자 지금 보고 있는 장면이 만들어진 화면이 아닌 진짜라는 확신이 들었다. 술렁거리는 지역이 적도 위 케이블을 중심으로 팽창하며 동서쪽으로는 커지지 않고 남북으로 커졌다. 남북으로 넓어지면서 케이블은 갈라지고 또 갈라져 부채 모양이 되어, 해협을 휘젓고 있는 알 수 없는 물체의 길이를 지탱했다.

그 물체는 적도 아래 바다 표면에서 분출하더니, 엄청난 속도로 자오선 위아래로 퍼져 바다 속에 깊은 상처를 그렸다. 처음에는 그 물체에서 빠져나오는 물들 때문에 제대로 관찰할 수 없었다. 물이 여러 개의 나이아가라 폭포처럼 다시금 바다로 뛰어들며 폭풍과 그 구조물보다 더 높이 올라오는 물보라를 토해냈다. 그러나 잠시 후 그노몬을 알아볼 수 있었다. 캐스리는 전체 길이를 한꺼번에 보려고 뒤로 조금 물러났다. 베이스 트롬본과 케틀드럼 소리로 머리가 터질 것 같아, 왼손을 뻗어 시계 반대 방향으로 손잡이를 빙빙 돌리는 몸짓을 하자 교토 필하모닉의 금관악기부 볼륨이 줄어들었다.

그노몬의 설계자들이 크레이들에 대항할 장치를 만들고 싶었다면, 이보다 더 잘 만들 수 없었을 것이다. 일본도처럼 길고 사악한 곡선 — 지구의 곡률을 따라가기에 더 좋을 것이다 — 과, 반투명하고 섬세한 곤충 외골격이 결합된 것 같았다. 정말이지, 공중으로 올라가면서 몸을 펼쳤다가 허물을 벗고 더 큰 몸으로 다시 모양을 만드는 종이접기 인형 사마귀 같았다. 여러 겹의 물결 주름과 아치 모양의 껍질은 최소한의 무게로 상상할 수 있는 가장 강한 물질을 만들기 위해 수백 년 동안 좁은 방에서 힘들게 일하는 백만 명의 진들이 있어야 가능했다.

"뭘로 만들어진 거죠?"

"주로 탄소와 마그네슘입니다." 아르준이 말했다. "대양의 침전물에서 추출해낼 수 있는 가볍고 강한 물질 두 가지지요."

"그렇게 만든 건가요?"

"그래요." 캔터브리지아 5가 말했다.

"에너지 집약적입니다." 아르준이 말했다. "그들은 저 밧줄을 통해 해저 생산 시설로 동력을 내려보내요."

"노동자들이 해저에 산단 말인가요?"

"로봇이요."

"거기에 기회가 있습니다." 캔터브리지아 5가 말했다.

이 장관을 만들어낸 자들은 다시 포브의 제어권을 잡고 제멋대로 캐스리를 그노몬 위로 끌어가기 시작했다. 좋은 부분은 속도를 낮추었고 반복되는 부분에서는 획 지나갔다. 거대한 철로를 타고 남북으로 움직일 수 있고, 위도를 따라 땅과 연결되는 일종의 객차 같은 것이라고 그녀는 생각했다. 주거용 팟, 군사 시설, 가족용 고급 휴양지, 그리고 훨씬 더 많은 시설들을 연결하는 자체 내부 인통선[47]이 있었다. 그것은 분명 렌더링이었다. 실제로는 아직 지어지지 않은 것. 포브의 움직임을 제어할 수 없었기 때문에 그녀는 약간 메스꺼워졌다. 그녀는 이어폰을 빼고 눈을 감은 후 조심스럽게 바프를 얼굴에서 떼고 현실 세계로 돌아왔다. 해안, 작은 섬, 함께 대화하던 두 사람이 있는 곳으로. 그녀는 바프를 돌려주었다. "무슨 기회지요?"

"지성이 있는 외계 종족과 첫 접촉을 할 생각이라면 그들의 고향에 거대한 노천 채굴용 로봇들을 떨어뜨리는 건 별로 좋은 수가 아니겠지요."

캐스리는 잠시 곰곰이 생각에 잠기더니 입을 열었다. "아."

"그래요."

"그들이 디거들을 그렇게 애써 애지중지했던 이유가 있군요."

"펑거들과는 볼 만한 꼴로 실패했겠죠. 그래요." 캔터브리지아 5는 잠시 그녀를 뚫어지게 바라보았다. 캔터브리지아 5의 침묵과 시선은 매우 강한 인상을 주었지만, 캐스리는 그다지 불편하다고 느끼지는 않았다.

---

47 인통선train line: 열차의 선두부터 끝 차량까지 통해 있는 절연전선.

마침내 그녀가 말을 이었다. "오늘 여기서 하는 행동은 새 지구의 미래에 오랫동안 영향을 미칠 거예요. 자원이 더 많았으면 불확실성이 더 적고 더 정교한 전략을 실행할 수 있었겠죠. 하지만 더 많이 가졌다는 사실만으로도 일을 망쳤을 겁니다."

"너희는 이걸 어떻게 다 알아냈니?" 타이가 물었다.

그는 작은 섬 위에서 사이크 옆에 쭈그리고 앉아 있었다. 사이크는 여전히 침낭에 꽁꽁 싸인 채 손과 머리만 내밀고 있었다. 그녀는 매뉴얼을 들고 플링크 체인의 빛 쪽으로 비스듬히 기울였다. 그 빛은 여전히 작은 만을 비추고 있었지만, 아크 다윈의 크루는 사람들이 잠을 잘 수 있도록 빛을 줄였다. 그녀는 매우 집중해서 글을 읽어야 했다. 게다가 대부분 낯선 말일 것이다. 거의 모든 단어에 섞여 있는 낯선 키릴 문자를 분석하면서, 그녀의 입술이 살짝 움직였다. 헤드폰의 거대한 발포 고무 도넛이 그녀의 귀를 덮고 있었다. 그녀는 타이의 말을 듣지 못했고, 그가 자기를 바라보고 있다는 것조차 몰랐다. 그래서 그는 잠시 그녀를 실컷 바라보고 있었다. 그가 좋아하는 타입은 아니었고, 어쨌든 매우 어렸다. 그러나 아인슈타인이 그녀에게서 어떤 매력을 느꼈는지 조금씩 보이기 시작했다. 아인슈타인은 자기 RIZ에 정을 붙일 사람이 아무도 없었다. 함께 흥미로운 대화를 나눌 수 있는 인디전 소녀도 없었다. 거기다 거주지 고리로 올라간다면 그곳의 영리한 소녀들에게 그는 촌뜨기로 보일 게 뻔했다.

상자 속에 있는 것은 휴대용 소나 장치였다. 핑을 보낼 수 있었지만 그들은 그 장치를 그런 용도로 사용하지 않고, 듣기 위해서만 사용했다. 소나 택스로는 타이의 손에서 그 장치를 뜯어내다시피 해서 완전히 통달했다. 아크 다윈이 도착하고 바지선과 보트가 움직이면서 그녀는 매우 짜증을 냈지만, 타이가 조금 부추기자 그것을 흥미로운 과학 실험으로 생각하기 시작했다. 이 기술이 펭거와 바다 속을 다니는 다른 포유동물들에게 어떻게 들릴지 이해하는 방법이 될 수 있다고 여겼다.

가파르고 유리처럼 미끄러운 작은 섬 표면에서 조심스럽게 움직이며, 그는 그녀 옆으로 조금씩 다가가 가볍게 어깨를 두드렸다. 몽상에서 깨우기는 싫었지만, 대답을 들어야 할 질문들이 있었다. 사이크는 방금 천 마일 밖에서 여기로 순간이동을 한 것처럼 잠시 멍하니 있었지만, 재빨리 정신을 차리고 헤드폰 한쪽을 귀에서 떼었다. "또 왔어?"

"이것들 전부 말이야." 타이는 한 손을 파이프 위의 낡은 접시 위에 얹고 임시변통 망치 쪽을 고개로 가리켰다. "너희는 이걸 어떻게 찾아냈지? 펭거들이 너희에게 이야기하고 싶을 때 이런 저런 곳 바닷가에 돌무덤을 쌓아야 한다는 걸 어떻게 알지?"

"공기를 숨 쉴 수 있게 되자마자 우린 정찰대를 내보내기 시작했어." 소나가 말했다.

"그럼 300년 전이겠구나." 타이가 말했다.

"282년이야."

"그냥 오래된 일이라는 걸 강조하는 뜻에서 한 말이야."

"그렇게 오래되진 않았다니까."

타이는 한숨을 쉬었다. "산 사람이 전해주는 기억 속에서는 그렇지 않겠지."

"구전 전통이라고 말하고 싶은 건지 모르겠는데, 단순히 그런 게 아냐. 우리는 문서 기록도 보유하고 있어." 소나가 말했다.

"백 퍼센트 면으로 된 종이를 써서 말이지. 그래, 계속해."

"물론 거기에 정찰병이 먹을 건 하나도 없었어. 그래서 음식을 등에 지고 갈 수 있는 거리만큼만 멀리까지 나갔지. 하지만 곧 해안을 따라가다 먹을 수 있는 해초와 쌍각류 조개를 발견했어."

타이는 고개를 끄덕였다. "일단 테리폼이 공학적으로 만든 조류가 대기권을 조성하는 일을 끝낸 다음에는 조류 성장을 억제해야 했거든. 테리폼은 해안에 여과 섭식 동물을 뿌리고 대양에는 크릴새우를 뿌렸지."

"그 조개들로 말할 것 같으면 우리로서는 4700년 만에 처음 먹어본 고기였어." 사이크가 말했다. "해안에 바짝 붙어서 나아가던 정찰대는 원하는 만큼 오래 바깥에 있을 수 있었어. 그리고 홀에 머무는 디거들보다 더 잘 먹으면서 몇 달이나 몇 년씩 돌아다닐 수 있었어."

"정찰병이 되려고 많이들 몰렸겠군."

"너무 몰렸어. 어떤 사람들은 강도가 되어버렸기 때문에, 그들을 붙잡아 '협의회'의 규율에 따르게 해야 했어."

"그건…… 별로 듣기 좋은 얘기는 아닌 것 같군."

"좋은 시절이 아니었으니까. 당신이 우리 문화에서 나쁘다고 보는 여러 가지 일이 그 시절에 시작되었어."

"하여간, 정찰병들이 홀에서 나와, 가장 가까운 해안까지 곧장 갔구나." 타이가 말했다.

"바로 그거야. 그리고 우리가 오던 이 길은 사냥 길목 같은 곳이야. 우리는 이 길을 샅샅이 알아. 음, 규율이 다시 확립된 다음 어느 정찰대가 여기서 몇 킬로미터 떨어진 해안을 탐험하다가 숲속에 야영지를 세웠어. 한 명이 아래를 내려다보다가 바다에서 막 걸어 올라오는 사람을 봤어. 이 사람은 조개를 캘 때 쓰는 것 같은 삽과 바구니를 갖고 있었지만, 옷은 없었어. 그 사람은 조개를 캐서 바구니에 던져 넣은 다음 다시 대양으로 걸어 들어가 사라졌어."

"스쿠버 장비도 없고 잠수복도 없었단 말이지."

"맞아. 그냥 칼 달린 허리띠 하나만 있었어. 이제 이 소식이 홀에 전해지자 내 전임자도 듣게 되었어."

"예전 소나 택스로 말이지."

"그래. 그다음 해에 정찰대 한 부대가 같은 장소로 다시 내려갔어. 이만큼 좋지는 않았지만 이것과 비슷한 기계 장치를 만들어서 바다 속으로 신호를 보냈어. 하지만 몇 년 동안 아무 일도 없었어. 그 뒤로 몇십 년이 흘렀지. 한 번만 목격하면 되는 거였는데. 여러 정찰대에 참가했던 나이 든 디거가 여기에 더 크고 좋은 소리를 내는 장치를 짓자는 아이디어를 내놓았어. 크레이터의 모양이 소리를 바깥으로 전하는 뿔피리처럼 작용할 거라고 생각했거든. 간단히 말하면 그 아이디어는 효과가 있었어. 접촉이 이루어졌으니까."

"얼마나 최근에?"

"50년쯤 전에. 그다음에는 당신네가 전쟁을 할 때 끊겼어. 하지만 5년 전 다시 돌무덤이 보이기 시작했어." 소나가 말했다.

캐스 2가 글라이더에서 디거를 본 날 아침에 그랬던 것처럼, 캐스리는 물증은 없지만 뭔가 밖에 있다는 확신을 느끼고 깨어났다. 이번에는 소리 때문이었다. 자는 도중 들었던 소리는 열심히 기억해내려고 하면 할수록 빠져 달아났다. 그녀는 몸을 굴려 엎드린 다음 팔꿈치로 몸을 기대고 일어나, 얼굴을 오르막 쪽으로 향하고서 눈을 감고 입을 벌린 채 얼어붙은 듯이 가만히 있었다. 처음 몇 분 동안에는 딱히 아무것도 들으려 하지 않고, 주변의 소리로 된 풍경을 받아들이기만 했다. 그 풍경에 속하지 않는 소리가 있다면 탐지할 수 있도록 말이다. 바지선 위의 플링크 사슬은 여전히 꾸준하게 소리를 내며 작동하고 있었다. 하지만 그 소리는 마음속 신경 회로로 걸러낼 수 있었다. 그녀는 바드도 갑자기 매우 조용해진 것을 눈치챘다. 그러나 뭔가 들었기 때문인지 그냥 그녀의 신호를 따르는 건지 알수 없었다. 캐스 2라면 모범생답게 불필요한 관심을 끌지 않으려고 했을 것이다. 그러나 캐스리는 주변 인물들을 계속 긴장하게 만드는 사람이었다.

소리가 다시 들렸다. 애초에 그녀를 깨운 소리 같았다. 이번에는 무슨 소리인지 알 수 있었다. 손으로 단조된 철 화살촉들이 화살통 안에서 주머니 속의 동전처럼 작게 짤랑거리고 있었다. 디거 사냥꾼의 딜레마는, 물 흐르듯 당겨서 시위를 걸 수있을 정도로 화살대가 활통에 느슨하게 꽂혀 있어야 하면서도, 동시에 발 디딜 때마다 활통 속에서 쨍그랑거리지는 않을 정도로 화살대가 꼭 들어차 있어야 한다는 점이었다. 평평한 땅을 신중하게 성큼성큼 가로지를 때는 소리를 전혀 내지 않았을지도 모른다. 그러나 동트기 전 숨 가쁘게 가파른 비탈을 내려오면서 화살대가 저절로 느슨해진 것 같았다. 마음속에서 청각적 그림이 선명해지는 가운데, 발소리와 덤불 속에서 몸들이 서로 밀치는 소리도 들렸다. 그 무리는 짤랑거리는 화살통 소리로 짐작할 수 있는 것보다 인원이 더 많은 것 같았다.

캐스 2의 다른 기억이 연결되었다. 인디전들이 많은 지역에서 수행할 조사부 임무를 준비할 때 미국 서부의 고대 역사를 읽은 적이 있었다. 거기서 백인들은 원주민을 정찰병 겸 안내인으로 썼다.

이제 랭고바드도 소리를 듣고, 크레이터 가장자리 아래쪽에 세워놓았던 작은 감시선을 따라 너클 보행[48]으로 걸어가 로스코스 유르와 벨레드 토모프를 조용히 깨웠다. 캐스리는 그를 따라가, 차례차례 한 사람 한 사람에게 낮은 목소리로 말했다. "활과 화살을 가진 디거 두 명이 소규모 네오앤더인 부대를 안내하고 있어."

"얼마나 작은 규모지?" 벨레드가 물었다.

"펠로톤 전체는 아닌 것 같아. 우리가 착륙하는 걸 봤던 무리의 절반 정도인 것 같아."

"가서 타이에게 알려. 불을 켜라고 해." 벨레드가 말했다. 너무 어두워서 아무것도 보이지 않았기 때문에 그는 한 손을 그

---

48 너클 보행knuckle-walking: 고릴라나 침팬지처럼 앞발의 지관절 등을 땅에 대고 걷는 걸음걸이.

녀의 어깨에 얹었다. 그리고 어깨가 목으로 굽어져 올라가는 그 부분의 근육을 기분 좋게 꼭 쥐었다. 그런 다음 어깨에 손바닥을 납작하게 대고 단호히 그녀를 언덕 아래쪽으로 밀었다.

　잠시 후 그녀는 바닷가로 내려왔다. 소나 택스로는 여전히 헤드폰을 낀 채 작은 섬 위에 앉아 있었다. 아인슈타인은 침낭 속에서 코를 골았다. 타이는 아크 다윈 사람들이 만들어준 작은 임시 은신처에서 자고 있었다. 아크 다윈은 아직 해안에서 떨어진 바다 속에 닻을 내리고 있었지만, 선체에 파도가 철썩거리는 소리로 찾아낼 수 있었다. 그녀는 에사 아르준과 부딪힐 뻔했다. 그가 침낭을 걸친 채 바닷가에 서 있었기 때문이다. 조용히 명상에 잠겨 있던 것이었는지, 오줌을 누려고 일어났는지 확률은 반반이었다. 두뇌의 지배를 받을 때 아이비인들은 약간 기이한 행동을 하곤 했다. 그러나 오줌을 누고 있었든 생각에 잠겨 있었든, 지금 당장 그가 할 일은 없었다. 그녀는 곧장 은신처로 가서 티우라탐 레이크를 깨웠다. 생각보다 조금 오래 걸려서 그녀는 매우 화가 났다. 위에서 무슨 일인가 벌어지고 있는 것이 분명했기 때문이다. 네오앤더인이 갑옷 겸 무기로 사용하는 플링크 사슬이 몸 주위 궤도를 돌며 흐느끼는 듯한 소리가 점점 커졌다. 그러나 그게 랭고바드가 방어할 준비를 하는 소리인지, 언덕을 내려오는 침입자들의 소리인지 알 수 없었다. 이제는 침입자의 소리를 쉽게 들을 수 있었다. 그들은 서두르기 위해 잠행을 포기한 것이었다.

　"적들이 오고 있어요. 디거 두 명, 네오앤더 몇 명." 그녀가 말했다.

타이는 자기 캐터펄트로 손을 뻗다가 아리안이 가져갔다는 사실을 다시 떠올렸다.

"벨레드가 불을 켜래요."

그녀는 그가 전자기기를 사용할 거라고 생각했다. 디거들이 '무선'이라는 명목으로 묶어놓은 장치 같은 것이라도. 그러나 타이는 몸을 일으켜 앉더니 은신처에서 갑자기 밖으로 뛰어나와, 그냥 해안을 걸어 내려갔다. 맨발로 계속 돌을 밟는 바람에 껑충껑충 뛰고 욕설을 하면서도 "불을 켜!" 하고 외쳤다. 그는 손을 컵처럼 벌려 입으로 가져갔다. "어서! 불 켜!" 조용한 작은 만에서 그의 말은 다이너마이트 소리처럼 크게 울려 퍼졌다. 캐스리는 바지선 방향에서 대답하는 것 같은 외침을 들었다. 그런데 둥근 바위에서 속삭이는 소리 같은 것이 났다. "쉬잇! 쉬잇!" 그녀는 파도가 돌에 부서지는 소리라고 생각했지만, 플링크 체인이 빛나기 시작해 소나 택스로를 비추자 소리의 정체를 알았다. 소나도 일어서서 돌아선 채 그들을 마주보고 있었다. 그녀는 한 손가락을 입술에 대고 조용히 하라는 소리를 냈다. "쉬이잇! 조용!" 그녀가 고집스럽게 말했다.

"전력 가동! 전부." 타이가 외쳤다.

"그들이 오고 있어!" 사이크가 말했다. 아무도 신경 쓰지 않는 것을 보고 그녀는 아르준과 눈을 마주쳤다. 그는 해변에 겉옷을 떨어뜨리고 그녀를 향해 다가오고 있었다. 그러더니 파도 속으로 곧장 걸어갔다. "우리가 내는 소리 때문에 저들 귀가 아플 거야."

위쪽에서 외침 소리가 들렸다. 숨어서 오던 전사들이 조용히 덮치려던 시도를 포기하고 전투를 하기 위해 가까이 오고 있었다. 목소리 음색을 들어보니 네오앤더인들이었다. 싸움에 가담하기 위해 갑자기 위쪽으로 올라가고 싶은 맹렬한 욕구를 느끼고, 캐스리는 빙글 돌아 비탈 위로 달려 올라가려고 했다. 그러다가 캔터브리지아 5와 부딪힐 뻔했다.

"다시 위로 올라가려는 겁니까?"

"그래야 할 것 같아요." 캐스리가 말했다.

"행운을 빕니다. 하지만 기억해둬요. 디거에게 상처를 입히면 안 돼요."

캔터브리지아 5가 몸을 홱 돌리자 따뜻하고 긴 망토 자락이 아름답게 치솟아 올랐다. 그녀는 캐스리에게 마지막으로 시선을 주었다. 그녀의 옆모습은 위풍당당했고 짧게 깎은 머리 때문에 멋진 자세가 더 돋보였다.

재빨리 위로 올라가면서 캐스리는 몇 시간 전 캔터브리지아 5가 그녀에게 자세히 지시했던 사항들을 재검토했다. '버키들이 없는 곳에 머물러요.' 카메라가 달린 버키들이 현장에서 일어나는 일을 비디오로 찍고 있을 것이다. 버키들은 장애물이 없는 높은 땅을 찾도록 프로그램되어 있을 터였다.

캐스리는 랭고바드에게서 50미터 정도 떨어진 곳에 낮게 웅크린 자세로 앉았다. 그가 보이지는 않았지만, 플링크가 작은 가지들을 후려치며 그의 주위를 마구 달리는 소리는 들렸다.

오른쪽 위 비탈에 둥근 돌이 튀어나와 있었다. 너무 단단하고 가팔라서 이끼 외에는 아무것도 올라갈 수 없는 돌이었다. 아래쪽의 커다란 에잇트레인이 한쪽으로 비추는 빛 속에서 밝은색 돌은 두드러지게 눈에 띄었다. 뿌리가 거의 다 드러난 어린 나무 한 그루가 간신히 바위 꼭대기에 붙어 있었다. 바다에서 불어오는 바람 때문에 묘한 모양을 하고 있는, 제멋대로 자란 가지 몇 개를 하늘로 향해 뻗은 나무였다. 나무 가까이에서 뭔가 움직였다. 그녀는 바위 꼭대기로 버키가 굴러가는 모습을 알아볼 수 있었다. 그녀에게 버키가 보이니, 버키도 그녀를 볼 수 있었다. 그녀는 덤불과 풀이 특히 빽빽이 얽힌 곳 뒤에 납작 엎드리고 귀를 기울였다. 바로 지금은 거의 모든 판단의 근거를 청각에 의존할 수밖에 없었다.

찰캉, 찰캉. 그렇다. 손으로 단조된 디거의 화살촉이 화살통 속에서 서로 부딪치는 소리가 다시 났다. 그러나 가까이에서 플링크 체인의 잉잉 소리가 점점 커지면서 그 소리는 들리지 않게 되었다. 플링크 체인은 주인의 명령에 따라 모습을 바꾸고 있었다.

위험을 무릅쓰고 위를 쳐다보자, 네오앤더 한 명이 바위 위에 있는 버키에게 보이지 않는 곳으로 나오는 것이 눈에 띄었다. 바드가 아니라 군 장비를 갖춘 레드 해병대원이었다. 그는 오른손을 뻗어 주위에 날아다니는 체인 하나를 움켜잡아 멈추게 했다. 동시에 체인은 그의 몸 반대편에서 갈라져 채찍이 되더니, 바위 위에 있는 버키에게 곧장 달려들었다. 처음에는 체인이 날아가는 모습과 경로를 볼 수 있었지만, 채찍이 음속 장벽을 뚫고 가속하면서 아무것도 안 보였다. 결과만 볼 수 있었다. 소닉 붐이 일고 버키가 완전히 분해되었다. 작고 어린 나무는 깨끗이 잘려 넘어졌다. 채찍은 주인이 있는 방향으로 아치형을 그리며 되돌아오면서 느려져, 뱀처럼 움직여 전과 반대 방향으로 도는 비행 에잇트레인으로 재편성되었다. 그렇게 자기 왼쪽의 로봇 보초병을 제거해버리고, 그 네오앤더인은 다시 동료들이 활동하는 곳으로 돌아가 캐스리의 시야에서 사라졌다.

캐스리는 그 둥근 바위 쪽으로 움직였다. 캔터브리지아 5의 비디오 버키 한 대가 부서진 덕분에 거기 있어도 될 것이다. 꼭대기에 올라가는 길을 어떻게 찾아야 할지 생각하면서 바위 기슭 쪽으로 마구 돌진하던 중, 위쪽에서 뭔가 움직이는 게 보였다. 그녀는 멈추어 서서 가파른 위쪽에 있는 디거를 쳐다보았다. 디거 한 명이 방금 빈 높은 땅을 차지하려고 바위 꼭대기로 나온 것이다. 그 디거는 비탈을 너무 성급하게 내려오느라 바위 꼭대기를 지나칠 뻔했다. 그는 참사가 일어나기 직전 한 발을 단단히 딛고 다시 균형을 잡으려고 뒤로 팔을 휘둘렀다. 그러자 화살통 속에서 화살촉이 부딪쳐 짤랑거렸다. 캐스리는 얼어붙은 듯 웅크리고서 그가 다시 평형을 잡는 모습을 지켜보았다. 곧장 아래를 내려다보았다면 그녀를 보았을 테지만, 그는 오른쪽에서 벌어지는 일만 바라보고 있었다. 소리로 판단하면 어수선한 장소에서 혼전이 시작되는 것 같았다. 디거는 뒤로 손을 뻗어 화살 한 대를 꺼내더니 아래에서 벌어지는 장면을 내려다보며 강철 활에 화살을 메겼다. 그가 표적을 고르고 있을 때, 캐스리의 앰봇이 그의 어깨를 때렸다. 그는 경련하며 쓰러졌다.

그 남자를 쏘기는 쉬웠다. 물리적인 의미에서가 아니라 — 표적이 바로 보이는 곳에 있고 앰봇은 거의 다 자동 조준을 하므로, 어쨌든 물리적으로는 쉬웠을 것이다 — *심리적으로 쉬웠*다. 며칠 전 거의 의식이 없는 채로 변화 과정에서 최악의 부분을 겪고 있을 때, 우연히 타이가 아인슈타인에게 하는 말이 들렸다. *싸움은 방법을 알아서 하는 게 아니야. 결심하기에 달린 거지.* 의식이 흐린 망상 상태에서도 그녀는 타이가 말하는 '결심'이 머리로 하는 것이 아니라, 문명화된 사회에서 사람들이 서로 피해를 입히지 못하게 막는 감정적인 장애물을 극복하는 것임을 알았다. 몇 시간 전 자신이 겪은 일이기 때문에 알 수 있었다. 세븐과 디거들의 충격적인 첫 전투에서, 그녀는 아리안이 타이를 쏘았을 때 그를 보호하기 위해 그 사이에 끼어들었고, 늙은 디거는 스랩 테스매너로 그녀의 팔을 때려 뼈에 타박상을 입혔다. 그 강렬한 육체적 접촉에서 받은 어떤 느낌 때문에 그녀는 그 장애물을 극복하고 더 쉽게 그자를 겨냥하고 쏠 수 있었다. 그때부터 세븐의 다른 사람들이 선의로 그녀에게 다가와 동정의 말을 했다. 그들은 닥과 메미에 대해서, 그리고 그렇게 그들을 갑자기 잃어 캐스가 얼마나 충격을 받았을지에 대해서만 이야기하려고 했다. 그런 말은 캐스가 후생에 들어간 것이 그들의 죽음 때문이라는 암시를 담고 있었다. 일견 합리적으로 보이는 가정이었지만, 그것은 틀렸다. 오히려 그 일은 노인이 공격하고 그녀가 반격한 순간 일어났다. 그때 닥은 아직 살아 있었고, 메미는 치명적인 상처를 입었지만 아직 숨을 쉬고 있었다. 그러니 사실상 세븐 중에서 처음 죽은 사람은 캐스 2였다.

하여간 그녀는 이제 사람을 쏠 수 있었다. 알아두는 것이 좋았다.

이런 일은 전부 블루에게는 오른쪽, 레드에게는 왼쪽 측면에서 일어났다. 디거들은 정규군을 지원하는 원주민 정찰병이기 때문에, 날개 쪽에 머물거나 제일 앞으로 나올 것이다. 그렇다면 다른 디거 — 그들이 딱 두 명이라고 그녀는 점점 더 확신하게 되었다 — 가 반대편 측면에 있을 가능성이 높았다.

돌 자체는 너무 가팔라서 기어오를 수 없었지만, 양쪽으로 회백색 사면이 느슨한 경사로를 형성하고 있었다. 그중 한쪽을 거침없이 올라가자 비탈에 몸을 납작하게 대고 전장을 바라볼 수 있을 정도로 높은 곳에 닿았다. 전장은 연안 지대의 경사에서 내려오는 물이 크레이터의 바깥쪽 벽에 막혀서 만든 넓고 얇은 배수조 안에 있었다. 밀도가 빽빽했기 때문에 발을 들여놓을 때까지는 수렁이라는 것을 눈치챌 수 없었다. 바드와 벨레드, 로스코스 유르는 전방을 향해 공격적으로 움직여 무력을 과시한 다음 후퇴해서 레드 군대가 문자 그대로 진창에 빠져 꼼짝 못하게 만들었다. 첨단 기술을 갖고 단단히 조직된 레드 군대와, 프로보시디아[49] 러버라는 오래된 사이크 혈통이 '무선radio' 항목을 외운 것 말고 무선 통신에 대해 아는 것이 없는 원주민 정찰병 사이의 통신이 어려운 것도 블루 쪽에 유리한 점이었다.

하여간 캐스리는 이제 동료들보다 훨씬 앞으로 나와 있었다. 동료들 편에서 볼 때 늪 오른쪽에서 좀 떨어진 곳이었다. 맞은

49 프로보시디아Proboscidea: 코가 긴 동물목. 장비목長鼻目.

편으로 건너가볼 수도 있었지만, 그러면 늪에 빠질 뿐 아니라 레드 해병대원들 사이로 곧장 들어가게 된다. 지름길로 빠르게 바다 쪽으로 가서 간밤에 묵었던 야영지까지 계속 뛰어갈 수도 있었다. 하지만 버키들이 대부분 그곳에 배치되어 있었다. 아니면 내륙으로 더 들어가 늪지 비탈길 위에 있는 소나무 숲을 뚫고 달려갈 수도 있었다. 그러면 레드의 전진선을 직접 가로지르게 되기 때문에, 이는 좋은 생각이 아닌 듯했다. 그러나 레드 군은 더 큰 군대의 선봉대가 아니라 고립된 기습대일 뿐이었다. 그들에게는 후위와 연락할 방법이 없었다. 일단 뒤쪽이 끊기면 그들은 그곳의 소유권을 주장할 수도, 세력을 행사할 수도 없었다. 그녀가 거친 땅 위를 벨레드보다 더 빨리 달리고 1.5킬로미터 떨어진 곳에서 네오앤더의 움직임을 들을 수 있다는 점을 고려하면 운을 걸 만하다는 생각이 들었다. 그녀는 측면에서 상당히 먼 거리를 유지하며 어느 정도 높이 올라갈 때까지 계속 위로 움직인 다음 안쪽으로 주의를 돌렸다.

레드 네오앤더인들의 소리가 확실히 들렸다. 한 명을 제외하고 모두 아래쪽에 있었고, 그녀가 멈춰 서서 기다리자 낙오자가 쿵쾅거리며 옆을 지나가는 소리도 들렸다. 그들은 종족 스테레오타입에 따라 B 즉, 베타에게 명령을 받고 있었다. 적이지만 기특하게도 B는 뒤에 남아 명령하지 않고 부하들이 가장 곤란해하는 곳으로 갔다. 지금은 비탈 내리막, 전진 행렬이 늪에 들어가면서 길을 제대로 가고 있는지 헷갈리는 곳에 있었다. 레드 군은 지금쯤 분명 왼쪽에 있던 원주민 정찰병이 사라진 것을 알아차렸을 테니, 오른쪽으로 가려고 할 수도 있었다. 어쨌든, 그들은 잠깐 발이 묶였다. 그들 모두 캐스리가 있는 곳 아래 비탈에서 다른 쪽을 보고 있었다.

비탈 바로 건너편에 소나무 비슷한 높은 나무가 지붕처럼 우거져 그 아래 덤불이 잘 자라지 못했다. 쉽게 갈 수 있을 것 같았다. 가로질러 달리면 재빨리 전장 맞은편으로 갈 수 있고, 그쪽에서 다른 디거의 흔적을 따라 아래로 내려갈 수 있었다. 그녀는 어디든 그 디거가 자리 잡은 곳으로 따라가 그가 영웅적이고 어리석은 짓을 하기 전에 재빠르게 해치울 수 있었다.

네오앤더인의 플링크 채찍이 아래에서 쾅 소리를 냈고, 누군가 외치는 소리, 앰봇이 목표물을 향해 발사되는 웽 소리가 시끄럽게 들렸다.

갑자기 매우 늦었다는 느낌이 들어 그녀는 이제 남의 눈에 띄든 말든 나무 사이를 달리기 시작했다. 그러다가 빈터가 나타나자 늪지 건너편을 내려다보았다. 이곳은 정말 유리한 장소였다.

이런 빈 공간에 혼자 자리 잡은 남자와 그녀가 부딪칠 뻔한 이유가 그것이었다. 그는 늪지와 아래의 작은 만을 완벽하게 내려다볼 수 있는 장소에 있었다. 유일한 동행자는 로봇이었다. 머리 대신 비디오카메라를 달고 있는 시위는 바구니에서 코브라가 나오는 것처럼 똬리를 떨쳐 일어나 어느 방향으로도 렌즈를 조준할 수 있었다. 남자는 전투에 등을 돌리고 시위를 바라보며 서 있었다. 시위가 언덕 아래를 찍고 있었기 때문이다. 캐스리는 시위와 매우 가까운 곳에서 그 위로 넘어졌다. 처음으로 그 장면 전체를 보았을 때, 그녀는 수십억 명의 레드 시청자들이 곧 있으면 보게 될 연출을 정확히 이해할 수 있었다. 전경에 있는 그 남자를 험한 바위와 나무들이 액자처럼 둘러쌌다. 거주지 주민들이 그 장면을 보면 당장이라도 표면에 내려가 식민화하고 싶어 몸이 욱신거릴 것이다. 싸움이 진행되는 늪지가 가까운 배경이었고, 그 너머로는 파도에 맞고 있는 바위가 펜치처럼 작은 만을 따뜻이 감싸고 있었다. 바지선의 플링크가 만드는 빛의 기둥이 전체를 대낮처럼 환히 비췄고, 아크 다윈은 더 먼 곳의 낮은 바다에서 천천히 흔들렸다. 새벽이 다가오면서 하늘이 점차 밝아졌다.

그 남자는 그녀가 나타날 줄 전혀 예상하지 못하고 있었다. 어쩐지 그는 공연 리허설을 준비하듯 헛기침을 하면서 자기가 선 방향을 점검하고 총기 연습을 하고 있는 것처럼 보였다. 그 틈에 그녀는 잠시 그를 바라볼 수 있었다.

캐스 아말토바는 세 번 환생했지만, 그 기간을 통틀어 살아 있는 아레타이크를 만난 적은 몇 번밖에 없었다. 그것도 멀리서 보았을 뿐이다. 그렇기에 그 종족 사이에서 인상적이거나 잘생겼다는 척도가 무엇인지 잘 알지 못했다. 그러나 이 사람은 뛰어난 축에 드는 게 분명했다. 그의 키는 2미터가 넘고도 남았다. 검고 윤기 나는 긴 머리는 뒤로 쏠어 넘겨져 높고 웅장한 이마와 눈에 띄는 오뚝한 코, 칠흙같이 검고 움푹 들어간 커다란 눈을 거의 다 드러냈다. 얼굴에 새겨진 몇 마디 주름은 냉철하고 성숙한 인상을 주었다.

5천 년 전 다른 거의 모든 것과 함께 귀족 정치도 죽었다. 그러나 귀족정貴族政이라는 개념 — 적어도 사람 심리에서 이상화된 형태로 나온 포부 ─ 이 이 남자의 외모와 복장, 자세, 모든 면에 살아 있었다. 놀라운 마음을 가라앉히고 상황을 이해하려고 노력하면서 그가 캐스리를 바라보는 태도도 그랬다. 그의 얼굴 표정은 이런 예기치 못한 만남이 조금 놀랍지만 아주 매혹적이라고 말하는 것 같았다. 섬세한 사람들에게 간혹 벌어지는 운명의 장난 같은 일이고, 정치적인 차이는 있지만 그들 둘이 언젠가 안티머산의 훌륭한 레드와인을 마시며 이 일을 비꼬듯 이야기할 수 있을지도 모른다고 말하는 것만 같았다. 적어도 캐스리의 앰봇이 그의 이마 한가운데를 때리기 전까지는.

주변에서 움직임을 느끼고 캐터펄트가 발사되는 소리를 듣자, 시위가 그녀 쪽을 돌아보았다. 흥미로운 장면을 따라갈 수 있는 기초적 능력은 분명 있는 것 같았다. 그러나 그녀는 뒤에서 시위의 목을 짓밟았다. 그녀의 뒤꿈치에 맞자 시위는 쓰러지면서도 선 자세를 유지하려고 애썼지만, 땅에 연착륙하기 위해서 똬리를 풀 수밖에 없었다. 추적용으로 프로그램되었다면 그녀를 숲속으로 쫓아왔을 수도 있었겠지만, 그 로봇은 정말로 스마트 카메라 거치대일 뿐이었다. 그래서 그냥 있던 곳에 남은 채 아레타이크의 얼굴을 렌즈 한가운데 담으려고 끈질기게 애썼다. 그 아레타이크는 불붙은 사람처럼 구르고 몸부림치고 있었기 때문에, 시위의 알고리즘에 격렬한 부하가 걸릴 것이다.

캐스리는 다시 나무 사이를 뚫고 저돌적으로 달리기 시작했다. 방향을 다시 바다 쪽으로 돌려 늦지 주위 U 자형 길의 마지막 부분까지 가까이 온 다음에야 속도를 늦추었다. 추측한 대로라면 다른 디거에게 점점 가까워지고 있을 터였다. 그런데 바드, 벨레드, 로스코스 유르와 달리 그녀는 그 쇠살촉 화살을 막아줄 만한 장비가 하나도 없었다.

언덕 위에서 삐걱거리는 소리가 들렸다. 뒤쪽이었다. 돌아서자 붉은 머리를 한 파란 눈의 디거가 5미터밖에 떨어지지 않은 곳에서 활시위를 완전히 당긴 채 그녀를 똑바로 겨냥하고 있었다. 강철 화살촉이 작은 만에서 올라오는 빛을 반사하는 가운데 새로 갈아놓은 날이 밝은 호를 그렸다. 양손을 재빨리 움직일 수 있도록 총집에 캐터펄트를 집어넣어놓았기 때문에, 그녀에게는 지금 아무것도 없었다.

캔터브리지아 5는 디거 정찰병을 두 명 다 무력화하라고 명령하지는 않았다. 그냥 그들이 해를 끼치지 못하게 막고, 시체가 고리 전체의 비디오 화면에 나오지 못하게 하라고 했다.

"당신 지금 무시무시한 실수를 하는 거야." 그녀가 말했다.

디거는 움직이지 않았지만, 천천히 눈을 깜박였다. 그녀는 그 동작을 계속 이야기하자는 동의로 받아들였다. "그 사람들 — 레드 — 은 지구 표면에 대한 소유권 주장에 편승하려고 당신들의 친구인 척하는 것뿐이야. 그들은 지구를 전부 갖고 싶어 해."

"그럼 당신들은?" 그가 물었다.

"어떤 면에서는 블루도 나을 것 없어."

"그럼 왜 당신들의 충고를 들어야 하지?"

"누구의 충고도 맹목적으로 들으면 안 돼. 내 충고도, 저쪽 충고도." 그녀는 아레타이크 쪽으로 고개를 약간 움직여 보였다.

그가 생각하는 동안 침묵이 흘렀다.

"실론 콩그리브를 알아?" 그녀가 물었다.

"물론이지."

"실론 콩그리브가 체스에 대해 말해준 적 있어?"

"체스 이야기를 하기 위해서 사이크까지 필요하지는 않아." 디거가 말했다. "우리는 그 게임을 늘 하니까."

"그러면 당신도 알 거야. 폰은 약해. 체스판에서 폰이 힘을 얻는 위치에 갈 때만 빼고. 게임 초반에는 폰을 거리낌 없이 희생해도 돼. 하지만 나중에는 킹을 잡을 수 있지."

아래쪽에서 또다시 찢어지는 듯한 채찍 소리가 나는 바람에 그녀의 말이 끊겼다. 채찍 소리는 연달아 두 번 더 빠르게 울렸다. 뒤돌아보고 싶은 충동과 싸워야 했다. 디거의 파란 눈은 잠시 전장 쪽으로 향하더니, 뭔가를 확인한 다음 다시 그녀에게 되돌아왔다. 그동안 화살촉은 전혀 흔들리지 않았다.

캐스리가 계속해서 말했다. "당신들은 폰이야. 위쪽의 세력들에 비하면 당신들이 얼마나 작고 약한지 모를 거야. 레드의 폰이 된다면 그들은 목적이 달성되자마자 당신들을 희생시킬 거야. 하지만 더 길게 게임을 한다면, 당신들은 강력해질 수 있어. 다른 인간 종족만큼이나."

디거가 별안간 활을 위로 드는 바람에 캐스리는 움찔했다. 그는 화살을 뒤로 당기고 있던 팔의 힘을 풀고 활고자에서 활줄 시위를 푼 다음 화살을 화살통에 도로 집어넣었다.

"당신 말을 어느 정도 가감해서 듣기로 하지."

"좋아."

"하지만 당신의 말에는 레드 사람들이 온 다음부터 내가 품었던 의심을 확인해주는 데가 있다. 그러니 돌아가서 다른 사람들에게 이 일을 이야기하기로 하겠다." 그러고서 그는 캐스리에게 등을 돌리고 다시 베링기아 산맥 속으로 걸어 올라가기 시작했다.

"티우라탐 레이크, 당신의 이야기는 알고 있습니다. 적어도 공식 기록에 들어 있는 부분은요." 캔터브리지아 5가 말했다.

"그러면 절반 정도 아는 거네요."

"그렇기는 하지만, 당신은 마음이 어지러워지겠지요." 그녀는 비탈 위로 아주 약간 시선을 올렸다. 최신 바프 렌즈가 눈을 가리고 있었지만, 눈의 금빛 색조 때문에 그 몸짓이 더 눈에 띄는 것 같았다.

"마음 한구석으로는 전투에 참가하고 싶은 거죠. 그건 인정할 만해요. 하지만 나는 — '목적'은 — 여기서 당신이 필요합니다."

"좋습니다, 당신 말에 집중하지요." 타이가 말했다. 그러나 상황에 맞지 않게, 뜬금없이 그는 이 여성의 나이가 몇 살일지 궁금해하고 있었다. 후생유전학적 변화는 눈에 띄는 노화를 대부분 역전시킬 수 있었다. 적어도 한 명의 모이라인, 자마이카 해머헤드 12는 200살까지 살았다. 캔터브리지아 5와 이야기를 할 때마다 타이는 그녀의 나이를 십 년씩 올려 잡았다. 현재는 80살일지도 모른다고 생각하고 있었다.

"핑거에 대해 무엇을 알고 있습니까?" 그녀가 물었다.

"솔직히 말하면 사실이 아니라 미신같이 들립니다."

"지금 같은 시절에는 미신이 더 무게 있게 들리지요."

"당신은 그들에 대해 무엇을 알고 있지요?" 타이가 날카롭게 물었다.

이번만은 캔터브리지아 5가 약간 허방을 짚은 것 같았다. 그녀는 그를 날카롭게 쳐다보더니 바프를 들어 올려 머리 꼭대기에 놓았다.

"그들이 레드의 유전자 실험실에서 나온 건 아닌지 알아야겠습니다." 타이가 말했다.

"레드는 그들이 존재하는지도 모르는걸요." 캔터브리지아 5가 말했다.

"그럼 우리가 만든 건가요?"

"블루? 아뇨. 당신 가설이 맞았어요, 타이."

"내 가설이 뭔지 어떻게 압니까?"

그녀는 피자 상자로 눈을 돌렸다. 그 상자는 해안에서 튀어나온 둥근 돌에 세워져 있었다.

"난 저 안에 뭐가 있는지 알아요."

"고맙군요." 타이는 그렇게 말하고 몸을 돌려 키 크고 젊은 아이비인 쪽으로 성큼성큼 걷기 시작했다. 아인슈타인은 해안에 선 채 초조하게 전투 소리가 나는 쪽을 바라보고 있었다.

"날 똑바로 봐, 아인슈타인. 네가 역사를 만들어야 할 때야."

작은 로봇들이 꼬리를 물고 이어 만들어진 길고 유연한 사슬을 채찍으로 휘두르는 것은 앰봇 기반의 전투에 돌입할 때 특별히 나쁘지도 좋지도 않은 방식이었다. 블루 군 연구 실험실에서는 대규모 연구들을 수행하고, 평균적으로 볼 때 캐터펄트에서 앰봇을 하나하나 쏘는 단순한 절차가 더 효과적이라는 결론을 내렸다. 반대 의견은 그런 연구가 실제 전투에서 중요한 두 가지 요소를 간과했기 때문에 결함이 있다고 주장했다. 한 가지는 문자 그대로 공격의 방향이 갑자기 바뀔 수 있고, 또 매우 가까운 곳이나 바리케이드 너머를 포함해 어떤 방향에서든 공격받을 수 있다는 사실을 알고 있을 때 방어자가 받는 심리적 영향이었다. 두 번째는 과학적으로 측정하기 어려운 기술적 요인이었다. 연구실에서 그런 무기를 휘두르는 피험자는 어렸을 때부터 그 무기를 사용하며 고대로부터 내려왔고, 그들이 비밀리에 간직하는 구전 지식의 핵심 — 사실상 무술 — 까지 접근한 네오앤더인들과 기술적 수준이 같을 수 없었다. 때리는 도중 채찍을 분리할 수 있다면, 채찍을 구성하던 앰봇들은 목표물을 향해 초음속으로 날아갈 것이다. 그것은 캐터펄트에서 같은 앰봇을 쏘아 성취할 수 있는 것만큼이나 좋은 성과를 냈다. 목표물과 접촉할 수 있으면 앰봇은 직접적인 물리적 피해를 가한 다음 스스로 분리해서 일상적인 프로그램을 수행할 수 있다. 채찍질이 목표에서 빗나간다면 사슬은 탄약 낭비 없이 완전히 회복될 수 있었다. 앰봇들이 전부 돌아와 다음 시도를 할 것이기 때문이다. 캣에서 발사된 앰봇이 그러리라고는 말할 수 없었다.

캐스리가 하고 싶은 일을 목록으로 만든다면, 거기에는 랭고바드와 함께 앉아 피노 누아를 한잔 마시며 그 분야의 기술을 어디서 얻었느냐고 질문하는 일이 포함될 것이다. 최근까지는 그가 크레이들의 평화로운 와인 상인이라는 믿을 만한 허울을 유지하고 있었기 때문이다. 그가 그런 질문을 받으면 안티머의 네오앤더인들이 인류사 도처의 여러 문화와 마찬가지로 젊은 이들에게 무술을 가르치는 전통이 있다고 회피하는 대답을 할 것 같았지만 말이다.

회의주의자라면, 깨끗하고 질서가 잘 잡힌 우주 거주지나 속이 빈 소행성이라는 한계, 아니면 진공 상태에서 우주복을 입고 결투를 한다거나 지구 표면의 사막이나 빙원처럼 상대적으로 단순한 공간에서는 어쩔 수 없이 작은 로봇으로 된 채찍을 가지고 싸울 수밖에 없다. 하지만 키 높이의 초목들이 빽빽이 들어찬 늪지에서는 실책일 뿐이라고 말할지도 모른다. 캐스리의 귀가 엄청난 양의 데이터를 받아들이는 바람에 두뇌가 처리를 다 하지 못해 쩔쩔매고 있었다. 랭고바드처럼 무술을 연마하며 자라난 사람이라면 이렇게 반복적으로 쿵쿵 울리는 소리에서 미묘한 차이를 읽어낼 수 있었을지도 모른다. 목표물에 철썩 맞는 소리와 비행 앰봇이 터져 흩어지는 소리가 다를 테고, 공격자를 향해 휘갈기는 소리나 초목에 엉키는 소리가 또 다를 것이다. 그녀가 늪지를 한 바퀴 돌고 작은 만 위쪽 원래 방어선으로 돌아갔을 때, 싸움은 상당히 긴 시간 동안 이어지고 있었다. 그녀는 그것이 좋은 소식이라고 해석했다. 그녀는 캔터브리지아 5처럼 사상자나 전장의 통제 같은 사소한 문제에 신경 쓰지 않고 생각하려고 했다. 전투의 서사 쪽이 더 중요했고, 지금까지 보인 모습은 조약으로 규정된 한계선 안에서 조약이 인정하는 조사 작전을 수행하던 소규모 블루 팀이 피에 굶주린 레드 네오앤더들에게 추격당해 대양에 몰려 덫에 걸린 모습이었다. 그리고 이제 그들은 비전투원 몇 명을 보호하기 위해 마지막으로 영웅적이고 놀라운 저항을 하며 시간을 끌고 있었다. 캔터브리지아 5는 정말로 환상적일 정도로 매력적이고 카리스마 있는 사람이었기 때문에, 이렇게까지 냉소적으로 생각하고 싶지는 않았지만, 마음 한구석으로는 위쪽 늪지대에서 블루 측 사망자가 한둘 생기고, 불구가 되거나 동료가 죽은 생존자들을 인터뷰하면 아레타이크들이 며칠 전 성공한 선전에 완벽한 반격을 가할 수 있는 게 아닐까 생각했다.

그런 생각은 작은 만 위에 닿을 때까지 스스로에게 허용할 수 없는 사치였다. 만은 전투 지대에서 뒤로 상당히 떨어져 있었고, 앞쪽에는 카메라를 단 버키들이 줄지어 서서 영웅적인 후위 활동을 기록하고 있었다. 우연의 일치가 아니었다.

그녀는 아래쪽 야영지를 내려다보았다. 이런 날씨에 해가 나오기를 바라는 것은 욕심이었지만, 하늘은 점점 더 밝아져서 이제 바지선 위에 우뚝 솟은 에잇켄 루프보다 더 환하니 해안을 밝히고 있었다. 전투 소리를 들었는지, 물에 잠긴 아크 다윈의 선체에서 공기 주입식 보트 대여섯 척이 나와 해안으로 몰려오기 시작했다. 한 척마다 헬멧을 쓴 듯한 사람들 몇 명이 타고 있었다. 좋았어. 하지만 그들이 어느 정도 거리를 유지하고 있는 것을 보고 캐스리는 짜증이 났다. 소나 택스로는 둥근 바위 위에 서서 저리 가라고 그들에게 손을 젓고 있었다. 아인슈타인도 그녀가 있는 곳에 와서 비슷한 짓을 했다. 티우라탐 레이크까지 철벅철벅 물속을 걸어 그들이 있는 곳으로 가려고 했기 때문에, 바위는 발 디딜 틈 없이 북적거리게 될 것 같았다. 타이는 어찌어찌 방수 잠수복을 준비해두었기 때문에 훨씬 더 편하게 갈 수 있을 것 같기는 했다.

캔터브리지아 5와 아르준은 해안에서 바다를 바라보고 있었다. 그들의 모습만으로는 몇백 미터 위에서 격렬한 전투가 벌어지고 있는 것 같지 않았다.

캐스리 위쪽에 있던 버키 두 대가 위치에서 이탈해 와이어 프레임[50] 바위처럼 비탈을 굴러 내려가기 시작했다. 처음에는 산사태처럼 통제할 수 없는 사건인 듯 보였지만, 다음 순간 바위가 펼쳐져 아래에서 빠르게 움직이는 울퉁불퉁한 땅에 맞게 변형되더니, 점점 느려져 빠르고 짧은 걸음으로 내려왔다. 하나는 만 전체가 또렷이 보이는 장소에 올라앉았고 다른 하나는 모래사장으로 내려왔다. 클로즈업을 하기 위해 각도를 잡으려는 모양이었다. 캔터브리지아 5는 그 물체를 보고 몇 걸음 다가가 카메라를 똑바로 바라보며 말하기 시작했다. 하지만 이만큼 거리에 떨어져 있는 캐스리에게는 전혀 들리지 않았다.

캐스리는 크레이터 안쪽 벽의 가파른 경사에 등을 댄 채 이런 장면들을 모두 보았다. 바로 위에는 크레이터 벽 꼭대기를 따라 뿌리를 내리고 있는 초목이 줄줄이 늘어서 있었다. 그곳은 땅이 평평하고, 그 장소에서 햇빛이 가장 잘 들었다. 그녀의 양쪽으로 몇십 미터 뻗어 있는 숲이 위쪽 고지대와 습지와 만 사이를 가로막는 벽이 되어주었다.

50 와이어 프레임wire frame: 화상처리에서 물체를 표현할 때 면이나 입체가 아닌 선으로 표현하는 방법.

크게 툴툴거리는 소리와 작은 나뭇가지들이 마구 부러지는 소리에 그녀는 날카롭게 왼쪽을 쳐다보았다. 바로 그때 커다란 몸집의 두 남자가 덤불 벽을 뚫고 공터에 나와 맞붙어 싸우고 있었다. 아래쪽 비탈이 가팔랐기 때문에 그들은 함께 해안 쪽으로 몇 미터 굴러 내려갔지만, 덩치가 더 큰 쪽 — 벨레드 — 이 한 발을 세게 차서 내리막에 단단히 딛고는 둘 다 멈추게 했다. 동시에 그는 적수인 네오앤더인을 두 팔로 힘껏 들어 올렸다. 네오앤더인을 뒤로 휙 넘겨 더 멀리 굴러 떨어지게 하려던 것이었으나, 당하는 쪽도 이미 예상했던 듯 훨씬 긴 팔로 벨레드의 몸통을 후려치며 갈비뼈를 움켜쥐려 했다.

벨레드의 몸은 아직 50퍼센트 정도 앰봇으로 덮여 있는 것 같았다. 앰봇들은 서로 연결되어 드문드문 껍질을 형성하고 있었다. 네오앤더인의 오른손이 벨레드의 겨드랑이를 보호하는 앰봇 뭉치를 공격했지만, 앰봇들은 확실히 귀에 들릴 정도로 강한 충격을 주어 주인을 도왔다. 덕분에 그 네오앤더인의 격투 자세가 흐트러졌다. 그래도 벨레드의 전략은 실패했고, 적수의 운동량 때문에 오히려 그가 뒤집히면서 뒤로 넘어질 참이었다. 이를 깨닫자 그는 맞서 싸우려 하지 않고 무릎을 구부려, 볼품없이 뻗는 꼴을 면하고 네오앤더인의 배를 충격 쿠션으로 사용해 뒤로 재주넘기를 하듯 넘어졌다. 딱 하는 소리가 들렸지만 그것이 갈비뼈가 부러지는 소리임을 캐스리는 조금 늦게 깨달았다. 땅에 등을 대고 쓰러진 네오앤더인은 부지불식간에 태아 자세로 몸을 웅크리려다가, 벨레드가 내리꽂는 주먹에 머리를 박아버렸다. 현대인의 연약한 손뼈와 네안데르탈인의 거대한 두개골 아치의 충돌은 불공평한 일이었고, 뼈 부러지는 소리가 한 번 더 났다. 벨레드가 불리했다. 그러나, 그 일격으로 네오앤더인은 몸이 철렁할 정도의 충격을 받았고, 벨레드는 마침내 칼집에서 칼을 뽑아 상대의 목에 박아 넣을 수 있는 시간을 벌었다. 그는 네오앤더인의 머리가 땅에 떨어질 때까지 계속 누르고 있었다.

최소한 그 둘의 싸움은 끝났고, 캐스리는 처음으로 벨레드의 상태가 어떤지 한눈에 볼 수 있었다. 반쯤 벗은 피투성이의 몸으로 이빨을 뱉고, 트레드밀 위에서 죽어라 전력질주를 했을 때보다 훨씬 더 빠르게 숨을 몰아쉬고 있었다. 어쨌든 그는 살아 있었고, 적수의 목까지 자르려 드는 것이 아니라면 싸움은 다 끝났다. 하지만 목을 자르는 건 현명한 일이 아닌 듯했다. 그는 지금 카메라가 내장된 버키의 방송 범위 안에 들어 있었기 때문이다. 소행성 채굴 지식을 두고 고대의 테클라인과 네오앤더인이 싸웠다면 한쪽의 목을 자르는 것으로 끝날지도 모르지만, 이 경우에는 아니었다.

늪지에서는 다른 사건들이 일어나고 있었지만 그녀는 그것을 보지 못했다. 랭고바드가 사람을 운반하는 소방관의 자세로 로스코스 유르를 업고 나타나더니, 뒤도 돌아보지 않고 서둘러 쿵쾅쿵쾅 비탈을 내려가기 시작했다. 벨레드는 그를 지켜보다가 경고하는 소리를 질렀다. 같은 순간 캐스는 늪지에서 뭔가 움직이는 소리를 듣고 인간의 그림자를 보았다. 네오앤더인이 아니었다. 그는 벨레드와 그의 적수가 갈라진 틈을 뛰어넘어 바드를 쫓아 달려오기 시작했다. 짧게 머리를 깎고 군 장비를 갖춘 땅딸막한 여성이었다. 전형적인 B였다. 캐스리는 캐터펄트를 조준하고 앰봇을 하나 발사한 다음 두 개 더 발사했지만, 어쩐 일인지 전부 빗나갔다. B는 분명히 이 모델의 캐터펄트를 잘 속이는 갑옷 같은 것을 입고 있었다. 그러니 하루 종일 그곳에 서서 그녀를 쏘아봤자 아무 일도 일어나지 않을 것이다. 하지만 B는 캐터펄트가 횡 날아오는 소리와 앰봇이 주위에서 잉잉거리는 것을 느끼고, 잠시 멈추어 설 수밖에 없었다. 그녀는 캐스리 쪽으로 돌아섰다. 얼굴 표정을 보니 모이라인 여자를 맞닥뜨리리라고 예상하지 못한 것 같았다. 그녀가 놀라 캐스리를 바라보고 있을 때, 주먹 크기의 돌맹이가 그녀의 머리 옆쪽을 강타해 단번에 쓰러뜨렸다.

비탈을 내려다보자 벨레드가 돌을 던지고서 팔을 내리는 모습이 보였다. 그는 돌을 던지느라 피 묻지 않은 칼을 부러진 손에 옮겨 쥐었다가, 이제 다시 온전한 손으로 바꿔 쥐었다. 근처에서 바드가 해변을 향해 다급하게 전력질주하다 멈추고 돌아서서 벨레드가 바위를 겨냥한 표적이 무엇인지 보았다. 그에게서 피가 흘러나오고 있는 것 같았다.

다시 생각해보니, 그 피는 유르 선임하사에게서 흘러나오고 있었다.

벨레드가 누르고 있던 네오앤더인이 몸을 굴리며 일어서는 듯하다 빠르게 다시 쓰러졌고, 캐터펄트의 횡 소리가 캐스리의 귀에 들렸다. 랭고바드가 몸을 돌리자 그녀는 로스코스 유르가 아무것도 잡지 않은 한쪽 손으로 자기 무기를 작동시켰다는 것을 알았다. 그는 심하게 다쳤지만 아직 의식이 있었다.

이제 물리쳐야 할 레드 군은 없는 것 같았다. 있다고 해도 죽었거나, 의식이 없거나, 산 쪽으로 후퇴하고 있었다.

오랜 시간이 흐른 것처럼 느껴졌지만 실제로는 몇 초 지나지 않았을 것이다. 캐스리는 이제야 처음으로 아래에서 무슨 일이 일어나고 있는지 주의를 집중했다.

아크에서 나온 고무보트들은 만 한가운데를 피하기로 결정하고, 대신 양쪽으로 갈라져 크레이터 가장자리에 형성된 땅의 갈래에 상륙했다. 필요하다면 거기서는 걸어올 수도 있었다.

어떤 사람이 물에서 걸어 나오고 있었다.

타이는 아인슈타인에게 피자 상자를 건네주며, 상자를 열고 내용물을 습기가 닿지 않은 상태로 언제라도 쓸 수 있게 해두라고 말했다. 방수 잠수복이 다리를 따뜻하게 잘 감싸주었기 때문에, 그는 작은 섬 옆 허벅지 깊이의 물속에 남아 있기로 했다. 전쟁 동안 보낸 시간 때문에 그는 언제나 서사 생각만 하는 캔터브리지아 5 같은 사람들에게 불신과 혐오감 비슷한 것을 느끼게 되었다. 그러나 그런 사고방식에는 전염성이 있었다. 그는 그 작은 섬 위의 장면을 티우라탐 레이크의 눈이 아니라 고리로 방송을 보내는 비디오카메라의 눈으로 보고, 지금 그대로 완벽해 보인다고 생각했다. 파도에 씻긴 모래 때문에 해안선 주위는 지저분했지만, 작은 원뿔 모양의 유리 말뚝이 두 사람을 지탱하고 있었다. 피자 상자를 든 아인슈타인과 그 옆에 서서 그의 허리띠 고리에 손가락을 건 채 한쪽 귀에는 헤드폰을 끼고 한쪽은 벗은 사이크. 사실 그 이미지에 너무 주의를 기울이느라 본 행사는 놓칠 뻔했다. 다른 사람들의 얼굴 표정을 보고서야 그는 돌아서서 바다를 보아야 하겠다고 느꼈다.

파도 위로 머리와 어깨만 튀어나와 있었다. 핑거는 태평스럽게 해저 산책을 갔다가 돌아오듯이 크레이터의 경사진 바닥을 터벅터벅 올라오고 있었다. 그 사람은 커다랗고 깊게 숨을 들이쉬었다. 잠시 산소를 다시 공급하는 것 같았다. 그러나 그다음에는 좀 더 정상적인 호흡으로 안정되었다. 그들은 어디서 살까? 이 사람은 어디서 왔을까? 그들은 해저를 돌아다니는 다이빙 벨 비슷한 것을 갖고 있는 듯했다.

핑거는 머리카락이 없으며 피부가 반질반질했고, 외부 생식기가 없다는 것도 곧 분명해졌다. 그러면 여자인가? 하지만 그렇다면 그 여자에게는 가슴이 없었다. 타이가 아는 한 이들은 아직 포유동물이었다.

몇 걸음 뒤에 둥근 물체가 있었다. 잠시 후 그것은 목으로 지탱되는 머리로 드러났고, 그 목은 기울어진 한 쌍의 어깨에 고정되어 있었다. 이 사람에게는 가슴이 있었다. 그녀 뒤에는 또 전체적으로 비슷하게 묘사할 수 있는 세 번째 사람이 따라왔다.

맨 처음 사람이 더 얕은 물로 올라오면서, 형체가 좀 더 분명해졌다. 마치 발사 무기같이 둥근 유선형이었다. 타이의 머릿속 한구석에서는 그를 뚱뚱한 남자라고 생각하고 있었다. 아마 그는 수달이나 바다표범이 뚱뚱한 것과 비슷한 방식으로 뚱뚱할 것이다. 팽팽하고 두꺼워 보이는 피부 아래 피하지방이 두껍게 들어 있을 터이다. 그러나 그의 살은 전혀 축 늘어지거나 흔들리는 듯 보이지 않았다. 전체적인 동작을 보면 저 매끄러운 해양 동물 — 더 나은 표현이 없었다 — 의 지방 아래 육중한 근육계가 숨어 있음을 알 수 있었다. 기본적으로는 벌거벗었지만, 몸통 주위에는 그물 하니스 같은 것이 묶여 있었다. 거기에는 그가 기술을 사용하는 존재라는 것을 보여주는 여러 잡동사니들이 붙어 있었다. 처음에 펑거들은 검어 보였으나, 물에서 나오자 피부가 짙은 회색이고 더 밝은 회색 반점들이 얼룩덜룩했다. 파란색과 녹색 기운도 있었다. 배의 색깔이 등보다 더 밝았다. 그리고 몸의 반점들은 옆구리를 따라 올라갔다.

타이는 그곳을 뚫어지게 응시하고 싶지는 않았다. 하지만 어쩔 수가 없었다. 그들의 다리 사이에는 동심원형 주름밖에 아무것도 없었다. 그 안에는 매우 정상적인 성기가 숨어 있으리라고 타이는 추측했다. 거기서 튀어나올 여건이 되기를 기다리고 있을 뿐이리라.

이제 얼굴이 보일 정도로 가까워졌다. 얼굴 아래의 두개골은 토박이 인간과 똑같아 보였다. 그러나 눈과 귀, 콧구멍은 근육으로 된 덮개가 보호했다. 그 덮개는 늘 어느 정도 움직이고 있었다. 소나 택스로가 전에 말한, 늑대를 번식시켜 푸들로 만든다는 비유는, 민망하지만 확실히 맞는 말이었다. 이 사람들과 보통 사람들 사이의 관계는 불도그와 사냥개의 관계와 비슷했다. 모든 기관이 똑같은 곳에 있었지만, 좀 힘들게 찾아야 할 뿐이었다.

타이는 다시 돌아서서 아인슈타인과 소나를 보았다. 그들도 당연히 가까워지는 펑거들만 바라보고 있었다. "아인슈타인." 그가 불렀지만 아무 대답도 없었다. 더 크게 불렀다. "아인슈타인!"

아인슈타인은 깜짝 놀라 물속으로 떨어질 뻔하다가 타이에게 정신을 집중했다. "이거 줄까요?" 그가 손에 쥔 사각형 상자 쪽으로 고갯짓을 하며 입을 벙긋거렸다.

"아니. 아이비의 아이가 해야 해." 타이가 말했다.

"지금?"

"지금."

아인슈타인은 상자의 밑바닥 쪽 모퉁이를 손에 움켜쥐고, 점점 가까워지는 방문객에게 잘 보이도록 머리 위로 쳐들었다.

그것은 반 미터 정도 되는 정사각형으로 확대된 사진이었다. 스페이서라면 누구나 그것이 에픽에서 나온 영상 이미지임을 알아볼 것이다. 그것은 아이비의 약혼자 칼 블랭큰쉽이 맨 처음 마구 떨어지는 하드레인을 피해 해치를 닫고 잠수하기 전 약혼녀에게 보낸 마지막 사진이었다. 그 이미지에는 두 개의 동심원이 두드러져 보였다. 중간쯤 되는 거리에는 열린 해치의 구멍이 보였다. 이미 유성 하나가 불타며 그린 자취로 그 위의 원반 같은 하늘이 반으로 쪼개져 있었다. 카메라 훨씬 더 가까운 곳에서 그 모습을 둘러싸고 있는 것은 그가 방금 손가락에서 뺀 약혼 반지였다.

칼의 후손들이 그것을 알아볼 수 있는지가 문제였다. 제일 앞에 선 핑거의 얼굴이 약간 펴졌고, 그의 회색 눈이 더 커지는 것 같아 보였다. 아까는 그의 귀가 단순한 틈 같았지만, 이제 더 작고 매끈하다는 것만 제외하면 보통 인간의 귀와 비슷한 모습으로 피어났다. 그는 무릎 깊이의 물에서 터벅터벅 걷던 걸음을 멈추었다. 다른 두 명도 그에게 다가와 나란히 섰다. 세 명다 아이비인이 덜덜 떨면서도 높이 치켜든 사진을 쳐다보고 있었다. 높은 음의 목소리가 오가는 바람에 타이는 귀가 간질간질했는데 그 말에 쓰이는 영어 단어를 거의 알아들을 수 있을 것 같았다. 핑거들이 서로 이야기하고 있었다. 고개를 돌려 말을 교환하고, 사진을 가리키고, 커다란 몸짓을 했다. 물론 해저에서 많은 시간을 보냈으니 손으로 이야기를 나누는 데 능숙해졌을 것이다.

여자 핑거가 뭔가 단호하게 말하자 다른 두 명이 그녀를 주목했다. 타이는 그 말을 이해할 수 없었지만, 결연한 어조와 몸짓 언어의 뜻은 알 수 있었다. '닥쳐라. 내 말을 들어라. 나는 이것이 무엇인지 알고 있다.'

그녀는 몸 앞에 왼손을 내밀었다. 손바닥이 길게 늘어나 있었다. 짧은 손가락을 벌리자 그 사이에는 작은 물갈퀴가 붙어 있었다. 그녀는 오른손으로 왼손 약지를 감싸고 반지를 벗는 팬터마임을 했다. 그녀는 상상 속의 반지를 높이 들고 얼굴에 왼손을 올려 검지를 한번 씰룩였다. 사진을 찍는 흉내였다.

캐스리는 이 모든 장면을 지켜보다가 엉덩이를 땅에 대고 어느 정도 조절을 해가며 비탈을 미끄러져 내려갔다. 자신의 갑작스러운 동작 때문에 핑거들을 놀라게 해서 쫓아버릴까봐 염려되었던 것이다. 바드는 아래쪽 야영지에 더 빨리 도착해, 선임하사 유르를 침낭 위에 내려놓았다. 그 옆에서 호프가 이미 정맥 튜브를 연결하고 그를 돌보고 있었다. 캐스리는 무력한 레드 네오앤더인 위에 걸터앉은 벨레드 옆을 지나쳤다. 네오앤더인은 거대한 플라스틱 끈으로 발목과 손목이 묶여 있었다.

그녀는 카메라에 대고 말하고 있는 캔터브리지아 5와, 그냥 지켜보면서 자기 바프에 대고 중얼거리는 아르준을 잘 피해 해안으로 내려갔다.

핑거 몇 명이 더 얕은 곳으로 걸어 올라왔다. 그중 한 명 — 다른 사람보다 더 많은 장비를 동여매고 있는 남자였다 — 이 타이에게 다가와 의사소통을 하려고 하는 것 같았다. 타이는 웃고 있었지만, 계속 귀에 둥그렇게 손을 대고 고개를 흔들었다. 핑거는 손을 뻗어 타이의 손목을 부드럽게 잡고, 검은 물질로 된 건식 잠수복을 잡아당겼다. 타이는 핑거의 매끄러운 팔위에 비슷한 몸짓을 흉내 내는 것으로 대답했다. 그들 둘 다 웃었다. 핑거의 이빨은 희고 날카로웠다.

첫 번째 세 명의 핑거는 해안의 작은 섬 위로 와서 사진을 살펴보고 있었다. 이제 아인슈타인은 그 사진을 반쯤은 초대장처럼, 반쯤은 방패처럼 가슴 앞에 들고 있었다. 소나 택스로에게는 핑거들이 서먹하게 거리를 두었다. 그녀가 불안한 듯 여자 핑거를 쳐다보자, 그 여자 핑거가 갑자기 앞으로 나서서 그녀를 껴안았다.

해안에서 캔터브리지아 5와 에사 아르준은 만족한 표정을 교환하고 하늘을 바라보았다.

에필로그

"칼은 하드레인이 오기 전 몇 주 동안 이브 아이비에게 사진을 여러 장 보냈습니다." 에사 아르준이 말했다. "저것까지 포함해 전부 열일곱 장입니다." 그는 사진 쪽으로 고갯짓을 했다. 너무나 낡은 사진이었기 때문에 그들은 아크 다윈의 동체 안쪽 벽에 그 사진을 기대어놓았다. 그와 타이가 함께 점심을 먹고 있는 테이블 끝 쪽이었다.

아르준과 타이와 디프. 디프는 타이에게 다가와 말을 사용하지 않고도 건식 잠수복에 대한 농담을 해서 친구가 된 핑거였다. 그는 같은 테이블에서 의자 두어 개 떨어진 곳에 앉아 있었다. 자기도 이 대화에 끼어 있다고 생각하는지는 잘 알 수 없었다.

"내 말을 그가 이해할 수 있습니까?" 아르준이 물었다.

"점점 나아지고 있어요. 우리 목소리는 그들에게 튜바 음악처럼 들릴 겁니다."

"그의 이름이 정말 당신 말대로인가요?"

"내가 발음할 수 있는 소리로는 가장 비슷합니다." 타이가 말했다. "그리고 그렇게 부르면 대답하니까요."

디프는 해초 가니시와 함께 접시에 나온 생선을 가늘게 회로 찢고 있었다. 그러다가 자기가 이야기의 주제라는 것을 깨달은 듯, 매우 인간적인 태도로 긴장했다. 할 말이 없어 어쩔 줄을 모르다가 사과술 컵을 움켜쥐고 그들을 향해 치켜들었다. 그들도 답례로 각자 컵을 들었고, 모두 함께 마셨다.

"하니스에 붙어 있는 물건들을 보면, 그는 기술자나 과학자인 것 같습니다." 타이가 말했다.

"그러게요." 아르준은 호기심에 찬 눈으로 핑거를 바라보며 말했다. "광학 기구. 전자기기. 그들은 디거들보다 기술을 더 많이 보존했더군요."

"공간이 더 많았으니까요." 타이가 지적했다. "그리고 바닥에 가라앉은 물건들을 뒤져서 쓸 수도 있었을 테고요." 그는 다시 아르준에게 주의를 돌렸다. "하여간, 열일곱 장의 사진 이야기를 하고 있었지요?"

"그렇습니다. 대부분 그 당시에 셀카라고 불렸던 것들입니다. 자, 엄밀히 말하면 군 기밀 유지 의무를 위반한 범죄입니다. 이 일만 빼고 칼이 매우 주의 깊게 의무를 준수했다는 것을 생각하면 이상한 일이죠."

"그렇지요." 타이는 마음속으로 또다시 에픽의 장면에 빠져들었다. "이브 줄리아가 칼에게 베네수엘라를 핵으로 폭격하도록 명령했을 때 이브 아이비가 괴로워하던 것이 기억나는군요."

"칼이 의무를 지킨 완벽한 예시지요. 그래서 이 과실 — 과실이라고 한다면 — 은 학자들의 주의를 꽤 끌었습니다. 결국 아이비의 전화기에서 열일곱 장의 사진이 전부 복원되었습니다. 그 주제를 둘러싸고 별로 유명하지 않은 역사학의 하위-하위-하위 과목이 생겨났지요."

"아이비인만 중요하게 생각할 학문이로군요." 타이가 말했다.

"맞습니다. 스트롬니스의 어느 도서관에 격리 보관되어 있었습니다."

*아크 다윈*은 여전히 작은 만 바깥의 닻에 매달려 있었고, 동체도 여전히 물에 잠겨 있었다. 이것은 지금 일어나고 있는 사건의 완벽한 배경이 되어주었다. 그 사건이란 다시 말해, 해변 전투가 끝나고 몇 시간 후 그리니치에서 바로 팟을 타고 낙하한 블루의 고위 공무원 대표단과 펑거들이 벌이는 외교 회담을 뜻하는 것이었다.

아인슈타인, 소나 택스로, 그리고 다른 모든 블루 사람들이 만에서 나와 아크에 탔다. 마지막으로 떠난 사람은 벨레드였다. 기다리고 있는 보트에 올라타기 직전 그는 붙잡았던 네오앤더인을 풀어주고, 그의 쪽 사람들이 구출하러 올 때까지 먹고 살 식량을 충분히 남겨주었다. 몇 시간 후 그의 편대가 대거 나타났다. 그러나 레드가 디거와 맺은 거래에 따라 그들이 소유권을 주장할 수 있는 곳은 땅의 표면뿐이었고, 아크 다윈은 물 위에 있었다. 그래서 레드 군 야영지는 작은 만의 해안을 따라 점점 커져가면서도, 소금물 몇백 미터를 사이에 두고 상대편 블루를 마주 바라볼 수밖에 없었다.

침수된 아크 선체는 싸늘했기 때문에 블루 외교관들은 옷을 따뜻하게 입어야 했다. 타이와 디프, 아르준이 있는 공간은 건조했는데, 위쪽에 달려 있으며 앞으로 튀어나온, 반쯤 드러난 일종의 메짜닌[51]이었다. 그곳에는 식당 구실을 할 수 있도록 접이식 테이블과 의자들이 놓여 있었다. 점점 많아지는 블루 쪽 인원 전부와 경사로를 걸어 올라오고자 하는 핑거들 모두 그 공간을 이용했다. 그들은 뜨거운 수프를 먹으며 안티머 북쪽 비탈에서 나는, 도수가 세지만 상당히 맛있는 사과술을 마셔대고 있었다.

"자," 아르준은 아이비인답게 강의를 늘어놓을 기회가 생긴 것에 기뻐했다. "여러분은 이 사람들에 대해서 궁금하겠지요……."

"대체 잠수함 한 척으로 어떻게 살아남았는지 궁금하죠."

아르준은 고개를 끄덕였다. "내가 말한 그 학자들의 저작을 보면 단서를 얻을 수 있습니다. 가장 최근의 학자는 2세기 전 죽은 사람이지만요."

"하지만 그 셀카 사진들이 하드레인이 시작되기도 전에 찍힌 거라면, 어떻게 그 후에 일어난 일들의 단서가 될 수 있다는 겁니까?" 타이가 항의하듯 물었다.

"칼이 사진 배경에 넣으려고 노력했던 단서들 말입니다. 아이비만 알아챌 수 있도록 한 단서들이죠. 그에게는 그런 암시를 줄 수 있는 기회가 생각보다 더 많았습니다."

"계속하시지요." 타이가 뒤로 기대앉아 자기 사과술잔에 손을 뻗었다.

---

51 메짜닌mezzanine: 두 개의 층 사이에 작게 지은 층. 중이층이라고도 한다.

"우리 모두 클라우드아크 프로그램에 대해 잘 알고 있습니다. 우리의 기원이자 역사이니까요. 우리 보관소에는 그 프로그램의 기록이 전부 있습니다. 하지만 이 사진들로 칼이 암시한 것은 우리가 전혀 들어보지 못했지만 그만큼 큰 규모의 다른 프로그램이 있었다는 사실입니다."

"사람들을 계속 바다 속에서 살아가게 하는 프로그램?" 타이가 물었다.

"바로 그겁니다. 이 사진들의 배경에는 세계의 대양에서 가장 깊은 해저 계곡들이 담긴 상세한 해저 지형도가 있습니다. 서류도 보입니다. 책장에 꽂힌 바인더들의 제목은 그런 준비 프로그램을 암시합니다. 다른 단서도 있습니다. 모두 공적인 연구들이니, 원한다면 정보를 보내드리지요."

"좋습니다." 타이는 그저 화기애애한 분위기를 만들고자 그렇게 말했을 뿐이다. 그는 결코 그 연구논문들을 읽지 않을 것이다. "하지만 핵심은, 디프의 종족 사람들이 — 그는 함께 식사하는 사람을 고개로 가리켰다 — 칼의 행운에만 의지해 살아남은 게 아니라는 점입니다."

"우리가 아는 한, 그들도 우리 것과 비견할 수 있는 자기들의 에픽을 갖고 있습니다." 아르준이 말했다.

소나와 아인슈타인은 급식 줄에 섰다가 이 테이블의 빈자리 두 개를 바라보고 이제 막 다가왔다. 아르준은 이를, 자기가 자리를 비울 때라는 신호로 받아들였다. 디프는 정중히 고개를 끄덕여 그에게 작별 인사를 했다. 잠시 후 타이와 그의 핑거 친구는 젊은 아이비인 그리고 사이크와 함께 앉아 있었다. 방금 도착한 커플은 일이 분 동안 게걸스럽게 먹기만 했다. 대화라고는 소나가 자기 쟁반에 있는 여러 가지 음식의 이름과 기원을 물을 때만 이루어졌다. 아인슈타인이 마음껏 입 안에 음식을 가득 집어넣을 수 있도록 타이가 그 질문의 대답을 맡았다. 소년이 먹는 모습을 보자 심지어 소나 택스로마저도 재미있어했다. 음식이 떨어지기 시작하자 소나가 자기 음식을 그의 쟁반으로 옮겼다.

"가끔 그게 어떤 느낌인지 나한테 얘기해줘야 해." 타이가 말했다.

"뭐가⋯⋯." 아인슈타인이 말하다가 음식을 입에 넣었다.

"뭐가 어떤 느낌이라는 거야?" 그가 말하려던 문장을 소나가 끝맺었다.

"너희 둘처럼 누군가를 찾아 완전해지는 거."

"선생님한테는 그런 일이 한 번도 일어나지 않았어요?" 아인슈타인이 물었다. 무례하게 굴려고 한 질문이 아니었다. 단지 자기가 티우라탐 레이크도 모르는 경험을 했을 거라고는 상상조차 하지 못했을 뿐이었다.

"그래, 나한테는 한 번도 일어나지 않았어."

아인슈타인은 이제 포만감을 느끼기 시작했다. 그는 의자에 기대앉아 점심의 잔해 위로 시선을 던지며, 아직도 놓친 조각이 있는지 찾아보았다.

"물어볼 게 있어요." 그가 말했다.

"뭔데?" 타이가 반문했다.

"'목적'이 뭐예요? 사람들이 계속 그 이야기를 하는데요."

"나도 알고 싶다."

"재미있는 말씀을 하시네요. 하지만 내가 무슨 이야기를 하는지 알잖아요. 로스코스 유르도, 캔터브리지아 5도 '목적' 이야기를 했어요. 대문자 P로 시작하는 목적Purpose이요."

"그래도 내 대답은 마찬가지야." 타이가 말했다. "아무도 나한테 말해주지 않았어. 그게 뭔지 알고 있는 것 같은 사람들의 행동을 보고 추측할밖에."

"선생님 바의 오너 같은 사람요?"

"바로 그렇지."

"그럼 선생님의 추측은 뭔데요?"

또 한 쌍의 눈이 그에게 쏠리는 것을 느끼고, 타이는 디프 쪽을 바라보았다. 디프는 질긴 해초 덩어리를 함락시키려고 맹렬히 씹고 있었지만, 대화의 내용을 따라가고 있는 것 같았다.

타이는 어깨를 으쓱했다. "인간이란 언제나……."

*착각에 빠진다*고 말하려고 했지만, 디프에게 안 좋은 인상을 주고 싶지는 않았다.

"우주에 무슨 목적이 있다고 믿고 싶어 하지. 달이 폭발할 때까지, 그들에게는 여러 가지 이론이 있었어. 하지만 제로 후에 그 이론들은 다 어리석어 보였지. 응석받이 어린아이들을 위한 동화같이. 몇천 년 동안 커다란 그림에 대해서 아무도 생각하지 않았어. 우리는 모두 둥지가 부서진 개미들처럼 살아남기 위해 허둥거렸다. 드물게 큰 그림에 대해 생각할 때에도, 사실 그 그림이 그만큼 큰 건 아니었어. 레드 대 블루 같은 것이었지. 에이전트에 대해서도 놀랄 만큼 아무 생각도 없었어. 그것이 어디서 왔는지, 자연적인 것인지 인공적인지, 심지어 신적인 것인지."

아인슈타인과 사이크, 디프는 모두 '계속해, 계속해!' 하고 말하듯이 고개를 끄덕였다.

그러나 그는 계속할 말이 없었다.

"레드나 블루, 내 바의 오너들 같은 애매한 사람들, 심지어 이런 사람들 중에서도 ─ 그는 고갯짓으로 디프를 가리켰다 ─ 뭔가 알고 있는 것 같은 사람들이 있었어."

"진짜 아는 거야?" 소나 택스로가 물었다.

"모르겠어." 타이가 말했다. "하지만 내가 보아온 바로 판단하자면, 그들은 어리석지 않아. 그 사람들이⋯⋯."

그는 말을 하다가 멈추고 적합한 단어가 무엇일지 찾았다.

"그 사람들이⋯⋯ 뭔데요?" 아인슈타인이 그의 말을 되풀이했다.

"방식이야. '목적'은 우리가 지난 주 동안 얽혀 있었던 헛소동보다 더 큰 어떤 것이 존재한다고 말하는 방식이야."

"레드 대 블루 같은 헛소동이요?"

"그래. 아무도 내게 뭔가 알려준 사람은 없지만 ─ 아직은 말이야 ─ 난 그 느낌이 좋아. '목적' 때문에 동기를 갖게 되었다고 주장하는 사람들은 다른 주인에게 봉사하는 사람들과 차이 나게, 일반적으로 그들보다 더 나은 행동을 하고 있어."

"그러면 신을 믿는 것과 비슷하네요."

"아마 그럴 거야. 하지만 신학이나 성서나 완고한 확실성 같은 건 없어."

아인슈타인과 사이크는 고개를 끄덕이고 생각에 잠긴 모습을 보였다. 하지만 타이에게는 그 둘이 약간 실망한 듯 보이기도 했다.

"네 질문에 제대로 대답해주지 못해서 미안해." 타이가 말했다.

"당신은 앞으로 뭘 할 거야? 이제 당신네 세븐은 해산됐잖아." 소나가 말했다.

"난 바로 돌아갈 거야."

"크레이들에 있는 바?"

"크레이들에 있는 바. 한때 크레이들은 첨단 기술이 보여주는 경이로움 그 자체였지만, 이제는 그노몬이 훨씬 더 우월해. 크레이들은 예스럽고 유행에 뒤떨어지게 된 과거의 선구자지."

"나 그거 보고 싶어." 소나가 말했다.

"우리 바에 방이 몇 개 있어. 뒤쪽 마당 주변으로 사람들이 머물 수 있는 아파트가 있거든."

"비쌀 것 같은데."

"공짜야." 타이가 말했다.

"그런 공짜 방에 들어가려면 어떻게 해야 해요?" 아인슈타인이 물었다.

"모르겠는데. 오너들이 '목적'에 봉사하는 사람들에게 나눠 주거든."

"그럼 매우 중요한 사람들이겠네요."

타이는 어깨를 으쓱했다. "설마 요청해본다고 널 죽이기야 하겠어? 너희가 세븐에 대해 한 말은 맞아. 그 세븐은 사라졌어. 우리 아이비인이 죽었고, 네가 대신 들어왔지."

아인슈타인이 신경질적으로 낄낄 웃었다. "내가 닥 대신이라니, 말도 안 돼요!"

"넌 닥을 대신할 필요가 없어. 그런 관점에서 하는 얘기가 아니야. 하지만 네가 한 일들을 생각해봐. 너는 이 사람들과 최초로 접촉했어." 그는 고갯짓으로 디프를 가리켰다. "접촉의 성격은 다르지만, 디거들과도 최초로 접촉했고."

아인슈타인과 소나 택스로의 얼굴이 둘 다 매우 빨개졌다.

"사이크가 와서 메미를 대신했고. 전통적인 의미의 세븐은 아니지. 하지만 벨레드와 캐스리를 각각 떼어서 생각하고, 서로 미워하지 않는 줄리아인과 카밀라인을 찾을 수 있다면, 나인 Nine이 생겨나겠지. 최초의 나인이 모이는 거야."

타이는 사과술 기운에 마구 입을 놀리고 있었다. 그러나 소나는 그 말을 전부 진지하게 받아들였다. "하지만 그러면 아이다인 아종 하나만 대표되는 거잖아." 소나가 지적했다.

"바드면 충분해."

"다른 네 아종도 포함해야죠." 아인슈타인이 말했다.

"그러면 열셋이 되잖아. 불길한 숫자야. 그리고 솔직히, 사람 수가 좀 많아." 그러나 테이블 맞은편에 앉은 젊은이들은 가슴 벅찬 표정으로 진지하게 그를 바라보았다. 타이는 눈길을 돌렸다. "그런 중대한 사건이 생길 때를 위해서, 오너들에게 이야기하면 공짜 방 몇 개는 얻을 수 있을 거야."

"정말 부탁해볼 거야?" 소나가 외쳤다.

"아니. 고대 속담처럼 허락보다는 용서를 구하는 게 더 쉬워.

너희 모두 크로우스 네스트에 오는 걸 환영해." 타이는 디프를 바라보았다. "찬물 목욕은 너무 많이 하지 말라고, 친구. 그곳 배관은 낡았고, 수리법을 아는 사람은 나뿐이거든."

감사의 말

    2006년경 내가 블루 오리진에서 시간제 근무를 하고 있을 때 지구 저궤도에서 우주 잡석이 일으키는 문제에 대해 흥미를 갖게 되었고, 그러다가 이 책의 전제가 떠올랐다. 그 분야 연구자들은 대충돌이 연쇄 반응을 일으킬 우려를 제기했다. 그러면 궤도를 도는 파편 조각이 너무 많아져 우주 비행이 실질적으로 불가능해질 수도 있다. 그 분야를 연구해보았지만, 회사와 직접적인 연관성은 거의 없었다. 그러나 내 마음속 소설가는 책을 쓸 수 있는 아이디어를 감지했다. 그 기간 동안 지구 가까이 있는 소행성대에 유용한 물질이 엄청나게 많다는 것도 알게 되었다. 그래서 2006년 말에 나는 『세븐이브스』의 기본 전제를 만들 수 있었다. 그래서 첫 감사의 말은 블루 오리진에 바친다. 블루 오리진은 2000년경 제프 베조스가 블루 오퍼레이션스 LLC라는 이름으로 창립했고, 나는 제프와 제이미 타피, 마리아 칼디스, 대니 힐리스, 조지 다이슨, 케이스 로즈마 같이 회사에 연관된 다른 인물들과 초기에 매우 흥미로운 대화를 많이 나누었다. 이 책에서는 루크라는 이름으로 나오는 여러 층의 거품형 비상대피소라는 아이디어는 케이스에게 맨 처음 들었다. 바이코누르에 대한 자료는 조지 다이슨, 에셔 다이슨, 찰스 시모니의 회고록과 사진에서 내 마음대로 가져다 썼다.

휴와 헤더 매더슨은 채굴의 배경 ─ 산업, 문화, 생활양식 ─ 에 대해 알려주었고, 덕분에 다이나를 창조할 때 도움을 받았다. 알래스카의 맥쿼리 광산과 무선 라디오 사용 장면을 그리면서 내가 사실을 왜곡했다면, 그들이 아니라 나의 잘못이다. 기록에 남기기 위해서 하는 말인데, 휴는 사우스다코타 주의 리드 근처 홈스테이크 광산이나 아이다호의 쿠르달레느 광산 지역을 루퍼스의 작전 배경으로 쓰는 게 어떠냐고 추천했다. 하지만 적도 지대에서 더 먼 곳에 광산을 두기 위해 내가 알래스카에 집어넣었다.

2013년 11월 내가 플래니터리 리소시즈 사무실에 비공식적으로 방문했을 때, 크리스 르위키와 플래니터리 리소시즈 직원들은 여러 가지 귀중한 제안을 해주었다. 수많은 기술직원들이 엄청나게 후하게 시간을 내주었다. (나중에 크리스는, 소행성 채굴 회사가 좋은 사람들로 나오는 과학소설을 어떤 사람이 쓰고 있다는 것을 알고 자기와 회사 직원들은 놀라고 즐거워했다고 말했다.)

마르코 칼토펜은 이미르의 '스팀펑크식' 추진 시스템을 기술적으로 자세히 구현할 때 도와주었고, 초고에서 그 분야에 연관된 부분을 여러 번 주의 깊게 읽어주었다. 시머스 블래클리도 이 단계에서 쓸모 있는 정보를 많이 알려주었다. 그 사람들의 명성을 들먹였지만, 우연히 그랬건 의도적으로 그랬건 과학적 사실에 맞지 않을 정도로 제멋대로 쓴 부분이 있다면 그것은 그들이 아니라 내 책임이라고 다시 말해둔다.

톨라 마츠와 팀 로이드는 이 책에 나오는 우주적 하드웨어를 세부까지 구상하고 시각화하는 것을 도와주었다. 그 프로젝트는 여전히 계속되고 있다. 톨라 덕분에 아이의 여러 부분과 거기에 달린 밧줄 시스템이 적당한 공학적 안전요인을 고려해 설계되었다는 점을 알면 안심할 독자들도 있을 것이다.

나는 몇 년 동안 소형 무리로봇에 대한 크리스 피스터의 연구를 불규칙적으로 따라가며 이해했다. 그 논의는 내트를 만드는 데 중요한 역할을 했다.

카렌 라우어와 아론 리비는 테리폼에 기반을 둔 게임을 마음속에 그리기 위해 시간과 노력을 바쳤다. 그런 노력은 보통 자본을 획득할 때 어려움을 겪기 때문에 좌절되었지만, 이 이야기의 여러 측면에서 내 생각을 다듬도록 도와주었다. 다른 유망한 게임 프로젝트를 담당하고 있는 블러 스튜디오의 팀 밀러와, 야샤 리틀, 조 스티븐슨, 러셀 하우, 조 발프의 조언은 척 보키비치, 션 맥널리, 톰 조가 여러 가지 서로 다른 로봇에 대해 콘셉트 아트와 아이디어를 내놓게 해주었다. 에드 앨러드는 이 게임 프로토 타입을 만드는 데 많은 시간을 바쳤다. 다시 말하지만, 이 작품은 아직 실제 게임으로 이어지지 않았다. 그러나 이야기의 뼈대에 살을 붙일 때 나를 도와주는 부가적 효과가 있었다. 제임스 거츠먼에게도 감사한다. 그는 내게 에드를 소개해주고 충고를 해주어, 이야기의 뼈대에 살을 붙일 때 나를 도와주곤 했다.

웨타 워크숍의 벤 호커는 원고를 읽고 크레이들이 녹슬어야 한다고 지적했다. 왠지 몰라도 내가 놓친 세부적 사항이었다. 마지막 순간 서둘러 고쳐야만 했다.

스튜어트 브랜드와 라이언 펠란이 롱 나우 재단의 재생과 복원 계획에 연결해준 덕분에, 적은 수의 번식동물에게서 종을 재생시키는 유전공학적 도전에 대해 쓸모 있는 배경을 많이 얻었다.

이 책의 처음 2부까지는 전지구적 재난과 서둘러 임시 고안되는 기술 이야기를 매우 정직하게 할 수 있었지만, 3부는 20세기 우주 탐험에 늘 흥미를 느꼈던 사람들이 형성하는 전지구적 공동체에서 나온 더 긍정적인 여러 가지 아이디어를 전시할 기회로 보았다. 책 뒷부분에 나오는 거대한 하드웨어 아이디어들은 수십 년 동안 문헌 여기저기에 수없이 등장하던 것들이 많기 때문에, 하드SF를 오랫동안 읽어온 독자들은 그런 개념들이 오랜 친구들임을 알아볼 것이다.

테더스 언리미티드의 롭 호이트에게 특별한 감사를 보낸다. 고故 로버트 L. 포워드의 발자취를 따라 롭은 '대형 우주 기계'의 영토에 있는 수많은 아이디어들에 착수했다. 그중 하나는 호이테더라고 하는데, 이 책에 나오는 아이와 크레이들을 잇는 밧줄의 기본적인 설계도를 엄청나게 확대한 것이다. 또 하나는 레모라 리무버인데, 원칙적으로 램프리(칠성장어) 비슷한 장치이다. 롭은 2000년의 고고도high-altitude 자전 밧줄에 대한 연구 보고서 공저자이기도 하다. 그 연구는 포워드와 다른 사람들의 초기 연구에 기반을 두고, 이 책의 3부 첫 페이지들에서 글라이더에서 궤도로 이동하는 움직임의 근거가 되어주었다. 그런 공헌과 더불어, 내 원고를 자세히 읽어준 데 대해 감사한다.

땅에서 행어로 가는 캐스 2의 여행 첫 단계는 현 시기 글라이더 기술의 경향에 대해 크리스 영과 케빈 핑크와 함께 나눈 대화에서 영감을 얻었다. 그들에게 이야기하고, 그들과 함께 비행하고, 그들이 안내한 길을 따라가면서 대기권에는 우리가 날기 위해 필요한 에너지가 전부 있다는 사실을 이해하게 되었다. 우리가 캐스 2의 글라이더와 비슷한 기체를 구현하지 못하는 것은 센서와 소프트웨어 발전에 충분히 자원을 투입하지 않았기 때문이다. 센서와 소프트웨어 개발은 비행기 멀미 치료를 개선할 방법을 만들어낼 수도 있을 것이다.

아서 챔퍼나운은 초고를 읽고 아이-크레이들 밧줄의 역학적 안정성에 대해 질문했다. 나는 그 질문이 마땅히 존중받아야 한다고 여기지만 완전히 무시하기로 했다. 그러나 기술적으로 뛰어난 독자들은 그 질문을 받고 내 머릿속에 여러 가지 흥미로운 생각이 솟아난다는 것을 알면 좋아할지도 모르겠다. 그런 생각들은 다음 작품을 위해 미루어두기로 했다. 아서가 읽은 버전에서는 캐스 2를 실은 플리버가 구식 로켓 연소만 사용해 지구 정지 궤도로 최종 진입한다. 아서는 기술적이 아니라 미학적인 근거에서 거기에 반대했다. 마침내 나는 한동안 무의식적으로 계속 생각하던 아이디어를 사용할 수밖에 없었다. 후려치는 채찍 끝부분과 플리버의 랑데부. 이 주제에 대한 과학 문헌은 매우 드물지만, 빅토리아 시대까지 거슬러 올라간다. 사슬이 움직일 때의 물리학에 대해 찾을 수 있었던 초기 기술 참고 문헌은 1870년대 존 에잇켄의 논문이었다. 그는 논문의 일부 내용이 톰슨 형제, 즉 윌리엄(고 켈빈 경)과 제임스 덕분이라고 말했었다. 에잇켄의 연구는 그대로 파묻혀 있다가, 1920년대에 M.Z. 카리에르가 그 연구를 찾아내 채찍의 물리학에 대한 논문에서 사용했다. 뒤이어 W. 쿠차르스키(1940), R. 그래멀, K. 졸러(1949)가 연구 논문들을 출판하면서, 큰 그림이 그려졌다. 흥미롭지만 고전물리학에서 별로 탐험되지 않은 주제이다. 나는 2014년 6월 옥스퍼드 유니온에서 강의할 때 — 학생들은 별로 참석하지 않았다 — 그 이야기를 했고, 거기에 대한 이야기를 더 많이 출판하고 싶다. 그러나 현재, 어떤 글을 쓰겠다고 정한 것은 하나도 없다(2014. 12).

마지막으로 '다한소프 앤 베릴'의 에이전트 리즈 다한소프와 ICM 파트너스의 리차드 그린, 편집자 젠 브렐에게 감사를 표한다. 그들은 내가 7년 동안 이 아이디어로 무엇을 할지 고민하는 동안 매우 융통성을 보여주었다.

인류사를 다시 쓰는 장대한 스케일의 본격 하드SF, 『세븐이브스』

닐 스티븐슨은 현대 SF문학계를 대표하는 1급 작가들 중 하나이다. 특히 과학기술적 묘사의 엄밀함에 중점을 두는 하드SF 분야에서 입지는 매우 탄탄하다. 그의 작품들에는 과학사, 수학, 언어학, 철학 등의 방대한 배경지식들이 폭넓게, 그리고 유기적으로 배어 있어서 SF시장이 그리 크지 않은 한국에서조차 적잖은 관심을 끌어 여러 편이 번역 소개된 바 있다.

1959년 미국 메릴랜드 주의 과학기술자 집안에서 태어난 스티븐슨은 보스턴 대학에 입학한 뒤 처음에는 물리학을 공부했으나 학교 컴퓨터를 이용할 시간을 더 얻기 위해 지리학으로 전공을 바꾸었다는 일화가 있다. 1992년에 발표한 세 번째 장편 『스노크래시』로 널리 이름을 알리게 되었으며, 2005년《타임》지가 1923년 이후에 발표된 모든 영문소설들 가운데 베스트 100편을 꼽을 때 『스노크래시』를 포함시킨 바 있다. 오늘날 가상현실 캐릭터를 뜻하는 용어로 널리 쓰이는 '아바타'라는 말이나 거대한 가상현실 세계인 '메타버스'도 『스노크래시』에 의해 대중화된 것이다.

『세븐이브스』는 다양한 분야에 걸친 학문과 교양을 씨줄과 날줄로 엮어 SF서사로 빚어내는 스티븐슨의 장기가 유감없이 발휘된 또 하나의 역작이다. 출간된 뒤 곧장 최고의 권위를 지닌 SF문학상인 '휴고 상' 후보에 올랐으며, 뛰어난 자유주의 SF 문학에 수여하는 '프로메테우스 상'을 받기도 했다.

『세븐이브스』에는 재건된 인류의 조상이 되는 일곱 명의 여성들이 등장한다. 인류학에 관심이 깊은 사람이라면 유전학자 브라이언 사이키스의 책 『이브의 일곱 딸들』을 떠올렸을 것이다. 인류의 몸속 세포에 들어 있는 미토콘드리아는 모계로만 유전이 되는 독특한 특성이 있어서 이를 역추적해 올라가면 이론적으로 '최초의 어머니'에 도달할 수 있다. 사이키스의 연구에 따르면 현재의 유럽인들은 모두 일곱 명의 어머니로부터 갈라져 나온 후손들이라고 한다. 이와 비슷하게 SF작가라면 누구나 한 번쯤은 새로운 인류의 기원에 대한 이야기를 써보고픈 욕구를 갖는데, 닐 스티븐슨의 『세븐이브스』만큼 높은 완성도를 보여주는 작품은 흔치 않다.

인류의 멸망과 재건이라는 주제 자체는 SF에서 드물지 않지만 워낙 방대한 서사를 전제로 하기 때문에 높은 설득력을 갖추기 위해서는 치밀한 설정과 디테일, 구성 등 여러 요소가 뒷받침되어야 한다. 아무리 작가 자신이 신선한 아이디어와 묵직한 주제 의식으로 출발했다고 해도 실제 작품으로 형상화시키는 과정은 정말 쉽지 않다. 그 점에서 스티븐슨의 『세븐이브스』는 타의 추종을 불허하는 경지의 완성도를 보여준다 해도 과언이 아니다. 미증유의 천문학적 재난으로 시작해서 지구 인류가 절멸의 길로 가는 과정, 막다른 운명 앞에서 필사적으로 분투하는 인간 군상들의 모습 등등이 첨단 과학기술 아이디어들과 어우러져 아주 정치하게 묘사된다. 빌 게이츠가 이 책을 추천하면서 말한 "내가 사랑하는 SF의 모든 면들을 되새기게 하는 작품"이라는 찬사가 전혀 과장이 아니다. 한국의 SF독자들은 말할 것도 없고, SF작가지망생들에게도 이 작품은 좋은 도전이 될 것이다.

박상준(서울SF아카이브 대표)

옮긴이 송경아 연세대학교를 졸업하고 동 대학원 국어국문학과 박사 과정을 수료했다. 지은 책으로 『책』, 『엘리베이터』, 『누나가 사랑했든 내가 사랑했든』이 있고 옮긴 책으로는 『오솔길 끝 바다』, 『로지 프로젝트』, 『천년의 기도』, 『뒤집힌 세계』, 『무게』와 「어글리」 3부작, 「리치드」 3부작, 「수키 스택하우스」 시리즈, 「미스트본」 등이 있다.

세븐이브스 3부 — 5천 년 후

초판 1쇄 발행 · 2018년 9월 1일

지은이 · 닐 스티븐슨
옮긴이 · 송경아
펴낸이 · 김요안
편집 · 강희진
디자인 · 부추밭

펴낸곳 · 북레시피
주소 · 서울시 마포구 신수로 59-1, 2층
전화 · 02-716-1228
팩스 · 02-6442-9684
이메일 · bookrecipe2015@naver.com | esop98@hanmail.net
홈페이지 · www.bookrecipe.co.kr | https://bookrecipe.modoo.at/
등록 · 2015년 4월 24일(제2015-000141호)
창립 · 2015년 9월 9일

ISBN 979-11-88140-36-7 04840
ISBN 979-11-88140-23-7 (세트)

종이 · 화인페이퍼 | 인쇄 · 삼신문화사 | 후가공 · 금성LSM | 제본 · 대흥제책

이 도서의 국립중앙도서관 출판예정도서목록(CIP)은 서지정보유통지원시스템
홈페이지(http://seoji.nl.go.kr)와 국가자료공동목록시스템(http://www.nl.go.kr/kolisnet)에서
이용하실 수 있습니다. (CIP제어번호: CIP2018025581)

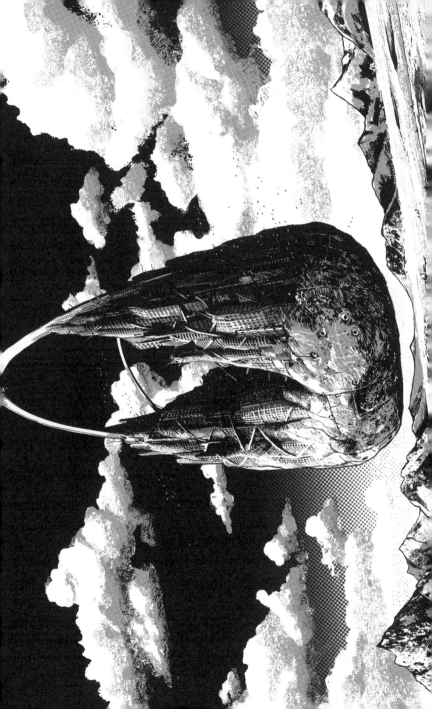

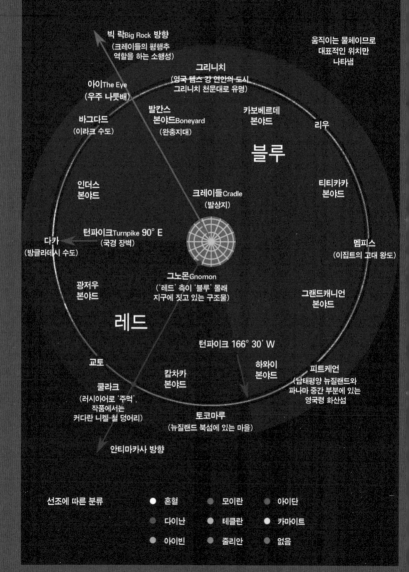

A+5000년경의 거주지 고리

빅 락 Big Rock 방향
(크레이들의 평행추
역할을 하는 소행성)

움직이는 물체이므로
대표적인 위치만
나타냄

아이The Eye
(우주 나룻배)

그리니치
(영국 템스 강 연안의 도시
그리니치 천문대로 유명)

**카보베르데
본야드**

바그다드
(이라크 수도)

**발칸스
본야드**Boneyard
(완충지대)

리우

블루

**인더스
본야드**

크레이들Cradle
(발상지)

**티티카카
본야드**

턴파이크Turnpike 90° E
(국경 장벽)

다카
(방글라데시 수도)

멤피스
(이집트의 고대 왕도)

**광저우
본야드**

그노몬Gnomon
('레드' 측이 '블루' 몰래
지구에 짓고 있는 구조물)

**그랜드캐니언
본야드**

레드

턴파이크 166° 30´ W

교토

**칶차카
본야드**

**하와이
본야드**

피트케언
(남태평양 뉴질랜드와
파나마 중간 부분에 있는
영국령 화산섬)

쿨라크
(러시아어로 '주먹',
작품에서는
커다란 니켈·철 덩어리)

토코마루
(뉴질랜드 북섬에 있는 마을)

안티마카사 방향

선조에 따른 분류

● 혼혈 ● 모이란 ● 아이단

● 다이난 ● 테클란 ● 카마이트

● 아이빈 ● 줄리안 ● 없음